Der Atem des Ozeans

Ilka Mella

Impressum

1. Auflage 2022,

ISBN: 9783740708788

Ilka Mella
c/o autorenglück.de
Franz-Mehring-Str. 15
01237 Dresden
@autorin_ilka_mella

Coverdesign: Nadine Merschmann (@coverfunken)
Lektorat: Xenia Wucherer (@equalwrites)
Korrektorat: Verena Jung (@federstreich)
Buchsatz: Melanie Gurenko (@melgurenko_authorservices)

Die Deutsche Nationalbibliothek verzeichnet diese Publikation in der Deutschen Nationalbibliografie; detaillierte bibliografische Daten sind im Internet über http://dnb.dnb.de abrufbar.

MIX
Papier aus verantwortungsvollen Quellen
Paper from responsible sources
FSC® C105338
FSC
www.fsc.org

DER ATEM DES OZEANS

Ilka Mella

Soundtrack

1. Billie Eilish – *everything i wanted*
2. Lorde – *Liability*
3. Donots – *Stop the Clocks*
4.Billie Eilish – *Happier Than Ever*
5. Boysetsfire – *The Misery index*
6. RÜFÜS DU SOL – *Underwater*
7. Adèle – *Remedy*
8. Faith No More – *I Started a Joke* (Bob's song)
9. Portishead – *Wandering Star*
10. Hildur Guðnadóttir – *Defeated Clown*
11. Björk – *Human Behaviour* (Mahohe's song)
12. Farmer Boys – *Here Comes The Pain*
13. Linkin Park – *One More Light*
14. Banners – *Serenade* (Tua's song)
15. Imagine Dragons – *Follow you* (Haila's song)
16. Ben Platt – *Grow as we go* (Kaleo's song)
17. Fall Out Boy – *My Songs Know What You Did In The Dark*
18. Boysetsfire – *Empire* (Kapono's song)
19. Papa Roach – *Scars*
20. Imagine Dragons – *Warriors*
21. Bosse – *Dein Hurra* (Hokulani's song)
22. Finneas – *Let's Fall in Love for the Night*
23. Israel Kamakawiwo´ole – *Somewhere over the Rainbow*
24. Billy Talent – *Viking Death March*
25. Rise Against – *Prayer Of The Refugee*

Epilog: Jamie Cullum – *Love Is In The Picture*

Scanne den QR Code und höre die Playlist beim Lesen

Content Notes auf Seite 339 oder auf Instagram bei *autorin_ilka_mella* in den Highlights

Für alle Meermenschen

1

Schüchtern streckte Hokulani ihre Hand aus. Seine Haut fühlte sich an wie keine andere. Rau, fast stachelig, und doch glitt der Walhai widerstandslos an ihr vorbei durchs Wasser. Sie führte die Fingerspitzen an ihre Lippen und ein Schauer lief über ihren Körper. Die Härchen auf ihren nackten Armen stellten sich auf. Ihre Fischflosse zitterte.

Er tauchte durch die schimmernden Wellen an den lichtdurchfluteten, in Rot, Orange und Lila strahlenden Korallenriffen vorbei in die Tiefe; dorthin, wo der Meeresboden steil abfällt und im dunklen Nichts verschwindet. Hokulani folgte ihm.

Über dem im Dämmerlicht schimmernden Sand drehte der riesige Fisch entspannt einige Runden und Hokulanis Mundwinkel zogen sich zu einem breiten Grinsen auseinander. Ihr Herz fühlte sich dabei an wie ein aufgeblasener Kugelfisch. Endlich konnte sie ihn in Ruhe bewundern.

Sie nannte ihn Nelio, »Waffe«, weil er stark war und sie sich durch ihre Liebe zu ihm gegen den düsteren Alltag zur Wehr setzen konnte.

Um sich zu beruhigen, schickte sie so viel Wasser durch die Kiemen hinter ihren Ohren, wie sie es vermochte. Ihr Herz entspannte sich ein wenig. Er mochte es nicht, wenn sie nervös war. Aber sie hatte ihn drei Tage nicht gesehen. Würde er heute noch einmal zulassen, dass sie ihn berührte?

Nelio schien auf sie gewartet zu haben, denn er unterbrach seinen Weg, schwamm auf sie zu und dann an ihr vorbei, so nahe, dass ihr Herz wieder anschwoll. Bei der Größe und Kraft dieses Fisches wurde sie jedes Mal aufs Neue schwach. Nelio war ihr Freund, ihr Beschützer und so viel mehr als das.

Vorsichtig schloss sie zu ihm auf. Sie genoss es, in seiner Strömung zu schwimmen, durch das Wasser, das seine Kiemen geatmet hatten.

Fühlte er wie sie? Nahm er das Band wahr, das sie geknüpft hatten, oder war sie für ihn nicht mehr als einer dieser vielen bunten Fische, die seinen Weg kreuzten?

Immer wieder berührte Hokulanis schuppenbesetzte weiche Hüfte seinen muskulösen Leib und ihr Körper stand in Flammen. Dann konnte sie der Versuchung nicht widerstehen und hielt sich an seiner Seitenflosse fest. Für einen Moment wurde ihr Traum wahr. Er zog sie durchs Wasser und ihre Körper stießen rhythmisch aneinander: Haut, Schuppen, egal. Hokulani konnte nicht anders und strich dem Walhai zärtlich über die Kiemen. Da wurde es Nelio wohl zu viel.

Er schlug einen unwirschen Haken und sie wusste, dass er ihrer überdrüssig war.

Sie ließ ihn los und sah ihm wehmütig nach, als er in den Tiefen des Ozeans vor Hawaii verschwand. Könnte sie doch nur bis zu den Sternen mit ihm schwimmen. Er war in Richtung Osten verschwunden. Vermutlich wollte er an Maui vorbei ins offene Meer.

Verträumt ließ sich Hokulani treiben. Ein Doktorfisch, der sich nicht wie die anderen bunten Fische dem Geschaukel der Wellen gefügt hatte, glotzte Hokulani regungslos ins Gesicht.

»Was?«, fragte sie und verscheuchte ihn mit einem Wedeln der Hand. »Findest du mich auch abartig, weil ich ihn liebe?«

Der Doktorfisch blieb ihr eine Antwort schuldig und drehte unbeeindruckt ab.

Wie konnte ein Hai diese tiefen Gefühle der Liebe, des Verlangens und der Sehnsucht in ihr hervorrufen? Sie war kein kleines Meermädchen mehr. Doch die Meermänner ihres Volkes ließen sie komplett kalt.

Und das wollten sie weder verstehen noch verzeihen.

An dem großen löchrigen Felsblock hinter *Mokuho'oniki* zupfte ein Sog an Hokulanis Flosse und riss sie aus ihren Gedanken. Hier kämmte der Ozean alle Korallen in eine Richtung. Die Fische konnten sich im offenen Wasser nicht mehr halten und suchten am Felsen Schutz. Nirgends waren die Strömungen rund um Moloka'i so mächtig wie hier. Es war Zeit für Hokulani, umzudrehen.

Nicht, dass der Sog für sie als Meerfrau ein Problem gewesen wäre, aber sie hatte lange genug getrödelt. Malia und die Schule würden auf sie warten. Hokulani seufzte und hätte beinahe die Luftblasen übersehen.

Lebenszeichen eines Tauchers.

Sie fluchte. Dieser Mensch war in ernsthaften Schwierigkeiten. Durch das sedimentreiche Wasser konnte sie nicht alles ausmachen, aber erkannte hektisch strampelnde Arme und Beine in schwarzem Neopren, die zu nahe an den Klippen waren. Wieso waren die Menschen so? Dachten, sie könnten es durch ihre lächerlichen Gummiflossen mit den Strömungen des Ozeans aufnehmen? Dieser hier würde an den scharfen Steinen zerschellen, wenn kein Wunder geschah. Sein Blut würde dann die Haie anlocken.

Hokulani wusste, was ihre Aufgabe war: umdrehen, wegschwimmen.

Regungslos verharrte sie im Wasser und sah zu, wie die Muskeln des Tauchers langsam ermüdeten. Er schien sich zum Auftauchen zu entscheiden, pumpte Luft in seine Schwimmweste und stieg nach oben. Wenn ihn dort nicht schnell jemand einsammelte, hatte er keine Chance. An der Oberfläche war er nicht mehr als ein Korken im Wasser, konnte den Wellen und ihrer Kraft nichts entgegensetzen. Hokulani zählte bis zehn. Die Beine des Tauchers hingen erschöpft nach unten. Sie fluchte erneut und stieß sich vom Meeresboden ab. Wenige Sekunden später war Hokulani an der Wasseroberfläche, packte den bewusstlosen Menschen und zog ihn an seiner Rettungsweste aus dem Gefahrenbereich. Er leistete keine Gegenwehr.

Sie musste ein ganzes Stück schwimmen, um ihn zu einem Ufer zu bringen, an dem sie ihn gefahrlos zurücklassen konnte. Ächzend zerrte sie den jungen Mann an den Strand und legte ihn in den Sand vor Kumimi Beach auf den Rücken. Sie strich ihm seine halblangen, blonden Haare aus dem Gesicht. Seine Augen waren geschlossen. Die Haut des Mannes war zwar deutlich heller als ihre, aber das schien nicht an dem zu langen Tauchgang zu liegen, denn seine Brust hob und senkte sich. Er lebte. Nichts wie weg. Schnell robbte sie zurück in die Wellen, um endlich etwas richtig zu machen: zu verschwinden. Als sie weit genug im Wasser war, um wieder schwimmen zu können, drehte sie sich auf den Rücken und warf einen letzten Blick zum Ufer.

Entsetzen traf sie wie ein Schwall Polarmeerwasser. Der Taucher saß aufrecht, überschattete mit einer Hand seine Augen und sah genau in Hokulanis Richtung.

Sie tauchte ab.

Er hat meine Flosse sicher nicht gesehen. Und wenn, wird er es nicht glauben. Er ist schließlich fast ertrunken.

Diese Sätze sagte sie sich immer wieder, während sie zurück nach *Wai Aniani* schwamm.

Ihr Schwanz zuckte wütend, während sie durch das spiegelnde Wasser schoss, das der Bucht seinen Namen gegeben hatte. Damit sie weniger Widerstand bot, streckte sie ihre Arme nach vorne und legte ihre Hände aneinander.

Wie sie diese weiche, braune Oberfläche ihrer menschlichen Hälfte hasste. Es war diese Hälfte, die sie immer wieder in Schwierigkeiten brachte. Hätte ihr Volk noch die Fähigkeit besessen, seine Gestalt zu wandeln, wäre sie als Fisch in die

Tiefen des Ozeans abgetaucht. Es war die menschliche Hälfte, die alles so kompliziert machte.

Früher wäre sie jetzt zu ihrem Vater geschwommen. Er hätte eine Lösung gefunden, seine ruhige Stimme hätte ihr Temperament besänftigt. Zusammen mit ihm eine neue Versuchsreihe mit Wasserproben anzusetzen oder kranke Korallen zu analysieren, hatte ihr immer geholfen, auf andere Gedanken zu kommen.

Wieso nur war er gegangen?

Hokulani schnappte sich eine Alge und steckte sich ein Stück in den Mund. Angewidert verzog sie das Gesicht und ließ die Pflanze los. Roh waren diese Blätter kaum noch zu genießen. Sie waren aufgequollen und schmeckten nach Seife. Nur das stundenlange Einlegen in Oktopustinte, Bleichen auf einem Felsen in der Sonne oder Spülen in einem der Süßwasserzuströme der Insel befreiten die Algen von den Verunreinigungen, die sie aus dem Meerwasser aufgenommen hatten.

Sie ließ die Algenfelder hinter sich und erreichte die Riffkante. Ihr Blick wanderte über die oberen Viertel von *Wai Aniani*. Schon in den Morgenstunden beschien die Sonne diesen Teil ihres Dorfes und die geräumigen Wohnhöhlen sahen freundlich und hell aus. An fast allen Felswänden wuchsen Steinkorallen in Rot und Violett. Neben strahlend weißen Orgelkorallen, aus denen rote Nesseltiere ragten, standen filigrane Bäumchen in leuchtenden Farben. Schirmartige Dächer, die aus abertausenden, sich wiegenden Polypen bestanden, beherbergten die Kinderstube bunter kleiner Fische. Daneben wiegten sich Gorgonienfächer in Farbtönen, die mit der aufgehenden Sonne konkurrierten.

In der zweiten Reihe stand neben einer Höhle eine riesige Schirmkoralle. Dort war Hokulani aufgewachsen, hatte unter dem Schutz der Koralle mit den bunten Schnecken gespielt. Das waren die hellen Tage gewesen. Damals galt sie als die

Hoffnung des Volkes. Das war lange her. Sie zog die Schultern hoch.

Eine Meerfrau erschien in der Öffnung ihres früheren Elternhauses. Blitzschnell verschwand Hokulani. Die Frau sollte kein schlechtes Gewissen haben, denn sie konnte nichts dafür, dass sie jetzt dort lebte.

Hokulani bog zu den unteren Vierteln ab.

Das Wasser wurde kälter, die Sicht trüber und die Farben gedämpfter. Sie hatte sich daran gewöhnt. Auch hier gab es Schönheit, nur etwas weniger schillernd und gefällig. Sie glitt an Schwämmen vorbei, die aussahen wie riesige Ohren, an Seesternen und schüsselförmigen Anemonen, die eine Kinderstube für viele Lebewesen waren. Dann war sie auf dem Grund und bei ihrer Höhle angekommen. Grauer Stein, nur ein kleines Fenster. Kein Vorgarten. Ihre Mutter Leimoni erschien fegend in der Tür und ein Schwarm Zackenbarsche zog in aller Ruhe weiter. Seit sie beide hier eingezogen waren, war es das, was ihre Mutter tat – fegen. Einen Boden, der durch den nächsten Wellengang wieder voller Sand war. Früher hatte sie dieselben runden Formen wie Hokulani gehabt, jetzt war sie ausgemergelt und hatte eine Haut, die so bleich war wie die der Touristen. Sie aß nicht und sie lachte nicht.

Hokulani wusste, dass ihr das gesellschaftliche Leben mehr fehlte als die Familie, die endgültig zerbrochen war, als ihr Vater sie verlassen hatte. Sie beide hielten es in dieser Zweisamkeit kaum aus, hatten nie ein enges Verhältnis gehabt. Trotzdem fühlte sich Hokulani verantwortlich. Sie wären sicher nicht hier unten gelandet, wenn …

»Hey Lani, hast du mich etwa vergessen?«

Hokulani wirbelte herum. Die Stimme ihrer besten Freundin hatte etwas an sich, dass alle strammstanden, wenn sie rief. Sie sah in das ebenmäßige Gesicht mit den klaren grauen Augen und der ungeduldig hochgezogenen Augenbraue.

»Malia! Ich …«, stammelte sie.

»Versuch es gar nicht erst mit einer Ausrede. Du hast unsere Verabredung vergessen und warst bei diesem Fisch, oder?«

Ihre Freundin lächelte süßlich und hakte sich bei ihr ein. Sie wusste genau, wie sehr Hokulani es hasste, wenn sie jemand auf Nelio ansprach und ihn dann auch noch »diesen Fisch« nannte.

Immerhin redeten sie wieder miteinander. Es war jedoch lange nicht so wie früher. Früher, das hieß, bevor Hokulani Nael, Malias Bruder, einen Korb gegeben hatte.

Malia strengte sich an – auf ihre Art, indem sie Witze riss und Hokulani zu ihren Verabredungen mitschleifte. Sie bemühte sich allerdings nicht, die Entscheidung ihrer Freundin zu verstehen oder zuzugeben, dass Hokulani und ihrer Mutter großes Unrecht angetan worden war. Sie verlegte sich eher darauf, diese Ereignisse so weit wie möglich zu ignorieren.

»Höchste Zeit für die Schule, meine Liebe. Und du hast versprochen, danach mit zum Felsen zu kommen.«

Hokulani stöhnte innerlich auf, ließ sich aber von ihrer Freundin in Richtung Oberfläche ziehen. Der Felsen, das bedeutete ein Treffen mit Ahe aus dem Dorf. Dabei war ihr Bedarf an Menschen für die nächste Zeit gedeckt. Aber wenn sie Malia nicht enttäuschen wollte, würde sie wohl mitkommen müssen.

Widerwillig schwamm sie in den Schulraum. Das Volk von *Wai Aniani* brauchte nur noch eine normale Wohnhöhle, um seine letzten sieben Schüler zu unterrichten. Die Schaubilder von Meeresströmungen, Vulkanismus und Fischkunde an den Wänden waren schon verblichen und abgeblättert. Niemand investierte mehr in eine Schule, die bald ohne Kinder sein würde.

»Die grüne Fahne weht.«

»Das Paket ist da.«

In der letzten Schulstunde hatte es die Lehrerin Lua noch schwerer als sonst, die kleine Klasse für Algenkunde zu begeistern.

Dabei war es ein Prüfungsfach in der Abschlussklasse. Für einen Abschluss, der keinen mehr kümmerte. Hokulani hatte das Gefühl, ihre Klassenkameraden kamen nur hierher, um Keli'is Geschichten über die Menschen und die technischen Entwicklungen der restlichen Welt zu hören. Das Oberhaupt ihres Volkes ließ es sich nicht nehmen, die letzte Klasse in Menschenkunde zu unterrichten.

Sie selbst konnte bei Keli'is Anblick kaum ein zorniges Zucken ihres Fischschwanzes unterdrücken. Er hatte sie auf den dunklen Meeresboden verbannt, nur weil sie seinen Sohn nicht heiraten wollte. War es nur verletzter Vaterstolz oder glaubte auch er diese an den Flossen herbeigezogene Geschichte? Die beiden letzten Kinder von *Wai Aniani* sollten die neue Ära einläuten, wieder Nachkommen zeugen und das Volk retten?

Wieso zum Kugelfisch sollte das so sein?

Um Nachkommen zu zeugen, müssten sie sich in Menschen verwandeln und das konnte seit einer Generation niemand mehr am Riff.

Die Macht wahrer Liebe?

Oh bitte, war es das, diese billige Lösung für alle Probleme, an die sich ihr Volk klammerte? Nun, darauf konnten sie bei Nael und ihr lange warten. Wahre Liebe hatten sie beide nie füreinander empfunden, auch wenn sie als Kinder Freunde gewesen waren. Nael liebte sowieso nur sich selbst. Mit ihrer Abfuhr hatte Hokulani diesem ganzen Theater ein Ende bereitet, doch jeder tat, als hätte sie die Zukunft des Riffs auf dem Gewissen. Sie war der Sündenbock, hinter dem das Volk seine Trägheit versteckte, eine echte Lösung für das Problem zu finden.

Auch die Schule war eine einzige Geduldsprobe und sie zählte die Tage, bis dieses Kapitel endlich vorüber war. Aber was dann? Abwesend ließ Hokulani den wie einen Fischschwarm hin- und her sausenden Geräuschpegel der Klasse über sich hinwegrauschen und bewunderte die vielen Zöpfe ihrer Lieblingslehrerin, in die zahlreiche bunte Muscheln eingeflochten waren. Lua war eine wunderschöne Meerfrau, auch ohne den ganzen Menschenkram.

Der Gong, der nach einer Erfindung ihres Vaters gebaut worden war, sodass auch unter Wasser ein ordentlicher Schall produziert wurde, brachte Hokulani in die Gegenwart zurück. Wie viel Gedrängel diese paar Fischschwänze an der Tür verursachten! Gerade wollte sie mit ihren Mitschülern aus den unteren Vierteln in die Tiefe des Riffs abtauchen, als Malia sie am Unterarm festhielt.

»Kommst du? Zum Felsen? Ich wüsste zu gerne, was du zu meinem neuen Oberteil sagst?«

Die anderen der Gruppe warteten. Zaina und Yolli, Malias Schatten, und natürlich Nael. Nael, der ihr nie verzeihen würde.

Fast bedauernd wand sie ihren Arm aus dem Griff ihrer Freundin.

»Du weißt doch – ich und Menschen …«

»Ach Hokulani, dir entgeht so viel Spaß! Das Leben kann so bunt sein. Sieh mal …«, sie nahm die Plastikblume aus ihren dunklen Haaren, »… sieht toll aus und ist total pflegeleicht.«

Mit einem Schmutz spuckenden Containerschiff aus einem fernen Land gebracht würde dieser Schrott dreihundert Jahre brauchen, bis sich das Meer davon befreit hatte.

Hokulani sagte es nicht laut, sie hatte schon zu oft versucht, zu erklären und zu überzeugen. Sie war die Spaßbremse, die nicht verstand, wozu sie Plastikschmuck brauchte. Sie warf Nael einen feindseligen Blick zu. Die Spaßbremse, die ebenfalls nicht verstand, was normal daran sein sollte, ohne ihre Erlaubnis berührt zu werden. Für ihren Widerstand hatten sie und ihre Mutter teuer bezahlt.

Doch als Malia noch einmal an ihr zog, gab sie nach. Sie vermisste ihre Freundin, die Vertrautheit von früher und würde versuchen, diese Freundschaft nicht aufzugeben.

Sie zogen sich auf den braunen und mit Flechten bedeckten Felsen an der Ostküste der Insel hoch. Ahe war schon da und scheuchte ein paar hartnäckige Ringschnabelmöwen davon. Hokulani verstand die Vögel, schließlich war dieser Stein ihr Lebensraum. Der kleine Hawaiianer, dessen braune Haut vor Schweiß glänzte, hatte sein kleines Boot an einer Boje fixiert und kletterte mit einem großen Paket, das gerade noch unter seinen Arm passte, den Stein empor. Zaina und Yolli kreischten los.

Bis Ahe sein Messer ziehen konnte, um den Klebstreifen durchzuschneiden, waren Malia und ihre Freundinnen ohne Rücksicht auf ihre empfindlichen Fischschuppen über den porösen Felsen gerobbt und hatten den Karton völlig durchnässt. Kurz darauf wühlten sechs Meermädchenhände in der Kiste herum. Nael hielt sich vornehm zurück und beobachtete Hokulani spöttisch. Sie war drauf und dran still und heimlich zu verschwinden.

In diesem Moment zückte Ahe sein Handy, ging in die Hocke und Zaina und Yolli drängten sich für ein Foto um ihn.

»Hey, was denkt ihr, was ihr da tut?« Hokulani war zu weit weg, um einzuschreiten, aber die Empörung ließ ihre Wangen heiß werden.

Unter allen Umständen war es Meermenschen verboten, Film- oder Fotoaufnahmen von sich zuzustimmen. Ihre Existenz war der Welt nach wie vor unbekannt und seit sie in die Schule gingen, wurden sie gewarnt vor den Möglichkeiten des Internets, düsterer und unheimlicher als der tiefste Tiefseegraben.

»Ach Lani«, sagte Ahe genervt, »ich kenn die Regeln. Es wird nichts auf diesen Bildern sein, was euch von den anderen Inselschönheiten unterscheidet.«

Er zog seine Sonnenbrille wieder auf die Nase und posierte erneut mit den Mädchen. Malia sah nur kurz auf und widmete sich dann ihren neuen Klamotten. Grelle Muster, glitzernde Steine, Nieten und Plastikperlen. Was sollte das?

Hokulani ließ den Blick entnervt über die Uferlinie schweifen, um sich zu beruhigen. Obwohl sie keinen Wunsch verspürte, das feste Land zu betreten, mochte sie diese grünen Hügel, die wie erstarrte Riesenwellen aussahen und in deren Falten Licht und Schatten unzählige Grüntöne zauberten.

Aber was war das?

Etwas reflektierte das Sonnenlicht und blendete sie. Metall und Glas. Sie wollte es zunächst nicht wahrhaben. Das war ein Auto! An dieser Stelle gab es keine Straße und auch die wenigen Touristen, die sich auf die Insel verirrten, blieben für gewöhnlich an der Nordküste. Sie kniff die Augen zusammen, um genauer hinzusehen, und eine unsichtbare Hand schien ihr Herz in ihrer Brust zerquetschen zu wollen. Vor dem Auto stand ein Mensch mit blasser Haut und … blonden Haaren.

Er sah in ihre Richtung und hielt etwas vor seine Augen. Ein Fernglas?

Hokulani schluckte. Das musste der Taucher sein. Er war zurückgekommen. Wie konnte sie nur so unvorsichtig sein, sich am selben Tag wieder an dieser Küste zu zeigen?

»Wir … werden beobachtet. Von einem Menschen.«

Panik krallte sich in ihre Stimme und während sie den Blondhaarigen nicht aus den Augen ließ, schlang sie die Arme um ihren Körper. Die Stille hinter ihr gab ihr die Gewissheit, dass die anderen verstanden hatten.

Nur ein paar Flossenschläge neben ihr tauchte ein Buckelwalweibchen mit seinem Kalb auf. Trotzdem hielt der Menschenmann sein Fernglas auf den Felsen gerichtet. Kein Zweifel, er hatte sie entdeckt.

»O verdammt«, knurrte Nael und brachte sich mit einem Kopfsprung in Sicherheit.

Na toll.

Deswegen mochte sie diesen Meermann überhaupt nicht. Dachte immer und überall nur an sich. Dabei müsste auch er sich an den Vorfall vor zehn Jahren erinnern. Damals waren

Meermenschen an der Oberfläche gesichtet worden und einfach im Wasser verschwunden. Dutzende Taucher hatten daraufhin die Gewässer durchkämmt und ihre Siedlung am Riff um ein Haar gefunden. Seitdem sollten sich Meermenschen, die aus der Ferne beobachtet wurden, als Zweibeiner ausgeben. Menschen sahen, was sie sehen wollten. Außerdem wurde die Suche nach einem Menschen, der auf einer Klippe gesehen und danach verschwunden war, viel schneller eingestellt als die Suche nach einem Fabelwesen und der Entdeckung einer Sensation.

Zaina und Yolli kreischten wieder und Malia hatte alle Hände voll zu tun, sie zum Schweigen zu bringen.

Ahe wusste jedoch, was er zu tun hatte, und packte die Reste des Pakets zusammen. »Ich fang ihn ab und stell ihn zur Rede. Erzähl ihm die Geschichte von der touristischen Attraktion ›einmal Meerjungfrau‹ oder so. Hat bis jetzt immer geklappt.«

Mit diesen Worten sprang er in sein Boot, warf den Außenbordmotor an und zischte davon.

›Einmal Meerjungfrau‹? In dieser Strömung? Dieser Tourist wusste, wie gefährlich diese Gewässer waren. Er wäre beinahe darin gestorben. Wenn Hokulani nicht so weich gewesen wäre, ihn an Land zu ziehen. In ihrem Gehirn fuhr dieser eine Gedanke Karussell: wenn sie ihn bloß nicht gerettet hätte.

Grundsätzlich ist alles Leben zu schützen. Touristen sind die Ausnahme. Ein toter Fremder führt in der Folge zu weniger Menschen in unserem Lebensraum. Lasst den Ozean darüber entscheiden, wen er nimmt und wen er verschont.

Unzählige Male hatte sie diese Sätze von Keli′i gehört und genauso oft aufsagen müssen. Was hatte sie sich nur gedacht?

»Wir müssen versuchen wie Menschenfrauen auszusehen«, rief Malia den anderen zu, robbte an die Kante des Felsens und schlug gespielt ungeschickt mit ihrem Fischschwanz. »Und hör auf, zu heulen, Yolli, das bringt nun keinem was.«

Das schluchzende Meermädchen setzte sich neben Malia und imitierte deren Schauspielkünste.

Zaina tat es ihr gleich, einem Zitteraal alle Ehre machend. Dabei murmelte sie sinnlose Worte vor sich hin.

Hokulani rührte sich nicht vom Fleck, starrte weiter zu dem blonden Mann und wusste, dass sie verloren hatten, als der Fremde in sein Auto stieg und wegfuhr, lange bevor Ahe das Ufer erreichte.

2

Der Morgen begann mit hämmernden Kopfschmerzen. Hokulani hatte schlecht geschlafen. Gar nicht, eigentlich. Dieser Mann und dessen Körpersprache hatten ihr keine Ruhe gelassen. Das war kein Zweifler gewesen. Eher ein Jäger. Würden es ihre Verbündeten, die Dorfbewohner von *Waialula* schaffen, ihm die üblichen Märchen einzureden? Dass die Luftspiegelungen von Hawaii ihm etwas vorgemacht hatten, die Erdkrümmung, das Klima und die fischreichen Gewässer? Würden die Tage vergehen und dieser Mensch mit jedem Aufwachen mehr an dem zweifeln, was er gesehen hatte?

Bis jetzt hatten sie immer Glück gehabt.

Auf keinen Fall durfte rauskommen, dass sie es war, die den Mann gerettet hatte. Ihre Familie konnte zwar nicht noch tiefer sinken, aber ihre Mutter würde vermutlich vor Kummer sterben, wenn es wieder Hokulani war, die das Volk in Aufruhr brachte. Wenn sie wieder nicht getan hatte, was von ihr erwartet wurde.

Sie ballte die Fäuste. Jedes Mal, wenn sie an die Ereignisse vor sechs Monaten dachte, könnte sie aus ihren Schuppen fahren.

Es war ihr Recht gewesen, Naels Heiratsantrag auszuschlagen. Hokulani galt seitdem als schwierig, arrogant und unsozial. Viele gaben ihr am Verschwinden ihres Vaters die

Schuld. Er war nicht nur Wissenschaftler, sondern auch der Heiler des Meervolkes gewesen. Wer sollte jetzt die Tropfen gegen die Kopfschmerzen mischen, an denen das Meervolk litt, nachdem es den Alkohol der Menschen in sich hineingeschüttet hatte?

Ohne Einkommen und ohne Einfluss waren sie und ihre Mutter aus ihrem gemütlichen Haus mit den sieben Sonnenstunden gejagt worden. So liefen die Dinge in *Wai Aniani* in diesen Tagen.

Doch selbst ihre eigene Mutter gab ihr die volle Schuld und diese Ungerechtigkeit konnte Hokulani ihrer Mutter nicht verzeihen. Sie fühlte sich wie ein in die Ecke getriebenes Tier.

Nelio – nur er konnte diesen jungen Tag noch retten, der mit Schule und Nachtschicht auf den Algenfeldern endlos wirkte. Schnell flocht sie sich im sanften Licht des grünen Energiesteines ihrer Familie die langen dunklen Haare zu einem Zopf und legte sich den Gürtel mit dem Muschelmesser um. Im Vorbeischwimmen schnappte sie sich ein paar eingelegte Algen und verließ die Wohnhöhle. Zum Glück lag ihre Behausung am äußersten Ende des Dorfes. So konnte Hokulani zu jeder Zeit unbemerkt verschwinden, ohne den Leuten einen zusätzlichen Grund zum Reden zu geben. Trotzdem warf sie nach einigen Metern einen Blick zurück. Die etwa dreißig Höhlen wurden von den Energiesteinen, dem wertvollsten Eigentum jeder Familie, in den frühen Morgenstunden noch in ein glimmendes Licht getaucht. Bunt wie die Farben der Korallenriffe. Hokulanis Herz zog sich zusammen. So vieles an diesem Riff bedeutete Heimat für sie. Doch genauso war es ein Käfig, der ihr kaum genug Raum zum Leben gab. Sie drehte sich um und schwamm in das offene Meer, bevor das Riff erwachte. Schon bald würden die *ho'ouka hou* kommen, die Meermenschen, die die Energiesteine jeden Morgen einsammelten, um sie auf einer einsamen Sandbank in der Sonne aufzuladen. Hoffentlich würde ihre Mutter nicht vergessen, den Stein vor ihre Höhle zu legen, sonst würde es ein ungemütlicher Tag werden, mit ungekochtem Essen und einer kalten Nacht.

Um diese Zeit, wenn die Sonnenstrahlen das tiefe Blau noch nicht beleuchteten und sich mit einem Tanz auf den Wellen zufriedengaben, frühstückte Nelio. Um ihn zu finden, tauchte Hokulani kurz auf, entdeckte dann nach einer schnellen Drehung ein großes Fischerboot am Horizont und wusste, wo sie ihren Freund treffen würde.

Wieder unter Wasser schlug sie kräftig mit ihrer Fischflosse und näherte sich dem enormen Schleppnetz. Schon entdeckte sie den riesigen Körper mit den heißgeliebten weißen Flecken.

Langsam schwamm er näher, auf der Hut, aber höchst interessiert. Sie wartete bei dem Fischernetz, das mit völlig unterschiedlichen Fischarten gefüllt war und träge durch das Wasser gezogen wurde. Nelio glitt dicht an das Netz und saugte sich mit dem Maul an den Maschen fest. Kleine Fische flutschten zwischen seine Kiefer.

»Warte, ich helfe dir«, sagte Hokulani und zückte ihr Messer. Sie wollte glauben, dass er ihre Worte verstand. Wahrscheinlicher war, dass er sich an die letzten Male erinnerte. Er ließ von dem Geflecht ab und sie vergrößerte die Löcher der Maschen, indem sie einzelne Fäden zerschnitt. Nicht zu viele, Nelio aß ja nur die kleinen Fische. Dann setzte der Walhai seine Mahlzeit fort. Hokulani nutzte schamlos aus, dass er beschäftigt war, und strich zärtlich über die etwas weichere Haut um sein Auge. Sanft zeichnete sie die Punkte seiner Zeichnung nach.

»Vielleicht kann ich mit dir mitkommen, wenn du mal auf Wanderschaft gehst?«

Kurz lehnte sie ihre Stirn gegen ihn, dann war ihr sanfter

Riese satt und schlug mit seiner kräftigen Schwanzflosse, um sich vom Boot zu entfernen.

Sie wollte sich nicht schon wieder von ihm trennen. Könnten sie nicht noch ein bisschen zusammen schwimmen?

»Warte auf mich«, rief Hokulani, während sie hektisch das Geflecht des Netzes so weit zerschnitt, dass alle Fische, die noch am Leben waren, entkommen konnten. Eine Meeresschildkröte verschwand im endlosen Ozean und schien ihr zu winken. Hokulani lächelte ihr zerstreut zu, doch sobald sie ihr Werk vollendet hatte, wirbelte sie herum, um Nelio zu folgen. Aber der Walhai war schon verschwunden.

Unglücklich schwamm sie zurück nach *Wai Aniani*. Sie spürte Nelios Haut noch an ihrer eigenen. Um das Gefühl, zu jemandem zu gehören, festzuhalten, legte sie die Arme um ihre Taille, denn jetzt musste sie in die Schule. Zurück in ihre Ecke. Seit gestern gab es neben ihrer heimlichen Liebe ein weiteres Geheimnis, über das sie mit niemandem reden konnte. Sie hatte einen Menschen gerettet und er hatte sie als das erkannt, was sie war.

Die Algen in ihrem Magen bildeten einen Klumpen, der sie jeden Moment auf den Boden des tiefsten Unterwassertals ziehen wollte.

Trotzdem versuchte sie, die Bewohner des Riffs, die jetzt erwacht waren, auf ihrem Weg freundlich zu grüßen. Die Sammler schwammen mit großen Rucksäcken beladen hinaus aufs Meer. Die Handwerker zerrten ihre Aufträge vor ihre Höhlen, um im Schein der Morgensonne Muschelmesser zu schleifen, Körbe auszubessern oder Fischhäute aneinanderzunähen. Die Pfleger machten sich mit nahrhaftem Brei und reinigenden Schwämmen in ihren Beuteln auf den Weg zu den alleinstehenden Alten und Kranken, von denen es immer mehr gab.

Vor der Schule wartete Nael mit Zaina und Yolli auf den

Beginn des Unterrichts. Der große muskulöse Meermann hatte seine Arme um die beiden Mädchen gelegt, die sich mit geröteten Wangen an ihn drückten. Hokulani musste die Algen in ihrem Magen überreden, zu bleiben, wo sie waren.

»Schau nicht so, Lani. Nicht jeder ist kalt wie ein Fisch. Und nicht jeder wittert bei kleinen Aufmerksamkeiten«, Nael strich Zainas Haare zurück und streifte ihr Dekolleté, »gleich eine Misshandlung.«

So viele Worte drängten Hokulanis Kehle hinauf. Dass Fische nicht kalt sind, zum Beispiel, und dass jeder machen konnte, was er wollte, solange es der andere erlaubte, und sogar, dass sie Nael verstand, weil sie ihn verletzt hatte.

Aber ihr Kopf war so schon zu voll und sie schwamm wortlos an ihm vorbei.

»Dein Shirt ist im Übrigen ganz schön knapp und sexy«, rief er ihr hinterher. »Betont deine Kurven. Bist du sicher, dass du das willst?«

Mit flammenden Wangen paddelte sie weiter und zog unwillig an dem Saum des grauen Stoffs, der vor vielen Jahren mal schwarz gewesen war, ausgewaschen von Wellen und Sand. Der rote Seestern, der über ihrer Brust prangte, war allenfalls noch orange. Das T-Shirt war ein Geschenk von ihrem Vater zum dreizehnten Geburtstag und vor vier Jahren noch eine Besonderheit gewesen.

Hokulani hatte es voller Stolz getragen. Mittlerweile war das ausgeblichene Kleidungsstück ihre Art, gegen den Konsum von menschlichen Gütern des Volks von *Wai Aniani* zu rebellieren. Sie hatte viel über Mikroplastik in den Meeren gelernt. Lua hatte es ihnen erklärt. Trotzdem schleppten Malia und die anderen den ganzen Tand in ihre Welt unter den Wellen. Dabei bot das Meer mit seinen Muscheln, Schuppen und Häuten, Farbstoffen und Pasten genug Möglichkeiten, sich zu stylen und zu schminken. Früher hatten Malia und Hokulani das gemeinsam getan.

»Hokulani!« Verdammt, da rief jemand nicht zum ersten Mal ihren Namen.

Keli'i stand vor der Klasse im Wasser und stemmte die Arme in die Seiten. Der Krake auf seiner Schulter plusterte sich schon auf, was dafürsprach, dass der Meermann gleich explodieren würde.

»Trete ich dir zu nahe, wenn ich dir sage, dass du endlich auf deinen Platz schwimmen sollst, damit wir anfangen können?«

Hokulani hörte das Kichern ihrer Mitschüler kaum noch und auch die mitleidigen Blicke Malias blendete sie aus. Nur noch ein halbes Jahr Schule, dann würde sie Möglichkeiten finden, Naels Vater aus dem Weg zu gehen. Vermutlich in einer dunklen Höhle der unteren Viertel. Am Riff war sie nicht mehr gern gesehen.

Oder sie würde mit Nelio losziehen. Von ihrem Platz an der runden Öffnung der Schulhöhle starrte sie in das tiefe Blau und sah sich mit dem Walhai die Eisberge der Polarmeere umrunden.

Der Gong ertönte und riss sie aus ihren Träumen. Der ganze Unterricht war ungehört an ihr vorbeigezogen. Umso besser. Sie eilte aus der Höhle und versuchte, mit einem kurzen Lächeln an Malia vorbeizuschwimmen.

Der enttäuschte Blick ihrer Freundin prickelte in ihrem Nacken.

»Hokulani!«

Sie presste die Augen zusammen.

»Warte. Wie wäre es, wenn wir heute Nachmittag abhängen?«

Langsam drehte sich Hokulani um.

Malia strich die Strähne zurück, die ihr die Strömung vors Gesicht getrieben hatte, und legte den Kopf schief. Damit bekam sie in der Regel alles, was sie wollte. Doch Hokulani war heute zu angespannt für ihren verwöhnten Charme.

»Sorry Malia … ich kann nicht«, antwortete sie schulterzuckend und drehte ab.

Sie hätte wissen müssen, dass sich die Tochter des Oberhauptes so nicht abspeisen ließ.

»Moment, nicht so schnell.«

Hokulani hielt an, ließ die Schultern sinken und wandte sich dann wieder ihrer Freundin zu.

»Ich werde dir nicht bis in alle Ewigkeit hinterherschwimmen. Weißt du eigentlich, wie schwierig es für mich ist, unsere Freundschaft aufrechtzuerhalten, nach dem, was du mit Nael gemacht hast?«

Hokulani brauste auf. »Was ich mit Nael gemacht habe? Warum fragt keiner, was er mit mir gemacht hat?« Sie verschränkte ihre Arme vor der Brust und streckte ihr Kinn vor wie eine Waffe.

Malia faltete die Hände über ihrem Herzen.

»Er hat dich geliebt, ist das ein Verbrechen?«

»Nael liebt nur sich selbst.« Hokulani ballte die Fäuste. Sie weigerte sich, klein beizugeben.

»Müssen wir wieder darüber streiten?« Ihre Freundin blieb bei diesem ätzend versöhnlichen Ton. »Wenn du so weitermachst, wirst du nie wieder in unserer Gemeinschaft aufgenommen.« Malia redete mit ihr, als sei sie ein kleines Meerkind. Sie streckte die Hände nach Hokulani aus. »Meine Mutter bekommt immer noch hektische Flecken, wenn ich deinen Namen nenne.« Das Weiße in Malias Augen rötete sich. »Wenn du mich meidest und keine meiner Einladungen annimmst, weiß ich langsam auch nicht weiter. Heißt das … unsere Freundschaft ist Geschichte?«

Die geröteten Augen, die flammende Rede – das war alles Theater. Trotzdem versuchte Hokulani, eine ehrliche Antwort zu geben.

»Malia – nein. Natürlich sind wir noch Freunde. Denke ich. Aber ich … du … was sollen wir denn zusammen machen? Ich habe das Gefühl, dein Leben dreht sich nur noch um Mode und die menschliche Welt. Und das verstehe ich nicht. Weder in deinem Fall noch bei allen anderen hier, die ihre Kultur und ihr Versprechen an das Meer vergessen.«

»O bitte, Hokulani, nicht schon wieder eine Predigt. Das Meer kommt ganz gut zurecht, und wenn nicht, was sollen wir denn schon dagegen machen? Wir sind nur einmal jung. Und unser Bund mit den Menschen hat lange Tradition. Den gab es auch schon, bevor sie uns all das gezeigt haben, was du so verteufelst.«

Womit sie recht hatte. Das Dorf *Waialua* hatte sie seit Generationen nicht verraten und ihr Geheimnis behütet. *Wai Aniani* hatte diesen Dienst mit Perlen bezahlt, trotzdem hatte sich die Geschichte von Dorf und Riff über viele Jahre verzahnt, in den Legenden der Menschen und dem Wissen des Meervolkes. Beide profitierten von dieser Partnerschaft und es hatte nie einen Grund gegeben, sie anzuzweifeln.

Das war zumindest die Meinung des Oberhauptes und seiner Ratgeber.

Hokulani sah das anders. Die Kinder des Dorfes spielten kaum noch am Strand und die Jugendlichen hatten den Bezug zum Meer verloren. Hokulani wusste, was ein Smartphone war und wie es Ahe verändert hatte. Vor wenigen Jahren hatten sie unter Wasser darauf gewartet, dass er von den höchsten Klippen sprang, ihm applaudiert und auch das eine oder andere Mal sein Leben gerettet. Jetzt trieb er die Preise für seinen Plunder in die Höhe und das Wichtigste schien ihm, Fotos aus seinem Smartphone um die Welt zu schicken.

Zu Malia aber sagte sie: »Weißt du noch, was mein Vater gesagt hat? Was wir tun müssen, um eine Zukunft zu haben? Um unser Volk zu retten?«

Die Freundin zog ihre feingeschwungenen Augenbrauen zornig zusammen. Ihre Flosse zitterte. Es war nicht der erste Streit, den sie wegen dieses Themas hatten.

»Du wagst es, über unsere Zukunft zu reden? Du hast kein Recht dazu. Wo du die beste Chance dafür abgelehnt hast.«

»Jetzt hör schon auf! Seit mindesten zehn Jahren hat sich kein Meermensch mehr verwandelt. Was soll Liebe, die noch nicht mal zwischen ihm und mir existiert hat, daran ändern? Mein Vater …«

»Mein Vater, mein Vater …«, äffte ihre Freundin sie nach.

»Mein Vater«, Hokulani ließ sich von Malia nicht mehr aus dem Konzept bringen, »hat bewiesen, dass sich die Strömungen und der Säuregehalt des Wassers geändert haben. Er hat euch die plastikgefüllten Mägen der Fische gezeigt, die wir essen. Und er hat auf das wachsende Algenwachstum und Quallenvorkommen hingewiesen …«

»Hokulani, du machst mich krank. Hast du mal überlegt, wieso niemand mehr etwas mit dir zu tun haben will?«

Ohne ein weiteres Wort drehte sich die Meerfrau um, die Hokulani kannte, seit sie das erste Mal in einer Strömung geschwommen war, und verschwand zwischen den Korallen.

Trotz des Stichs in ihrem Herzen folgte Hokulani ihr nicht. Zu groß war ihre eigene Verletzung, zu mächtig war das Unrecht, das ihr angetan worden war. Sie biss ihre Kiefer aufeinander, bis es wehtat. Kein Wunder, dass ihr Vater gegangen war. Immer wieder hatte er bei den Versammlungen angeregt, *Wai Aniani* zu verlassen, weiterzuziehen und einsamere, weniger verschmutzte Gewässer zu finden. Niemand wollte ihm folgen, nicht einmal seine eigene Frau. Der Dreck wäre sowieso schon überall, sagten die einen, sie ließen ihren Besitz nicht zurück, sagten die anderen, und wo hätten sie es so gut und könnten in beiden Welten leben, sagten die Dritten.

Dabei starben sie alle langsam vor sich hin. Ohne Zukunft, hilflos, etwas an ihrer Situation zu ändern oder dem kranken Ozean zu helfen. Dazu verdammt, zuzusehen.

Wieso nur hatte ihr Vater sie nicht mitgenommen? Sechs Monate waren es schon und kein Tag verging, an dem sie sich diese Frage nicht stellte.

Hokulani seufzte tief, dann erinnerte sie sich, dass sie erwartet wurde, und machte sich auf den Weg.

Sie schwamm in die entgegengesetzte Richtung von Malia. Nach unten. Das war ein Umweg, aber Hokulani hatte genug von abfälligen Blicken und gezischten Bemerkungen. Am Grund des Ozeans waren die Meermenschen stiller, kümmerten sich um ihren eigenen Kram.

Das dunkle Blau hier unten hatte heute keine Chance gegen die Sedimentfetzen und verwandelte sich in eine trübe Suppe. Nur ein paar Seesterne strahlten in einem leuchtenden Lila – immerhin.

Hokulani paddelte sacht, um nicht noch mehr Partikel aufzuwirbeln. An der letzten Höhle machte das Riff einen Knick, welchen sie umrundete und ihren Blick zögernd nach oben richtete.

Da lag sie, ein gutes Stück außerhalb der Siedlung, auf einem kleinen Vorsprung, gerade noch hoch genug, um den ganzen Tag in der Sonne zu sein. Die Laborhöhle ihres Vaters. Die heile Welt ihrer Kindheit. Hokulanis Herz zog sich in einem schmerzhaften Krampf zusammen und ihre Augen brannten. Er könnte jetzt einfach vor die Tür treten, ihr winken, sie in den Arm nehmen, ihr sagen, dass er sie niemals verlassen würde.

Ein anderer Meermann erschien im Eingang und vertrieb ihren Kummer. Hokulani lächelte und beeilte sich, ihn nicht länger warten zu lassen.

»Hey Sternchen, du bist spät heute«, begrüßte sie ihr Opa und legte seine Stirn an ihre. Seine Stimme war in den letzten Monaten leise geworden. Hokulani beschränkte sich nicht auf diese klassische Begrüßung unter Meermenschen, sondern umarmte ihren Opa herzlich. Sie warf einen Blick in die Höhle, in der sie ihre Kindheit verbracht hatte. Die Wände waren unauslöschbar mit allen Sekreten und Farben beschmiert, die der Ozean hergab, sodass nach dem Verschwinden ihres Vaters niemand diese Räume hatte haben wollen. Deswegen durfte ihr Großvater sie weiter benutzen. Er war aus dem Ruhestand zurückgekehrt, um als Heiler Tinkturen und Verbände für die Kranken des Volkes zuzubereiten. Allerdings weigerte er sich, die Wohlstandsprobleme der anderen Meermenschen zu behandeln. Meistens half Hokulani ihm, aber heute standen die fertig zubereiteten Tiegel bereits in der Tür.

»Entschuldige meine Verspätung, Opa Tua. Ich bring die Sachen gleich zu den Höhlen.«

Der Greis tätschelte ihre Schulter.

»Kein Grund, gleich wieder abzuhauen. Ich sehe da bei meinem Lieblingsmeermädchen schon wieder eine Sorgenfalte mehr als gestern. Setz dich zu einem alten Meermann und erzähl mir, was los ist, ja?«

Mit einem erstaunlich energischen Griff zog er sie hinter sich her auf eine kleine Bank vor der Höhle.

Aus einem Beutel holte er ein Stück fluoreszierenden Schwamm, steckte ihn sich in den Mund und kaute genüsslich darauf herum.

»Dieses Zeug wird dich noch umbringen«, schimpfte Hokulani.

Ihr Großvater sah in die Ferne des tiefen Blaus. »Ich glaube, bei allem, was unser Ozean, und damit wir, seine Kinder, zu erleiden haben, ist dieser Leuchtschwamm mein kleinstes Problem.«

Hokulani senkte den Kopf.

»Dann denkst du auch, dass wir keine Chance mehr haben?«

Der Großvater streichelte Hokulanis Schuppen.

»So viele Möglichkeiten stecken in den Gewässern dieser Erde. Möglichkeiten zur Regeneration, zur Wiedergeburt. Solange der Ozean nicht aufgibt, ist das für uns auch keine Option.«

»Wieso ist Papa dann gegangen?«

Tua öffnete zärtlich die in ihrem Schoß liegenden, geschlossenen Fäuste.

»Vergib ihm. Er konnte dieses langsame Sterben und sich Aufgeben seiner Leute nicht mit ansehen.«

»Aber«, sie hasste es, wie ihre Stimme zitterte, »wieso konnte er mich einfach aufgeben?«

»Haku wusste, wie stark du bist. Er war sich sicher, du findest deinen Weg allein.«

Hokulani schnellte von der Bank hoch. Ein Schwarm schwarzgelb gestreifter Halfterfische zischte unter einen Felsvorsprung.

»Wie kommt er darauf? Was kann ich schon ausrichten? Was kann irgendwer von uns ausrichten? Müll sammeln? Netze durchschneiden? Medikamente verteilen? All das wird im Endeffekt nichts nützen.« Frustriert ließ sie sich wieder auf die Bank fallen. »Manchmal denke ich, die anderen haben Recht. Der Kampf um das Leben der Ozeane ist längst entschieden«, fügte sie leise hinzu. Dann könnte sie auch mit Nelio fortgehen, ihn bei seiner Reise um die Welt begleiten und nur ein bisschen eifersüchtig sein, wenn er sich paarte.

»Hokulani! Wie kommst du dazu, so zu sprechen! Habe ich dir das über Achtsamkeit beigebracht? Über Mitgefühl und Liebe, die unsere Welt zusammenhält? Über …«

Die Worte, über die ihr Großvater so gern dozierte, trafen sie heute wie Giftstacheln ins Herz. Wo doch genau dieses Mitgefühl ihr Volk in große Gefahr gebracht hatte.

Sie schnappte sich das Paket mit den Medikamenten für die Kranken.

»Wir reden ein anderes Mal weiter. Ich muss los.«

Hokulani ließ ihren Opa vor dem Labor ihres Vaters zurück und floh.

Nachdem sie alle Tiegel vor den richtigen Höhlen abgestellt hatte, blieb Hokulani vor ihrer heutigen Nachtschicht auf den

Seegrasfeldern noch etwas Zeit. Sie schwamm ins Meer hinaus auf der Suche nach Nelio, aber der Walhai tauchte an keinem seiner Lieblingsplätze auf. Niedergeschlagen paddelte sie zu dem Ort, an dem sie sich kennengelernt hatten. Seit diesem Tag war das ihr Rückzugsort, weit mehr als ihre Wohnhöhle. Obwohl dieser Platz weit draußen im offenen Meer lag, hatte sie nie Schwierigkeiten, ihn wiederzufinden. Schon aus der Ferne sah sie die mächtige, von Löchern durchzogene Felsformation. Dieses Stück Stein war voller Leben. Korallen mit strahlend roten Lamellen, Seeanemonen mit im Wasser tanzenden Tentakeln und zahlreichen Fischen, die sich unter den Überhängen des Felsens versteckten.

Eine warme Strömung glitt um die Innenseite des Steins. Im Ozean reichte das aus, damit Leben explodierte. Sonst fassten in dieser Tiefe nur einzelne Steinkorallen Fuß und gaben dem felsigen Untergrund ein warziges Aussehen.

Vermutlich kam Nelio deswegen so gern hierher. Die wärmere Wassertemperatur führte zu einem hohen Aufkommen der kleinen Lebewesen, die er als Nahrung bevorzugte.

Sie ließ sich unter einem Überhang des Felsens nieder und lehnte ihren Kopf an den porösen Stein, genauso wie vor sechs Monaten. Damals hatte ihr Vater sie gerade verlassen und Nael wollte sie auf seine Art trösten. Sie hatte ihn abgewiesen, endgültig. Daraufhin mussten sie auf den Meeresboden ziehen und ihre Mutter war eine Fremde geworden. Seitdem wartete sie.

Auf ihren Vater.

Auf eine Aufgabe.

Hokulani schloss die Augen und reiste zurück zu dem Tag, an dem ein Walhai ihr zumindest einen neuen Lebenssinn gegeben hatte. Aber auch er ließ sie warten.

Ein Schwarm Sardinen zischte an ihr vorbei und holte sie in die Gegenwart zurück. Das Wasser um sie herum war inzwischen eher schwarz als blau. Es war Zeit, sich bei den Seegrasfeldern einzufinden.

Dem Ozean sei Dank hatte sie diese Nachtschichten. Es war in diesen Tagen fast unmöglich, sich mit ihrer Mutter ohne Streit an einem Ort aufzuhalten. Die Abende in ihrer Wohnhöhle verbrachten sie meist in angespanntem Schweigen.

Hokulani musste noch ein paar Sachen zusammenpacken, und so schwamm sie zwangsweise zu Hause vorbei. Ihre Mutter saß abwesend auf einem Felsvorsprung und starrte in die endlose dunkle Weite.

»Mama?«, fragte Hokulani widerwillig. »Alles in Ordnung?«

Die Miene ihrer Mutter wurde verschlossen. »Dank dir und deinem Vater ist schon lange nichts mehr in Ordnung.« Mit diesen Worten schwamm sie in ihre Höhle und hackte mit einem Messer auf einer Algenpflanze herum.

Hokulani versuchte, ihren ansteigenden Puls zu ignorieren. Sie paddelte an ihrer Mutter vorbei und schnappte sich den Beutel, in dem sie alles verstaute, was sie in den Seegrasfeldern fand und für die Medikamentenherstellung mit ihrem Großvater nützlich sein konnte. Grob stopfte sie ihre Muschelmesser zu den Tiegeln und Netzen und fluchte, als sie eines dabei zerriss. Ihre Wut pochte laut in ihren Ohren. Zu laut. Hokulani gab sich jetzt keine Mühe mehr, den Zorn über die Worte ihrer Mutter zu unterdrücken. Zorn war besser als Schmerz.

»Wenn du dir auch Arbeit suchen würdest, hättest du nicht so viel Zeit, dir leid zu tun«, fauchte sie der anderen Meerfrau zu, wartete aber nicht auf ihre Antwort. Ohne einen weiteren Gruß zischte sie aus der Höhle, sodass einige Röhrenaale erschreckt in ihren Löchern verschwanden.

Am Grund des Ozeans war es schon dunkel. Die aufgeladenen Energiesteine leuchteten hell in jeder Höhle und manchmal spürte Hokulani die von ihnen produzierte Wärme im Vorbeischwimmen. Ab und zu erreichte sie auch der

Geruch von auf den Steinen gebratenen Muscheln oder Algen und ihr Magen protestierte lautstark gegen das ausgefallene Abendessen.

Um diese Tageszeit war bei ihrem Volk die Zeit der Geselligkeit, des Geschichtenerzählens und des Lernens.

Seit jeher gaben sie ihr Wissen durch gesprochenes Wort an die nächste Generation weiter, Sammler an Sammler, Handwerker an Handwerker, Heiler an Heiler. Doch es gab keine nächste Generation mehr. Die Gruppen, die sich an den Steinen wärmten, waren klein geworden und wisperten sich Menschenklatsch zu, Halbwahrheiten, die sie von den Bewohnern des Dorfes aufgeschnappt hatten. Entwurzeltes Wissen ohne Halt.

Hokulani seufzte. Als sie das Riff hinter sich ließ, tauchten die Seegrasfelder im flachen Wasser auf. Durch die orangevioletten Strahlen der Abendsonne wurden sie in einen schillernden Strom verwandelt und brachten sie endlich auf andere Gedanken.

3

Hokulanis Hände schmerzten von dem scharfkantigen Gras. Die Arbeit war monoton und normalerweise half ihr das, um abzuschalten. Sie liebte die warmen Wellen hier oben und den nächtlichen Ozean. Die Fische hingen bewegungslos im Wasser oder versteckten sich, viele Lebewesen krochen erst in der Dunkelheit aus ihren Höhlen. Heute hatte sie jedoch schon drei Muschelmesser abgebrochen, war fahrig und die Seegrasreihen lagen endlos vor ihr. Bis auf das Frühstück mit Nelio war der ganze Tag fürchterlich gewesen.

Hokulani seufzte, als das Signal zur Pause erklang.

Ihre verspannten Schultern lockernd, schwamm sie mit den anderen zur Oberfläche. Auf den Seegrasfeldern arbeiteten fast nur Frauen. Ilima war der einzige Meermann, aber wenn sie über Liebe, Mode und den neuesten Klatsch tratschten, blieb er stets bei ihnen. Er wusste diese Themen wohl ebenfalls zu schätzen.

In ihren Pausen lagen sie auf der im Schein des Mondes funkelnden Wasseroberfläche und tauschten im Sternenlicht die Neuigkeiten des Dorfes aus. Seit sie hier arbeitete, war Hokulani bestens über Klatsch und Tratsch von *Wai Aniani* informiert. Obwohl sie kein übermäßiges Interesse an diesen Dingen hatte, tat es ihr gut, an etwas anderes zu denken.

Außerdem löcherte Malia sie jeden Morgen, welche Neuigkeiten die Arbeiterinnen zu berichten hatten. Meistens ging es um die oberen Viertel und Malia konnte nicht glauben, wie leichtsinnig reiche Leute waren, die sich langweilten. Wenn sie in letzter Zeit zusammen gelacht hatten, dann über diesen Tratsch.

Heute rissen sie aber nicht mal die Frauen aus ihrer trübsinnigen und pessimistischen Laune. Immer wieder fragte sie den Nachthimmel, ob der Taucher schon abgereist war und was er vorhatte.

»Hey Lani, was ist jetzt mit dir und Nael? Du hast ihn nicht wirklich abserviert, oder? Gib es zu, das ist nur Taktik.«

Das war Haila, die Älteste der Arbeiterinnen. Ihre raspelkurzen Haare betonten ihr ausdrucksstarkes Gesicht: die großen Augen, umrahmt von unzähligen Falten, die tiefer wurden, wenn sie lächelte. Das tat sie fast immer. Dabei wurde eine riesige Zahnlücke sichtbar, durch die sie manchmal pfiff wie ein Delfin.

Haila erzählte gern, sie habe den Zahn verloren, als sie auf eine Perle gebissen hatte, aber Hokulani wusste, dass im Leben dieser Meerfrau das Wasser nicht immer klar und warm gewesen war. Hokulani liebte es, in ihrer Nähe zu sein, wenn sie laut lachte. Denn sie tat es mit dem ganzen Körper. Ihr Schwanz bog sich und ihre dunklen Hüften und die große Brust bebten. Wenn die kleinen Wellen, die dadurch entstanden, ihre eigene Haut erreichten, fühlte sie sich wie zärtlich durchgekitzelt, und konnte nicht anders als mitzulachen. Ihre gute Laune war ansteckend. Nur die ewige Fragerei nach Nael nervte. Sie waren nicht mehr das Traumpaar des Volkes und jeder, der darauf gewettet hatte, dass sie beide die Strömungen der Zeit umkehren würden, hatte sich getäuscht.

Doch Haila war sich sicher, dass ein Irrtum vorliegen musste.

»Hast du den Körper dieses jungen Meermannes mal gesehen? Seinen muskulösen Fischschwanz? Sag mal, weiß so ein junges Seesternchen wie du eigentlich noch, wie ein Penis aussieht?«

Hokulani verdrehte die Augen. Haila war wieder bei ihrem Lieblingsthema angelangt. »Haila, bitte nicht schon wieder. Wenn es nicht um die Erhaltung unserer Art ginge, wüsste ich nicht, wieso es wünschenswert wäre, sich in so einen schuppenlosen Menschen zu verwandeln. Mit diesen haarigen Beinen«, Hokulani verzog angewidert das Gesicht, »und diesem Penis, von dem du immer redest. Und auch, wenn ich zu jung bin, um einen verwandelten Meermann gesehen zu haben, kenne ich dieses menschliche Körperteil. Wir haben im Unterricht darüber gesprochen. Ein schlaffer Hautschwanz, der sich ab und zu aufstellt? Was soll das bringen?«

Hailas kehliges Lachen trug weit über die Wasseroberfläche. In der Ferne erhoben sich einige Möwen in die Luft.

»Was das bringen soll? O Schätzchen, ich wünsche dir so sehr, dass ein Wunder geschieht und du das in deinem Leben noch herausfinden wirst.« Haila lachte weiter und hörte bis zum Ende der Pause nicht damit auf.

Als Hokulani im Morgengrauen nach Hause schwamm, hatte die körperliche Arbeit sie beruhigt. Der Beutel für Tua war gut gefüllt mit Wasserschnecken, einem toten Seestern, Seegraswurzeln und einigen Muscheln. Sie stellte ihn vor seiner Höhle ab und schwamm weiter. Oft arbeitete er die ganze Nacht durch, da er, wie sie, die Ruhe liebte. In diesen frühen Morgenstunden, wenn die Sonne durch den Höhleneingang schien, schlief er am besten, und sie wollte ihn nicht stören.

Unten, in ihrer eigenen Höhle, hatte sich ihre Mutter auf ihrem Lager mit dem Kopf zur Wand zusammengerollt und rührte sich nicht. Umso besser. Hokulani legte ihr Werkzeug ab und begab sich auf die Suche nach Nelio.

Zwei Stunden später akzeptierte sie schweren Herzens, dass sie diesen Tag zunächst ohne eine Berührung von ihm überstehen musste.

Sie hatte das so satt! Wieso wartete sie immer nur? Wartete, dass etwas passierte oder nicht passierte. Wieso durfte sie das nie entscheiden? Nelio kam und ging, wann er wollte. Ihr Vater kam zurück oder nicht. Sie konnte nur warten. Der Taucher würde sie alle verraten oder nicht. Sie konnte nur warten. Der Ozean starb oder nicht, und auch hier konnte sie nicht wirklich etwas tun.

Sollte ihr Leben so aussehen?

Missmutig schwamm sie zur Schule. Auch etwas, wobei sie keine Wahl hatte. Malia diskutierte mit Nael, sodass Hokulani mit einem kurzen Gruß davonkam und sich auf ihren Platz zurückzog, bereit, den Unterricht über sich ergehen zu lassen.

In der zweiten Stunde kam Keli'i in ihr Klassenzimmer und erörterte die Nachrichten der Welt mit den Schülern. Hokulani klinkte sich aus und starrte aus dem Fenster als ein Meermann vom Außendienst hineinplatzte. Er schwamm zu Keli'i und verbeugte sich tief.

»Volksoberhaupt, die blaue Fahne weht.«

Für einen Moment dachte Hokulani, ihre Kiemen seien verstopft, so sehr schnürte ihr diese Nachricht die Luft ab. Die blaue Fahne war das Notfallzeichen zwischen dem Dorf und dem Volk von *Wai Aniani*. Bis jetzt war es nur einmal notwendig gewesen, als eine Seebebenwarnung das Dorf in Angst und Schrecken versetzt hatte.

Eine Vorahnung, dass diesmal kein Naturphänomen das Problem war, weckte Hokulanis lähmende Angst vom Vortag und landete wie ein Klumpen Eis in ihrem Magen.

»Worum geht es?«, fragte Keli'i grollend. Er schien eher ärgerlich, bei seiner Rede gestört zu werden, als ernsthaft besorgt.

Der Bote gab keine Antwort und zuckte nur wortlos mit den Schultern. Keli'i seufzte.

»Die Schule ist für heute beendet. Ich berufe eine Volksversammlung in *Wahi'aelike* ein, wenn die Sonne das Westriff erreicht. Schüler, sagt allen Bescheid.«

Das ›Westriff‹ befand sich an einer Sandbank, einige Seemeilen südwestlich von *Wai Aniani* im Ozean. Hier fiel der Meeresboden steil ab. Die Sonne erreichte *Wahi'aelike* nur in den letzten Mittagsstunden. Das Oberhaupt verließ die Schulhöhle und machte sich auf den Weg an die Oberfläche. Nael, Malia, Zaina, Yolli und Hokulani sahen einander unbehaglich an.

»Denkt ihr, es geht um den Touristen, der uns gestern gesehen hat?«, fragte Zaina.

»Hätte es etwas gebracht, wenn wir gestern Bescheid gesagt hätten?«, wollte Malia wissen.

Nael wiegelte ab.

»Und dann? Was hätte ein Meermensch dagegen tun können? Bleibt locker. Bestimmt kommt nichts dabei raus, außer vielleicht vier Wochen Oberflächenverbot.«

Er nahm Zaina, die ängstlich die Schultern hochzog, kurz in den Arm, dann schwamm er zum Ausgang.

»Ich übernehme die oberen Viertel. Kommst du, Mal'?«

Ihre Freundin winkte beklommen und folgte ihrem Bruder.

»Ich geh nach ganz unten«, sagte Hokulani zu der restlichen Klasse.

Nur raus hier. Tränen, ein ganzer Ozean davon, sammelten sich in ihren Augenwinkeln. Schnell blinzelte sie und paddelte davon. Auf dem Grund des Riffs angekommen, brachte sie die Botschaft in den einzelnen Höhlen stockend und mit zitternder Stimme vor. Dann schwamm sie ins offene Meer hinaus, tauchte so tief, wie sie sich traute. Hier war der Meeresgrund flach und felsig. Nur ein paar kümmerliche Algen wuchsen zwischen den Steinen. Sie versteckte sich unter einem Felsvorsprung und ließ das Schluchzen frei, an dem sie in den letzten Minuten fast erstickt wäre.

Ihre einsame Schuld drückte sie nieder und nahm ihr die Kraft.

Zeit verlor jede Bedeutung in ihrem Kummer – bis sie in ihrem dunklen Versteck eine Präsenz spürte. Sie hob den Kopf und entdeckte einen Tigerhai, der in einigem Abstand auf- und abschwamm. Tigerhaie waren aggressiv und dieser sah interessiert an ihr aus. Möglichst ruhig erhob sie sich und tauchte zurück in flachere Gewässer. Zeit, sich ihrer Schuld zu stellen.

Der Hai folgte ihr nicht.

Hokulani war zu spät. Keli'i schwamm schon etwas über den anderen und rezitierte wie immer zu Beginn einer Versammlung das Gebet an den Ozean. Während der letzten Zeile quetschte sich Hokulani in die hinterste Reihe.

Keli'i sah sie an und fuhr ohne eine Maßregelung fort.

Sie schluckte. Wie gern hätte sie heute eine kleine Spitze auf sich genommen, zum Zeichen, dass es keinen Grund zur Sorge gab. Dass alles wie immer war. Dass niemand einen unverzeihlichen Fehler gemacht hatte. Um sich abzulenken, sah sie sich um.

Wahi'aelike war ein steinernes Halbrund voller Geheimnisse. Dunkle, hohe Basaltformationen waren überzogen von unzähligen Seepocken und bildeten eine Barriere gegen Sediment und Strömung. In die Wände waren Muster geschnitzt worden, Reliefs, die das Leben des Meervolks darstellten. Sie waren kaum noch zu erkennen und deren genaue Bedeutung war heute niemandem mehr bekannt. Keli'i hatte sie gelehrt, dass *Wahi'aelike* ein eingestürzter, einst aktiver Vulkan sei. Davon gab es viele in diesen Gewässern. Sie waren Zeugen der Geschichte Hawaiis am Rande einer Divergenzzone des Erdmantels, Zeugen eines unruhigen Meeresbodens, der immer in Bewegung und stets bereit für Überraschungen war. Doch woher kamen dann die Schnitzereien und sollte das Innere nicht wie ein Schlot geformt sein? Stattdessen stiegen die Seiten sanft an wie die Rundung einer Schüssel.

Hokulani zuckte zusammen, als das Oberhaupt sprach.

»Volk von *Wai Aniani*, hört. Ich habe denkbar schlechte Neuigkeiten. Wir wurden von einem Menschen erkannt.«

Aufgeregtes Gemurmel brandete auf. Hokulani erahnte am Rande ihres Blickfeldes, dass Malia sie ansah, ängstlich, auf der Suche nach einer Verbündeten. Doch sie konnte nur geradeaus starren, während ihre Brust immer enger wurde. Was wusste Malia schon. Unbarmherzig fuhr Keli'i fort.

»Das Dorf hat alles versucht, diesen Menschen umzustimmen, aber Bürgermeister Nakoa sagte mir, der Mann habe ihm gar nicht zugehört.«

Tua schüttelte besorgt mit dem Kopf und Haila verschränkte ihre Arme schützend vor ihrem Körper. All das stach wie spitze Dolche auf Hokulani ein. Selbst die geröteten Augen ihrer Mutter brachten sie heute aus dem Konzept. Keli'is Gesicht bestand aus einer einzigen Sorgenfalte.

»Leider kommt es noch schlimmer. Dieser Mann treibt sich wohl schon eine Weile auf Moloka'i herum, und ich weiß nicht wie, aber er hat das Land gekauft, das wir Kumimi Beach nennen, und hat die Erlaubnis, dort eine Hotelanlage zu bauen.«

»Aber die Regierung von Moloka'i will doch gar keine Touristen hierhaben.« Der Zwischenruf kam von Lua, ihrer Lehrerin.

Keli'i schien verärgert durch die Unterbrechung, dann dominierte wieder die Hilflosigkeit in seinem Blick.

»Ja … Laut Nakoa habe dieser Mann unschlagbare Argumente. Die Regierung könne nichts gegen ihn ausrichten. Der Bürgermeister sagte, die besten Chancen habe man, wenn man sich mit ihm anfreundet.«

Anfreundet? Dieser Mann wollte ihren Lebensraum zerstören. Viele der Meermenschen schienen dasselbe zu denken und machten ihrem Unmut Luft.

»Der kann sich mit den Haien anfreunden.«

»Sollen wir betteln?«

»Der soll uns erstmal kriegen.«

»Der Ozean gehört uns.«

»Schieb dir das Anfreunden sonst wohin, reicher Mensch.« Das war natürlich Haila. Ihre Gesichtsfalten wirkten wie ein zugezogener Sack.

Keli'i ließ die Schultern hängen. Fast tat er Hokulani leid. Seine Augen wanderten hektisch über die Massen – da kam eindeutig noch mehr! In Hokulani zog sich alles zusammen, während er zögernd seine Lippen öffnete: »Er hat uns zwei Alternativen gegeben.«

Es wurde still im Versammlungsrund.

Keli'i drückte eine große Menge Meerwasser durch seine Kiemen, bevor er fortfuhr. »Erstens, er baut diese Hotelanlange und wird so lange Tauchteams durch diese Gewässer schicken, bis er uns gefunden hat. Dann wird er die Tour für Touristen anbieten.«

Jeder Meermensch wusste, dass dies den Tod des Riffs bedeuten würde. Die Korallen wären die ersten, die sterben würden, dann würden die Fische verschwinden und der Lebensraum wäre zerstört.

Vereinzelte Seufzer waren zu hören. Die zweite Möglichkeit konnte unmöglich schlimmer sein.

»Oder«, der große Meermann schien die Worte selbst nicht aussprechen zu wollen, »wir geben ihm eine junge Meerfrau als Geschenk. Er hat gesagt, er will sie heiraten.«

Jetzt war kein Halten mehr.

Alle schrien durcheinander und schüttelten ihre Fäuste. Die vielen schlagenden Fischschwänze trübten das Wasser und verschleierten die Sicht.

»Er wird keines unserer Kinder bekommen. Wir müssen weiterziehen. Das ist am sichersten für uns alle«, rief Zainas Mutter.

Eine andere Meerfrau aus der oberen Kaste ging auf sie los. »Ich gehe auf keinen Fall. Diese Lage finde ich sonst nirgends. Denkst du, ich lebe in irgend so einer kalten Höhle mitten im Meer?«

Ähnliche Diskussionen brachen aus. Nur Hokulani und ihre Freunde schwiegen. Nun suchte Hokulani doch Malias Blick. Trotz allem war sie ihre Freundin. Ihre Freundin, die genau an diesem Riff in *Wai Aniani* so glücklich war. Hokulani hob langsam die Hand. Es gab gute Gründe, weiterzuziehen und sich einen neuen Lebensraum zu suchen. Aber niemand würde ihretwegen gehen müssen. Niemand sollte ihre Fehler ausbaden.

Hokulani erhob sich, sodass alle sie sehen konnten. Aus dem Augenwinkel sah sie, wie sich Malias Augen ungläubig weiteten und sie wie wild den Kopf schüttelte.

»Ich werde gehen.« Ihre Worte schwebten im Wasser und jeder hatte sie gehört.

4

Im flacheren Wasser, kurz vor der Brandung, hielt Keli´i sie zurück.

»Bist du sicher?«, fragte er fast ehrfürchtig.

Hokulani nickte knapp.

»Dann danke ich dir für deinen Mut«, antwortete er. Als er seine Stirn an ihre legen wollte, drehte sie sich weg. Es war eine Ehre, wenn ein Ranghöherer diese Geste einem Rangniederen anbot. Doch Hokulani hatte die Willkürlichkeit dieser Regeln auf die harte Tour gelernt und konnte darauf verzichten.

»Bringen wir es hinter uns«, flüsterte sie und paddelte, ohne sich umzudrehen, in Richtung Ufer.

Wenn Hokulani ihre Augen schloss, sah sie es vor sich: Wie ihre Ankündigung Tuas Gesicht schlagartig um Jahre hatte altern lassen, wie sich den Furchen in seiner Haut auf einmal nichts mehr entgegengestellt hatte. Sie sah Hailas rote Augen und fühlte noch ihre Hand, die versucht hatte, sie zurückzuhalten.

»Niemand muss sein Zuhause verlassen«, flüsterte sie leise und hob tapfer den Kopf.

Hatte sich ihr Vater gefühlt wie sie? Überzeugt, das Richtige zu tun, obwohl man die Falschen dabei verletzte? Sie wollte ihrem Großvater auf keinen Fall weh tun, aber es gab nur diese Möglichkeit, ihre Schuld zu begleichen, ihrer Sippe ein friedliches restliches Leben zu sichern und Nelios Lebensraum zu bewahren.

Hokulani versuchte, die Angst vor diesem Menschen in ihrem Innersten zu begraben und zufrieden zu sein, dass durch ihren Fehler kein Unschuldiger zu Schaden gekommen war. Sie würde wiedergutmachen, was sie angerichtet hatte.

War Kumimi Beach, der Ort, an dem sie Bob nach seinem Tauchunfall zurückgelassen hatte, zufällig der heutige Treffpunkt? So oder so fühlte Hokulani das Gift, das der Mensch damit in ihr Blut spritzte. Die Brandung war jetzt so flach, dass sie nicht mehr schwimmen, sondern sich mit den Armen in Richtung Ufer ziehen mussten.

Der blonde Mann stand am Strand und sah ihnen seelenruhig zu, wie sie sich abmühten, das Ufer zu erreichen. Keli'i setzte Hokulani darüber in Kenntnis, dass er Bob hieß und Amerikaner war.

Er hatte kein Hemd an, was ein Fehler war, denn seine bleichen Schultern hatten die Farbe eines Hummers angenommen. Seine Hände steckten in einer dieser lächerlich bunten Shorts, die Augen versteckte er hinter einer dunklen Sonnenbrille. Seine Lippen jedoch verzog er zu einem siegessicheren Lächeln. Er sah aus, als hätte er niemals daran gezweifelt, das zu bekommen, was er wollte.

Bürgermeister Nakao und Ahe umringten Bob und klatschten beim Anblick der Meermenschen in die Hände wie Kinder. Wie kleine Putzerfische, die die Großen im Meer umkreisten, auf den Abfall der Räuber hoffend. Bob war in der Nahrungskette klar über ihnen.

»Das reicht«, bestimmte Hokulani, als die Wellen so flach waren, dass ihre Schwanzflosse gerade noch mit Wasser bedeckt war. »Er kann uns ruhig ein bisschen entgegenkommen.«

Sie blieb mit Keli'i in der knietiefen Brandung liegen und wartete ab.

Dröhnende Motorengeräusche kamen von der Uferstraße immer näher und zwei monströse Bagger bogen auf den Strand ab.

»Bei allen Ozeanen …«, entfuhr es Keli'i.

Bob fackelte nicht lange.

Hokulanis Schwanz zuckte hin und her. Wollte er sie einschüchtern? Ihnen zeigen, dass sie keine Wahl hatten? Dass er sie in der Hand hatte?

Wütend starrte sie auf die riesigen Maschinen, ohne die Menschen zu beachten, die mit trampeligen Platschern auf sie zukamen. Dann stand Bob auf einmal vor ihr, so nahe, dass sie den Kopf in den Nacken legen musste und genau in die Sonne sah. Sie kniff die Augen zusammen. Ihr Stolz zappelte wie ein Fisch auf dem Trockenen und fachte ihre Wut an. Wieso war er da oben und sie wand sich im Sand wie ein Wurm? Er hätte in die Hocke gehen oder einen Schritt zur Seite machen können, um ihr Schatten zu spenden. Tat er nicht.

»Das soll meine Meerjungfrau sein?«

Jetzt bückte Bob sich doch, schob die Sonnenbrille auf seine Haare und strich über ihren Fischschwanz. Bevor Hokulani seine Hand wegschlagen konnte, hatte er sich schon wieder aufgerichtet und grinste.

»Fantastisch! Ein bisschen zu füllig für meinen Geschmack, aber ich kann sie ja auf Diät setzen.« Er zwinkerte ihr zu. »Cooles T-Shirt übrigens. Ist mir schon beim ersten Mal aufgefallen.« Er wandte sich zum Gehen.

Hokulani war erstarrt, wagte kaum, zu atmen. Hatte jemand der Umstehenden gehört und verstanden, was Bob gesagt hatte? Sie hatte nie vorgehabt, sich bei ihrem Volk als aufopfernde Heldin zu verkaufen, aber für das Leben, das vor ihr lag, verlangte sie vom Schicksal wenigstens, dass ihr Fehler ihr Geheimnis blieb. Ihr schreckliches Geheimnis, dass sie diesen Bob nicht zum ersten Mal sah. Jetzt, da sie diesen

Menschen in seiner ganzen Scheußlichkeit und Rücksichtslosigkeit lebendig vor sich sah, drohte sie, zu ersticken. Warum hatte sie ihn gerettet?

»Wie geht es jetzt weiter? Wann wird die Hochzeit stattfinden?« Keli'i rief dem Amerikaner hinterher wie ein Bittsteller. Das respektable Oberhaupt ihres Volkes gab es hier nicht.

Bob drehte sich um. »Hochzeit? Das war eigentlich nur … wobei? Warum eigentlich nicht?« Er breitete die Arme aus. »Die Idee ist ausgezeichnet. Lass uns heiraten, Liebling.«

Ein erneutes Zwinkern, bevor er die dunklen Gläser wieder auf seine Nase zog.

Hokulani dachte an den donnernden und erleichterten Applaus, in den das Meervolk bei ihrer Ankündigung schließlich eingefallen war. Sie dachte an Keli'i, der sie auf einmal mit Ehrfurcht behandelte. Es half alles nichts. Ihr Fischschwanz zitterte. Vor Wut. Vor Angst.

Was hatte sie sich nur gedacht? Im ganzen Ozean hatte sie noch nie so eiskalte Augen gesehen.

»Morgen, Sonnenuntergang. Ich hol dich ab.« Er deutete mit dem Zeigefinger auf sie, wartete ihre Antwort jedoch nicht ab und stakste durchs Wasser zurück an den Strand.

»Ich verlange einen Vertrag!«, rief Hokulani ihm hinterher.

Bob erstarrte, legte den Kopf schief. Dann drehte er sich langsam zu ihr um. Kam wieder einige Schritte auf sie zu. »Und was dann, kleine, dicke Arielle? Nimmst du ihn mit zu dir unter das Meer? Da wird er sich auflösen.« Bob kicherte über seinen Scherz.

»Ahe kann darauf aufpassen. Oder Nakoa.«

Die Dorfbewohner sahen unglücklich aus, als Hokulani sie mit hineinzog. Aber sie ließ sich nicht beirren und hatte nicht vor, sich ohne Sicherheit diesem Ungeheuer auszuliefern. »Der Deal war, dass du mich bekommst und mein Volk dafür in Frieden leben lässt. Und du musst geheim halten, dass es uns gibt.«

Sie stemmte sich mit beiden Armen hoch, um nicht länger kriechen zu müssen. Das war nicht viel, aber sie fühlte sich ein bisschen stärker.

Konnte der Typ ihr nicht mal in die Augen sehen? Ein schmieriges Lächeln zog seine Lippen auseinander. »Alles, was du sagst, Prinzessin.« Als er sich wieder wegdrehte, breitete er die Arme aus. »Ich liebe Hawaii!«, rief er und stakste endgültig an den Strand.

Hokulani wartete nicht, bis er in sein glitzerndes Auto stieg. Sie stieß sich mit ihrer Flosse ab, warf sich herum und war mit einem Kopfsprung in der nächsten Welle verschwunden.

Ohne sich von Keli'i zu verabschieden, bog sie in die unteren Viertel ab. Vielleicht hatte sie Glück und ihre Mutter war nicht zu Hause. Sie brauchte jetzt ein paar Momente Ruhe. Aber als sie in der Wohnhöhle ankam, wartete Leimoni auf sie. In der Küche stand ihr Lieblingssalat und am Geruch erkannte Hokulani, dass sie die teuren Gewürze verwendet hatte. Wie hatte sie das so schnell geschafft?

»Liebling, da bist du ja …« Ihre Unglücksfalten waren verschwunden und sie strahlte über das ganze Gesicht.

Hokulani schickte doppelt so viel Wasser wie sonst durch ihre Kiemen. Wut, Scham, Schuld und Angst lähmten ihre Flosse und benebelten ihr Gehirn. In irgendeinem Winkel ihres Denkens wusste sie, dass ihre Mutter es gut meinte, aber sie hatte jetzt keine Nerven dafür.

»Liebling? Seit wann das?« Hokulani wich mit verschränkten Armen zurück.

Leimoni wand sich wie ein Aal und schwamm langsam und zaghaft auf sie zu.

»Ich weiß, wir hatten schon bessere Tage, aber ich will dir sagen, wie unglaublich stolz ich auf dich bin.«

Die Tochter ließ zu, dass ihre Mutter sie umarmte. Ungefähr einen Wellenschlag lang. Dann entschied sie, dass sie es ihr nicht so leicht machen konnte, egal, was nach ihrer Hochzeit kommen würde. Das Privileg, Hokulani nahe zu sein, hatte sie verwirkt. Spätestens als sie von ihr verlangte, einen Jungen zu heiraten, den sie nicht leiden konnte. Spätestens seit klar war, dass ihr gesellschaftlicher Stand für sie wichtiger war als Hokulanis Glück.

»Ich muss hier raus«, war alles, was sie hervorbrachte, bevor sie die Höhle verließ und ins offene Meer schwamm.

5

Hokulani zappelte auf Malias Lager herum. Sie starrte aus dem Fenster in das tiefe Blau des Ozeans, knetete ihre Finger und hatte das Gefühl, auf ihre Hinrichtung zu warten.

Ihre Flosse zuckte ununterbrochen, bis Malia sich neben sie setzte und eine Hand auf ihre Schuppen legte. »Hey, mein Vater hat gestern noch mal mit Ahe gesprochen. Er meinte, dass dieser Bob auch ganz schön lustig sein kann. Muss zwar immer sagen, wo es langgeht, aber sonst kann man wohl gut mit ihm auskommen.«

In Hokulani schrie alles. »Mit ihm auskommen? Malia, er bedroht unser Riff. Eiskalt und sehenden Auges nimmt er den Untergang unseres Lebensraumes für so ein verdammtes Hotel in Kauf.«

Ihre Freundin zog die Schultern hoch. »Ich meine ja nur. Wenn du so geladen an die ganze Sache rangehst, kann es nur schlimm werden. Wenn ihr Freunde werdet, schaffst du es vielleicht, ihn für deinen Standpunkt zu begeistern.«

Hokulani kräuselte die Nase und hob an, um zu widersprechen, doch Malia redete schnell weiter.

»Mein Vater sagte, Bob fährt ziemlich oft mit einem dieser stinkenden, lauten Boote weg und kehrt dann tagelang nicht zurück. Dann kannst du nach Hause kommen.«

Malia meinte es gut. Hokulani schloss ihre Freundin in die Arme. »Ich danke dir«, flüsterte sie an ihrem Ohr.

»Du dankst mir? Ich bin nicht die Heldin, die sich vor die ganze Bucht mit all seinen Lebewesen wirft.«

War sie eine Heldin? Nein, es ging nur um Schuld und Liebe. Sie musste Nelios Lebensraum beschützen. Bilder einer toten Unterwasserwelt schossen wie aufgescheuchte Papageienfische durch ihren Kopf: ausgeblichene, gebrochene Korallenskelette, fischlose Buchten, verschmutztes und trübes Wasser, das die Kiemen verstopfte. Sie wusste, was die Menschen anrichteten. Und sie sah ihren stolzen Freund, abgemagert und krank, auf der verzweifelten Suche nach Nahrung in immer größere Tiefen abtauchen, sodass das Sonnenlicht seine einzigartige Zeichnung nicht mehr zum Schillern brachte.

In ihrem Herzen war ihr immer klar gewesen, dass Nelio und sie keine Zukunft hatten. Trotzdem hatte sie davon geträumt. Aber die Wahrheit war, er würde sie nie als Gefährtin akzeptieren. Und wenn sie so sein Leben retten konnte, war das der beste Grund, ihren Körper zu verkaufen.

Hokulani richtete sich auf. Sie öffnete ihre Hände und legte sie nebeneinander auf ihren Fischschwanz. Auch ihre Flosse beruhigte sich. »Ich werde der Schild sein für alles, was ich liebe«, sagte sie und ein trauriges Lächeln stahl sich dabei auf ihre Lippen.

Malia lehnte ihre Stirn an die der Freundin. Momente kamen und gingen. Dann verlegte sie sich darauf, rege Betriebsamkeit zu verbreiten, und Hokulani liebte sie dafür.

»Ich bin sicher, es wird nicht so schlimm werden. Und du kannst uns immer besuchen. Ich habe sogar gehört, Bob baue extra einen Infinitypool mit Salzwasser neben seinem Bungalow für dich«, plapperte sie, während sie die langen, glatten Haare ihrer Freundin mit einem ihrer Plastikkämme bearbeitete und die dunklen Strähnen im Nacken zusammensteckte.

Hokulani zog die Augenbrauen hoch und versuchte sich an Malias Galgenhumor. »Uhh, ein Infinitypool. So viel besser als der Ozean. Was werdet ihr mich alle beneiden.« Sie war nicht gut darin, schaffte es noch nicht mal, sich ein Lächeln abzuringen.

Wahllos nahm sie eines der glitzernden Tücher ihrer Freundin und schlang es um ihren Hals. Dann sah sie aus dem Loch in der Meerhöhle nach oben. Weit über ihnen zauberte der Himmel schon die ersten Wunder der Abenddämmerung.

»Es wird Zeit, ich glaube, es wird die Sache nicht einfacher machen, wenn ich zu spät komme.«

Hokulanis Stimme hallte monoton in ihren Ohren. Sie hatte alle Gefühle auf dem Grund ihres inneren Meeres vergraben. Zumindest für den Moment.

Als sie in der großen Wohnhöhle erschien, schreckten Malias Eltern auf.

Hokulanis Mutter schwamm auf sie zu. »Du siehst hübsch aus. Ich bin so stolz auf meine Tochter.« Einer ihrer Arme legte sich um sie wie ein toter Fisch. »Sie wird durch diese Heirat einen einmaligen Beitrag zur Verständigung unserer Völker leisten.« Der tote Fisch um ihre Schultern drückte zu.

»Sie wird in die Geschichte des Meervolkes eingehen«, pflichtete ihr Menami, Malias Mutter, bei.

Keli'i konnte Hokulani nicht einmal ansehen. »Malia, Tochter, wie geht es unserer Braut?« Ununterbrochen blinzelte er und runzelte die Stirn. Vermutlich versuchte er wie die anderen, eine künstliche Fröhlichkeit zu erzeugen, die alles nur deprimierender machte. Gut möglich, dass er froh war, wenn sie aus dem Volk verschwand. Sie hatte seinen Sohn abgelehnt, das blieb sicher ein trüber Schleier in seinem sonst so klaren Wasser.

»Sie ist bereit – nur etwas nervös«, antwortete Malia und spielte ihre Rolle in diesem absurden Theaterstück.

Hokulani sehnte das Ende herbei.

»Ich verstehe.« Keli'i räusperte sich. »Nun, das ist verständlich. Wir alle wissen nicht so genau, was dieser Mensch … Aber genug.« Keli'i schwamm vor Hokulani auf und ab, während er weiterredete. »Dann ist alles geregelt. Ich werde schon mal nach oben schwimmen. Dieser Bob hat für die Zeremonie wohl ein riesiges Floß bauen lassen. Die eingeladenen Gäste mussten unterschreiben, nichts von dem, was sie sehen, weiterzuerzählen. Eine Verschwiegenheitserklärung nennt man das. Der Mensch scheint sich an seine Versprechen zu halten.« Keli'i sah Hokulani erwartungsvoll an, doch sie schwieg. »Er erwartet uns bestimmt schon«, murmelte der große Meermann daraufhin und schwamm mit hängenden Schultern aus der Wohnhöhle. Die Mütter folgten ihm.

Nicht zum ersten Mal vermutete Hokulani, dass er Angst vor *diesem Bob* hatte und beschloss, sich selbst nicht einschüchtern zu lassen.

Malia und sie sahen Keli'i, Menami und ihrer Mutter nach, wie sie Richtung Oberfläche verschwanden.

Plötzlich war die Nervosität wieder da. Aber jetzt war der falsche Moment, um durchzudrehen. Hokulani schloss die Augen und malte sich ein Bild ihrer Zukunft. Jeden Morgen würde sie zu Nelio schwimmen. Und wenn *dieser* Bob wegfuhr, konnte sie ebenfalls Zeit mit ihrem Walhai verbringen, ihm folgen, wohin er auch zog. Sie würde niemandem Rechenschaft ablegen müssen. Ihre Mutter konnte wieder das Leben führen, das sie ihr gestohlen hatte, mit ihren Frauentreffen und Tanzeinladungen. Ihren Opa konnte sie besuchen. Ihren Vater konnte sie vergessen. Nur Vorteile.

»Na dann, bringen wir es hinter uns«, brachte Hokulani mit der Grimasse eines Lächelns hervor.

Ihre Freundin hielt sie zurück.

»Nein, warte. Das Wichtigste fehlt noch.« Mit geschickten Handgriffen befestigte sie eine große Muschel an Hokulanis

Haar im Nacken, dann verschränkte sie zufrieden die Arme vor der Brust.

»Bitte sehr. Eine wunderschöne Braut.«

Hokulani betrachtete sich in einem Menschenspiegel und am liebsten hätte sie sich diesen künstlichen Aufzug vom Leib gerissen und wäre in den Tiefen des Ozeans verschwunden, um Nelio zu suchen. Aber sie lächelte.

»Du bist eine Künstlerin, Malia.«

»Nicht der Rede wert. Aber da ist noch jemand, der dir ›Alles Gute‹ wünschen will.« Malia schmunzelte.

Sie nahm Hokulani an der Hand und zog sie vor die Wohnhöhle. Dort war das gesamte Dorf *Wai Aniani* versammelt. Meermenschen, die das letzte halbe Jahr nicht mit ihr geredet hatten, aber auch Nael, Zaina und Yolli, ihre Lehrer, ihre Schicht von den Seegrasfeldern. Ganz vorn stand Tua neben Haila.

Hokulani schwamm in seine Arme.

»Sei mir nicht böse, wenn ich nicht mit zur Oberfläche komme«, murmelte er in ihr Ohr und sein Alter schien ihn heute auf den Boden des Meeres zu drücken. Hokulani presste ihn an sich, bis sie meinte, seine Rippen knacken zu hören, dann kehrte sie mit hängendem Kopf zu Malia zurück.

Sie formte mit den Lippen ein lautloses »Danke« an Haila, als sie sah, dass die Arbeiterin eine tröstende Hand auf Tuas Schulter gelegt hatte. Dann streckte sie die Hand nach Malia aus und zusammen schwammen sie zur Wasseroberfläche.

Das Floß war schon vom Meeresboden aus gut zu erkennen. Hokulani tauchte absichtlich in einiger Entfernung auf, um sich zu orientieren und an das blendende Licht der Sonne zu gewöhnen. Sie hielt sich die Hand über die Augen und versuchte, auf dem Floß Einzelheiten auszumachen.

Keli'i und die Meerfrauen saßen am Rand auf den Holzbalken, und ließen die Fischschwänze ins Wasser baumeln.

Jemand hatte ihnen Blumenketten umgehängt. An der geduckten Haltung und den eingezogenen Köpfen erkannte sie trotzdem, dass sie auf den ersten Moment warteten, zu flüchten.

Auf dem Floß waren jede Menge Menschen, die sie nicht kannte. Das waren nicht die Menschen mit bronzefarbener Haut von Moloka'i, mit denen das Meervolk schon seit Generationen Handel trieb. Das waren farblose Wesen, die ihre Augen hinter riesigen dunklen Gläsern versteckten und ihre Körper in große Mengen Stoff hüllten.

Malia trieb neben ihr, schwieg, und Hokulani meinte, ein Echo ihrer eigenen Gedanken von ihrer Freundin zu hören.

»Das ist Bob, oder?«, fragte Malia schließlich etwas ratlos. Hokulani folgte ihrem Blick und entdeckte ihn ebenfalls. Sie presste die Lippen zusammen und nickte. Er schien heute bester Laune zu sein, hatte seine dunkle Sonnenbrille wieder auf die Stirn geschoben und hielt damit seine gesträhnten, nackenlangen blonden Haare zurück. Er trug einen weißen Anzug, der in der Sonne strahlte, außerdem hatte er ein halbes Dutzend Blumenketten um den Hals. In seiner Hand trug er eine braune Glasflasche, aus der er immer wieder einen Schluck nahm. Ständig klopfte ihm jemand auf den Rücken oder schlug mit einer anderen Flasche gegen seine.

Auf dem Floß war neben einer großen Bar, aus der Getränke gereicht wurden, auch ein riesiges Fass aufgebaut. Hoffentlich würde keiner von ihr verlangen, dass sie dort hineinsprang.

Bob entdeckte sie und winkte begeistert.

»Das ist doch irgendwie süß«, murmelte Malia.

Langsam schwammen sie auf das Floß zu. Hokulani war in Gedanken bei ihrer majestätischen, gütigen, großen Liebe und schwieg.

Dann war es so weit. Bob kniete sich an den hölzernen Rand und streckte Hokulani die Hand hin. Ein scharfer, leicht fauliger Mundgeruch schlug ihr entgegen. Alkohol.

»Willkommen, meine Braut. Was siehst du hübsch aus heute.«

Sie betrachtete ihn und suchte verzweifelt nach etwas Nettem, das sie hätte sagen können. Ihre Gedanken waren jedoch damit beschäftigt, sich aus einem wilden Strudel zu befreien. Hatte Malia recht? Hatte Bob eine Seite, mit der sie auskommen konnte? Ihr Stolz schrie ihr entgegen, aber hier ging es um ihr weiteres Leben und das des Riffs. Wenn sie einen Krieg mit Bob anfing, würde er dann auf sie hören, was die Sicherheit ihres Volkes anging? Und wie realistisch wären dann Ausflüge ins Meer? Sie traute ihm zu, sie in einen Pool einzusperren. Sie hatte von Menschen gehört, die Meeresbewohner in kleine Glaskästen einsperrten und damit ihre Wohnhöhle dekorierten.

Hokulani merkte jetzt erst, dass alle auf eine Reaktion von ihr warteten. Also traf sie eine Entscheidung, sah Bob an, legte ihre Hand in seine und versuchte etwas Liebenswertes an den Augen zu finden, blau, doch leblos wie ein Swimmingpool, und an den kleinen Fältchen, die sie an die Fußspuren der Sumpfohreule erinnerten. An den weißen Zähnen, die aussahen, als wolle er sie in sein nächstes Opfer hauen. An dem breiten Grinsen, das nicht die kleinste Welle in seinen Swimmingpoolaugen verursachte.

Worte fand sie keine, da sie zu beschäftigt war, ihren Stolz zu ersticken. Sie senkte den Kopf und schwieg. Sollten sie doch denken, sie wäre eine schüchterne Braut.

Das schien Bob nicht zu entmutigen. »Willst du nicht hochkommen? Ich habe diese große Tonne aufgebaut, damit du mit mir unter dem Blumenbogen sein kannst.«

Als sie wie wild den Kopf schüttelte und versuchte, sich von seinen ziehenden Fingern loszureißen, umfasste er mit seiner zweiten Hand die ihre. »Ruhig, Kleine, ruhig.« Da war er wieder, der harte Glanz in seinen Augen trotz seiner sanften Worte. »Wir müssen das nicht machen«, sagte er zu ihrer Überraschung.

Ihr Herzschlag beruhigte sich etwas.

»Weißt du was? Ich komme einfach zu dir.« Mit diesen Worten sprang er, ohne zu zögern, mit seinem weißen Anzug und einem vollendeten Kopfsprung in das blaue Wasser. Das Johlen der anderen Landbewohner bestätigte, dass sie von ihrem Gastgeber solche Kapriolen gewohnt waren. Als er auftauchte, die Tropfen von seinen blonden Wimpern abperlten und er diese blauen Augen wieder öffnete, versuchte Hokulani zu lächeln. Während er langsam auf sie zuschwamm, sich dabei das Wasser von der Nase pustete und das Sonnenlicht in seinen Iriden tanzte, redete sie sich ein, dass sie miteinander auskommen würden. Deswegen ließ sie es zu, dass er vorsichtig seinen Arm um ihre Taille legte und sich mit dem anderen an dem Floß festhielt. Er grinste und fuhr sachte über den Übergang zwischen Schuppen und Haut an ihrer Seite.

»Das fühlt sich umwerfend an«, flüsterte er und sah dabei aus wie ein kleiner Meerjunge, der eine glänzende Muschel gefunden hatte. Seine Finger streichelten sie weiter, während er der Besatzung des Floßes zurief: »Ich habe eine Meerjungfrau gefangen und ich werde sie genau hier heiraten. Kann bitte jemand den Priester holen?«

Ein älterer Herr in einer weiten Robe trat zu ihnen an den Rand des Floßes und begann, nichtssagende Worte zu rezitieren.

Hokulanis Gedanken rasten. Das alles fühlte sich so falsch an. In ihrem Inneren tobte ein Sturm, der sie zu zerreißen drohte. Was tat sie hier? Bobs Arm um ihre Taille, dessen Haut zu weich und menschlich war, engte sie jetzt schon ein. Bob war kein bisschen wie Nelio. Bob war alles, was sie verachtete. Hatte sie sich gegen Nael zur Wehr gesetzt, um jetzt seine Berührungen zu ertragen?

»Willst du?«, flüsterte er ihr in diesem Moment zu. Die Gesichter um sie herum hielten den Atem an. Sie sah in Bobs Augen, die sich ungeduldig verengten. Die Hand an ihrer Taille lag still.

Für dich, Nelio.

»Ich will«, antwortete sie.

»Sie dürfen die Braut jetzt küssen.«

Die letzten Worte des Priesters gingen im Jubel der Gäste unter. Bob zog sie an sich und schob ihr seine Zunge rücksichtslos zwischen die Zähne. Ein tonnenschweres Gewicht um ihre Flosse zog sie in dunkle Tiefen, aus denen es kein Entrinnen gab.

Ihr Ehemann kniff sie in den Po. »Ich bin gespannt, was du alles zu bieten hast«, knurrte er in ihr Ohr. Dann wandte er sich seinen Freunden zu. »Lasst uns eine Party feiern!«

An dem Floß war wohl ein Motor befestigt, der jetzt losdröhnte. Hokulani hasste das Geräusch unter und über Wasser und hielt sich die Ohren zu.

»Komm jetzt rauf aufs Boot, Arielle.« Mit diesen Worten stemmte er sich auf das Floß.

»Ich heiße Hokulani«, sagte sie, aber er hörte ihr nicht zu und zog sie ebenfalls auf das Holz, bis sie am Rand zu sitzen kam. Bevor sie im Wasser Schutz suchen konnte, packten sie zwei Menschen. »Lasst mich gefälligst runter«, schimpfte sie, doch Bobs Freunde hoben sie hoch und trugen sie zu der Tonne. »Bitte nicht …«, flehte sie. Trotzdem bugsierten die Männer und Frauen sie grölend in das Holzfass. Das Wasser bedeckte sie nur bis zum Bauch und ihre Flosse wurde so geknickt, dass ein stechender Schmerz durch ihren Fischschwanz schoss.

Bob legte seine Hand an ihren Nacken. »Sei nicht so eine Spielverderberin. Jetzt wird gefeiert. Aber erst muss ich deine

Sippe loswerden.« Mit diesen Worten wandte er sich an Keli'i. »Die Feier ist für euch vorbei. Ihr habt euch an die Abmachung gehalten. Ich auch. Die Gäste haben sich zum Stillschweigen verpflichtet und hier«, er zeigte auf eine große Kiste aus Plastik, in der etwa zwanzig Handys lagen, »sind alle Mobiltelefone. Euer Geheimnis ist sicher. Jetzt könnt ihr abzischen und Arielle und ich werden uns ein bisschen besser kennenlernen.«

Keli'i und die beiden Meerfrauen, auch ihre Mutter, hatten es eilig, in ihre Welt zurückzukehren. Sie drehten sich nicht einmal um, bevor sie in die Wellen glitten.

Verzweifelt suchte Hokulani den Blickkontakt zu Malia, aber diese lächelte ihr nur aufmunternd zu.

»Komm uns bald besuchen,« rief sie, dann folgte sie den anderen.

Bob schlenderte zu ihrer Tonne und brachte *seiner Meerjungfrau* eine kleine braune Flasche. »Trink was, auf den Schrecken.«

Er grinste breit, gab ihr das kühle Glasgefäß und stieß mit seiner Flasche dagegen. Mit einer Kopfbewegung forderte er sie auf, es zu ihren Lippen zu heben.

Versuch, mit ihm auszukommen, du bist nicht in der Position, einen Krieg zu beginnen, sagte sie sich immer wieder.

Vorsichtig nippte sie und verzog das Gesicht. Sie hasste alles an Alkohol. Den Geschmack und dass ihr sofort davon schwindelig wurde. Bob lachte derb.

»Los, versuch's gleich nochmal – dann wirst du vielleicht ein bisschen lockerer.«

Hokulani sah ihn finster an und verlegte sich darauf, mit dem kalten Glas ihre Schultern zu kühlen, deren braune Haut schon nach diesen wenigen Minuten in der Sonne rot wurde und brannte.

Bob beobachtete sie.

Machte er sich etwa Sorgen?

»Meervolk verträgt keine UV-Strahlen«, erklärte sie. »Wir sind eigentlich nur nachts oder in der Dämmerung an der Luft.«

»Ach papperlapapp, du wirst dich schon daran gewöhnen.« Seine Augen glitten über ihren Körper. »Vielleicht reibe ich dich ja heute Abend mit Öl ein, damit deine Schmerzen verschwinden … oder um dich zu braten.« Wieder lachte er, heiser und dreckig. »Oder wer weiß, vielleicht gefällst du mir ja.«

Bei der Art, wie sein Blick über Hokulanis Körper wanderte, wurde ihr übel.

Ein junger Mann trat zu Bob und schlug ihm auf die Schulter. »Nicht schlecht, Alter, nicht schlecht. Das wird dir einige Follower bringen. *Mein Leben mit einer Meerjungfrau*. Also wirklich, wie hast du diese Freaks nur gefunden? Schade nur, dass sie keine roten Haare hat, so wie die aus dem Zeichentrickfilm. Und ein bisschen speckig ist sie halt.«

Bob zuckte mit den Schultern, aber der Mann wartete nicht auf eine Antwort.

»Darf ich sie mal anfassen?«, fragte er.

»Klar, Roger«, Bob grinste jovial, »tu dir keinen Zwang an.«

Der andere fuhr ihr erst mit einem Finger über den Rücken, dann legte er die ganze Hand auf Hokulanis schuppenbesetzten Hintern.

»Wahnsinn«, hauchte der Mensch und etwas Spucke sammelte sich in seinem Mundwinkel.

Hokulani erwachte aus ihrer Schockstarre. Endlich wusste sie, was sie mit der braunen Flasche anfangen sollte und holte aus. In diesem Moment entstand Bewegung auf dem Floß.

»Ein Hai!«, kreischte eine Frau.

Ein Hai? In dieser Bucht gab es keine Haie. Außer … Hokulani ließ die Flasche sinken. Jegliche Kraft wich aus ihrem Körper. Hektisch sah sie sich um. Das war Nelios Lieblingsbucht!

Mit geweiteten Augen beobachtete sie, wie Bob zur Bar raste und unter dem Tresen eine riesige Harpune hervorzog.

Nein, bei der Tiefe des Ozeans, bitte!

Nelio durfte nicht hier sein!

Trotz des Sonnenscheins, den er liebte, und trotz dieser Tageszeit, während der das Wasser so warm war, dass er gern hier ins Flache kam, um sich aufzuwärmen und zu fressen.

Die Menschen brüllten und gestikulierten.

»Da, backbord, Bob, da ist er. Meine Güte, ist der groß. Da kannst du fast nicht danebenschießen.«

Hokulani gelang es, trotz der Männer und Frauen, die sich vor ihr drängten, einen Blick auf das Tier im Wasser zu werfen. Ihr Magen füllte sich mit Lavagestein. Sie hätte das graubraune Muster auf der Rückenhaut in jedem Ozean der Welt wiedererkannt.

Sie schrie mit allem, was sie in sich hatte: »Nelio! Bring dich in Sicherheit!«

Hatte er sie gehört oder hatte sein Instinkt ihn gewarnt? Der Walhai floh.

Wutentbrannt drehte sich Bob zu ihr und holte mit seiner Faust aus. »Wenn du hier noch einmal so rumkreischst, zieh ich dir die Fischhaut ab.«

Das Floß nahm die Verfolgung auf und die Meute der Hochzeitsgesellschaft johlte.

»Ist das alles, was der draufhat? Bob, lass den ja nicht entwischen!«

Hokulani tobte in ihrem Fass. Sie würde sicher nicht abwarten, bis ihr majestätischer, friedliebender Freund, der dort im Wasser um sein Leben schwamm, abgeschossen wurde.

Das Fass schwankte und kippte schließlich um. Der Aufprall auf den Planken des Floßes raubte ihr den Atem, aber sie achtete nicht darauf, stemmte sich hoch und robbte, so schnell sie konnte, in Bobs Richtung.

Ihr Bräutigam drückte ab.

Zeit dehnte sich aus und zog sich dann wieder zusammen, als die Harpune in Nelios gepunkteten Rücken eindrang. Das Wasser färbte sich rot. Nelio bekam Schlagseite und schlingerte. Durch die Kraft dieser Bewegung wurde Bob seine Waffe aus der Hand gerissen und trudelte hinter dem Walhai her.

Hokulani brüllte, als hätte sich die Metallspitze in ihren eigenen Leib gebohrt.

Sie robbte zum Rand des Floßes und glitt ins Wasser. Dann schlug sie mit ihrer Schwanzflosse hin und her, so schnell sie konnte. Nelio tauchte ab und sie schwamm über ihm. Vielleicht würde es diese Monster davon abhalten, noch einmal zu schießen.

Als sie tief genug waren, gab sie die Deckung auf und eilte zum Walhai. Was sie sah, zerriss ihr Herz. Nelio fiel mehr, als dass er nach unten schwamm. Er lag seitlich im Wasser und aus der Wunde, in der die Harpune noch steckte, floss so viel Blut. Mit einem dumpfen Krachen schlug er auf dem Meeresboden auf.

In derselben Sekunde war Hokulani bei ihm. Sie tastete ihn ab und überlegte fieberhaft, wie sie ihm helfen konnte. Ihr fiel nichts ein. Sie hatte nichts, um ihn zu verbinden, und traute sich nicht, die Harpune herauszuziehen.

Nelios Atem ging stoßweise. Da konnte sie nicht anders. Sie schmiegte sich an seinen weichen Bauch zwischen die Vorderflossen. Legte ihre Wange an seinen Unterkiefer und wurde von Schluchzern geschüttelt, als er zu zittern begann. Um ihn direkt an ihrer Haut zu spüren, riss sie sich den lächerlichen Glitzerschal herunter. Nicht eine Sekunde hörte sie auf, über die Hautzähne an seiner Seite zu streichen, und wünschte sich, die Zeit, die ihnen blieb, würde sich ins Unendliche ausdehnen. Tat sie nicht.

»Ich werde dich immer lieben«, konnte Hokulani ihm noch zuflüstern. Dann spürte sie, wie aus dem riesigen Walhai das Leben wich. Für eine Weile wollte sie sich einbilden, dass die leichten Wellen, die sie und das große Tier hin und her wiegten, seine Atemzüge waren. Vielleicht war sie sogar an seiner Brust eingeschlafen. Aber schließlich musste sie sich eingestehen, dass das, was dieses schöne Wesen ausgemacht hatte, nicht mehr da war. Mit einer letzten Berührung seiner Haut nahm sie Abschied. Dann schwamm sie davon, in das tiefe, unergründliche Blau.

6

Ein Tag war vergangen, an dem sie geweint, geklagt und Bob verwünscht hatte. Aber sie hatte ebenfalls über ihre Optionen nachgedacht und den ersten Impuls verworfen, immer weiter zu schwimmen, in ein unbekanntes Meer, das sie nicht an Nelio erinnerte. Wenn sie nicht zurückkäme, wäre das Riff dem Untergang geweiht. Sie musste Bob überzeugen, sein Hotel nicht zu bauen. Mit dem Hotel kämen die Touristen, die Taucher, die Motorboote, das Plastik. Die Korallen würden sterben. Ihr Volk würde seine letzten Jahre auf der Flucht verbringen.

Es ging leider nicht nur darum, Bob gegenüberzutreten. Sie musste seine Sympathie gewinnen. Die letzten Nahrungsreste ihres Magens kamen dem Meer gefährlich nahe und sie presste sich die Hand vor den Mund.

Hokulani seufzte und trat den Rückweg an. All das war ihre Schuld. Sie konnte wenigstens das Versprechen gegenüber ihren Leuten einhalten. Hoffentlich würde Bob sich noch darauf einlassen.

Während sie schwamm, überfiel ihr Herz eine wilde Hoffnung, von der ihr Kopf wusste, dass es ein Wunschtraum war. Vielleicht hatte Nelio doch wieder angefangen, zu atmen? Wäre es nicht wunderbar, wenn sie sich getäuscht hätte? Vielleicht hatte der eine Schluck Alkohol ihr Schreckliches vorgegaukelt? Wie von einem Magnet angezogen, paddelte sie zu ihm zurück.

Doch als sie durch die Schwebteilchen des Ozeans die Konturen ihres Freundes erkannte, waren da fünf Gestalten, die den riesigen Walhai anhoben.

Waren das Taucher? Nein, sie hatten Fischschwänze. Es waren Meermenschen. Wollten sie etwa … Hokulani würde niemals zulassen, dass Nelio dem Dorf als Nahrung dienen würde.

»Hey, lasst ihn sofort runter! Er wird auf keinen Fall …«

Einer der Männer wirbelte herum, in einer Hand hielt er die blutige Harpune. Ein Haarschopf, schwarz wie die Feder der Hawaiikrähe, verdeckte zunächst sein Gesicht, doch dann nahmen sie seine wütenden Augen gefangen, die sie noch nie gesehen hatte. Dunkelblau und funkelnd wie der Nachthimmel über Moloka'i.

Drohend kam er auf sie zu. »Wer bist du, dass du es wagst, Anspruch zu erheben?«

Hokulani wich zurück, die Hände erhoben. Wer war dieser Typ? Sie musterte seine breiten Schultern, die in einer engen Rüstung aus Fischschuppen steckten. Seine schmale Taille ging in einen kräftigen Fischschwanz über und die muskulösen, nackten, braunen Arme waren angespannt, als wollte er sie packen. Ein kurzer Blick auf die anderen vier Meermenschen zeigte ihr, dass sie vom gleichen Schlag waren.

Hokulani drückte aufgebracht Wasser durch ihre Kiemen und verbat ihrem Herz, davonzustürmen. Die Hände in die Seiten gestemmt, stellte sie sich ihnen in den Weg. Diese Wilden würden Nelio nicht verschleppen.

»Er heißt Nelio und war mein Freund. Ihr solltet ihn hierlassen, wo er wieder ein Teil des Meeres werden kann.«

Sie wollte resolut klingen, respekteinflößend. Doch ihre Stimme zitterte und brach.

Der Blick des dunkelhaarigen Meermannes wurde etwas

weicher und gab sie frei. Jetzt erkannte Hokulani, dass er nicht viel älter war als sie.

»Nelio, also. Hat *er* dir seinen Namen gesagt?«

Ihre Wangen wurden heiß. War ja klar, dass dieser Typ ihre Beziehung zu dem Hai nicht verstand. Wie alle anderen.

Hokulani hob ihr Kinn. »Manche Verbindungen sind so stark, dass Sprache überflüssig ist.«

Mit diesen Worten schwamm sie an dem Kerl vorbei. Die Strömung trieb ihr seinen Geruch entgegen. Bedrohlich. So wie die großen Raubfische im Ozean. Ihr Fischschwanz peitschte. Diese Hälfte war so viel näher an den Reflexen rund ums Überleben als ihr menschlicher Teil. Doch ihr Herz und ihre Hand wollten Nelio berühren, ein letztes Mal. Deshalb kämpfte sie gegen ihre Instinkte an und kehrte dem Fremden den Rücken zu. Sie legte ihre Finger auf Nelios Seite, zärtlich, vorsichtig, obwohl schon alles geschehen war. Die Kälte und Steifheit des Kadavers traf sie unvorbereitet und bedrohte ihre Erinnerungen an die Kraft und Wärme ihres Freundes. Sie prallte zurück.

Direkt hinter ihr stand der Fremde und ließ sie an seiner Brust zerschellen. Hokulani fuhr herum, doch sein Blick war auf ihren Freund geheftet. Seine Augen waren jetzt fast schwarz und die Sterne waren erloschen.

»In Wahrheit hieß er Ikaika und war mein kleiner Bruder.«

Tausend Gefühle stürzten auf Hokulani ein. Die Trauer des Jungen vibrierte durch das Wasser und bildete in ihrem eigenen ausgehöhlten Herz ein Echo, das ihr fast den Verstand raubte. Langsam drang der Sinn seiner Worte in ihr Bewusstsein.

»Bruder? Dann hast du auch gespürt, dass er etwas Besonderes ist … war?«

Sie war so aufgeregt, dass jemand etwas anderes in ihrer Liebe sah als einen Fisch, dass sie die Distanz der Fremdheit überwand und dem Meermann ihre Hand auf die Brust legte.

Sein Herz stolperte unter ihren Fingern. Er wich zurück und verschränkte seine Arme.

»Natürlich war er etwas Besonderes. Er war der Mutigste von uns allen und hat sich jeden Tag in diese Bucht getraut, um unser Heiligtum zu bewachen.«

Er biss sich auf die Lippen.

Hokulani zog die Augenbrauen zusammen, während tausend Fragen in ihrem Kopf explodierten. Der Meermann gab ihr aber keine Gelegenheit, eine davon zu stellen.

»Wir nehmen Ika jetzt mit, um uns im Kreis unserer Familie von ihm zu verabschieden. Komm mit, wenn du wissen willst, wer er wirklich war.«

Ohne sich weiter um sie zu kümmern, hoben die anderen vier Meermenschen den riesigen Fisch auf die Schultern und schwammen davon.

Erleichterung war die stärkste Strömung in Hokulani, als sie der Karawane folgte. Nelio hatte eine Familie gehabt und war geliebt worden – auch wenn sie nicht verstand, wie das möglich war. Wie so vieles andere.

Wer waren diese anderen Meermenschen? Zwei von ihnen hatten die Gesichtszüge und die bronzefarbene Haut der Ureinwohner von Hawaii, zwei waren weißhäutig und sehnig wie Touristen. Und wer war dieser Kerl mit den dunkelblauen Augen, auf den die Gruppe hörte, obwohl sein Gesicht jedes Gefühl preisgab?

Sie schwammen schweigend, bis sie an die große Strömung kamen. Hier drehte sich der Meermann mit dem Krähenhaar zu Hokulani um und nickte ihr zu. Nahm zur Kenntnis, dass sie noch da war.

Langsam näherte er sich ihr, wie einem scheuen Tier, das er fangen wollte. »Wenn du Ika weiter begleiten willst, muss ich dich später für das letzte Stück betäuben. Der Ort, an den wir gehen, sollte geheim bleiben.«

Einer von Nelios Trägern, ein riesiger Meermann, der aussah wie ein hawaiianischer Koakrieger, protestierte. »Kaleo, nein! Wir nehmen sie nicht mit.«

»Das ist meine Entscheidung, Kai. Erkennst du nicht mehr, was Liebe ist, selbst wenn du sie direkt vor dir hast?« Dabei ließ er Hokulani nicht aus den Augen. In seinem Blick war so viel Herausforderung wie Verständnis.

Kaleo also. Die Meerfrau sah sich um und verschränkte ihre Arme vor der Brust. Sie waren nur wenige Meilen vom großen Graben entfernt. Jedes Kind ihres Volkes lernte, diese geologisch instabile Region zu meiden.

»Wohin schwimmt ihr von hier?«, fragte sie, hauptsächlich um Zeit zu gewinnen. Sie wollte Nelio nicht verlassen, wollte mehr über seine Familie lernen, und trotzdem verspürte sie kein Bedürfnis, sich betäuben zu lassen.

»Wir müssen durch den großen Graben und dann …«

»Den großen Graben? Es ist gefährlich …«

Kaleo schnaubte. Er schien diese Antwort von ihr erwartet zu haben und ließ sie nicht ausreden.

»Ist das dein Ernst? Wir sind Meervolk. Wir gehören hierher, so wie die Fische, die auch dort unten leben. Das haben nur manche vergessen.«

Die Meermenschen, die Nelio auf ihren Schultern trugen, murmelten etwas und schlugen mit ihren Flossen.

Ihr Anführer zog die Augenbrauen hoch. »Und? Kommst du?«

Sie presste ihren Mund zu einem Strich zusammen und schüttelte entschieden den Kopf.

Wortlos gab Kaleo seinen Männern ein Zeichen und sie trugen den Walhai davon. Hokulani wandte sich ab, um nach Hause zu schwimmen.

Ihr Riff brauchte sie. Nelio war tot. Jetzt würde es nicht mehr schwer sein, bei Bob zu leben. Im Grunde war es ihr gleichgültig.

Die Meermänner waren schon fast im tiefen Blau verschwunden, als Hokulani herumwirbelte und der Gruppe hinterherrief. »Wartet, ich komme mit!«

Sie würde den Rest ihres Lebens mit einem Monster verbringen. Da hatte sie es verdient, ihre Liebe bis zum Ende zu begleiten und seine Familie kennenzulernen. Und wenn dieser Kaleo sie mit seiner Betäubung umbrachte, und sie nie wieder aus dem tiefen Graben auftauchte, dann war es eben so.

Er wartete kurz vor *ke au nui,* der großen Strömung, auf sie. Mit einer kleinen Verbeugung ließ er ihr den Vortritt, bis der Sog sie erfasste. Nachdem sie an ihm vorbeigeschwommen war, blieb er knapp hinter ihr.

Das Wasser traf sie mit der Wucht eines Buckelwals, presste ihre Haare fest an den Kopf und schleuderte die Muschel, die von ihrer Hochzeit immer noch in ihrer Frisur steckte, ins tiefe Blau. Hokulanis Herz rutschte bis in ihre Schwanzflosse, wo es in einem hektischen Stakkato weiterschlug. Ihre Arme ruderten hilflos gegen die Kraft des Wassers, und selbst bei quergestellter Flosse wurde sie von *ke au nui* weitergezerrt. Panisch sah sie zu Kaleo. Er schien die wilde Strömung mühelos zu meistern, als wäre er ein Teil von ihr.

»Hör auf, zu kämpfen«, rief er ihr zu. »Lass dich einfach treiben.«

Sie schnaubte. Treiben lassen? In diesem reißenden Fluss? Sie versuchte es, entspannte sich und warf sich in die Arme des Wassers, anstatt es zu bekämpfen. Da verstand sie, was er meinte. Der Strom umschlang sie und hielt sie fest. Beschützte sie, wie es von jeher nur der Ozean vermochte. Ihre Kiemen flatterten nicht länger wie die Flossen eines Anemonenfischs, sondern weiteten sich befreit. Für einen Moment vergaß Hokulani ihren Kummer und genoss es, in dieser Geschwindigkeit zu schwimmen.

Viel zu früh verließen die Männer vor ihr mit Nelio den Strom. Hokulani zappelte wieder, stellte schließlich ihren ganzen Körper gegen *ke au nui* und schaffte es trotzdem fast nicht, ihnen zu folgen. Gerade als das Wasser sie mit sich fortnehmen wollte, war Kaleos Arm da. Er schob sie so weit aus der Strömung, dass sie den Rest allein bewältigen konnte. Sie hätte ihm gerne gedankt und auch nichts gegen eine kleine Verschnaufpause gehabt, doch die Eskorte des Walhais war fast wieder im tiefen Blau verschwunden. Sie reisten weiterhin in einem hohen Tempo. Berge tauchten auf und schwarzes Lavagestein formte Säulen, Torbögen und Gänge.

Kaleo schwamm nach wie vor hinter ihr. Hokulanis Herz schlug in einem nervösen Rhythmus, der laut in ihren Ohren dröhnte. Auch wenn er nur sichergehen wollte, dass sie nicht verloren ging, hatte sie das Gefühl, ein Raubtier in ihrem Rücken zu haben. Warum sonst sollte ihr Körper so reagieren?

Sie passierten Schwärme von silbernen Sardinen und schillernden Thunfischen, wurden für eine Weile flankiert von lebhaften Delfinherden und majestätischen Mantagruppen. Hokulani bekam rote Augen und wünschte sich, sie hätte diese Schönheiten mit Nelio erleben können, solange sein Herz noch geschlagen hatte. Sie war ewig nicht mehr im tiefen Blau unterwegs gewesen. Seit ihr Vater sie verlassen hatte.

Ob sie das Meer jemals wieder so sehen würde? Welches Leben würde am Ende dieser Reise auf sie warten? Einatmen, ausatmen. Sie musste stark sein wie diese Wellen. Um möglichst viele Erinnerungen aufzunehmen und abzuspeichern, drehte sie den Kopf nach allen Seiten – und erstarrte. Dutzende von Haien flankierten sie: Hammerhaie, Riffhaie, Leopardenhaie, einige weiße Haie und viele andere Arten. Hokulanis Flosse peitschte hin und her, bis sie merkte, dass die Tiere in einem respektvollen Abstand folgten, geordnet und fast ehrfürchtig. Das war keine Jagd, sondern eine Prozession. Fragend sah sie Kaleo an.

»Du bist nicht der einzige Freund, den Ika hatte«, erklärte der Meermann fast barsch.

Hokulani schwamm rückwärts, um diese Menge an Haien zu begreifen und zu bewundern, sah aber ein, dass sie so nicht schnell genug war. Sie beeilte sich, aufzuschließen.

Die Meermänner hielten an. Kaleo schwamm neben sie. Seine Augen blieben hinter seinem Haarschopf verborgen.

»Bleibst du bei deiner Entscheidung?«, fragte er. Dabei gab er sich keine Mühe, eine Einladung auszusprechen. Wieso war er denn auf einmal so abweisend? Bereute er, sie mitgenommen zu haben? Nun, das hätte er sich früher überlegen müssen. Sie reckte das Kinn und nickte. Kaleo schnippte mit den Fingern und einer der blassen Meermänner, dessen Haar schon mit grauen Strähnen durchzogen war, kam auf sie zu.

Seine zierliche Gestalt und sein freundliches Grinsen änderten nichts an seiner gefährlichen Aura. Er hatte rote Bänder in seine Haare geflochten und seine ebenfalls rötliche Rüstung war mit feinen weißen Streifen verziert. Er grinste sie an. Seine Zähne bestanden aus gelblichen Stümpfen.

»Entspann dich, Kleine. Liam wird dir nicht wehtun«, hörte sie ihn noch, doch einen Wimpernschlag später rammte er ihr eine lange Nadel in den Hals.

Das Gift wirkte schnell. Schon drehte sich das wenige Sonnenlicht weit über ihr und der Ozean kippte. Während ihr Geist aufgab, einen klaren Gedanken zu fassen, nahm ihr Körper noch wahr, wie sie aufgefangen und ihre Wange an eine glatte Schuppenrüstung gebettet wurde.

»Ich bleibe hinter euch«, sagte Kaleo.

Die Vibrationen seiner Stimme an ihrem Ohr schickten sie endgültig in einen tiefen Schlaf, gegen den sie sich nicht wehren konnte.

7

Sie erwachte in einer Höhle. Die steinernen Wände waren bedeckt von schimmernden Muscheln, bunten Mineralien und strahlend blauen Schwämmen. Dazwischen waren Reliefs, die denen im Versammlungsgrund zum Verwechseln ähnlich sahen, in den Stein gehauen.

Doch für diese Dinge hatte Hokulani nur einen oder zwei Blicke übrig. Bläuliche Sonnenstrahlen fielen durch ein Loch in der Decke und malten einen hellen Kreis auf den felsigen Boden. In dessen Mitte lag Nelio.

Seine Wunde war mit Algen abgedeckt und in den glitzernden Schattierungen des sonnendurchfluteten Wassers sah er friedlich aus.

Sieben Meermenschen umringten ihn, hatten die Köpfe gesenkt und die Augen geschlossen. Kaleo wandte Hokulani den Rücken zu, flankiert von den vier Kriegern, mit denen sie hergekommen waren. Die Krieger, deren Haut die Farbe von ausgebleichtem Stein hatte, standen ebenfalls mit dem Rücken zu ihr, doch sie konnte die Gesichter der anderen beiden studieren. Da war Kai und neben ihm, genauso muskulös und furchteinflößend, eine Frau. Der warme Goldton ihrer Haut, die strengen Züge – sie sahen sich so ähnlich, dass sie Geschwister, vielleicht sogar Zwillinge sein mussten. Die Runde vervollständigten zwei Meermenschen, die sie zuvor nicht gesehen hatte und deren zierlichere Staturen Hokulani annehmen ließen, dass es sich ebenfalls um Frauen handelte. Lange Haare in Grau und Braun verdeckten die Gesichter.

Beklommen rappelte sich Hokulani auf und kam näher. Die Szene war so intim, dass sie sich wie ein Eindringling fühlte. Warum hatte Kaleo sie mitgenommen?

Einige Steinchen rutschten unter ihrem Fischschwanz davon. Die Unbekannte, deren Haar noch voller Farbe war, hob den Kopf und sah Hokulani an. Ihr junges Gesicht trug das Gewand der Trauer, die Stirn in Falten, die Augen rot. Das warme Braun ihrer Haut schien durch Kummer durchscheinend geworden. Und doch lächelte sie bei Hokulanis Anblick tapfer und streckte die Hand nach ihr aus. Dankbar folgte die der Einladung und schwamm an ihre Seite.

»Kaleo hat erzählt, mein Bruder war dir sehr wichtig?«, flüsterte ihr die junge Frau statt einer Begrüßung zu.

Hokulani nickte stumm.

»Ich bin Pal«, war alles, was sie danach sagte, während sie die Hand ihres Gastes fest drückte.

»Hokulani«, flüsterte sie zurück.

»Schh!«

Beide Frauen zuckten zusammen und Pal richtete den Blick wieder starr auf ihren toten Bruder.

Die Grauhaarige legte den Finger an die Lippen. Ihre Augenbrauen hatte sie zornig über der Nase zusammengezogen. Trotzdem erkannte Hokulani das Gesicht einer Großmutter, die ein Kind verloren hatte und die sich nicht vorstellen konnte, jemals wieder zu lächeln.

Die Botschaft war klar. Sie duldete nicht die kleinste Störung dieser Trauerfeier. Ihre Körpersprache war autoritär und Hokulani hatte keinen Zweifel über ihren hohen Rang in dieser Gruppe.

Da sie Nelios Anblick nicht lange ertragen konnte, ohne zusammenzubrechen, sah sie sich wieder in der Höhle um.

Kaleo stand ihr jetzt genau gegenüber, den Kopf tief gebeugt, sein schwarzer Schopf verdeckte seine Züge komplett. Er stützte sich auf einen Stab, an dessen Spitze ein riesiger, kreisrunder blauer Stein schimmerte. Wie auf ein geheimes Zeichen hob Kaleo sein Gesicht dem Licht entgegen, das durch die Höhlendecke flutete. Seine geschwungenen Brauen waren entspannt, die Augen klar. Sein Brustkorb weitete sich, dann breitete er die Arme aus und hob den Stab weit über seinen Kopf.

Ohne ein Wort zu sagen, stieß er ihn mit voller Kraft in den Felsboden. Die blaue Perle wurde lebendig, leuchtete erst sanft, wurde dann immer heller und strahlte schließlich weißgolden mit dem Sonnenlicht um die Wette.

»Es geht los. Gute Reise, kleiner Bruder.« Obwohl er leise sprach, erfüllte er das Gewölbe mit seiner Stimme.

Dann atmete der Ozean ein, die Höhle dehnte sich aus und durch das Loch in der Decke strömte Wasser in den großen Raum. Die Wände fingen das Licht der Sonne auf. Die bunten Mineralien schienen sich die Strahlen zuzuwerfen, bis alles leuchtete. Glänzende Muscheln trugen ihren eigenen Teil zu dem Lichterspiel bei.

Die Höhle zog sich wieder zusammen und das Wasser wurde zurück nach außen gedrückt. Das Licht von den Wänden folgte und bündelte sich genau bei Nelio. Ein Wirbel entstand rund um ihn, Luftbläschen erschwerten die Sicht auf den riesigen Fisch. Hokulani sah verstohlen zu Pal. Was passierte hier? Doch der traurige Blick des Meermädchens blieb weiter auf das Zentrum gerichtet. Dann weiteten sich ihre Augen, bevor sie den Kopf hängen ließ und die Arme um sich schlang.

In der Mitte der Höhle, im Schein des zur Ruhe gekommenen Sonnenlichts, lag ein toter Meermann. Er war groß und schien etwa so alt wie Kaleo zu sein, seine braune Haut und seinen dichten schwarzen Haarschopf zu haben. Hokulanis

Herz stotterte und schlug nur widerwillig weiter. Nelio, ihr Freund, ihre Liebe, zweifellos Kaleos Bruder. Ein Schrei bildete sich tief in ihrem Inneren, doch sie presste die Lippen aufeinander, um ihm den Weg zu versperren.

Die grauhaarige Frau stürzte vor und warf sich mit einem Aufheulen ihrem am Boden liegenden Enkel an die Brust. Leise wimmerte sie unverständliche Worte und schüttelte den leblosen Körper sanft. Sie nahm seinen Kopf in ihre Hände und küsste ihn sacht auf die Wange, legte ihr Gesicht an seines. Hokulanis Tränen schwammen stumm mit denen der anderen Meermenschen in den Ozean.

»Wieso?«, fragte die alte Meerfrau ihren toten Jungen. »Wieso?« Diesmal schrie sie und schlug mit ihrer knochigen Faust auf seine Brust.

Kaleo fing sie ein, nahm sie bei den Schultern und drückte sie an sich. Er führte sie von dem Leichnam weg. Sie leistete keinen Widerstand und blieb an seiner Seite, fest in seine Arme geschmiegt.

Pal schwamm als Nächste auf ihren Bruder zu, kniete sich vorsichtig neben ihn und legte sanft die Hand auf seine gewaltige Schulter. »Mach's gut, Ika. Ruhe in Frieden.«

Mit gebeugtem Kopf nahm sie den Platz neben ihrer Großmutter ein. Auch die anderen erwiesen dem Leichnam nach und nach die letzte Ehre, sprachen einige leise Worte oder berührten seine Haut.

Hokulani hatte erwartet, das Kaleo den Abschluss machen würde, doch als sie in seine Richtung sah, packte er sie mit seinen dunkelblauen Augen und nickte ihr zu.

Zögernd schwamm sie zu Nelio. Endlich konnte sie seine Gesichtszüge richtig erkennen. Und obwohl seine Seele diesen Körper schon verlassen hatte, entdeckte sie so viel von ihrem Walhai. Dieselbe Güte und Ruhe. Er war es wirklich und hatte als Meermensch wie sie existiert. Die Erkenntnis schlug rücksichtslos auf Hokulani ein und fegte den letzten Rest ihrer

Selbstbeherrschung davon. Sie sackte neben dem Leichnam zusammen, berührte seine Haut, die nun glatt und weich war wie ihre, führte dann ihre Finger zu ihren Lippen. Bildete sie sich das Echo der feinen Hautzähnchen ein, oder schimmerte die Form des Walhais auch im Tod noch über ihm?

Sie schloss ihre zitternden Finger in ihrem Schoß zu Fäusten, presste die Augen zusammen, suchte Schuldige, suchte Antworten und als sie nichts fand, gab sie sich ihrer Trauer hin.

Das Schluchzen erstickte sie auf seinem unbarmherzigen Weg an die Oberfläche.

Es wäre möglich gewesen.

Sie hätten zusammen sein können, hätten miteinander sprechen und sich berühren können. Hatte sie nicht genug an diese Liebe geglaubt? Warum hatte er sich ihr in dieser Form nicht gezeigt? Wie sollte sie so von ihm Abschied nehmen, wenn sie diese vollen Lippen, diese festen Wangen und diese friedlich geschlossenen Augen gerade erst kennengelernt hatte?

Kaleos Stimme erklang erneut, getränkt von Trauer und trotzdem laut und ohne den Hauch eines Zitterns.

»Und nun, Meeresmutter, nimm dein Kind Ikaika zu dir und nähre dich von ihm. Lass seine Kraft deine werden.«

Der Ozean atmete wieder ein und das Wasser und das Leuchten kehrte in die Höhle zurück. Doch diesmal brach der Felsboden, auf dem Nelio lag, auf. Mit einem Flossenschlag brachte sich Hokulani in Sicherheit. Unter dem Felsen glühte rote Lava, bevor die vulkanischen Schwefeldämpfe aufstiegen und den Kampf von Feuer und Wasser verbargen. Der Untergrund rumpelte und die Dampfexplosion versiegte. Nelio war verschwunden.

Der Ozean atmete aus. Durch das obere Loch flutete immer noch Sonne hinein, doch der Platz in der Mitte der Höhle war jetzt leer.

Nach einem Moment der Stille verließ die Gruppe die Höhle. Unschlüssig wartete Hokulani. Sollte sie einfach gehen? Sie wusste nicht wohin mit sich. Pal schien ihre Gedanken zu lesen, kam auf sie zu und nahm sie abermals bei der Hand.

»Du musst unbedingt zum Essen bleiben«, bat sie freundlich und ohne auf die Antwort zu warten, zog sie sie hinter sich her. Hokulani folgte der Gruppe durch einen langen, dunklen Tunnel, in dem nur fluoreszierende Schwämme etwas Licht spendeten.

Nelio war ein Meermann gewesen.

Nelio war tot.

Nelio würde nie seine Hand heben und Hokulanis Strähnen hinter ihr Ohr streichen.

Sie schloss die Augen. *Später*. Dies war nicht der richtige Moment, um zusammenzubrechen.

Sie verließen den Tunnel und waren zurück im Ozean. Hier gab es einzelne Korallenwälder und Anemonengruppen, doch die Sonne erreichte das Blau hier unten nicht mehr.

»Wir sind etwa dreißig Meter tief, oder?«, rief sie der Gruppe hinterher, doch niemand hielt es für nötig, ihr zu antworten. Schließlich näherten sie sich einem natürlichen Torbogen, der so breit war, dass er einen Unterstand bildete. Darunter lagen Bündel auf einem Haufen in einer Ecke. An dieser Stelle war das Wasser deutlich wärmer. Diese Meermenschen hatten den Platz südlich von Lāna'i gefunden, an dem die Erdkruste so dünn war, dass der glühende Kern darunter die Umgebung erhitzte. Hokulani wusste, dass der Boden an manchen Stellen sogar kochend heiß wurde.

Die Betäubung hätte sich dieser Kaleo sparen können. Auch wenn sie ohne ihren Vater in den letzten Monaten keine Ausflüge mehr unternommen hatte, kannte sie alles, was rund um ihre Insel innerhalb von einer Tagesreise als Meermensch zu erreichen war.

»Geht Muscheln suchen«, knurrte die alte Meerfrau. Ihre Enkelin machte gehorsam kehrt.

»Ist nicht zu viel verlangt, dass sie hilft, das Essen zu suchen, wenn sie sich schon zu uns einlädt«, murmelte Kaleos Großmutter weiter.

Hokulani hob an, etwas zu erwidern, doch Pal bedeutete ihr mit einer Kopfbewegung, mitzukommen.

»Und kein Wort«, keifte die Alte noch hinterher.

Kein Wort? Warum? Handelte es sich um einen Brauch im Verlauf einer Trauerfeier, den Hokulani nicht kannte? Oder hatten diese Meermenschen Geheimnisse? Trotzdem nickte sie und die beiden jungen Meerfrauen schwammen schweigend von der Gruppe weg. Pal zeigte ihr stumm, welche Muscheln ihre Großmutter meinte. Hokulani hatte Übung im Sehen und Sammeln, sodass ihre Taschen sich schnell füllten. Für einen Moment fand sie Ruhe in der Regelmäßigkeit dieser Tätigkeit. Dann drängten sich wieder die unzähligen Fragen in ihr Bewusstsein und ließen sich nicht zum Schweigen bringen.

Der Respekt vor der Trauer der Angehörigen kämpfte gegen ihre Neugier. Aber sie hatte nur diese eine Möglichkeit, etwas über Nelios Wurzeln herauszufinden.

»Ich hab euch noch nie gesehen in *Wai Aniani*?«, fragte sie.

Pal sah sie an, zuckte aber nur mit den Schultern. Sie schien das Verbot ihrer Großmutter ernst zu nehmen.

»Wieso war Nelio so oft in unserer Bucht?«, fragte Hokulani weiter. »Bestimmt nicht meinetwegen, oder?« Sie hasste sich für den hoffnungsvollen Ton, den ihre Stimme angenommen hatte.

Pal lächelte, schüttelte dann aber den Kopf. Sie sah über die Schulter, obwohl sie schon viele Meter geschwommen waren und die Alte sie unmöglich hören konnte.

»Er hat etwas bewacht«, flüsterte sie Hokulani zu, biss sich dann auf die Lippen und schwieg.

»Was hat er bewacht?«

Pal beeilte sich, ihren Beutel mit den letzten Muscheln zu füllen, und zum Lager zurückzukehren.

Für eine beantwortete Frage waren zehn neue entstanden. Wieso konnte dieses Mädchen nicht ein bisschen mutiger sein?

Sie näherten sich dem großen Torbogen, wo die alte Frau mit geschlossenen Augen unter dem Felsen saß. Sie schien zu lauschen.

Pal zog den Kopf ein. Als ihre Großmutter die Lider öffnete und sie beide zornig ansah, verstand Hokulani wieso.

»Kein Wort – war das so schwer zu verstehen?«

»Ich hab doch gar nicht …«, versuchte sich ihre Enkelin zu verteidigen.

Die alte Frau schnaubte nur, schwamm dann zu einem der Bündel und brachte ein langes Messer zum Vorschein. Sie ließ sich vor einem Haufen Muscheln nieder, schob die Klinge zwischen die Muschelhälften und öffnete sie. Mit einer fließenden Bewegung löste sie das Muschelfleisch von der Schale und sammelte es in einem Seegraskorb.

»Dieses Mädchen hat nichts mit uns zu tun und muss nichts über uns wissen. Nichts, hörst du?«

Pal senkte den Kopf.

Kaleo kam und schlang seine Arme von hinten um die alte Meerfrau. »Anela, sei nicht so streng mit Pal, wo es doch meine Entscheidung war, diese Meerfrau einzuladen. Du weißt, wie Ika von ihr erzählt hat. Sie hatte das Recht, sich zu verabschieden.«

Hokulanis Herz schlug auf einmal schmerzhaft gegen ihre Brust, stürmisch wie die Wellen an den Klippen der Nordküste von Moloka'i.

»Er hat über mich geredet?«, fragte sie und merkte, wie ihr Gesicht heiß wurde.

Kaleo sah sie an, eher spöttisch als freundlich und schien nach den Worten für eine Antwort zu suchen.

»Essen ist fertig«, fuhr Anela schroff dazwischen.

Der Meermann lächelte die alte Frau liebevoll an, beugte folgsam den Kopf und bedeutete Hokulani, sich auf dem Meeresboden niederzulassen.

Anela hielt erst eine Hand an verschiedenen Stellen über den Boden und als sie zufrieden war, legte sie das Muschelfleisch auf den Felsen. Die Erdkruste war hier so heiß, dass das Fleisch schnell gar wurde.

Die Wärme des Bodens übertrug sich auch da, wo Hokulani saß, auf ihren Körper und sie merkte, wie durchgefroren sie war. Dankbar nahm sie ihre Portion Muschelfleisch und steckte sie in den Mund. Alle kauten in Stille, nur das Gurgeln des Wassers und der ferne Gesang eines Wals waren zu hören. Wie konnte es trotz der schrecklichen Ereignisse so friedlich sein? Als Kaleo sprach, zuckte Hokulani zusammen.

»Unsere Familie sind Krieger des Ozeans.«

Die entrüsteten Blicke seiner Großmutter prallten an dem Meermann ab.

»Die ersten Krieger kamen aus einem weit entfernten Meer, hoch oben im Norden. Das ist viele Generationen her. Wir, meine Mutter, meine Schwester, Kai, Kaimana, Liam und Benicio kümmern uns um Hawaii.«

Hokulani dachte an die vier Meereskrieger, die sie schon kannte. Kai, der sie nicht mitgenommen hätte. Kaimana, die ihm so ähnlich sah. Liam, der einem Feuerfisch glich und ebenso giftig war. Dann musste der andere Mann mit der blassen Haut Benicio sein.

Sie nickte und Kaleo fuhr fort. »Wir bleiben im Verborgenen und pflegen keinen Kontakt zu anderen Meermenschen.« Er fuhr sich verlegen durch die Haare. »Viele von uns verachten das normale Meervolk.«

Hokulani verschluckte sich fast an dem Muschelstück, das sie eben in den Mund gesteckt hatte. Merkte dieser Meermann eigentlich, wie herablassend er war? Anscheinend nicht, denn er sprach ungerührt weiter.

»Die meisten Meermenschen verhalten sich wie du und dein Dorf. Es geht ihnen schlecht, seit es den Ozeanen schlecht geht. Doch sie geben auf, bevor sie begonnen haben, zu kämpfen, wählen den leichtesten Weg und vergrößern damit das Leiden unseres Lebensraumes noch mehr. Sie sind ihm eine zusätzliche Last, anstatt eine Hilfe.«

Hokulani schoss das Blut in den Kopf. Was wusste er von ihrem Kampf ums Überleben? Sie öffnete den Mund, schloss ihn aber wieder, um zu hören, was Kaleo noch zu sagen hatte.

»Es gibt bestimmte Energiepunkte im Ozean, durch die er seine Kraft erhält. Solange sie bestehen, ist der Kampf um unseren Lebensraum noch nicht verloren. Ihr Schutz ist unsere Mission. Die Inseln von Hawaii beherbergen noch viele dieser Punkte. Ikas Grab ist einer von ihnen und in der Nähe deines Riffs ist einer der heiligsten Plätze. Ihn zu bewachen, war seine Aufgabe.«

Hokulani hatte ihre Gedanken jetzt endlich so weit sortiert, dass sie ihre Fragen loswerden konnte. »Aber wie kommt es, dass ihr euch wandeln könnt? Unser Volk hat diese Fähigkeit vor Jahren verloren.«

Kaleo setzte zu einer Antwort an, doch Anela schien endgültig am Ende ihrer Geduld zu sein. »Diese Fähigkeit ist nur noch Kriegern des Ozeans vorbehalten. Nichts, worüber du dir jemals Gedanken machen musst.«

»Aber … unser Volk stirbt. Wir haben seit Jahren keine Kinder mehr geboren.«

Hokulani fand nicht, dass diese alte Meerfrau ein Vorrecht auf das Wissen hatte, nach dem ihr Vater und sie schon so lange gesucht hatten.

Anela schien es nicht gewöhnt zu sein, dass ihr jemand widersprach. Sie schüttelte ihre Faust in Hokulanis Richtung. »Euer Volk stirbt und was habt ihr dagegen getan? Ihr handelt mit den Menschen und holt dieses entsetzliche Plastik sogar noch selbst herunter. Seht eure

Korallenriffe an. Die Fischpopulationen! Alles stirbt. Ihr seht es jeden Tag, sterbt ja selbst. Aber nutzt ihr eure Intelligenz und sucht eine Lösung? Gesündere Lebensräume? Nein, ihr habt verlernt, auf den Ozean zu hören, und flüchtet in die Welt der Menschen. Der Menschen! Die an allem schuld sind! Ihr habt es nicht anders verdient als auszusterben.«

Kaleo legte ihr beschwichtigend die Hand auf die Schulter. »Anela, lass das arme Mädchen in Ruhe.«

Hokulani brauchte schon lange niemanden mehr, um sie zu beschützen, und ein Mädchen war sie auch nicht. »Wie kannst du so sprechen? Du kennst uns gar nicht. Sonst wüsstest du, dass mein Vater und ich unser Leben damit verbracht haben, eine Lösung zu finden.« Sie stemmte ihre Hände in die Seiten. »Und im Übrigen höre ich genau hin, wenn der Ozean mit mir spricht. Und er hasst die Menschen. Aber gehen sie davon weg? Nein, es ist ihnen egal, wenn sie unerwünscht sind und alles zerstören. Deswegen werde ich jetzt zurück zu meinem Riff schwimmen und weiterhin schützen, wofür Nelio sein Leben gegeben hat.«

Kaleo nickte anerkennend hinter dem Rücken seiner Großmutter. Das amüsierte Glitzern in seinen Augen verriet, dass es eher daran lag, dass sie der alten Dame Kontra gegeben hatte, und nicht an dem, was sie gesagt hatte. Einen Moment verlor sie sich in seinen dunklen Augen, die jetzt wieder die Farbe des Himmels in der letzten Stunde der Abenddämmerung hatten, und der Art, wie sein langer Schopf immer einen Teil davon zu verdecken schien.

Anela kniff das Gesicht zusammen. »Was hast du denn vor, kleines Mädchen?«

Hokulani hatte den Faden verloren und merkte, wie sie bis unter die Spitzen ihrer langen schwarzen Haare errötete.

Doch sie wusste genau, welches Opfer sie brachte. Und sie würde sich nicht dafür schlecht machen lassen, dass sie ihr Leben verkaufte. Sie war ebenfalls eine Kriegerin, die sich zwischen ihr Volk und den Feind warf.

»Ein Mensch hat uns entdeckt und will unser Riff in eine Touristenattraktion verwandeln. Ich bin der Preis dafür, dass er es nicht tut.«

Sechs Augenpaare sahen sie erschüttert an.

»In der Bucht? Der Bucht von *Wai Aniani*?«, fragte Anela mit geweiteten Augen.

»Was soll das heißen: du bist der Preis?«, fragte Pal.

»Weißt du, was genau er plant?«, fragte Kaleo.

Hokulani wich ein Stück zurück und verschränkte ihre Arme. »Was kümmert es euch? Das Schicksal einer normalen Meerfrau kann euch Kriegern doch egal sein?«

Kaleo reagierte zuerst und schwamm an ihre Seite. »Kannst du bitte nochmal von vorne erzählen? Ich habe zwar schon von diesem Menschen gehört, aber ich weiß nichts genaues.« Er machte eine einladende Geste. »Erzählst du uns alles? Bitte?«

Seine volle Aufmerksamkeit ruhte nun auf ihr. Auch die zwei Frauen schienen kein Wasser mehr durch ihre Kiemen schicken zu wollen, bis sie Hokulanis Geschichte gehört hatten.

Sie zögerte. Wo sollte sie ansetzen?

Nach der Arroganz, die ihr entgegengebracht worden war, würde sie sicher nicht von ihrer eigenen Schuld sprechen. Sie entschied sich für die Kurzform.

»Es ist nicht kompliziert. Ein Amerikaner will in der Nähe des Dorfes, mit dem wir seit Jahrhunderten Handel betreiben, ein Hotel bauen und unsere Existenz verraten. Außer, er bekommt eine Meerjungfrau.« Bei dem Wortteil ›Jungfrau‹ zog Hokulani eine Grimasse.

Anela schnaubte.

Hokulani wusste selbst, dass ihre Geschichte ohne die Rettung des Tauchers und dem Nachmittag auf dem Felsen fadenscheinig war, aber sie würde nicht mehr sagen. Die Krieger sollten jedoch wissen, wozu er fähig war.

»Er war es, der Nelio … Ika erschossen hat. Zum Zeitvertreib. Ihr könnt ihm also alles zutrauen«, fügte sie deswegen hinzu. Schweigen herrschte unter dem Felsen.

Glaubten sie ihr?

Es spielte keine Rolle. Es war Zeit, zu gehen.

Hokulani erhob sich, aber Kaleo packte sie am Arm. »Du kannst diesem Menschen nicht trauen, ich hoffe, das ist dir klar?«

Hinter seinem dunklen Schopf tobte ein Sturm. Pal schwamm neben ihn und nickte heftig, wie um die Worte ihres Bruders zu bestätigen.

Er sprach mit ihr wie mit einem Kind. Hokulani sah ihn kühl an und wand ihren Arm aus seinem Griff. »Hast du eine bessere Idee?«

Der Meermann beugte den Kopf. »Noch nicht. Aber ich arbeite dran.«

Pal packte ihren Speer und schnappte sich noch eine letzte Muschel. »Da ich Ikas Platz einnehmen werde, kann ich sie auch gleich nach Hause bringen.«

Kaleo versperrte ihr den Weg. »Das wirst du nicht tun.«

Das zierliche Mädchen blickte zu ihrem großen Bruder auf. Ihr freundliches Gesicht wurde verschlossen. Sie packte ihren Speer fester. »Du hast es mir versprochen. Der nächste Wächterposten geht an mich.«

»Dieser ist zu groß für dich. Die Lunge des Ozeans darf nicht zerstört werden, sonst ist alles verloren.«

Kaleo schien unverrückbar wie ein Fels.

Pal spannte die Schultern an. »Ich bin so weit. Darf ich dich daran erinnern, dass ich nur zehn Minuten jünger bin als du? Und wir haben sowieso zu wenige Krieger. Wen willst du sonst schicken?«

Kaleo schwieg und weder seine Körperhaltung noch seine Augen gaben preis, was er dachte. »Ich bringe sie zurück zum Riff und sehe mich um. Dann sehen wir weiter.«

»Du musst mich nicht zurückbringen. Ich finde den Weg allein«, schaltete sich Hokulani in das Gespräch ein.

»Hast du vergessen, dass du betäubt warst?«, fragte Kaleo spöttisch.

Hokulani hob das Kinn. »Wir sind etwa in dreißig Metern Tiefe. Der Meeresboden ist so heiß, dass man Muscheln darauf braten kann. Innerhalb einer Tagesreise von *Wai Aniani* gibt es das nur östlich von Lāna´i. Wenn ich an der Insel vorbei und dann nach Nordwesten schwimme, treffe ich auf Moloka´i. Ich kenne jedes der südlichen Riffe dort und finde meinen Weg.«

Anela stemmte ihre Arme in die Seiten und Pals Kinnlade klappte herunter. Kaleo sah sie nur an. Sternenlicht tanzte durch seine Augen und ein Lächeln zupfte an seinem Mundwinkel. Hokulani hielt seinem Blick stand.

»Darf ich dich trotzdem begleiten?«, fragte er und klemmte sich seinen Haarschopf hinter das rechte Ohr. Für etwa drei Sekunden sah sie sein ganzes Gesicht: die Narbe am linken Jochbogen, die unterschiedlichen Blautöne seiner Augen … Dann schubste die Strömung den schwarzen Vorhang wieder über seine Stirn.

Hokulani nickte und nahm sein Friedensangebot an. Sie murmelte ein leises »Danke für alles« in Anelas Richtung und winkte Pal zum Abschied. Dann schwamm sie mit Kaleo noch einmal durch das tiefe Blau und die Wunder des Pazifiks.

Mehrmals versuchte sie, ihn über die Krieger des Ozeans auszufragen, aber er schwieg eisern oder speiste sie mit einsilbigen Antworten ab. Um nicht frustriert aufzuschreien, wechselte sie zu einem anderen Thema, das sie bewegte.

»Wie war Ne… Ika so?«

Der dunkelhaarige Meermann sah sie lange an, und zwinkerte ihr schließlich etwas gezwungen zu. »Er war eigentlich ein ganz schöner Langweiler. Du kanntest das Beste von ihm.« Seine Stimme klang aufgesetzt.

Hokulani lächelte höflich, aber es war zu früh für solche

Scherze. Erst recht, weil sie wusste, dass er log. »Hat er wirklich von mir gesprochen?«, fragte sie ihn leise und suchte in Kaleos Gesicht nach der Wahrheit.

Er wusste scheinbar, was ihr die Antwort auf diese Frage bedeuten würde, denn in seinen Augen sah sie, wie er zu den glücklicheren Zeiten zurückreiste, den Lebzeiten des kleinen Bruders. Der Schmerz in seinem Blick verjüngte das strenge Kriegergesicht um Jahre. Er nickte einmal.

»Was hat er gesagt?«, fragte sie atemlos.

Kaleo hielt an und wandte sich ihr zu. Seine Augen ertranken in Trauer, doch um seinen Mund spielte ein amüsiertes Lächeln.

»Wenn er gewollt hätte, dass du weißt, was er von dir denkt, hätte er es dir selbst gesagt«, antwortete er dann mit hochgezogenen Augenbrauen. Seine verschränkten Arme signalisierten, dass er es ihr nicht verraten würde. Sie gab nicht auf.

»Wieso hat er sich nie verwandelt? Ich …«, ihre Stimme wurde leiser, »… hab ihm so viel von mir erzählt, als mein Vater gegangen ist.« Sie wollte das Mitgefühl in seinen Augen nicht, schwieg und setzte ihren Weg fort.

Kaleo folgte ihr. »Zum einen, die Verwandlung kostet uns viel Energie«, bot er ihr als Erklärung an.

Sie nickte. Das war kein Grund, es nie zu tun.

»Zum anderen, ist es in unserer Fischform oft einfacher, die Aufgabe im Blick zu behalten. Gefühle … werden schwächer, sind zum Teil gar nicht wahrnehmbar. Vielleicht hat er gefürchtet, was er mit mehr Menschlichkeit fühlen würde.«

Kaleo sah sie an, aber Hokulani starrte ins Nichts, blind für strahlende Korallen und schillernde Fischschwärme, während die Bedeutung seiner Worte langsam in ihr Bewusstsein sickerte.

Hieß das, er hatte ebenfalls etwas für sie empfunden?

Kaleo schwamm auf dem Rücken unter sie, sodass sie ihn ansehen musste. Dann redete er behutsam weiter. »Ikaika war mit Leib und Seele Krieger. Für ihn gab es nichts Wichtigeres.

Er wollte nichts zwischen sich und seine Aufgabe stellen.«

»Aber ich hätte ihm doch helfen können. Ich …« *Ich hätte hinter ihm gestanden und seinen Rücken gestärkt. Das alles wäre nicht passiert.*

Die Worte fanden nicht den Weg nach draußen.

»Ich weiß. Aber er hätte sich um dich gesorgt. So wie am Ende …«

Sie riss die Augen auf.

»Willst du damit sagen, er war meinetwegen in der Nähe des Floßes?« Ein tödliches Gift breitete sich rasend schnell in ihrem Herzen aus und jeder stolpernde Schlag schmerzte.

Sie packte ihn und gemeinsam sackten sie einige Meter tiefer. »Bitte sag mir, dass es nicht so war. Bitte sag mir, es war ein schrecklicher Zufall.«

Ihre Augen brannten, während sie in Kaleos Gesicht nach der Wahrheit suchte. Seine Unterarme würden die Kerben ihrer Nägel zurückbehalten, die versuchten, eine Antwort aus ihm herauszupressen.

Er lächelte niedergeschlagen, machte sich von ihr los und hielt ihre Hand, tröstend, wie er es auch bei seiner Großmutter getan hätte.

»Spielt das jetzt noch eine Rolle?« Seine ruhigen Worte zerstörten sie. Ihre Arme fielen kraftlos herab.

»Ja, tut es. Ich dachte, ich beschütze ihn mit dieser Allianz, und jetzt bin ich für seinen Tod verantwortlich.«

Sie vergrub ihr Gesicht in ihren Händen, wollte sterben, als Stein auf den Grund des Ozeans sinken und endlich keine Fehler mehr machen.

Bevor es so weit kam, schlossen sich Kaleos Arme um ihre Schultern und zogen sie tröstend an seine Brust. Seine Hand streichelte über ihr Haar, ihren Rücken. Hokulani ließ sich fallen und schluchzte. Sein Geruch, in dem der von Nelio nachhallte, fing sie auf und stürzte sie zugleich in noch unendlichere Tiefen.

Die Vibrationen an ihrem Ohr verrieten, dass er sprach, und sie versuchte, sich zu beruhigen, damit sie seine Worte verstehen konnte. Sie löste sich aus seiner Umarmung und sah ihn an. Das Nachthimmelblau seiner Augen war auf einmal ganz nah und deckte sie zu.

»Wenn jeder so mutig wie du nach seinem besten Wissen und Gewissen handeln würde, wären unsere Ozeane nicht in der heutigen Situation. Ika hat seine eigene Entscheidung getroffen, für die du nichts kannst.« Er streichelte einmal über ihre Wange.

»Wieso kannst du mir so einfach verzeihen«, murmelte sie, unfähig, den Blickkontakt zu halten.

»Nochmal – es ist nicht deine Schuld.«

Eine letzte Berührung ihrer Schulter, dann war der Moment der Nähe vorbei.

»Lass uns weiterschwimmen«, bestimmte Kaleo. Seine Gesichtszüge wurden wieder zu der neutralen Maske, die sie schon kannte.

In Hokulanis Kopf brachen sich Gedankenfetzen wie die endlosen Wellen am Riff und stoben dann in tausend Richtungen davon.

»Wir sind da – da hinten ist *Wai Aniani*«, riss Kaleo sie nach einer unbestimmten Zeit in die Gegenwart zurück.

Hokulani schreckte hoch. Am Ende des Blaus waren die ersten Wohnhöhlen zu sehen. Auf einmal klopfte ihr Herz bis zum Hals. Der Moment war gekommen, in dem sie sich dem Mörder ihrer Liebe ausliefern würde. Kampflos, obwohl sie sein Herz herausreißen wollte, so wie er es mit ihrem getan hatte.

Es war ebenfalls der Moment gekommen, in dem sie sich von Kaleo verabschieden musste und ihre Zeit mit den Meereskriegern vorbei war.Wie viele Stunden waren seit Nelios Tod vergangen? War der Deal schon geplatzt und Bob hatte seine Taucher losgeschickt, mit Harpunen und Kameras bewaffnet?

Ihr Ausflug in eine fremde Welt hatte zu lange gedauert. Höchste Zeit, für ihre Fehler gerade zu stehen.

Hastig wandte sie sich an Kaleo und versuchte, sich ihre Angst nicht anmerken zu lassen. »Danke fürs Begleiten«, verabschiedete sie sich, ohne ihn anzusehen. »Und … danke für alles«, stotterte sie noch und wandte sich dann ab, um Bob zu suchen.

Eine Hand hielt sie fest, so fest, dass es weh tat. Erschreckt blickte Hokulani in Kaleos Gesicht. Er sah gequält aus. Seine Augen waren dunkel geworden.

»Ich denk mir eine bessere Lösung aus und hol dich da raus. Ich verspreche es.«

Hokulani wollte nicken, als Kaleo seine Hände vor der Brust zusammenpresste. Ein Strudel von Luftbläschen wuchs unter seinen Fingern, bis er den Meermann erst einhüllte und dann wieder verschwand. Statt Kaleo stand Hokulani jetzt im Angesicht eines riesigen Tigerhais, der sie einmal nervös umkreiste, anstupste, in das dunkle Blau des Ozeans schwamm und sie verließ.

8

Hokulani wusste nicht, wie lange sie dort auf dem Meeresboden gesessen hatte, unfähig, mit den letzten Stunden abzuschließen und auf ihre Zukunft zuzuschwimmen. Immer wieder sah sie Nelios menschliches Gesicht vor sich, blickte in die freundlichen Augen von Pal und spürte das Gewicht von Kaleos warmer Hand auf ihrer Schulter. Das, wofür sie im Dorf ausgelacht worden war, ihre Liebe zu einem Hai, hatte dazu geführt, dass sie diese Krieger kennengelernt hatte. Und jetzt sollte es schon wieder vorbei sein? Kaleo war verschwunden. Würde er sein Versprechen halten? Oder würde er woanders Heldentaten vollbringen und sie verlassen, so wie ihr Vater es getan hatte?

Endlich raffte sie sich auf und schwamm los, als ein reißender Ton durch das Wasser kreischte. Hokulani zog die Schultern hoch und sah zur Oberfläche. Fünf Jetskis zerschnitten die Wellen, sprangen über die Gischt und rasten in sinnlosen Kreisen durch die Bucht.

Jetskis waren Stress für jeden, der unter dem Meer lebte. Sie waren zu nichts gut, außer Benzin ins Wasser zu blasen und im Kreis zu fahren. Schrill, gefährlich und rücksichtslos standen sie für das, was Hokulani an Menschen verabscheute.

Mit einem unguten Gefühl tauchte sie auf. Durch den Wellengang brauchte sie einen Moment, um sich zu orientieren.

Einer der Jetskis kam direkt auf sie zu. Schnell. Sie tauchte unter, damit die Schrauben des Motors sie nicht zerfleischten. Trotzdem erkannte sie blonde, halblange Haare und eine dunkle Sonnenbrille. Er benutzte diese Bucht wie seinen Spielplatz, sein Eigentum. In Hokulani brodelte es. Vermutlich erwartete er sie aber an der Oberfläche. Sie ließ die Wut durch ihre Adern rauschen, um die Angst zu ersticken.

Langsam tauchte sie auf. Der Jetski machte einen Bogen und kam tuckernd auf sie zu. Bob schob die Sonnenbrille in die Haare. Wie sie diese Geste jetzt schon hasste.

»Arielle«, begrüßte er sie grinsend. »Ich hab fast nicht mehr mit dir gerechnet.« Er sah sich um. »Eigentlich auch ohne dich schön hier.«

Sie wusste, sie sollte nett sein, ihm schmeicheln, sich die Haare zurückstreichen und mit den Wimpern klimpern.

»Steht unser Deal noch?«, war alles, was sie herausbrachte.

Bob lachte. »Unser Deal? Honey, wir sind verheiratet. Wir haben einen Eid abgelegt.« Er lenkte seinen Jetski neben sie und hielt ihr die Hand hin. »Steig auf, Schätzchen.«

Ich denk mir eine bessere Lösung aus und hol dich da raus, hörte sie Kaleos Stimme in ihrem Kopf. Obwohl sie wusste, sie sollte ihre Hoffnung nicht an einen Meermann hängen, den sie kaum kannte, waren seine Worte das Einzige, das ihr half, ruhig zu bleiben. Sie ergriff Bobs Hand und ließ sich von ihm auf den Jetski ziehen.

Er gab Gas. Wenn sie nicht sofort herunterstürzen wollte, musste sie sich an ihm festhalten. Er sprach in eine eckige Uhr an seinem Handgelenk. Der Wind trug die Wörter mit sich fort, Hokulani hörte nur Fetzen: »… bringt die Dinger zurück … brauche ein paar Tage …«, und »… melde mich …«

Die anderen Jetskis drehten ab und verschwanden in Richtung *Kaunakakai*. Alles hörte auf Bobs Kommando.

Hokulani schielte an Bob vorbei und versuchte abzuschätzen, welches Ziel sie ansteuerten. Hinter einer Kurve der Küste kam ein protziger, weißer Betonbau zum Vorschein. Ihr Mund wurde schlagartig trocken. Sie schluckte. Der Bungalow des alten Bane. Hier hatte bis vor einigen Jahren der größte

Tierquäler der Insel gelebt. Das Haus saß auf einer kleinen Klippe, von der ein langer Steg ins Meer ging. An dessen Flanken waren riesige Gehege eingezäunt, die zum Glück seit Hokulanis Kindheit leer standen. Damals hatten ihre Eltern sie gewarnt, sich diesem Steg nicht mal auf Sichtweite zu nähern. Bane hatte die Tiere lebendig gefangen; Fische, Delfine und Schildkröten. In den Gehegen hatte er sie vor sich hinvegetieren lassen, bis sie woandershin transportiert worden waren. Das Wasser dieses ganzen Küstenstreifens hatte für lange Zeit nach Schmerz und Angst gerochen. Eines schönen Tages war Bane Opfer einer Haiattacke geworden. Selbst in *Wai Aniani* hatten sie von dem unüblichen Unfall gehört. Ein Hai war aus den Wellen gesprungen und hatte den Mann von seinem Schlauchboot unter Wasser gezogen. Der Ozean hatte ihn sofort geschluckt. Sie sahen dieses menschliche Ungeheuer nie wieder.

Das war vor fünf Jahren gewesen. Sie dachte an Kaleo, seine gefährliche, fast tödliche Aura, die er bei ihrem ersten Treffen ausgestrahlt hatte und an seine beeindruckende Tigerhaigestalt. War es damals wirklich ein normaler Hai gewesen? Doch vor fünf Jahren musste Kaleo noch ein Kind gewesen sein.

Der Jetski wurde langsamer und Hokulani beobachtete argwöhnisch das geduckte Bauwerk. Es war nur ein Haus und der Geist des alten Banes würde nicht auf der Schwelle erscheinen. Dass sie genau hier leben sollte, war dennoch ein verdammt schlechtes Omen.

Bob drosselte den Motor des Jetskis und legte am Steg an. Hokulani ließ ihn so schnell wie möglich los und sprang mit einem Satz in das flache Wasser.

»Komm, ich zeig dir, wo du wohnen wirst«, sagte er. Ihr abweisendes Verhalten schien ihm gleichgültig zu sein. Er zeigte auf die Gitter, die links und rechts vom Steg eine viereckige Fläche abgrenzten.

»Du willst deine Frau ...«, sie spuckte die Worte förmlich aus, »... in einen Käfig sperren?«

Du musst nett zu ihm sein, er muss froh sein, dich zu besitzen, sagte sie sich immer wieder.

Bob kicherte und kratzte sich am Kopf. »Tja, du kannst ja schlecht in mein Bett kommen, oder?« Er sprang ebenfalls ins Wasser und kam auf sie zu.

Ihre Flosse zuckte und drängte sie, zu fliehen. Er streckte seine Hand aus. Hokulani unterdrückte ein Zittern. Mit einem Finger strich er von ihrer Wange über ihren Hals, ihre Schulter, ihre Seite und ihre Schuppen.

»Wobei das interessant sein könnte«, schnurrte er.

Hokulani kämpfte mit den Tränen, die hier an der Luft ihre Wangen hinabgelaufen wären. Das konnte sie nicht zulassen. Selbst wenn sie innerlich zerbrach, würde sie Bob diese Genugtuung nicht geben.

»Treffen wir uns heute Abend hier auf einen Cocktail?« Eine rhetorische Frage, denn wo sollte sie denn hin? Aber er schien keine Antwort zu erwarten und sprach weiter. »Wir müssen reden. Es gibt verschiedene Möglichkeiten, wie das hier ablaufen kann.« Er hielt ihr die Tür zu dem Gehege auf.

»Wieso musst du mich einsperren?«, entgegnete sie ihm, ohne sich zu bewegen oder auf seine Worte einzugehen. »Du hast mich und mein Volk doch in der Hand. Und ich bin zurückgekommen.«

»Ja, das stimmt. Und damit erinnerst du mich an etwas.«

Er kam wieder auf sie zu und hob seine Hand. Zu spät sah Hokulani das brutale Glitzern in seinen Augen. Seine Finger schlossen sich um ihren Hals und drückten zu. Er hob sie ein Stück aus dem Wasser, sodass ihre Flosse unter der Oberfläche hin und her schlug.

»Wenn du noch einmal abhaust, mach ich deine Bucht und Kumimi Beach platt. Dieses Land gehört mir, Fabeln, Kulturen und alte Geschichten hin oder her. Ich habe es gekauft, mit stinkenden Dollarnoten.« Er zog seine Lippen zu einem hämischen Lächeln auseinander. »Ich bin jetzt der König der Fische und der Vögel hier. Und du, Arielle, stehst vierundzwanzig Stunden zu meiner Verfügung, verstanden?«

Sie versuchte trotz ihrer Lage zu nicken, und er lockerte seinen Griff und ließ sie ins Wasser fallen.

»Wenn ich bitten dürfte?«

Er stand wieder an der Klappe zu ihrem Gehege, und was sollte sie sonst tun, als durchzuschwimmen und sich an der tiefsten Stelle zu verstecken? Auch hier hörte sie Bobs Stimme, die fröhlich einen Telefonanruf beantwortete, als sei nichts gewesen, während er sich über den Steg entfernte.

Sie hatte den Tag damit verbracht, die Grenzen ihres Geheges abzuschwimmen. Es verlief nur vier Flossenschläge ins Meer und erstreckte sich rechts und links von dem langen Holzsteg jeweils etwa drei Flossenschläge. Es gab zwei Wege, das Gehege zu verlassen: durch eine Metalltür, hinter der eine Treppe auf den Steg führte, oder durch ein Gatter ins offene Meer, das gegenüber lag. Schutz fand sie nur unter dem Steg, konnte dort aber nicht tauchen, ohne den Sandboden aufzuwirbeln.

Sie untersuchte die Verankerungen des Gitters auf Schwachstellen, aber es gab keine. Und selbst wenn, Bob hatte unmissverständlich klar gemacht, dass er nicht lange fackeln würde. Weder ihretwegen noch wegen ihrer Bucht. Wenn ihr Einsatz etwas bringen sollte, musste sie ihn gewinnen, für sich einnehmen und bezaubern. Frustriert schlug Hokulani ins Wasser. Malia, ihre schillernde Freundin, war dazu fähig, aber doch nicht sie.

Als der schon fast volle Mond hinter den Wolken hervorkam, hörte sie Schritte. Sie sah auf. Ihr Ehemann kam mit zwei Gläsern in der Hand über die Holzdielen auf sie zu. An seiner Seite lief ein hochbeiniger, schmaler Hund mit langer Schnauze, einem langen dünnen Schwanz und Ohren, die in einem komischen Winkel abstanden. Sein Fell war grau wie die Felsen von Kumimi Beach. Bob trug wieder mal eine seiner lächerlichen geblümten Badehosen. Sonst nichts. Hokulani konzentrierte sich, dass sie bei diesen ganzen Haaren auf seinem Körper nicht angewidert die Lippe hochzog. Es war nicht immer von Vorteil, im Dunkeln so gut sehen zu können. Sie schnitt eine Grimasse, die hoffentlich wie ein Lächeln aussah, und schwamm auf ihn zu.

»Hey, Arielle, wenn es Nacht ist, sieht man dich kaum noch, bei deiner dunklen Haut. Ich glaub, ich muss dir mal 'ne Lichterkette umhängen. Oder Apollo muss dich suchen.«

Er stellte umständlich die Gläser ab, beugte sich zu seinem Hund hinunter und streichelte mit beiden Händen dessen schlanke Flanken. Dabei kicherte er und schwankte leicht. Wie viel Alkohol hatte er schon getrunken? Auf ein Kommando setzte sich der Hund, Bob griff nach den Gläsern und stieg ins Wasser. Bei dem Versuch, mit einer Hand die Gehegetür zu öffnen, verschüttete er die Hälfte der Drinks. Umso besser. Vorsichtig kam Hokulani ihm entgegen. Los, bezaubere ihn, feuerte sie sich an. Als er das Gehege betrat, ließ er die Tür achtlos offen, schien sich seiner Sache sicher zu sein.

Linkisch nahm sie ihm eines der langstieligen Gläser ab. Er packte ihre Hand und zog sie hinter sich her an die äußere Begrenzung des Geheges. Solange er ihr den Rücken zuwandte, schüttete sie ihr Getränk ins Wasser.

Gegen den Zaun gelehnt hob er sein Glas wie auf der Hochzeit, sah ihr leeres und stutzte.

»Du hast schon ausgetrunken?«, fragte er. Seine Sprache war etwas verwaschen.

»Ich … war durstig«, antwortete sie unsicher. War sie so schnell aufgeflogen?

Er lachte nur, fasste sie mit seinen großen Händen um die Taille und zog sie zu sich heran.

Hokulani versuchte, nicht zu würgen, als seine behaarte Haut ihren Körper berührte.

»Na, dann werde ich morgen Abend eine ganze Flasche mitbringen.«

Er streichelte ihre Wange. Hokulani schloss die Augen und dachte an Nelio.

»Vielleicht werden wir doch ganz gut miteinander auskommen. Was meinst du?« Bobs Stimme klang jetzt anders, der spöttische Unterton war verschwunden. »Weißt du, wir haben mehr gemeinsam als du denkst. Wir beide leben für das Meer. Sind begeistert von seiner Energie, seinen Kreisläufen …«

Überrascht sah sie auf.

»… seiner Kraft.« Bei diesen Worten presste Bob seine Kiefer fest zusammen. Er hob sein Glas an die Lippen und leerte es in einem Zug. »Du und ich könnten zusammen die Wunder des Ozeans entdecken. Wir könnten berühmt werden. Der Mann und die Meerfrau. Du könntest für mich all die unentdeckten Arten aus dem Meer holen.«

Hokulani schnappte nach Luft, und Bob machte beschwichtigende Gesten mit seinen Händen.

»Du kannst sie auch filmen oder vielleicht fotografieren.«

Hokulani hob das Kinn. Er wollte also, dass sie den Ozean ausspionierte. Er konnte nicht bei Sinnen sein, wenn er dachte, sie würde darauf eingehen. Trotzdem wollte sie die Tatsache, dass er eine Partnerschaft suchte, nicht sofort wegwerfen.

»Was ist mit deinem Versprechen, die Existenz der Meermenschen geheim zu halten?«, fragte sie.

»Wir würden einfach sagen, du bist die Einzige deiner Art. Dann bleibt dein Volk in Sicherheit.«

Immerhin hatte er sich über diesen Punkt Gedanken gemacht. Trotzdem wollte sie wissen, ob er sich an sein Wort hielt. »Würdest du auch den Bau deines Hotels überdenken, wenn ich dir als deine Partnerin sage, dass es einen fragilen Lebensraum zerstören würde?«

Bobs Augen glitzerten und er zog seine Lippen zu einem Lächeln auseinander. »So, du willst gleich die großen Fische angeln.«

Hokulani zuckte bei der Metapher zusammen.

»Oh, mein Fehler«, warf Bob schnell ein.

Er war aufmerksamer, als sie gedacht hatte.

»Wir können über alles reden. Sanfter Tourismus ist sowieso das große Ding. Die Menschen zahlen ein Heidengeld, um kein WLAN zu haben und ihre Handtücher nur einmal pro Woche zu wechseln.«

»Kein Tourismus ist noch besser. Für meinen Lebensraum und den ganzen Ozean.«

Bob neigte den Kopf, als ließe er ihr Argument gelten.

Mutiger fuhr sie fort: »Ich hätte nicht gedacht, dass dir etwas am Ozean liegt. Du bist so anders als er. Du kommst hierher mit deinen Baggern und Jetskis und ziehst in das Haus eines Tierquälers. Zerstörst, wo du gehst und stehst. Der Ozean hingegen ist liebevoll, er bewahrt und …«

Das Glas in Bobs Hand zerbarst. Erschrocken sah Hokulani auf seine Faust, von der Bluttropfen ins Wasser fielen und sich dort bis zur Unkenntlichkeit mit Meerwasser mischten.

»Der Ozean ist nicht liebevoll«, fauchte er und warf die Reste seines Glases wütend ins Wasser. »Er tötet, wahllos. Wir müssen lernen, ihn besser zu verstehen. Wir müssen ihn zähmen und sicherer machen, damit dort kein Mensch mehr zu Tode kommt.« Er packte Hokulanis Hände und zog sie zu sich heran. In seinen Augen war so viel Hass wie Schmerz. »Und auf die eine oder andere Art wirst du mir dabei helfen.«

In diesem Moment krachte etwas gegen die Gitterstäbe des Geheges und mit einem lauten Aufschrei ließ Bob von Hokulani ab, die schnell Abstand zwischen sich und den Mann brachte. Schon krachte es wieder ganz in der Nähe des Menschen. Eine dreieckige Flosse ragte aus dem Wasser.

»Haie? In diesen flachen Gewässern?«, schrie Bob. Mit hochrotem Kopf deutete er auf Hokulani. »Hast du etwas damit zu tun?« Spucketropfen landeten neben ihr im Wasser.

»Er hat dein Blut gerochen … oder deine Angst«, antwortete sie kühl, obwohl ihre Schwanzflosse zitterte.

Der Hai krachte wieder gegen das Gatter, diesmal wackelte es gefährlich.

»Na warte, ich hab schon mehr als eines von den Viechern abgemurkst. Denkt ihr Fische wirklich, ihr könnt gegenüber einem Menschen triumphieren?«

Mit diesen Worten stapfte er aus dem Wasser und rannte zu seinem Bungalow. Apollo folgte ihm bellend.

Brennende Angst tobte in Hokulani. Die Geschichte wiederholte sich.

Schnell tauchte sie unter. Der schlanke, relativ kleine Hai war keine zwei Meter groß. Seine Schwanzflosse war fast genauso lang wie das Tier selbst. Ein Fuchshai. Die waren selten in diesen Gewässern.

Hokulani schwamm an das Gatter und kniff die Augen zusammen, um in dem aufgewirbelten Wasser Einzelheiten zu erkennen. Der Hai kam ebenfalls näher, diesmal vorsichtig. Sie streckte ihre Hand durch die Metallstangen und berührte den großen Fisch. Herzlichkeit, Freundschaft … sie kannten sich. Sie strich über die Seitenflosse und in ihrem Kopf erschien das Bild einer zierlichen Hand, die in der dunkelsten Stunde ihre genommen hatte. Pal! Wie war das möglich? Und was machte sie hier? Eiskalte Panik überflutete Hokulani. Sie tauchte kurz auf, und ihre Angst wurde bestätigt. Bob trampelte über den Steg auf sie zu – mit einer Harpune in seiner Hand.

Nein.

Sie tauchte zu Pal, die am Gatter auf- und abschwamm. »Verschwinde, Pal, schnell.«

Pal schien nur Hokulanis Angst zu spüren und schlug angriffslustig mit ihrer langen Schwanzflosse.

»Nein, er wird dich töten. So wie er Ika umgebracht hat. Bitte, tu mir das nicht an. Ich komm schon klar – mach dir keine Gedanken …«

Hokulani schrie innerlich – Bob würde in diesem Moment zielen. Pal zögerte, schien einen Feind zu suchen, den sie bekämpfen konnte.

»Hau ab!«, schrie die Meerfrau noch einmal verzweifelt, dann tauchte sie auf.

»Weg da, Arielle, sonst schieß ich dich zuerst über den Haufen.«

Doch das Wasser hatte sich schon beruhigt. Die spitze Schwanzflosse war verschwunden, und die Silhouette des Mondes lag still und friedlich auf der Wasseroberfläche.

Bob ließ die Waffe sinken und schnaubte. »Noch einmal so ein Theater, dann gibt es Meermenschensushi.« Damit drehte er sich um und verschwand im Haus.

Hokulani kümmerte sich nicht um ihn und tauchte unter, um sich zu vergewissern, dass Pal in Sicherheit war. Im schwarzen, nächtlichen Meer meinte sie am Rande ihrer Sehfähigkeit einen gewaltigen Tigerhai zu sehen. Er drehte eine letzte Runde, dann verschwand er.

Hokulani war allein.

9

Kopfschmerzen pulsierten gegen die Innenwand ihres Schädels. Das Wasser in ihrem Gehege war zu flach, zu warm und zu dreckig. Um der Sonne zu entgehen, tauchte Hokulani immer wieder unter, aber ihre Kiemen konnten kaum Sauerstoff aus dem Wasser filtern, sodass sie nach einigen Minuten japsend auftauchte. Unter dem Steg wurde ein Abwasserrohr ausgeleitet, sodass sie es dort auch nur wenige Minuten aushielt. Ihr Magen rebellierte, und als Bob ihr ein Fischgerippe in ihr Gehege geworfen und dazu »Mittagessen« gerufen hatte, wäre es fast zu spät gewesen.

Nachmittags fuhr ihr Ehemann mit dem Jetski weg. Es dauerte keine fünf Minuten, bis Pal da war. In ihrem Maul trug sie frische grüne Algen und ihr Körper drängte sich gegen die Gitter, um Hokulani näher zu sein. Dankbar streichelte sie sie, doch dann begrub sie ihre eigenen Bedürfnisse und versuchte, Pals ungeteilte Aufmerksamkeit zu bekommen.

»Pal, ich will nicht, dass du nochmal hierherkommst!«, schimpfte sie mit ihr, »Hörst du mich?«

Der Fuchshai schlug einen gereizten Haken, schoss dann auf sie zu und krachte gegen das Gatter. Ihre Freundin war nicht einverstanden.

»Pal, Bob ist gefährlich. Wenn er dich hier wiedersieht, dann …« Das Ende von Pals Schwanzflosse schnellte durch die

Maschen des Geheges und klatschte auf Hokulanis Fischflosse. Nicht sehr fest, aber es reichte, dass die Meerfrau vor Überraschung quietschte.

Sie zog die Augenbrauen zusammen und rieb sich ihre Schuppen. »Pal, denk an deine Großmutter. Wenn sie noch ein Kind verliert, dann …«

Wieder kam der Fuchshai auf Hokulani zu. Sie wich zurück, aber diesmal blieb der große Fisch ruhig am Gatter. Als sie ebenfalls abwartete, wackelte der Hai ungeduldig mit dem Kopf. Vorsichtig kam Hokulani näher, und als Pal sich regelrecht gegen das Gatter schmiegte, legte sie ihr die Hand auf den Rücken. Wieder schossen kurze Bilder durch ihre Gedanken. Kaleo, der mit grimmiger Miene durchs Wasser schwamm. Hokulanis Herz stolperte schmerzhaft. Sie nahm die Hand von der Haut des Fuchshaimädchens und sah sie mit hochgezogenen Augenbrauen an. Pal wackelte wieder mit dem Kopf. Hokulani legte ihre Finger erneut auf den Rücken ihrer Freundin und die Bilder von Kaleo kamen zurück. Er schwamm vor Kai, Kaimana, Liam und Benicio scheinbar aufgebracht hin und her. In seiner Hand hielt er den Stab mit der blau schimmernden Perle.

Ich werde sie nicht bei diesem Menschen lassen. Wir suchen eine Lösung und befreien sie. Ich bin euer Kommandant und ihr werdet mir folgen.

Seine dunkle Stimme vermittelte, dass er keinen Widerspruch duldete.

Hokulanis Herz schlug schneller, gleichzeitig schien ihre Schwanzflosse über einer kleinen Flamme geröstet zu werden. »Ich … nein. Er soll nichts riskieren. Bitte Pal, sag ihm das. Eure Aufgabe ist es, die Ozeane zu schützen. Ich habe dieses Leben verdient.«

Der Fuchshai warf sich hin und her wie verrückt. Das sah so sehr wie Kopfschütteln aus, dass Hokulani traurig lächeln musste.

»Ich wünschte auch, es wäre anders. Ist es aber nicht. Ich habe jede Menge Schuld auf mich geladen. Also schwimm schnell zurück und komm nie mehr wieder. Bitte.«

Pal wandte sich ab und verschwand im sedimentreichen Wasser dieser Küste. Hokulani atmete auf. Gleichzeitig schien der letzte warme Fleck in ihrem Herzen erloschen zu sein.

Endlich verschwand die sengende Sonne hinter dem Horizont. Hokulanis Haut warf Blasen. An manchen Stellen platzten sie und als das rohe Fleisch mit dem trüben Salzwasser in Berührung kam, biss sie die Zähne zusammen, um nicht vor Schmerz zu schreien. Die Wunden der Meermenschen benötigten klares, kaltes Ozeanwasser, um zu heilen. Ihre Krankenstationen lagen auf über fünfzig Metern Tiefe, um UV-Strahlung, $CO2$ und den Verschmutzungsgrad des Wassers möglichst gering zu halten.

In der Dämmerung kehrte der Jetski zurück und Bob stieg schwankend ab. Dann kam er durch das Wasser auf sie zu.

»Hey, Arielle, komm und gib deinem Mann einen Kuss. Du bist doch das neue Mädchen an meiner Seite.«

Hokulani blieb, wo sie war, an der flachsten Stelle ihres Käfigs. Ihr Körper gehorchte ihrem Geist nicht. Dieser wusste, wenn sie etwas für Moloka'i und das Riff erreichen wollte, musste sie genau dorthin: an Bobs Seite.

Aber wie konnte er ernsthaft denken, sie könnte so etwas wie Partnerschaft verbinden? Er wollte den Ozean beherrschen und unterwerfen, sie wollte ihn schützen.

Bob stand eine ganze Weile wankend im für ihn brusthohen Wasser.

War er im Stehen weggenickt?

Konnten Menschen im Stehen schlafen?

»Ich hab mir was überlegt«, lallte Bob. Beim Klang seiner Stimme erschrak Hokulani. »Weil, so macht das keinen Spaß.« Die verhasste Sonnenbrille wanderte auf seine verhassten blonden Haare.

Hokulani erkannte sein Gesicht im Licht der violetten Wolken nicht genau. Seine Stimme ließ jedoch keinen Zweifel daran, wie ernst er die nächsten Worte meinte.

»Bis du dich auf unsere Partnerschaft eingelassen hast, werde ich jedes Mal, wenn du dich meinen Anweisungen widersetzt, oder einen Hai meinen Wünschen vorziehst, einen deiner spitzflossigen Freunde mit meiner Harpune abschießen. Ich mach eine Strichliste, ich schwör es dir. Ich liebe die Jagd und es stört mich nicht, meine Tage damit zu verbringen. Ich bin das größte Raubtier im Meer. Das lasse ich den Ozean nie vergessen.«

Hokulani kämpfte darum, dass ihre tosenden Wogen verborgen blieben und ihre zitternde Schwanzflosse tief im Wasser außerhalb seiner Sicht lag. Wieso brachte sie jeden in Gefahr, der in ihre Nähe kam? Zuerst ihr Volk und jetzt hatte es ihr psychopathischer Ehemann auf die Krieger und alle anderen Haie abgesehen.

»Deswegen sage ich es noch einmal«, sagte er gefährlich leise. »Komm her und gib deinem Mann einen Kuss.«

Sie brachte ihren ganzen Willen auf, damit ihre Flosse sie vorwärts bewegte. Mit seinen groben Händen schnappte er ihre Taille und sein behaarter Affenarm zog sie an seine Brust.

Als sie im Begriff war, ihre Augen zu schließen und ihren Stolz zu ertränken, stieß Bob sie von sich weg.

»Wie siehst du denn aus, das ist ja ekelhaft.« Er wusch seine Arme an den Stellen, die Hokulani berührt hatten, mit Meerwasser ab.

Sie sah an sich herunter.

Überall, wo das T-Shirt ihre Haut nicht bedeckte, war sie von aufgebrochenen Blasen übersäht, deren Grund sich bereits gelblich verfärbte.

Sie schwieg. Sollte er ruhig denken, dass sie ansteckend war. Damit wuchsen die Chancen, dass sie ihre Ruhe vor ihm hatte.

»Mein Leben mit einer Meerjungfrau. Dass ich nicht lache«, lallte er, während er schwankend und platschend aus dem Wasser floh. Er sah sich nicht einmal um und natürlich fragte er nicht, ob sie etwas brauchte. »Aber du wirst mir helfen, mehr über den Ozean herauszufinden, so oder so«, schimpfte er schon auf dem Steg und schüttelte eine Faust in ihre Richtung.

Hokulani unterdrückte ein Zittern. Zwar konnte nichts schlimmer sein, als Bob zu küssen, doch dieser Satz ihres Ehemanns war eine Drohung, darüber bestand kein Zweifel. Traurig beobachtete sie den riesigen Vollmond, der über der Insel aufging und auf das Schlamassel herunterblickte, in das sie hineingeraten war. In der Ferne bellte Apollo, glücklich, dass sein Herrchen nach Hause gekommen war.

Sie versuchte, die Schmerzen auszublenden. Jedes Mal, wenn der Schlaf sie übermannte und sie tiefer ins Salzwasser sank, schreckte sie das Brennen wieder auf. Ihre Gedanken hinderten sie ebenfalls daran, zur Ruhe zu kommen. War wirklich erst ein bisschen mehr als ein Tag vergangen, seit sich Hokulani von den Kriegern verabschiedet hatte?

War dies das Leben, das vor ihr lag? Eingesperrt in einem Käfig? Oder konnte sie diese Partnerschaft durchziehen?

Verzweiflung, die keinen Platz zum Atmen ließ, brandete über sie und begrub sie.

Als sie das nächste Mal zu sich kam, leuchteten die Sterne. Dieselben Sterne wie über den Seegrasfeldern. Ob Haila sie ebenfalls betrachtete?

Schritte auf dem Steg kamen auf sie zu. Schlurfende Flipflops – das war Bob. Apollos Hundepfoten. Doch ein weiteres Paar Füße brachte die Holzdielen mit ausgreifenden Schritten zum Schwingen.

Hokulani biss die Zähne zusammen, tauchte fast unter und machte sich unsichtbar. Im Schatten des Stegs blieb sie eine Silhouette. War das wieder einer von Bobs Freunden? Der eine Meerfrau anfassen wollte?

Hokulani knurrte, aber nur leise, denn die Männer standen jetzt direkt über ihr. Durch die Lücken zwischen den Dielen musterte sie den Fremden.

Unter dem dunklen Anzug trug er ein offenes, weißes Hemd. Sein Haar war dunkel und der Seitenscheitel, der ihm immer wieder in die Augen fiel, gab ihm ein verwegenes Aussehen. War es der Kontrast zu dem schwankenden, rotgesichtigen Bob, der ihn so elegant erscheinen ließ? Jede seiner Bewegungen, selbst wenn er nur seine Haare zurückstrich, war fließend und energisch. Angestrengt schien er etwas auf der Wasseroberfläche zu suchen. Langsam und ganz leise versuchte Hokulani ihre Position und damit ihren Blickwinkel zu ändern. Sie hatte diesen Mann schon einmal gesehen. Im Geist ging sie die ihr bekannten Menschen durch, aber keiner sah nur ansatzweise aus wie er. Groß, hochgewachsen … dann sprach er und beim Klang seiner Stimme schlug sich Hokulani die Hand vor den Mund, um nicht aufzuschreien. Der Mann auf dem Steg über ihr war Kaleo.

»Herr Conners, der Bau Ihres Luxusresorts mit drei Komplexen zu je fünfzig Zimmern kann also jederzeit beginnen. Ich werde Ihre Pläne mit den anderen Architekten besprechen.

Es gibt keine Probleme mit der Umweltbehörde und auch sonst nichts, was Sie davon abhält?«

»Wieso müssen Sie alles zweimal wiederholen? Das haben wir doch schon besprochen.«

Hokulani wusste wieso. Ihr Herz wurde zu Stein und zum ersten Mal in ihrem Leben beherrschten sie Mordgedanken. Bob hatte mit dem Hotel schon längst Fakten geschaffen. Sanfter Tourismus! Hundertfünfzig Zimmer waren bis zu dreihundert Touristen gleichzeitig in der Bucht.

»Wir müssen nur noch auf ein wichtiges Gutachten warten, das von der Marine-Foundation in Washington abgezeichnet wird …«

Bob raufte sich die Haare. »In Washington … was haben die denn mit Hawaii zu tun?«

»Ich werde also in achtundzwanzig Tagen wiederkommen, was übrigens der nächste Vollmond ist«, fuhr Kaleo unbeirrt fort, »dann können wir alles Weitere besprechen. Einige Dinge werde ich an diesem Tag mitnehmen.«

»Mitnehmen? Wovon faseln Sie da, Mann? Sind alle Architekten so verrückt?«

»Bis dahin bitte ich Sie, durchzuhalten und abzuwarten.«

Hokulani grinste und hätte zu gern Bobs Gesicht bei diesen für ihn sinnlosen Worten gesehen. Die ihr alles bedeuteten.

Ich denk mir eine bessere Lösung aus und hol dich da raus.

Er hielt Wort. Er war hier und suchte behutsam nach einem Ausweg. Diesmal ließ sie offen und stolz Tränen der Erleichterung ihr Gesicht hinunterlaufen. Sie hatte einen Freund, der sich um sie sorgte, und sie wusste, dass Bob log. Ihr Ehemann log, obwohl er um eine Partnerschaft buhlte. Vermutlich wusste er nicht mal, was das war. Sie würde nie wieder einen Gedanken daran verschwenden, ihm zu gefallen.

Am liebsten hätte sie an diesen Gittern gerüttelt, bis sie ihrer Wut nachgaben, aber zu groß war ihre Angst, dass Bob sich an denen rächen würde, die sie liebte. Also blieb sie im Dunkeln verborgen.

Kaleo gab vor, die Aussicht auf das im Vollmond funkelnde Meer zu genießen, und ging auf dem Steg in die Hocke. Unauffällig streckte er dabei seine Hand durch die Bretter. Sie berührte seine Finger, umklammerte sie und spürte ihren ganzen Körper aufseufzen. Seine Haut sprach von Mut, Heimat und Verbundenheit. Von Zuversicht.

Neue Tränen benetzten ihre Wangen. Beim nächsten Vollmond wäre sie bereit.

10

Am Morgen dümpelte Hokulani unruhig durch ihr Gehege. Sie zermarterte sich das Gehirn, was Kaleo vorhatte. Sie schalt sich einen Feigling, weil sie sich nicht zu erkennen gegeben hatte. Sie hätte ihm Bobs Drohung gegen die Haie mitteilen können, sodass sein Plan die seinen ebenfalls schützte.

Es war einige Stunden nach Sonnenaufgang, als Bob den Steg mit zwei grobschlächtigen Männern hinuntertrampelte. Apollo hatte einen blutigen Knochen zwischen den Zähnen.

Bob machte sich nicht die Mühe, zu ihr ins Wasser zu kommen, setzte sich stattdessen an den Rand des Stegs und ließ seine Füße baumeln. Die beiden Männer bezogen hinter ihm Position.

»Guten Morgen, Ehefrau. Ich glaube, du hattest jetzt genug Zeit, über meinen Vorschlag nachzudenken. Willst du die Faxen endlich lassen und meine Partnerin sein? Mich berühmt machen? Dafür sorgen, dass meine Opfer nicht umsonst waren und ich in die Geschichte eingehe?«

»Sonst noch was?«, antwortete Hokulani mit verschränkten Armen. Wenn sie nicht in seiner unmittelbaren Nähe war, hatte sie weniger Angst vor ihm.

»Arielle, das hört sich nicht gut an. Muss ich streng werden?«

»Ich hab dir mein Leben geschenkt. Ich lasse mir von dir meine Freiheit rauben. Wenn du aber denkst, ich verrate den Ozean, dann muss ich dich enttäuschen. Das wird nicht passieren.«

Sie rieb ihre Fingerspitzen aneinander und spürte dort immer noch Kaleo, die Haut seiner Hand, die sie gehalten hatte. Wenn er kämpfen wollte, konnte sie es auch.

Bob seufzte. Einmal, zweimal, dreimal. Dann stand er umständlich und wortlos auf, klopfte seine Hose ab, stemmte die Hände in seine Seiten und sah sie an. Seine Augenbrauen hatten einen mitleidigen Bogen gebildet, doch um seinen Mund war ein harter Zug.

»Das habe ich befürchtet. Schätzchen, ich fürchte, unsere Flitterwochen sind vorbei.« Mit diesen Worten drehte er sich um und schnippte, worauf die zwei Männer zu Hokulani ins Wasser sprangen.

Sie versuchte, zu flüchten, aber die zwei Gorillas trieben sie in eine Ecke und packten sie. Hokulani schrie auf, während sie sich mit ganzer Kraft wehrte. Die behandschuhten Pranken der Männer auf ihrer entzündeten Haut brachen ihre Gegenwehr jedoch schnell. Sie wimmerte leise.

Ohne sich darum zu kümmern, dass ihre Schwanzflosse über das Holz schleifte und sich Splitter in den empfindlichen Membranen verhakten, schleppten sie Hokulani zum Haus. Hinter der Frontscheibe stand Bob, eine dampfende Tasse in der Hand. Grinsend warf er ihr eine Kusshand zu.

Die Männer trugen sie am Haus vorbei, über eine Treppe nach unten in einen riesigen grauen Anbau hinein. Grelles Neonlicht flammte auf. Noch nie war sie so weit vom Meer entfernt gewesen. Sie sah den Himmel nicht mehr. Wie sollte sie wissen, wann Vollmond sein würde? Die Angst gab ihr neue Kraft und sie schlug heftig mit ihrer Schwanzflosse.

Die Männer lachten.

»Wo willst du denn hin, Kleine?«

»Komm Mike, wir tun ihr mal den Gefallen.«

»Alles klar – auf drei.«

»Eins, zwei, drei.«

Mit viel zusätzlichem Schwung ließen sie Hokulani fallen.

Zu perplex, um sich abzufangen, schlug ihr Körper und ihr Gesicht auf dem Beton auf. Auch ihre empfindliche Flosse klatschte auf den Boden, sodass sie Sterne sah. Sie wand sich, drückte sich mit den Armen hoch und funkelte die Männer böse an.

Ihre einzige Reaktion war dreckiges Gelächter.

»Und jetzt, Fischfrau? Läufst du nach Hause? Rennst du weg?« Der Mann, der auf Mike hörte, packte sie erneut und schleifte sie weiter. »Hast du's jetzt verstanden? Du bist eigentlich schon fast ein Fischstäbchen und es gibt nichts, was du dagegen tun kannst.«

Er hielt eine Chipkarte vor einen Scanner und die Türen glitten auf. Hokulani sah mehrere mit Wasser gefüllte Metallbassins.

Ihre Peiniger ließen sie in eines der Becken gleiten und wischten sich dann trotz Handschuhen ihre Hände an der Hose ab.

»So Kleine, das wird dich ein bisschen zur Ruhe bringen.«

»Denk an das Gitter. Nicht, dass sie wieder versucht, wegzulaufen.«

Ein heiseres Lachen der beiden folgte.

Hokulani konnte nur zusehen, wie die Männer ein engmaschiges Gitter mit abschließbaren Schlaufen an dem Becken befestigten, sodass über der Wasseroberfläche höchstens noch ihr Kopf Platz hatte.

Um diese Typen nicht länger ertragen zu müssen, tauchte sie unter. Das Wasser war angenehm kühl und sauber. Mit einigen Flossenschlägen linderte sie Anspannung und Schmerzen. Schnell wurde sie immer müder und ihre Augenlider schwer. Zu spät fiel ihr der fade Beigeschmack des Wassers auf.

»Hey, Arielle, wach endlich auf.«

Grelles, unnatürliches Licht und leichte Schläge auf ihren Wangen weckten sie. Sie wollte abtauchen, zurück in die Umarmung des kühlen Wassers. Aber sie konnte sich nicht bewegen und auch ihre Schuppen waren trocken.

Sie riss die Augen auf.

Bob lächelte sie an.

»Na also.«

Er drehte sich von ihr weg zu einem kleinen Tischchen mit Messern und anderen Geräten.

»Ihr Meermenschen scheint auf die Substanzen im Wasser noch empfindlicher zu reagieren als die anderen Tiere. Tja, ihr scheint ein Auslaufmodell auf diesem Planeten zu sein. Wer sich nicht anpassen kann, geht unter, so war es auf der Erde schon immer.«

Er wandte sich ihr wieder zu und sah in ihre Augen, die verzweifelt nach einem Ausweg suchten. Er streichelte ihr über den Kopf.

Lächelte.

»Ist nicht so, als hättest du dir deine Situation nicht selbst eingebrockt.« Er gab jemandem, der hinter ihr stand, ein Zeichen. »Leider kann ich aber einfach nicht sehen, wenn jemand so ein Theater macht.«

Noch während ein grünes Tuch über ihr Gesicht gelegt wurde, sah sie, wie Bob hinter seinem Rücken eine große Spritze hervorzog und sich ihrer Ellenbeuge näherte.

Hokulani versuchte, sich zu wehren, und verstand erst jetzt, dass ihre Arme, ihre Taille und ihre Schwanzflosse mit Lederriemen gefesselt waren.

Sie hatten auch ihren Hals fixiert und als sie versuchte, den Kopf zu heben, drückte der Riemen ihr die Luft ab.

Bobs Atem war auf einmal ganz nah an ihrem Ohr und sie versuchte, ihn trotz Fesseln durch heftiges Kopfschütteln zu vertreiben. Ein rasender Schmerz schoss durch ihre Kopfhaut und sie heulte auf. Er hatte seine Finger in ihre Haare gekrallt und riss an ihnen, sodass sie endgültig bewegungsunfähig war.

»Hör auf damit. Du hattest eine Wahl«, knurrte er in ihr Ohr und sein säuerlicher Atem brachte sie zum Würgen. Er atmete heftig. »Ich muss mich beruhigen. Wissenschaftliches Arbeiten benötigt einen kühlen Kopf«, murmelte er.

Sie spürte seine Finger, die ihren Unterarm festhielten, und eine Sekunde später ein Stechen in der Ellenbeuge.

»Dein Blut ist rot, da war ich mir schon mal nicht sicher.« Nach einem Moment fügte er hinzu: »Hätte ja auch blau sein können.« Glucksende Geräusche kamen aus seiner Richtung.

War das alles nur ein Scherz für ihn? Sie spürte jedes einzelne Mal, wie er ein neues Röhrchen an die Nadel steckte, ein endloser Vorgang.

»Diese Blasen auf der Haut sind wirklich hässlich. Haben wir für sowas eine Salbe?«

Hokulani wusste nicht, wen Bob fragte, aber er schien eine wortlose Antwort erhalten zu haben, die ihn befriedigte.

»Ich habe jetzt Blutbild, Leber und Nierenwerte, Blutsalze, Entzündungswerte, Hormone, Blutgruppe.«

Hokulani musste ihren Atem beruhigen, um seine gemurmelten Worte zu verstehen.

»Keiner wird mir das glauben. Alle werden mein Hotel besuchen wollen. Ich werde in Talkshows auftreten und berühmt werden.«

Endlich zog er die Nadel aus ihrem Arm. Es klirrte leise und metallisch. Vermutlich hantierte er mit den medizinischen Geräten auf dem nebenstehenden Tisch.

»Jetzt wollen wir mal sehen, wie es in dir drin aussieht.«

Hokulanis Atem beschleunigte sich. Wollte er sie aufchneiden?

Er zog ihr T-Shirt bis zu ihrem Schlüsselbein hoch. Als kühles Metall ihre Haut berührte, schrie sie auf und wand sich in ihren Fesseln.

»Psst«, machte Bob, der das kalte Metallstück jetzt immer an einer anderen Stelle auf ihrem Oberkörper aufsetzte, Brust, Bauch und, soweit es ihre Fesseln zuließen, auch am Rücken. Obwohl der Vorgang nicht schmerzhaft war, zuckte sie jedes Mal zusammen.

»Atem- Herz- und Darmgeräusche regelrecht«, sagte er, als er scheinbar mit der Prozedur fertig war.

Wieder hörte Hokulani Geräusche, die sie nicht einordnen konnte. Etwas rollte über den Boden und ein Summen erweckte eine Maschine zum Leben. Etwas Kaltes wurde auf ihren Bauch gespritzt und verteilt. Bobs warme Hand lag auf ihrer nackten Haut und bewegte etwas Glattes zuerst bis zu ihren Rippen nach oben, dann bis zum Ansatz ihrer Schuppen nach unten. Obwohl sie keine Schmerzen hatte, wurde sie von Schluchzern geschüttelt.

»Pst«, zischte Bob. »Halt endlich mal still und hör auf, so zu wackeln. Ich muss dich doch nicht ruhigstellen, oder?«

Nichts zu sehen, war für Hokulani schlimm genug. Die Vorstellung, noch nicht einmal mitzukriegen, was mit ihr geschah, war schlimmer und erzeugte einen Knoten in ihrer Kehle. Sie biss sich unter dem Tuch auf die Lippen und ließ ihn gewähren.

»Na also«, murmelte Bob. Dann herrschte Stille. Immer mal wieder wurde ein Knopf gedrückt, und der glatte Schieber weiter auf ihrem Bauch herumgefahren.

»Magen, Leber, Nieren, alles menschlich. Da ist auch eine Gebärmutter. Dann legt ihr gar keine Eier? Das hab ich mich immer gefragt. Und was ist da so unter diesen Schuppen?«

Als Bob den Schieber auf die Schuppen bewegte, schnaufte er empört.

»Schallschatten. Wäre auch zu schön gewesen. Naja, wir werden einen anderen Weg finden.«

Die Härchen auf Hokulanis Armen stellten sich auf. Sie konnte nicht anders als in Bobs Worten eine unheilvolle Drohung zu verstehen.

Auf die eine oder andere Art wirst du mir helfen.

Sie wusste, was Menschen Tieren antaten, um ihr Wissen zu vermehren. Ohne Rücksicht stießen sie die fühlenden Lebewesen in ein Meer aus Leid und Schmerz. Bis zu ihrem Tod. Hokulani schluckte.

Der Schleim wurde grob von ihrem Körper gewischt.

»Vielleicht sehen wir ja etwas beim Röntgen«, sagte Bob in diesem Moment. Sprach er mit sich selbst? War der Mensch, der ihr das Tuch über das Gesicht geworfen hatte, aus dem Raum verschwunden?

Wieder wurden Rollen über den Boden gezogen. Es klang nach einem schwerfälligeren Gerät. Hokulani zitterte unkontrolliert. Dann wurde sie auf die Seite gedreht und harte Platten schoben sich unter ihren Körper.

»Du hältst einfach nur still, das wirst du wohl schaffen, oder?« Sie versuchte es sogar. Damit er endlich aufhörte.

Als Bob auf einen Knopf drückte, schossen jedoch brennende Schmerzen durch ihren Körper. Sie bog ihren Rücken durch und schrie aus vollem Hals.

»Bist du irre, du blöde Kuh? Wie soll ich denn so arbeiten? Röntgen tut nicht weh, halt einfach still.«

Grob erneuerte er die Platten und drückte wieder auf den Knopf. Die Schmerzen waren zu stark. Wieder wand sich Hokulani auf der Liege. Das Summen verstummte, dann klirrte es und ein frustrierter Schrei erklang. Hatte Bob den Tisch mit den Instrumenten umgeworfen? Schritte kamen auf sie zu und instinktiv zog sie den Kopf ein, trotzdem flog er in der nächsten Sekunde zur Seite, weil Bob ihr eine schallende Ohrfeige gegeben hatte. Dann riss er das Tuch von ihrem Kopf.

Wut verzerrte sein Gesicht.

»Denkst du, ich hab den ganzen Tag Zeit? Nichts von dem, was ich bis jetzt getan habe, rechtfertigt ein solches Benehmen von dir. Ich führe routinemäßige ärztliche Untersuchungen durch.«

Als er die Fäuste ballte, zog sie den Kopf ein und wimmerte.

»Halt jetzt verdammt noch mal still.«

Sie versuchte es, doch Tränen liefen über ihre Wangen und sie biss sich auf die Lippe, um nicht aufzuheulen.

Bob beobachtete sie schweigend. Etwa drei Atemzüge lang. »Weißt du was? Ich geb mir das hier nicht. Du brauchst dringend etwas, um dich zu beruhigen.«

Als erneut eine Nadel in ihre Ellenbeuge eindrang, schwamm Hokulani auf ihren Tränen davon.

11

Sie erwachte in ihrem Becken. Ihr Körper fühlte sich beschmutzt an. Ihr Gesicht brannte und ihre Schwanzflosse reagierte bei der kleinsten Bewegung mit stechenden Schmerzen. Sie rollte sich am Boden der Metallwanne zusammen, bereit, sich zurück in die Umarmung der Betäubungsmittel zu begeben. Aber der Schlaf, den sie so sehr herbeisehnte, kam nicht. Schließlich paddelte sie der grellen Neonbeleuchtung entgegen an die Oberfläche. Am Rand des Beckens hockte ein Mann, der sich eine seiner schulterlangen Locken hinter das Ohr klemmte. Sein Bauch sprang ihr durch seine Körperhaltung fast entgegen und seine dunklen Augen verschwanden unter seinen grinsenden Wangen.

»Da bist du ja, Schönheit. Dieser Bob stellt das Beruhigungsmittel im Wasser immer zu hoch ein. Will er euch damit umbringen, oder was?« Er schien es gewöhnt zu sein, keine Antwort zu bekommen, denn er redete ungebremst weiter. »Hier, du musst hungrig sein.« Mit einer Zange mit einem langen Stiel reichte er ihr ein dickes Büschel Algen.

Hokulani schnappte danach und zog sich in den hintersten Winkel des Beckens zurück. Während sie die Pflanzen in sich hineinschlang, redete der Dicke weiter.

»Mann, Mann, eine Meerjungfrau. Der alte Bane hat euch sein ganzes Leben gesucht. Er hat also doch recht gehabt, dieser Fuchs.«

Hokulani funkelte ihn schweigend an.

»Die Frage ist: was seid ihr? Fisch oder Mensch? Dieser Bob

ist überzeugt, es mit seinen Versuchen herausfinden zu können. Wenn er dich nicht vorher umbringt …«

Hokulani verharrte in ihrer Ecke, teilte das Wasser mit ihren Armen und blieb stumm.

»Ich glaube, er hat einfach nur zu viel Geld und ist ein Sadist. Kein Wunder, dass er sein Medizinstudium nicht beenden durfte. Zwar weiß er viel vom Meer und seinen Bewohnern, aber manchmal denke ich, er verwendet dieses Wissen nur gegen euch …«

»Wenn er so ein schlechter Mensch ist, wieso bist du dann hier?«, unterbrach ihn Hokulani. Ihre Augen brannten. Gleichzeitig wurde eine wilde Hoffnung in ihr wach, hier einen Verbündeten gefunden zu haben. Er schien kein Freund ihres Ehemanns zu sein.

Sein Bauch hüpfte auf und ab, als er laut lachte. »Du kannst ja wirklich sprechen – ich dachte, Bob bildet sich das nach dem dritten Drink ein.«

»Und?«, überging sie die Belustigung des Mannes.

»Was ›und‹?«, fragte er, während er sich die Lachtränen aus den Augen wischte.

»Wenn *du* das Meer und seine Bewohner so gut verstehst, wieso bist du dann hier?«

»Schätzchen, es geht dich zwar nichts an, aber ich bin hier, weil es gut bezahlt wird.« Er lachte wieder. »Und damit du siehst, dass ich mein Geld wert bin, wird dir Mahohe jetzt mal was Gutes tun.«

Er kämpfte sich in eine aufrechte Position und löste die Karabiner, die das Gitter über dem Becken fixierten.

»Was denken diese Typen eigentlich, wie weit man mit so einem Fischschwanz rennen kann? Du müsstest einen dreißig Meter langen Gang hinauf, dann noch zwanzig Stufen und den Steg entlang robben.« Mit einem Donnern schmiss er das Gitter in eine Ecke. »Man muss es euch ja nicht schwerer machen, als es schon ist.« Er zauberte eine alte Ledertasche von irgendwoher, setzte sich an den Beckenrand und klopfte aufmunternd neben sich. »Ich würde mir gerne mal die Verletzungen an deinem Fischschwanz ansehen. Das Wasser ist zwar mit Antibiotika versetzt, aber ich glaube, da stecken noch reihenweise Holzsplitter drin.«

Hokulanis Flosse zuckte nervös und, wie um Mahohe recht zu geben, schossen Schmerzen wie nach einem Zusammenstoß mit einer ganzen Seeigelfamilie bis zu ihren Fingerspitzen. Langsam schwamm sie auf den Mann zu. Schließlich stemmte sie sich am Beckenrand hoch und setzte sich neben ihn. Ihre Arme zitterten vor Erschöpfung.

»Ruhig, Kleine, ruhig. Vom alten Mahohe geht keine Gefahr aus. Ich bin nur dazu da, dass es euch möglichst gut geht, damit Bob sein Programm durchziehen kann. Na komm, zeig mal deine Flosse.«

Trotz seiner Fülle packte er geschickt ihren Schwanz und legte ihn auf seinen Schoß. Dabei vergewisserte er sich, dass sie ihren Oberkörper danach ausrichten konnte.

Er setzte sich eine kleine Nickelbrille auf, nahm eine Pinzette und suchte behutsam und sorgfältig jeden einzelnen Spreißel zwischen den Schuppen.

Hokulani beobachtete ihn dabei und konnte das Thema einfach nicht ruhen lassen. »Du siehst nett aus. Wie kannst du hier arbeiten?«

Mahohe seufzte und sah sie über den Rand seiner Brillengläser an. »Ich hab‘s dir doch schon gesagt. Es dreht sich alles nur ums Geld. Meine Kinder gehen auf eine gute Schule und sind krankenversichert. Meine Frau kann Tabletten nehmen, damit ihr Rücken sie nicht umbringt. Wir gehen jeden Sonntag ins Restaurant und meine Große kann zum Abschlussball ein schönes Kleid tragen.« Er schien mit seinem Werk zufrieden zu sein, verstaute seine Pinzette und schmierte eine Creme auf die entzündeten Stellen. »Und sieh es mal so: je länger die Versuchs- und Verkaufstiere hier unten durchhalten, desto weniger neue werden gefangen. Es gibt nur Sieger bei diesem Deal.«

Diese Argumentation war ein Witz, aber sie hatte etwas noch Wichtigeres erfahren.

»Er hält noch andere Meeresbewohner gefangen?«, fragte sie entsetzt.

»Oh Schätzchen, wenn du wüsstest. Diese Kellerräume sind endlos.«

»Sag mal, würde es dir etwas ausmachen, mich Hokulani zu nennen? Das ist nämlich mein Name. Weder Schätzchen noch Kleine.«

Mahohe lachte wieder sein tiefes Lachen. »Die jungen Leute sind einfach schlagfertig – wie meine Tochter.«

Hokulani konnte es sich nicht verkneifen. »Würdest du wollen, dass sie hier unten gefangen ist?«

Der Mann stemmte seine Arme in die Seiten. »Fang gar nicht so an. Ich habe schon so viele Tiere hier kommen und gehen sehen, sämtliche moralische Bedenken habe ich vor langer Zeit begraben. Meine Mutter ist gestorben, weil kein Geld für eine Behandlung da war. Das wird meiner Familie nicht passieren. Und nur darauf kommt es an.« Dann wurde sein Gesicht wieder freundlich. »Und jetzt würde ich dir gerne jemanden vorstellen.«

Zum ersten Mal sah sie, dass sich auch in den anderen Becken in diesem riesigen Raum Lebewesen befanden.

»Eines der Dinge, die Bob nicht versteht, ist, dass ihr verdammt soziale Wesen seid, da unten im Meer. Und der Große da nebenan ist echt einsam. Würdest du ihm Hallo sagen?«

Hokulani reckte den Kopf. Die Wasseroberfläche des anderen Beckens war glatt und ruhig. Zaghaft robbte sie bis an den Rand. Am Boden sah sie einen grauen Fischkörper, mindestens fünf Meter lang. Er rührte sich nicht. Hokulani schluckte. Ein weißer Hai.

Aber was machte er auf dem Grund des Beckens? Da unten war eine Stahlluke. Wahrscheinlich war er durch sie hierhergekommen und wartete auf einen Moment, seinen Fehler zu korrigieren, obwohl er wusste, dass Stillstand sein Tod war. Weiße Haie konnten nur, während sie schwammen, genug Wasser durch ihre Kiemen fließen lassen. Außerdem hatten sie keine Schwimmblase und mussten in Bewegung bleiben, wenn sie nicht auf den Boden sinken wollten.

»Dieser Hai ist so gut wie tot«, schimpfte sie, während sie ins Wasser glitt und sich dem Hai vorsichtig näherte, der seinen Kopf in eine Ecke gedrückt hielt. Wann hatte er in seiner persönlichen Hölle zuletzt gefressen? Sein Maul stand halb offen und sie versuchte, die Reihen von messerscharfen Zähnen nicht zu beachten.

Bedrückt registrierte Hokulani die vielen Schürfwunden auf seiner Haut, die er vermutlich bekommen hatte, als er gefangen genommen worden war. Das Weiß an seiner Körperunterfläche war bläulich verfärbt. Der Hai erstickte.

So vieles an ihm ähnelte Nelio, und deshalb streckte sie ihre Hand aus und strich über seine raue, mit kleinen Hautzähnen bedeckte Haut. Sein Schwanz vibrierte, und ganz langsam drehte sich der Hai zu ihr um, sah sie an und zuckte mit den Seitenflossen. In seinen Augen sah sie den Jäger aufblitzen und wieder erlöschen. Er wollte seinen Kopf wieder in die Ecke drücken, doch Hokulani streckte, ohne zu überlegen die Hand aus und legte sie auf seine Stirn. Sie war übersäht von Blutergüssen und Kratzern, Zeichen eines Tieres, das sich mit der Gefangenschaft nicht abfinden konnte.

Sie versuchte das Gleiche für den Hai zu tun, was Pal für sie getan hatte. Sie schickte ihm Bilder: vom Meer, das nur wenige Meter von ihnen entfernt seinen ewigen Tanz von Ebbe und Flut vollführte, von Unterwasserwelten voller Nahrung wie Fische, Meervögel oder Schildkröten. Von den

Meereskriegern, die sie retten würden. Die riesige Schwanzflosse peitschte hin und her und der Weiße öffnete sein Maul. Dann schwamm er majestätisch im Kreis.

Hokulani seufzte.

Hoffnung hatte sie ihm geben können, eine Lösung nicht. Sie tauchte auf und sah Mahohe mit offenem Mund am Beckenrand stehen.

»Wahnsinn! Wie hast du das gemacht?«

Hokulani überging seine Frage.

»Er braucht etwas zu essen – lebend wäre gut.«

»Das hab ich jetzt so schnell nicht da. Aber warte, meine Frau war schon einkaufen für irgend so eine Grillparty von Bob. Ich komm gleich wieder.«

Kurz darauf kam er mit einem riesigen Stück roten, blutigen Fleischs zurück … ja, das würde dem Weißen gefallen.

Während sie gemeinsam zusahen, wie das riesige Tier in einer Wolke aus Rot verschwand, seufzte Mahohe. »Ich weiß wirklich nicht, was der hier macht. Nicht ein weißer Hai hat in Gefangenschaft überlebt. Wenigstens kann Bob ihn jetzt noch verkaufen.«

Hokulani starrte den dicken Mann an. »Ich habe also nur dabei geholfen, dass er noch mehr ertragen muss?«

Der weiße Hai war fast an seinem Ziel gewesen: in Freiheit, wenn auch nur durch den Tod. Jetzt zog er im Becken wieder seine Runden und die Hoffnung, die Hokulani ihm gegeben hatte, würde sein Leiden nur verlängern. Denn er würde nicht mehr hier sein, wenn Kaleo kam und diese Hölle hochgehen ließ.

Wortlos robbte Hokulani zu ihrem Becken. Mahohe stolperte hinter ihr her.

»Kannst du mir beibringen, was du mit dem Weißen gemacht hast?«

Sie ignorierte ihn. Er war ein Mensch, wieso hatte sie Empathie von ihm erwartet?

Warme Finger streichelten ihre Wange. Sie schmiegte sich dagegen, Kaleos Berührung tat so gut. Doch wieso roch seine Hand nach Desinfektionsmittel? Der beißende Geruch katapultierte sie aus ihrem dunklen, gnädigen Ozean. Sie riss die Augen auf und sah in Bobs Gesicht vor einer grellen Operationslampe. Seine Züge hatten fast einen verträumten Ausdruck angenommen. Seine Finger strichen immer wieder über ihr Gesicht.

»May hatte es so gerne gehabt, wenn ich ihre Wange gestreichelt habe«, flüsterte er sanft. »Bis die große Welle sie mitgenommen hat.« Dann sah er sie direkt an, das flache Blau seiner Augen war dunkel und einsam. »Wir könnten es so schön haben, du und ich. Dich könnte mir der Ozean nicht wegnehmen, denn du bist ein Teil von ihm.«

Er hatte jemanden verloren?

Da war ein kurzer Moment des Mitleids. Dann war er vorbei. Hokulani presste die Lippen zusammen und rückte so weit von Bobs Fingern weg, wie sie konnte. Die ganze Zeit sah sie ihn an, kalt und herausfordernd. Deswegen sah sie es. Wie Bob seine Erinnerungen wieder in seinem schwarzen Herz versenkte und das kalte Glitzern seine Augen dominierte.

»Dumme Idee von mir«, knurrte er. »Wird nicht mehr vorkommen.« Er entfernte sich aus ihrem Blickfeld und lief um die Untersuchungsliege herum. Er schürte die Angst in ihr und wusste es.

Bittere Galle sammelte sich in ihrem Mund. Feige und hinterlistige Menschen! Vermutlich hatten sie das Betäubungsmittel in ihrem Wasser wieder hochgedreht, sie dann hierher geschleift und an Armen und Flosse gefesselt.

Sie versuchte, den Kopf zu drehen und Bob im Blick zu behalten, doch ihr nass herunterhängendes Haar fiel ihr ins

Gesicht, sodass sie nur weiße Wände und Teile von metallischen Schränken sah. Sie konnte nur seine Stimme hören und damit abschätzen, wo er gerade stand.

»Nachdem wir die Gefühlsduseleien hinter uns gelassen haben, möchte ich heute eine faszinierende Versuchsreihe mit dir beginnen.«

Ihr Herz hämmerte und ihr Magen zog sich zusammen, als sie an die sengenden Schmerzen dachte, die die Röntgenstrahlen beim letzten Mal bei ihr ausgelöst hatten.

»Wusstest du, dass manche Fische ihre Schwanzflosse regenerieren können, wenn sie abgeschnitten wird?«

Hokulani schüttelte panisch den Kopf. Sie bäumte sich auf und versuchte den ledernen Fesseln zu entkommen.

»Keine Angst, Arielle, ich würde doch meiner Ehefrau nichts abschneiden.«

Mit seinen wulstigen Fingern schob Bob ihre Haare aus dem Gesicht. Sie kniff die Augen zusammen und versuchte, sich trotz der Riemen wegzuducken.

Der Schlag ins Gesicht kam ohne Vorwarnung.

»Ekel ich dich an?«, schrie er. Spucketröpfchen sprühten über ihre Haut. »Dabei bist du es, die abartig ist.«

Er ging um die Untersuchungsliege herum und riss an ihrer Flosse. Sie schnappte nach Luft, als ein glühend heißer Schmerz auf ihren ganzen Körper ausstrahlte.

Sie schaffte es, nicht aufzuschreien. Stattdessen presste sie ihre Lippen zusammen und starrte ihn an. Gefährlich langsam kam er auf sie zu. Ein Räuspern am Eingang des Eingriffsraums unterbrach seinen Jähzorn. Wie lange hatte Mahohe dort gestanden?

»Der große Weiße frisst wieder. Das hat sie gemacht.«

Einen Moment sah es so aus, als würde Bob über den Hawaiianer herfallen, doch dann schien er die Bestie in sich zu beruhigen.

»Ist das so?«, fragte er und starrte Hokulani an. »Und wie hat sie das gemacht?«

»Weiß nicht, Boss. War bei ihm im Wasser und hat ihm die Hand auf die Stirn gelegt. Dann ist er wieder aktiv geworden.«

»So so.« Bob umkreiste Hokulanis Liege. »Na, Arielle, verrätst du uns wohl dein Geheimnis?«

»Mitgefühl, es war einfach nur Mitgefühl!«, schrie sie ihn an.

Ihre Wangen waren nass und der Schmerz in ihrer Schwanzflosse schickte weiter Wellen der Übelkeit durch ihren Körper. Trotzdem loderte auch ein Feuer in ihr, das sich nicht mehr löschen ließ.

Bob verdrehte die Augen. »Weißt du was? Du gehst mir sowas von auf die Nerven. Wieso rede ich eigentlich noch mit dir?« Er nahm etwas von seinem Instrumententisch. »Wir sollten endlich meine Versuchsreihe beginnen, damit dein Fischschwanz zeigt, was er draufhat.«

Hokulani kämpfte gegen ihre Fesseln an, ballte die Fäuste, bäumte sich auf und ließ sich von der Lederfessel um ihren Hals die Luft abdrücken.

»Arielle, entspann dich. Die Zeit, in der ich dich um deine Meinung gefragt habe, ist vorbei.«

Als sie seinen Blick auffing, schrak sie zurück. Sie hatte sich auf die Seite des Ozeans gestellt, und damit gegen ihn. Durch die Freundschaft mit dem weißen Hai einmal mehr.

Für das, was das Meer ihm genommen hatte, nahm er an ihr Rache. Seine brutale Entschlossenheit würde diese Entscheidung nicht mehr in Frage stellen.

Sie schürte ihre inneren Flammen und ließ ihre Angst nicht die Oberhand gewinnen. Trotzdem konnte sie nur mitansehen, wie Bob mit einer Hand die Schwimmhaut ihrer Flosse packte und mit dem Skalpell in seiner anderen Hand mittendurch schnitt.

Erst nach Sekunden merkte sie, dass sie schrie. Der Schmerz war so vernichtend, dass sich rechts und links Schwärze in ihr

Blickfeld schob. Trotzdem sah sie noch, wie Bob, als er merkte, dass sein Messer die Streben der Flosse nicht durchtrennen konnte, dieses in die Ecke schleuderte und mit seinen Händen beide Hälften ihrer Schwanzflosse in zwei Teile riss.

Danach bestand ihr Körper nur noch aus Qual. Sie warf sich in die Arme der Welle aus Schmerzen und Verzweiflung und ließ sich hinunterziehen in Schwärze, aus der sie nicht wieder auftauchen wollte.

12

Stunden wurden zu Tagen und Tage vermutlich zu Wochen. Hokulanis Körper war eine einzige Wunde.

Bis zum nächsten Vollmond, war ihr niemals endendes Mantra. Er schien jedoch eine Ewigkeit entfernt zu sein.

Ihre Schwanzflosse heilte nicht, und natürlich regenerierte sie sich auch nicht. Was Hokulani Bob hätte sagen können, wenn er gefragt hätte.

Er hatte ihr sicher literweise Blut abgenommen und das glitschige Gel wieder und wieder auf ihrem Körper verteilt. In den letzten Tagen verlegte er sich darauf, ihren Fischschwanz unter Strom zu stellen und zu beobachten, wie sie reagierte.

Zu Beginn hatte sie jedes Mal bis in die Flosse gespürt, wie Bob das Blut aus ihren Venen gezogen hatte. Jetzt war sie so benommen, dass sie selbst die Stromstöße nicht mehr wahrnahm.

Die Tage liefen in schrecklicher Monotonie ab. Hokulani wurde in ihrem Becken wach, wenn Mahohe den Gehalt an Beruhigungsmitteln reduzierte. Dann gab er ihr etwas zu essen und ihre Schmerzmittel. Erst wenn diese wirkten, konnte Hokulani überhaupt darüber nachdenken, sich zu bewegen. Bis dahin unterhielt sie sich mit dem Hawaiianer über Fischarten, das Wetter oder er erzählte ihr von dem Alltag seiner Familie. Wenn die Medikamente ihren Schwanz in weiche

Schwämme gebettet hatten, war sie bereit, auf Mahohes Bitte hin in einem beliebigen Becken nach einem der Meeresbewohner zu sehen. Nach der Schildkröte, die nicht mehr aus ihrem Panzer kam, dem Delfin, der seinen Kopf stumpfsinnig nach rechts und links schwang. Ihren Stolz hatte sie so weit begraben, dass Mahohe sie in die entfernteren Becken tragen durfte.

Jeden Tag beendete sie ihre Runde mit einem Besuch bei dem weißen Hai. Wenn sie ihm Bilder von den Meereskriegern zeigte, wurde er am aktivsten. Seine Seitenflossen vibrierten und es schien ihm schwerzufallen, nicht gleich loszuschießen.

Also schmückte sie ihre Bilder aus – zeigte Pal, mit ihrem freundlichen Lachen und den lebhaften Knopfaugen. Sie zeigte Anela, die strenge Großmutter, etwas weniger gramgebeugt und verbittert. Und Kaleo. Sie zeigte seine stolze Körperhaltung, seine schlanken, aber muskulösen Arme, den Oberkörper eines Kämpfers. Zeigte dem Hai Kaleos Augen, endloses Dunkelblau, das durch seine dichten Wimpern hindurch zu strahlen schien. Als der Hai zappelte, wurden ihre Wangen heiß. Zuletzt hatte sich das Bild von Kaleos Lippen eingeschlichen.

Sie stemmte sich aus dem Becken und setzte sich kopfschüttelnd an den Rand. Hier, zwischen Folter und Gefangenschaft, fiel ihr nichts Besseres ein, als über Kaleos Lippen nachzudenken? Der weiße Hai zog inzwischen ungewohnt aggressiv seine Runden im Wasser und biss von Zeit zu Zeit in den Beckenrand. Sie erschrak als Mahohe sich neben sie hockte. Er legte eine seiner fleischigen Hände auf Hokulanis Rücken, doch er hatte sie schon so oft getragen, geflickt und verbunden, dass sie daran gewöhnt war, von ihm berührt zu werden, obwohl er ein Mensch war. In seiner verdrehten Moral würde er sich vermutlich sogar als ihr Freund bezeichnen.

Auch die Wörter, die er sprach, waren voller Wärme und Stolz. »Du tust so viel für die Tiere hier. Ohne dich hätten wir schon längst einen neuen Weißen Hai gefangen. Jeder weiß, dass sich diese Tiere nicht in Gefangenschaft halten lassen und in kürzester Zeit sterben, aber kümmert das Bob? Er denkt, mit genug Chemie im Wasser könnte er jedes Meerestier in einem tranceähnlichen Zustand halten. Dass sie so zweimal eingesperrt sind, versteht er nicht. Aber würde es etwas nutzen, wenn ich oder du rebellieren würden? Wir arbeiten hier alle zusammen und so kommen möglichst wenige zu Schaden.«

»Die Tiere müssen nicht mehr lange aushalten«, murmelte Hokulani. Erschrocken sah sie auf. Die warme Menschenhand auf ihrem Rücken, ihre Flosse bei ihrem Freund, dem weißen Hai, im Wasser – sie hatte sich zu sicher gefühlt und geredet, ohne nachzudenken.

Mahohe zog seine Hand zurück und rutschte ein Stück von ihr weg. Über seine Brillengläser sah er sie an und legte seine Stirn in besorgte Falten. »Wenn du ein Geheimnis hast, will ich es nicht wissen. Ich mag dich, Mädchen, aber ich plaudere alles aus. Weil ich weiß, dass ich eine Prämie dafür kriege. Sag mir ja nichts.« Und mit einer Geste zu ihrem Becken bat er sie, dorthin zurückzukehren.

Normalerweise trug er sie. Doch diesmal sah er zu, wie sie die kurze Strecke zu ihrem Becken unter Schmerzen zurücklegte, und tippte dabei ungeduldig mit dem Fuß.

Hokulani würde niemals zugeben, wie sehr seine Abfuhr sie verletzte. Still tauchte sie unter und verkroch sich in der hinteren Ecke ihres Beckens.

Hatte sie sich verraten? Hatte sie Kaleo verraten? Er sollte bald hier sein.

In den Nächten, in denen sie gegen die Sedierung in ihrem Wasser ankam, gab es etwa eine halbe Stunde, in der sie durch den Lichtschacht in der Decke den Mond sehen konnte. Und er nahm schon lange wieder zu. Nur noch ein paar Tage musste sie aushalten, mussten die Tiere aushalten. Sie würde nicht ohne sie gehen.

Was, wenn Kaleo nicht kommen würde? Was, wenn er sie in diesem abgeriegelten Anbau nicht fand?

Fast dankbar nahm sie den metallenen Geschmack des Beruhigungsmittels wahr und warf sich in die Arme eines nachthimmelblauen Traums.

Schlafstörungen quälten Hokulani. Statt schlafen und wachen befand sie sich in einem ständigen Dämmerzustand. Bob hielt sich für seine Quälereien an keine Tageszeit und erschien auch mitten in der Nacht. Hokulani erwachte stets mit einem hämmernden Puls und um sich schlagenden Armen. Nie wusste sie, ob sie in ihrem Becken aufwachen würde, mit den Neonröhren über ihr und dem Lichtschacht mit dem kleinen Streifen Himmel, oder festgeschnallt auf einer Liege. Doch schon bevor sie die Augen öffnete, erkannte sie die kalte Luft an ihrer nackten Haut, den stechenden Geruch nach Desinfektionsmitteln und das grelle Licht der OP-Lampe. Er zwang sie immer, ihn anzusehen, nannte sie Arielle und Ehefrau und erst wenn er sie quälte, bedeckte er ihr Gesicht mit einem Tuch.

Diesmal war es anders. Er stand direkt vor ihr und versuchte, ihr eine Haube mit so etwas Ähnlichem wie Saugnäpfen aufzusetzen. Würde er jetzt an ihrem Gehirn herumpfuschen?

Neuer Kampfgeist erwachte in ihr und sie warf ihren Kopf verzweifelt hin und her. Ihre langen, nassen Strähnen waren wie Tentakel und machten es Bob unmöglich, die Kappe auf ihren Kopf zu setzen.

»Kannst du nicht einmal mitmachen?« Wie ein Kleinkind warf er die Haube auf den Boden. »Aber weißt du was? Das wird dir nichts nützen.«

Grob packte er ihre Haare und fasste alle mit einer Faust zusammen. Kurz darauf hielt er eine große Schere in seiner Hand.

Sie hörte das scharfe Geräusch des schneidenden Messers und schloss die Augen. Sie hasste die Träne, die sich aus ihrem Augenwinkel stahl und ihre Wange hinunterlief.

Was machte es schon, dass er nach allen anderen Erniedrigungen, nach der Verstümmelung ihrer Flosse, auch noch ihre Haare abschnitt und ihr zeigte, dass er mit ihr machen konnte, was er wollte?

Aber auf einmal war da Zorn, ein unbändiger Zorn auf diesen Mann, dessen blinde Zerstörungswut ihren Lebensraum bedrohte und ihr das Leben zur Hölle machte. Ihr Inneres kochte und die Lava der Vulkane, die diese Inseln und ihr Meer formten, stieg nach oben.

Sie spürte Bobs fleischige Hand und hörte sein Lachen, als er durch ihre kurzen, stoppeligen Haare fuhr. Dann war da etwas anderes. Ihr Körper summte, so als wären selbst die Moleküle, aus denen sie zusammengesetzt war, in Aufruhr, würden einen Weg suchen, zu entkommen, sich zu wehren. Dieser Sturm in ihrem Inneren konzentrierte sich schließlich auf ihren Arm.

»Was ist denn jetzt mit dir los?«, schrie Bob.

Trotz ihrer Wut versuchte Hokulani, seine Reaktion zu verstehen und drehte den Kopf. Ihr Arm hatte sich in eine Flosse mit dunkel schimmernden Schuppen verwandelt, die von den Lederriemen nicht mehr gehalten wurde und aus den Fesseln flutschte.

Hokulani war sprachlos.

In ihren Gedanken hallte dieselbe Frage, die ihr Ehemann ihr entgegengeschrien hatte. Für ihre Wut war kein Platz mehr. Die Moleküle kamen zur Ruhe und die Schuppen verwandelten sich zurück in ihre braune Haut. Sie öffnete und schloss ihre Hand, unsicher, was Traum und Wirklichkeit war. Bob katapultierte sie aus ihrer Trance.

»Was war das denn? Wolltest du jetzt zum Fisch mutieren oder was?«, schrie er. Dabei hielt er sich ungläubig den Kopf, näherte sich aber ihrem Gesicht so weit, dass sie einmal mehr seine Alkoholfahne einatmete.

Hokulani zögerte nicht eine Sekunde. Ihre Hand schoss vor, schloss sich um Bobs Hals und drückte zu. Sie spürte die Weichteile unter ihren Fingern, die weichen Adern, die sie so schnell daran hindern konnte, das Blut zum Gehirn zu transportieren. Diese großen Flüsse des Menschen waren in ihrer Hand nicht mehr als ein Rinnsal. Der Knorpel des Kehlkopfes war unter ihren Fingern und sie war bereit, ihn zu zerquetschen. Sie dachte an ihr Riff und was er ihrem Volk antun wollte, ohne jeden Skrupel, und an die vielen unschuldigen Tiere in diesem Keller. Und sie dachte an sich. Wie sie alles gewagt hatte, um durch ihre Verbindung andere zu schützen, und wie er sie nur benutzte.

Bobs Gesicht verfärbte sich bläulich. Er versuchte, sie zu packen, doch schaffte es lediglich, die Haut an ihren Schultern und ihrem Hals zu zerkratzen.

Eine große Hand schloss sich um ihren Arm und eine andere zwang sie, ihre Finger zu öffnen. Mahohe sprach ruhig in ihr Ohr. »Hör auf Hokulani, das bist nicht du. Und unter deinen Fingern ist mein Boss. Ich lass nicht zu, dass du ihn erwürgst.«

Und da riss Bob sich los. Hustend und würgend verschwand er aus ihrem Blickfeld.

Mahohe fixierte Hokulanis Arm wieder. Sie wehrte sich nicht. Dabei sah er ihr nicht in die Augen, tätschelte noch einmal ihre Schulter und verschwand.

Als Bob sich schweigend aufrappelte, schrie die pure Mordlust aus seinen Augen. Er holte aus und alles wurde schwarz.

Hokulani würde nicht mehr lange durchhalten. Sie bat den Mond, der sie an dem handtuchgroßen Stück des Himmels besuchte, sich zu beeilen, sich zu seiner runden und magischen Form zu wandeln. Ihr alternativer Wunsch war ein schneller Tod.

In ihrem metallenen Becken mit dem Meerwasser konnte sie sich nicht mehr aufhalten, zu groß waren ihre Verletzungen. Die Blutstillung wäre im Wasser zu langsam vonstattengegangen.

Mahohe pflegte sie seitdem in einer Art Badewanne, wechselte ihre Verbände regelmäßig, hatte ihre Flosse genäht, da die Membranen keine Tendenz zur Heilung zeigten. Der Geruch nach den Kräutern der Insel, die in verschiedenen Salben und Cremes auf ihren Körper geschmiert wurden, betäubten ihre Nase.

Eines ihrer Augen war zugeschwollen und unter dem anderen klaffte ein tiefer Riss. Jedes Mal, wenn sie die Lider zukniff, um vor ihrer Hölle zu fliehen, zog sie ein stechender Schmerz zurück.

Mahohe wurde nicht müde, sich zu kümmern, ihr vorzusingen und ihr die Legenden seines Volkes zu erzählen. Etwas in ihr konnte noch immer über die Geschichten von Meermenschen, die Seeleute verführten, lächeln, und diese Zerstreuung hielt sie eventuell davon ab, durchzudrehen. Dennoch würdigte sie den Mann keines Blickes.

Seinetwegen lebte das Monster noch. Er war verantwortlich für das Leiden des weißen Hais und ihre persönliche Odyssee.

Jeden Morgen, wenn Bob die Kellerräume betrat und Mahohe anwies, Hokulani auf die Behandlungsliege zu bringen, tat er es. Mit Tränen in den Augen und um Verzeihung bittendem Tätscheln auf der Schulter. Aber er tat es.

Der Behandlungsraum war mittlerweile in jedem Winkel mit Kameras ausgestattet und Bob versuchte, ihr möglichst große Schmerzen zuzufügen, um die Verwandlung noch einmal hervorzurufen. Gern hätte sie ihm erklärt, dass Grauen und Schmerz keine Gefühle sind, aus denen große Fähigkeiten entstehen, aber hätte er zugehört?

Er faselte nur etwas von DNA-Veränderungen und zog seine Folter durch.

Stolz konnte sie sich schon lange nicht mehr leisten und so schrie sie, weinte, flehte und wimmerte. Bis er endlich fertig war, schimmerten ihre Schuppen rot und ihr Gesicht zierten weitere Hämatome.

An diesem Morgen kam er nicht. Als es dunkel wurde und Bob immer noch nicht aufgetaucht war, fühlte sich Hokulani zum ersten Mal wieder bereit, zu sprechen, und fragte, wie es dem Hai ginge. Mahohe trug sie vorsichtig an den Rand des Beckens. Das stattliche Tier hing wieder bewegungslos in einer Ecke. Hokulani hielt eine Hand ins Wasser und lockte ihn mit ihrem getrockneten Blut. Der Hai schien aufzuhorchen und kam langsam näher. Das Raubtier pirschte sich an und die Meerfrau schluckte, ließ ihre Hand aber im Wasser.

Er drückte seine Stirn gegen ihre Finger, schien zu spüren, wie es um sie stand, und als habe sich die Verbindung auf einmal umgedreht, sah sie jetzt Bilder vor ihrem inneren Auge. Meereskrieger, Dutzende von ihnen, bis an die Zähne bewaffnet. Mit grimmigen Gesichtern schwammen sie auf das Riff von *Wai Aniani* zu. Hokulani schrak zurück. Wieso konnte ein Tier diese Bilder produzieren?

Pfoten trappelten auf dem Betonboden und Sekunden später schnüffelte ein Hund an ihrem Hals und sie hörte die Stimme des Mannes, der sie fähig gemacht hatte, zu morden. Gänsehaut überzog ihren gesamten Körper.

»Na, klagst du dem Hai dein Leid, du jämmerliches Halbblut?«

Unkontrolliert zitternd versuchte sie, in das Becken des Hais zu entkommen, und nahm am Rande ihrer Auffassung wahr, dass der riesige Fisch neben ihr in den Rand biss, wie um Bob abzuwehren.

Bob packte einfach ihre Schwanzflosse und der glühende Schmerz, der durch ihren Körper raste, machte ihrem kurzen Kampf ein Ende. Er zog sie hinter sich her und Apollo bellte begeistert. Die Naht von Mahohe platzte auf und ihr Bewusstsein bestand aus Panik und Qual. Auf einmal wusste sie, dass sie seine Folter nicht ein weiteres Mal überleben würde, und vergaß, wie man Luft holte.

Bob zog sie einige Stufen zu seinem Behandlungsraum nach oben, und die Kanten stießen jedes Mal gegen ihre Hüfte, doch sie war so von Sinnen, dass sie den Schmerz nicht mehr wahrnahm. Ihr Herz hämmerte, zwang ihren Brustkorb rasselnd Luft zu holen. Sie wollte endlich nicht mehr von ihm angefasst und gequält werden.

Kaum merkte sie, dass Bob stehen blieb.

»Lass sie los.«

Eine Stimme wie die donnernden Wellen von Moloka'i.

13

Hokulani blinzelte mit einem Auge. Ein Mann in einem schwarzen Anzug stand vor Bob. Ein zitterndes Schluchzen entfuhr ihr, als sie die blauen Augen unter dem deutlich auf Krawall gebürsteten dunklen Haarschopf erkannte.

Bob ließ ihren Schwanz nicht einfach los, sondern donnerte ihn auf die Fliesen. Aber er konnte Hokulani nichts mehr anhaben. Sie fixierte Kaleo und ihre Wangen waren schon längst nass von ihren Tränen. Apollo verkroch sich mit eingezogenem Schwanz in eine Ecke.

Bobs Fäuste öffneten und schlossen sich, immer wieder, während er langsam auf Kaleo zuging. »Sieh mal an, der Herr Architekt. Tierfreund, was? Ich wüsste nicht, was Sie das hier angeht?«

»Sie sind ein Sadist. Das sollte jeden etwas angehen.«

»Trotzdem habe ich Sie nicht eingeladen. Sie begehen genau genommen gerade Hausfriedensbruch.«

»Na dann, holen Sie doch die Polizei und laden sie sie in Ihren feinen Keller ein. Ich bin sicher, viele dieser Tiere stehen unter Naturschutz.«

Kaleo ließ Bob für einen Moment aus den Augen und sah in das Becken neben ihm. Beim Anblick des Hais, der aggressiv seine Runden drehte, als würde er die gesprochenen Worte verstehen, weiteten sich die Augen des Meermannes. Mehr brauchte Bob nicht.

Mit ausgestreckten Händen stürzte er auf Kaleo zu.

»Pass auf!«, schrie Hokulani, aber es war zu spät.

Die beiden krachten an die nächste Wand, Bobs Hände fest um Kaleos Hals. Der Meermann versuchte, die Finger seines Gegners zu öffnen, aber Bob schien ihm an Körperkraft überlegen zu sein, sodass sich Kaleo für die pragmatische Lösung entschied und sein Knie hochriss. Bob krümmte sich und Kaleo nutzte den Moment, ihm seinen Ellenbogen in ein Nierenlager zu rammen. Der Amerikaner sackte zusammen und gab einen kreischenden Schmerzlaut von sich. Trotzdem rappelte er sich noch einmal auf. Kaleo ließ ihm die Chance.

»Du miese Kanalratte, steckst du mit den Flossenmenschen unter einer Decke?«, keifte Bob mit blutunterlaufenen Augen.

»Könnte man so sagen«, antwortete Kaleo und als Bob fäusteschwingend auf ihn zukam, wich er ihm spielend aus und schickte ihn mit einem Kinnhaken zu Boden.

Dort blieb Bob liegen, leise wimmernd wie ein Säugling.

Kaleo schien dem Drang, ihm in die Seite zu treten, nur mit Mühe zu widerstehen, aber dann wirbelte er herum und war eine Sekunde später bei ihr.

Seine Augen flogen über ihr Gesicht. Als sie sich erschreckt weiteten, lächelte Hokulani schwach.

»So schlimm?«, flüsterte sie.

Er legte seine beiden Hände um ihr Gesicht, als wäre es etwas unendlich Wertvolles. »Es tut mir so leid. Ich hätte dich nie gehen lassen, wenn ich das geahnt hätte.« Seine Stimme war weiche Gischt an einem warmen Sandstrand. Tränen benetzten seinen Lidkranz und er sah wieder so jung aus, zu jung, um ein Krieger, geschweige denn ein Anführer zu sein.

Obwohl sich ihr ganzer Körper anfühlte, wie drei Meter tief im Sand vergraben, hob Hokulani ihre Hand und fing eine seiner Tränen auf. »Es ist nicht deine Schuld«, flüsterte sie.

Seine Lippen streiften kurz ihre Stirn. »Lass uns gehen«, sagte er dann. Vorsichtig schob er einen Arm unter ihre Schwanzflosse und den anderen legte er um ihren Rücken.

»Ich versteh, dass du das Mädchen retten willst, aber das kann ich nicht zulassen.« Mahohes Stimme. »Außerdem hast du meinen Boss zusammengeschlagen.«

Kaleo sah Hokulani entschuldigend in die Augen. »Dauert nur einen Moment«, knurrte er und ließ sie vorsichtig wieder auf den Boden, der Hokulani nach Kaleos Körperwärme schrecklich kalt und hart vorkam. Der Meermann richtete sich auf.

Mahohe hatte einen Baseballschläger in der Hand und kam auf ihn zu.

Kaleo stellte sich vor Hokulani. Sein Körper war bis auf die Fingerspitzen angespannt. Als er sprach, triefte Abscheu aus jedem seiner Worte. »Wie kannst du nur? Du bist ein Kind der Insel. Hast du vergessen, woher du kommst und wer euch jahrhundertelang versorgt hat? Wie kannst du den Ozean so hintergehen?«

»Was das angeht, hab ich meine Seele schon längst verkauft.«

Er schwang den Baseballschläger und zielte auf Kaleos Kopf. Kaleo wich ihm aus und tänzelte aus seiner Reichweite. Der korpulente Mann war aber deutlich wendiger als gedacht und wirbelte herum. Diesmal zielte er auf Kaleos Flanke und dem Meermann blieb nichts anderes übrig, als den Schlag mit seinem Unterarm zu blocken. Das Geräusch von Hartholz auf Knochen dröhnte in Hokulanis Ohren. Kaleo strauchelte kurz. Diesen Moment nutzte Mahohe und fixierte ihn mit dem Schläger am Hals an der Wand.

Kaleo versuchte, sich herauszuwinden, aber Mahohe ließ ihm keine Chance.

»Ich sag das jetzt nur einmal. Verschwinde und wir vergessen das Ganze«, knurrte der dicke Hawaiianer.

»Ich fürchte das wird nicht möglich sein.« Bobs ätzende

Stimme, obwohl heiser von seinem Geschrei, klang siegessicher.

Hokulani zitterte und Übelkeit drückte ihre Kehle zu. Betont entspannt schlenderte ihr Ehemann auf Kaleo zu, bis sein Gesicht nur wenige Zentimeter vor dem des Meermanns war.

»Ich mag mich täuschen, aber irgendetwas sagt mir, dass du mir eine Menge bei meiner Forschung helfen kannst.«

Hokulani sah von der Stelle, wo sie lag, Kaleos Augen. Seine Brauen bildeten ein zorniges Tal, in dessen Tiefe ein kaltes Feuer brannte.

Bob fuhr unbeirrt fort. »Wäre es am Ende sogar möglich, dass du ein Meermann bist? Wenn sie sich in einen Fisch verwandeln kann, wieso du dann nicht in einen Menschen?«

Kaleo schwieg.

»Du fragst dich, woher ich das weiß?« Bob schien sehr zufrieden mit sich. Er kam Kaleo noch näher und zog seine Nase kraus. »Du stinkst wie sie. Nach Meer und Fisch. Ekelhaft.«

Kaleo versuchte, ihm bei diesen Worten seine Faust in den Bauch zu rammen, doch Mahohes Baseballschläger, der seinen Hals gegen die Wand drückte, ließ ihm keinen Spielraum. Bob lachte nur.

»Schmeiß ihn in ein Becken, Mahohe, und dreh die Betäubung hoch. Meine Sammlung hat gerade ein weiteres Exemplar bekommen.«

»Das würde mich wundern, Abschaum.« Ein langes dünnes Messer war wie aus dem Nichts an Bobs Hals erschienen. Gehalten wurde es von einer kleinen Frau, die kaum über die Schulter des Amerikaners schaute und trotzdem keinen Zweifel ließ, dass sie die Situation im Griff hatte.

»Wo warst du so lange?«, schimpfte Kaleo, doch in seiner Stimme klang Erleichterung mit.

Mahohe schien unschlüssig zu sein, was er tun sollte. Ein Mann, dessen Gesicht eine Sturmhaube verdeckte, löste das

Problem für ihn, indem er die Flanke des korpulenten Mannes mit der Spitze einer Harpune pikste.

Die Stimme des vermummten Mannes klang jung, aber selbstbewusst. »Das Baby hier«, er drückte die Metallspitze noch ein bisschen fester in Mahohes Seite, »habe ich oben gefunden. Wollte ich schon immer mal ausprobieren. Werd ich auch – wenn du nicht sofort den Baseballschläger fallen lässt.«

Ein Poltern und einen Moment später stürzte Kaleo zu Hokulani. Während er sie erneut behutsam hochhob, rief er seinem Team Anweisungen zu. »Fixiert die beiden, dann rettet die Tiere.«

Hokulani sah deutlich, wie sich Kaleos Blick umwölkte.

»Den Hai zuerst«, befahl er nach einem kurzen Zögern. Er bettete sie fürsorglich an seine Brust und sah zu ihr herab. »Wird es so gehen?«, fragte er sie leise.

Hokulani sah in sein Gesicht und kämpfte dagegen an, schon wieder zu weinen. Nicht fähig, ihre Gefühle in Worte zu fassen nickte sie nur.

Weitere Menschen mit Sturmhauben kamen in den Keller, ausgerüstet mit Käfigen, Keschern und Riemen und näherten sich vorsichtig dem Hai.

»Irgendwie muss er ja auch heruntergekommen sein«, hörte sie einen der Männer sagen.

Mahohe bekam wieder die Spitze der Harpune zu spüren.

»He, Alter, wie habt ihr das gemacht?«

»Es gibt eine Schleuse«, antwortete dieser mit einem Blick auf Bob. »Ich zeig sie euch. Pass bloß auf, dass du nicht aus Versehen abdrückst.«

Kaleo schnaubte. »Wenn ihr fertig seid, brennt alles nieder«, war alles, was er noch sagte, bevor er sich abwandte und mit Hokulani den Raum verließ.

Sie kuschelte sich an seine Brust und genoss seine Körperwärme. Sein Herzschlag war ruhig und stetig wie die Gezeiten.

Mit geschlossenen Augen spürte sie, wie er sie die Stufen hinauftrug. Dann war es so weit. Der Nachtwind streichelte ihre Haut und sie hörte das Lied der Brandung, während sie das Salz des Meeres in ihre Lungen sog. Schluchzend bedeckte sie ihr Gesicht mit ihren Händen.

»Ruhig, mein Herz. Du hast es fast geschafft«, murmelte er. Die Vibration seines Brustkorbs brachte sie ein wenig zur Ruhe.

Dann waren seine Füße auf dem Steg und schließlich hörte sie das Platschen bei seinen Schritten durch das flache Wasser. Er hielt sie weiter fest im Arm, doch sie ließ eine Hand nach unten gleiten und ihre Fingerspitzen berührten die lebendigen Wellen ihres Ozeans.

Ihr tat weiterhin jede Stelle ihres Körpers weh, trotzdem zappelte sie, wollte abtauchen, je tiefer, desto besser, wollte sicher sein, dass sie es geschafft hatten, wollte nicht länger ein Opfer sein.

»Warte, Hokulani, warte noch einen kleinen Moment, das Wasser ist hier zu flach, du wirst dir sonst wehtun, so wie dein Schwanz aussieht«, beschwor sie Kaleo.

Endlich war sie von Meerwasser umgeben. Es wäre eine Lüge gewesen, zu behaupten, das Salzwasser schmerzte nicht an ihren unzähligen Blessuren, trotzdem war dieser Moment alles für sie. Die Weichheit, die Kraft und die Energie des Ozeans erfüllten sie sofort, begrüßten und trösteten sie, umhüllten sie und gaben ihr Hoffnung.

Kaleo stand bis zum Hals im Wasser und ließ sie immer noch nicht los. Erst jetzt merkte Hokulani, dass er mit jemandem sprach.

»Kümmer dich um sie, ja? Sie muss so viel gelitten haben. Ihre Flosse …« Seine Stimme brach. »Wir brauchen sie. Bitte sorg dafür, dass sie wieder so wird wie früher. Tu es für mich. Ich würde ihren Verlust nicht verkraften.«

Gab er sie nur unwillig frei?

Dennoch legte er sie in andere Arme, knochiger und von einer Haut überzogen, die die Gezeiten schon viele Male hatte kommen und gehen sehen.

Hokulani öffnete ihr gesundes Auge und erschrak, als sie Anela erkannte. »Ich … kann … selbst schwimmen …«, stotterte sie und versuchte, sich aus den Armen zu befreien.

Bestimmt und vielleicht ein bisschen grob drückte Anela sie fest an sich. »Sei nicht albern, Mädchen. Es wird eine ganze Zeit dauern, bis du wieder schwimmen kannst.«

»Großmutter, ich muss dir noch etwas sagen. Kapono ist da unten.«

Hokulani spürte, wie die alte Dame sie jetzt doch beinahe losließ.

»Bist du sicher?« Ihre Stimme hatte den energischen Unterton verloren, vor dem Hokulani sich immer ducken wollte. Übrig blieben die zittrigen Worte einer alten Frau.

Kaleo nickte, und Anela sackte weiter in sich zusammen.

»Ich … wir müssen ihn retten, das weißt du?«, fragte er seine Großmutter zaghaft.

»Ja – ich kenne unsere Regeln«, antwortete sie und zuckte unglücklich mit den Schultern.

Sie waren ungefähr hundert Meter vom Ufer entfernt. Während Kaleo versuchte, seine Großmutter zu trösten, sah Hokulani zum Steg. Der helle Vollmond über ihr half, das Treiben an Land zu beobachten. Die kleineren Meerestiere wurden ins Wasser gelassen.

Ob der weiße Hai schon frei war?

In diesem Moment explodierte etwas hinter dem Haus und eine beachtliche Feuersäule reckte sich zum Himmel. Hokulani atmete zitternd aus. Den Keller ihres Grauens gab es nicht mehr.

Als wäre ihren Verbündeten an Land eingefallen, dass sie nach dem großen Knall nicht mehr lange unentdeckt bleiben würden, beförderten sie hektisch die letzten Tiere ins Meer.

»Ich geh ihnen helfen«, sagte Kaleo unbehaglich, drückte seiner Großmutter ein letztes Mal die Schulter und strich sacht über Hokulanis Arm. »Erhol dich gut – nur das zählt.«

14

Hokulani erwachte in einer verwinkelten Höhle. Sie sah sich um und erkannte die Lavahöhlen von *Huahuakai,* die vor unzähligen Jahren ein Lavastrom in den Meeresboden zwischen Moloka'i und Lāna'i gegraben hatte. Von irgendwo weit über ihr suchte sich Sonnenlicht träge seinen Weg an Felsvorsprüngen und dunklen Löchern in den Wänden vorbei hinunter zu ihr. An die Felsen klammerten sich vereinzelte Schwämme und Muscheln.

Sie versuchte, zu rekonstruieren, wie sie hergekommen war. Anela war mit ihr in den Armen losgeschwommen. Der gleichmäßige, ansteigende Wasserdruck, hatte sie beruhigt, genauso wie Anelas monotone Schwimmbewegungen. Danach erinnerte sie sich an nichts mehr. Möglich, dass sie vor Erschöpfung eingeschlafen war.

Aber wieso war sie nicht in *Wai Aniani*? Bevor sie entschied, was sie tun sollte, wurden die regelmäßigen Wellenbewegungen des Ozeans, die sie sogar in dieser Höhle wiegten, unterbrochen. Jemand näherte sich ihr leise. Jetzt hörte sie auch murmelnde Stimmen, es mussten also Meermenschen sein. Hokulani war dafür noch nicht bereit. Sie würden Fragen stellen. Was mit ihrem Schwanz passiert war.

Und was, wenn es Kaleo war, der nach ihr sah?

Ihr Gesicht wurde heiß.

Sie kannten sich kaum, aber sie hatte an seiner Brust gelegen wie ein Säugling.

Wir brauchen sie. Was zum Seestern hatte er damit gemeint? Und warum waren alle so verstört wegen des weißen Hais? Hokulani ließ sich auf ihr Lager zurücksinken und stellte sich schlafend.

Eine kleine Hand berührte sanft ihre Stirn.

»Großmutter, ich finde, sie sieht wirklich besser aus! Schau mal, sie ist richtig rosig.«

Pal! Hokulani sah wieder die furchtlose Frau mit dem langen Messer vor sich. Ihre Freundin hatte sie alle gerettet. Ein Lächeln zupfte an Hokulanis Lippen und sie öffnete langsam die Augen.

Doch dann hörte sie, wie Anela, die sich an ihrer Flosse zu schaffen machte, die Luft einzog. Hokulanis Lider klappten wieder zu. Sie hatte immer noch Respekt vor der alten Dame. Außerdem konnte sie so den Schmerz besser wegatmen, der bei der Mobilisierung ihres Schwanzes durch ihren Körper raste. Sie hätte die Stimme der alten Meerfrau fast nicht erkannt, warm und voller Mitgefühl.

»Das sieht dafür übel aus. Die Ränder des Risses sind ganz ausgefranst. In hundert Jahren wird sie nicht mehr richtig schwimmen können. Zum Glück schläft sie noch. Sie muss erst zu Kräften kommen, bevor wir sie *hiermit* konfrontieren.«

Eine knochige Hand tätschelte sanft ihre Schuppen, dann wieder das zarte Flattern zierlicher Finger auf ihrer Stirn.

»Wie furchtbar. Wie soll sie das auch noch verkraften? Wo schon ihr Riff …«

In Hokulanis Ohren pfiff ein hoher, verzweifelter Ton. Ihr Riff? Sie war durch die Hölle gegangen und das Riff war trotzdem zerstört? Wie ging es ihrem Volk? Sie benötigte ihre ganze Selbstbeherrschung, um nicht hochzufahren und die beiden zur Rede zu stellen. Aber da sie das Gefühl hatte, lauschend die ehrlichsten Informationen zu erhalten, ließ sie die Augen geschlossen.

Anela schnitt ihrer Enkelin das Wort ab. »Immerhin wurde niemand verletzt oder gefangen. Und das Riff ist noch intakt.«

Hokulani wartete ungeduldig ab, bis Pal ihr Tücher auf die Stirn gelegt und Anela ihren Schwanz frisch verbunden hatte. Sie wagte kaum, zu atmen, um kein Wort zu verpassen.

»Ihr jungen Leute macht die Dinge immer schrecklicher, als sie sowieso schon sind«, war jedoch alles, was die Großmutter noch brummte, ansonsten arbeiteten sie und Pal schweigend. Hokulani fiel es zunehmend schwer, still zu halten. Endlich zogen sich die Frauen zurück.

Kaum hatte sich das durch die Flossenbewegungen verwirbelte Wasser beruhigt, schnellte sie hoch. Sie riss an den Verbänden und achtete nicht auf das Stechen, mit dem sich ihre heilenden Schuppen beschwerten. Schließlich lag ihre Schwanzflosse vor ihr und mit offenem Mund besah sie die Überreste der Schwimmhaut zwischen den Knochenstreben. Fetzen, zerrissen und fransig. Als Bob an Hokulanis Schwanz gezerrt hatte, war ihren Schwimmhäuten noch einmal großer Schaden zugefügt worden. Ihre Unterlippe zitterte. Was sollte sie denn jetzt machen? Wenn sie nicht wieder schwimmen konnte, wie sollte sie dann für ihr Riff kämpfen? Denn kämpfen würde sie.

»Ich sehe, du bist wach.« Fünf Worte, gesprochen mit der tiefen, warmen Stimme, die in ihren dunklen Stunden ihr einziger Anker gewesen war. Doch jetzt, nach ihrer Rettung, schien sie einem Unbekannten zu gehören. Was sollte sie sagen? Unschlüssig schlang Hokulani die Arme um ihren Körper und starrte auf ihren Flossenstumpf.

Kaleo wartete respektvoll am Eingang der Höhle. Dass sie schwieg, schien ihm schließlich Einladung genug zu sein. Vorsichtig schwamm er zu ihr.

Sie sah auf.

Augen voller Zuversicht, strömungszerzaustes Haar, ein gesunder Meermenschenkörper. Das alles machte sie auf einmal so wütend.

»Hättest du mich auch im Dunkeln schwimmen lassen, was das hier«, sie wackelte mit den Überresten ihrer Flosse, »und mein Riff angeht?«

Sie schien furchterregend zu sein, da Kaleo ein Stückchen zurückschwamm und die Hände hob. Er öffnete den Mund, suchte wohl nach den richtigen Worten. Das dauerte Hokulani zu lange. Sie stemmte sich von ihrer Bettstatt hoch und stieß sich ab. Mit zusammengebissenen Zähnen ertrug sie die brüllenden Schmerzen in ihrer Flosse und nahm ihre Hände zu Hilfe, um das Trudeln zu meistern. Schon nach Sekunden kippte sie zur Seite weg. Kaleo war da, fing sie auf und schlang seine Arme um sie. Aber sein Trost fand keinen Ankerpunkt. Sie schlug mit ihren Fäusten auf seine Brust, immer wieder.

Er hinderte sie nicht daran, strich nur mit einer Hand über ihre stoppeligen Haare und brummte in ihr Ohr. »Schh, wir kriegen das hin.«

Schließlich schob ihn Hokulani von sich weg, hielt sich an seinen Armen fest und sah ihn mit roten Augen an. »Wo ist mein Volk und was ist passiert?« Ihre Brauen zogen einen zornigen Bogen. »Und sag mir die Wahrheit.«

Kaleo lächelte und eine kleine Ecke in ihrem Gehirn, die nicht von Wut und Angst benebelt war, bewunderte die Verwandlung, die sein Gesicht dadurch machte. Er sollte häufiger lächeln.

»Etwas anderes würde ich nie wagen«, murmelte er mit einer kleinen, angedeuteten Verbeugung. Dann wurde er ernst. »Die Siedlung deines Volkes wurde von Bobs Tauchern gefunden, schon als du nach der Hochzeit Ika gefolgt bist. Alle Meermenschen konnten entkommen. Bob scheint aus eurem Zuhause eine Unterwasserattraktion machen zu wollen.

Nichts wurde zerstört. Naja, außer den Dingen, die Taucher immer zerstören.«

Hokulani ließ den Kopf sinken. Obwohl Kaleos Bericht positiver war als ihre eigenen Vorstellungen, sackten ihre Schultern kraftlos nach unten. Das wäre alles nicht passiert, wenn sie Bob nicht gerettet hätte.

»Es ist meine Schuld«, schluchzte sie und versuchte, sich von Kaleo loszureißen.

»Hey, wo willst du denn hin? Nichts davon ist deine Schuld. Bleib hier bei mir – bitte?«

Nur kurz versuchte er, sie zu halten, schob sie vorsichtig in Richtung ihres Lagers, öffnete dann aber seine Hände. Sie war ihm dankbar, dass er sie nicht einengen wollte, ihr nicht das Gefühl gab, keine Wahl zu haben. Sie setzte sich auf das Bett und senkte den Kopf, am Ende, trotz seines Einfühlungsvermögens. Wo sollte sie allein schon hin? Durch ihre Verletzungen war sie immer noch eine Abhängige, eine Gefangene.

»Wo ist mein Volk jetzt?«, fragte sie traurig.

»Sie sind hier in diesen Höhlen untergekommen.« Kaleo strich sich die Haare aus dem Gesicht. »Wir versuchen, gemeinsam zu entscheiden, was zu tun ist. Die Verhandlungen sind … nicht so einfach.« Ein Grinsen huschte über sein Gesicht.

Hokulani konnte nicht darauf eingehen. »Finde meinen Großvater, würdest du das für mich tun? Er … ich würde ihn gerne sprechen.«

Wenn sie wiedergutmachen wollte, was sie angerichtet hatte, musste zuerst ihre Flosse wieder funktionieren. Sie wollte nicht undankbar gegenüber Anela erscheinen, aber wenn ihr einer damit helfen konnte, dann Tua.

Statt einer Antwort starrte Kaleo auf etwas hinter ihr. Er versteifte sich, drückte seine Schultern maximal durch und hob den Kopf. Seine Augen wurden hart, die Brauen arrogante Bögen über seinem schönen Gesicht.

»Kommandant Kapono, wie kann ich helfen?« Polarmeer in seiner Stimme.

Hokulani drehte sich erstaunt um. Ein Meermann stand im Wasser, den sie noch nie gesehen hatte. Oder doch? Seine eigentlich braune Haut schien ausgebleicht und von Narben übersäht, sein Haar reichte ihm bis weit über die Schultern. Obwohl sich einige graue Strähnen hineingestohlen hatten, war es noch voll und wirkte wie eine Krone. Sein Mund war schmal unter einer hakenförmigen Nase, die Augen kalt. Sie schluckte. Er schwamm auf sie zu und sie war froh, Kaleo hinter sich zu spüren.

Kapono nahm ihre Finger und beugte seinen Kopf, um die Hand zu küssen. Kaleo ignorierte er komplett. »Ah, meine Lebensretterin. Ohne dich hätte ich in dieser Hölle aufgegeben. Ich stehe in deiner Schuld.«

Der weiße Hai.

Ein Meermensch, deshalb hatte er ihr Bilder der Meereskrieger schicken können. Hokulani riss die Augen auf und ihre Lippen zogen sich zu einem breiten Lächeln auseinander. Am liebsten wäre sie ihm um den Hals gefallen. Aber seine steife Haltung und die Spannung zwischen ihm und Kaleo hielten sie zurück.

»Ich … das war doch nichts. Das hätte jeder getan«, murmelte sie stattdessen.

Jetzt endlich schien der Kommandant Kaleo wahrzunehmen. »Da bin ich mir nicht so sicher, oder was sagst du, Neffe?«

Kaleo antwortete nicht.

Die Spannung im Körper des jungen Meermannes vibrierte bis zu Hokulani. Er schien seine ganze Kraft auf-zubringen, um nicht die Beherrschung zu verlieren. Kapono wedelte mit der Hand.

»Du kannst gehen.«

Widerstrebend entfernte sich Kaleo, schwamm so lange wie möglich rückwärts und ließ Hokulani nicht aus den Augen.

Schließlich drehte er sich am Höhleneingang um und verschwand, und mit ihm die Spannung im Wasser.

»Du ... gehörst zu dieser Familie?«, fragte Hokulani. Sie nahm seine Hand. Wie verhält man sich gegenüber einem älteren Mann, den man bis jetzt nur in Tierform gekannt hat?

»Familie? Division eher, Krieger, die mir unterstehen. Diese menschlichen Kategorien bedeuten Schwäche. Jeder ist ein Mitglied der Gruppe – wenn einer fällt, kann er jederzeit ersetzt werden.«

Hokulani ließ seine Hand los und verschränkte ihre Arme vor der Brust. »Aha, und du führst diese Division an?« Es war eigentlich keine Frage. Er hatte klargemacht, dass er das Sagen hatte.

»Der älteste männliche Haimeermensch führt stets die Krieger an. Als ich weg war, war das Kaleo. Aber ich bin zurück. Dank dir.« Er starrte in ihre Augen. Wollte er ihr schmeicheln? Oder sie fressen?

»Es gibt wohl nicht mehr viele männliche Haie?«, fragte Hokulani und rückte vorsichtig ein Stück von Kapono weg.

Der Kommandant lachte schallend. »Du meinst, weil mein Haar schon graue Wellen hat und Kaleo noch fast ein Babyhai ist? Du hast eine schnelle Auffassungsgabe, das muss ich schon sagen.«

Sie holte Luft, um eine Antwort auf ihre Frage zu verlangen, als ihr Großvater in der Höhlenöffnung erschien.

»Sternchen?«, fragte er leise.

»Opa Tua!« Hokulani strahlte, als sie die Arme nach dem alten Herrn ausstreckte. Dieser schwamm vorsichtig näher, ließ aber den anderen Meermann nicht aus den Augen.

Hokulani musterte Kapono kühl. »Wenn du mich jetzt bitte entschuldigen würdest? Familienangelegenheiten.«

Der Kommandant zog eine Augenbraue nach oben, als Zeichen, dass er die Spitze verstanden hatte, beugte dann den Kopf und wollte Hokulanis Gemächer verlassen.

»Kapono?«, rief sie ihm hinterher. Er drehte sich um und sah sie an. »Ich bin froh, dass wir …, dass du entkommen bist. Ohne dich hätte ich es auch nicht geschafft.«

Der Kommandant lächelte. »Geht mir genauso«, murmelte er. Dann schwamm er aus der Höhle. Dabei stellte er sicher, dass Tua ihm ausweichen musste.

Kopfschüttelnd sah dieser dem bulligen Meermann hinterher und schwamm auf Hokulani zu. Sie schluckte. Er schien sie anlächeln zu wollen, doch seine Augen röteten sich und seine Augenbrauen zogen sich zornig zusammen.

»Sieh mich nicht so an und nimm mich lieber in den Arm«, versuchte sie, ihre Rührung zu überspielen.

Sie schloss ihre Arme um den alten Mann – wie viel Gewicht er verloren hatte! Trotzdem gab er ihr ein Gefühl von zu Hause, wie es niemand anderes vermochte.

Nach kurzer Zeit schob er sie von sich weg, sah sie wieder an, lange, aber ohne das Mitleid in den Augen, dessen sie jetzt schon überdrüssig war. Er schien nach etwas zu suchen.

»Willst du erzählen?«, fragte er.

Sie brach den Blickkontakt. Zu viel Liebe. »Später. Jetzt brauche ich dringend deine Hilfe.«

Sie deutete auf ihre Flosse. »Kriegst du das … wieder hin?« Dann lächelte sie schwach. »Möglichst schnell?«

Tua stemmte die Hände in die Seiten und atmete langsam aus. Dann nickte er bedächtig. »Hat der Kerl dafür bezahlt?«, fragte er, ohne seine Enkelin anzusehen.

Hokulani zuckte unglücklich mit den Schultern.

Dann untersuchte ihr Großvater sie vorsichtig, aber gründlich. Dabei schwieg er und wiegte seinen Kopf von einer auf die andere Seite.

Sie lächelte. »Oh, das ist gut. Wenn du das machst, hast du eine Idee.« Ihr Großvater grinste abwesend, dann kratzte er sich am Kopf.

»Das wird nicht einfach. Auf jeden Fall musst du die Flosse für eine längere Zeit ruhig halten.«

»Das … kann ich nicht«, presste sie zwischen zusammengebissenen Zähnen hervor. »Ich habe lange genug abgewartet und ausgehalten. Das funktioniert nicht. Wir werden so nicht überleben. Ich werde ab jetzt kämpfen. Ich weiß nur noch nicht, wie. Aber auf jeden Fall brauche ich dafür eine Flosse.«

Tua sah sie an. Langsam nickte er. »Ich verstehe. Nun, dann müssen wir improvisieren.«

Er zog ein Stück Schnur aus seinem Gürtel mit den vielen kleinen Taschen, in denen er immer alles verstaute, was man brauchen konnte. Dann maß er ihre Flosse ab. Länge, Breite und den Winkel der Spitzen. Gebannt beobachtete sie ihn.

Sie sah regelrecht, wie ihr Großvater rechnete und plante. Schließlich rollte er seine Schnur wieder ein und sah zufrieden aus.

»Ich muss einige Dinge zusammensammeln, dann komme ich wieder.«

Er nahm sie noch einmal schnell in den Arm, dann paddelte er aus ihrer Höhle. Auf halben Weg blieb er nochmal stehen und drehte sich um, rieb sich die Hände. Hokulani kannte das. Er suchte die richtigen Worte.

»Was ist, Tua? Sag's mir.«

»Du … solltest nicht allein sein, gerade jetzt. Soll ich dir jemanden schicken? Malia? Deine Mutter?«

Hokulani rollte mit den Augen. »Damit mich noch jemand mitleidig ansieht? Bitte nicht. Ich komm schon klar.« Sie versuchte, ihm mit ihrem zugeschwollenen Auge zuzuzwinkern. »Ich werd noch ein bisschen schlafen. Wenn du dich um meine Flosse kümmerst, bin ich schon glücklich.«

Tua sah nicht überzeugt aus. »Wenn du meinst. Aber auch Kämpfer dürfen mal schwach sein. Ich komm wieder, so schnell ich kann.« Noch ein kurzes Winken am Höhleneingang, dann war er verschwunden.

Hokulani legte sich hin und versuchte, zu entspannen. Obwohl ihre Augen vor Erschöpfung brannten und sich in ihrem Kopf alles drehte, fand sie keine Ruhe. Sobald sie die Lider schloss, sah sie Bob mit seinen Messern. Sie riss die Augen wieder auf, wollte sich überzeugen, dass ihre geräumige Höhle kein Gefängnis war. Sie musste hier raus. Mühsam drückte sie sich hoch und setzte sich. Ihre Flosse baumelte herunter und bereits die von ihr selbst verursachten leichten Wasserbewegungen waren wie kleine Nadelstiche. Trotzdem packte sie den nächsten Felsvorsprung und hangelte sich an der Höhlenwand entlang. Als sie am Eingang angekommen war, zitterten ihre Arme. Vor ihr lag ein langer, leerer Tunnel, durch den eine leichte Strömung floss. Sie entschloss sich, mit dem Strom zu treiben, wohl wissend, dass sie den Rückweg auch irgendwie schaffen musste.

Am Ende des Ganges wurde es heller und Hokulani nahm durch die Wellen Stimmen wahr. Das Verlangen nach Antworten, die dort vielleicht auf sie warteten, war stärker als die Angst vor weiterem Mitleid. Sie ignorierte das Pfeifen in ihren Ohren und das Brüllen ihrer Muskeln und zog sich weiter an den Felsen entlang.

Nach zwanzig Metern wurde ihr schwarz vor Augen. Sie klammerte sich an der Steinwand fest und versuchte, wieder klar zu sehen. Das Zittern ihrer Arme hatte ihren Körper erreicht.

»Brauchst du Hilfe, Schönheit?«, fragte eine dunkle, rauchige Stimme neben ihrem Ohr.

Hokulani quietschte kurz vor Überraschung, wirbelte herum und fiel Haila um den Hals.

»Dein Großvater meinte, du könntest ein bisschen Gesellschaft brauchen.« Die Meerfrau streichelte Hokulanis Rücken, so zart und liebevoll, dass es selbst auf den offenen Stellen nicht weh tat. »Ich hab mir solche Sorgen um dich gemacht«, flüsterte sie.

»Haila, kannst du mich da vorne hinbringen?« Hokulani deutete mit dem Kinn in die Richtung, aus der die Stimmen kamen.

»Du meinst, zu der großen Lagebesprechung, bei der alle, die sich um dich sorgen, gesagt haben, du solltest ihr fernbleiben, damit du dich nicht aufregst?« Sie grinste ihr breites zahnloses Lächeln. »Aber klar doch, Schätzchen. Krabbel auf meinen Rücken!«

Hokulani kicherte und schlang ihre Arme um den Hals ihrer Freundin. Vielleicht hatte Tua recht. Hailas Anwesenheit gab ihr Kraft und ein bisschen Zuversicht.

Vorsichtig schwamm Haila los. »Wenn wir das hinter uns gebracht haben, brauchst du einen ordentlichen Haarschnitt. Deinen Friseur würde ich aus vielerlei Gründen gerne umbringen«, brummte sie und drückte sacht Hokulanis Hände an ihrem Hals.

Dankbar schmiegte sie sich an den weichen Rücken der Meerfrau und lächelte. Es war viel zu früh. Hokulani wusste das. Doch zum ersten Mal hatte sie das Gefühl, dass sie heilen könnte.

Ein oder zwei Minuten paddelten sie schweigend, bis Haila den Kopf zu Hokulani drehte und zur Sicherheit den Finger an ihre vollen Lippen legte. Dann verschanzten sie sich hinter einem steinernen Vorsprung. Sie hatten eine gute Sicht auf die Höhle, und die Strömung war günstig.

Vor ihnen lag eine gewaltige Felsenhöhle, die ebenfalls durch Tageslicht erhellt wurde, das durch die porösen Decken aus Lavagestein bis zu ihnen hinuntertropfte. Da waren einige von ihrem Volk, bestimmt fünfzig Meermenschen. Am Ende der Höhle standen die Meereskrieger, die sie schon kannte, in einem Halbkreis und umringten Kapono, der einen Stab mit einer blauen Perle in der Hand hielt.

Hokulani legte den Kopf schief.

War das nicht der Stab, den Kaleo an Nelios Beerdigung geführt hatte?

Neben den Kriegern schwamm auch Keli'i dort vorne, leicht erhöht im Wasser. Er hatte seine Arme vor der Brust verschränkt. Das Oberhaupt schien krampfhaft bemüht, sich nicht einschüchtern zu lassen. Der Kraken auf seiner Schulter plusterte sich ebenfalls zu seiner ganzen Größe auf.

Kapono rammte den Stab in den Meeresboden. Die Gespräche verstummten. »Ich, Kapono, rechtmäßiger Kommandant der Meereskrieger, erkläre den Kreis für geschlossen.«

Die Perle am Kopf des Stabes glomm zögerlich auf, sonst passierte nichts.

Pal schwamm ein Stück nach oben. Kapono wandte ihr den Rücken zu, aber das störte die junge Meerfrau nicht. Sie sprach, ohne um Erlaubnis zu bitten. »Der Ozean scheint nicht sehr beeindruckt zu sein.«

Kaleo packte sie und zog sie zurück.

»Der Ozean ist müde geworden«, antwortete Kapono scheinbar gleichgültig gegenüber der Unterbrechung, ohne sich zu der Meerfrau umzudrehen.

Hokulani und Haila waren so weit weg, dass sie die Worte gerade so verstehen konnten.

»Bring mich näher ran, bitte«, flüsterte Hokulani.

Haila seufzte. »Ich hab's geahnt! Bin ja nur ich, die Ärger mit deiner Familie bekommt.«

Nach ein paar Flossenschlägen erkannte sie Malia in der letzten Reihe. Hokulani schwamm strauchelnd zu ihr und nahm ihre Hand. Malia sah zerstreut auf, und ihr Gesicht erstrahlte. Sie musterte ihre alte Freundin, strich ihr mit einem traurigen Lächeln durch die kurzen und stoppeligen Haare, dann drückte sie Hokulani. Erst als Pal wieder das Wort ergriff, löste sich Malia und lauschte gebannt, ohne Hokulanis Hand loszulassen.

Die Meereskriegerin schien sich von niemanden das Wort

verbieten zu lassen. »Meinem Bruder hat der Ozean stets geantwortet«, schallte die junge Stimme klar und furchtlos durch die Höhle.

Malia spielte an einem ihrer Ohrläppchen herum und errötete.

Hokulani hätte sich fast von dem Verhalten ihrer Freundin ablenken lassen, aber jetzt drehte sich Kapono zu Pal um und sah sie lange und finster an.

Kaleo schwamm dicht neben seine Schwester. Seine Oberarmmuskeln waren angespannt und schienen kampfbereit.

Hokulani zog unbehaglich ihre Schultern hoch. Sie mochte nicht, dass sich die beiden so unversöhnlich gegenüberstanden.

Der Kommandant klagte seine Krieger an. »Müde ist der Ozean von eurem Nichtstun. Er fühlt sich verraten und verlassen. Ich kenne dieses Gefühl genau.« Die Pause wirkte einstudiert, doch seine Augen, kalter, zorniger Stahl, ließen Kaleo nicht los. »Aber der Ozean und ich sind nicht nachtragend. Und ihr habt eine Chance, es wiedergutzumachen. Denn gegen unseren Feind, Bob Conners, brauchen wir jeden. Hört ihr, Volk von *Wai Aniani*? Ob ihr eine Rüstung tragt oder nicht.«

Die Krieger behielten Haltung, doch die Bewohner des Riffs zogen die Schultern hoch und sahen sich verständnislos an. Hokulani verstand sie. Was sollten Lua, Zaina oder sogar Nael gegen Bob ausrichten?

Kapono fuhr fort. »Ihr denkt: was will der alte Mann von uns? Nun, ich will, dass ihr aufsteht und kämpft, denn dieser Mensch wird nicht mehr weggehen und nicht aufhören, uns zu jagen. Und an seinen Gummiflossen hängen weitere Menschen, die sind wie er.«

Er hatte recht. Ihr Entkommen hatte Bob garantiert sehr wütend gemacht. Sie unterdrückte ein Zittern. Kein Zweifel, er würde sie jagen, denn darin sah er seine Bestimmung: über das Meer zu triumphieren und möglichst viele sollten dabei zusehen.

Ihr erster Impuls war, zu fliehen, so schnell und so weit sie konnte. Sie konzentrierte sich wieder auf Kaponos Worte.

»In seinen Kellern hat er Hokulani und mir Unmenschliches angetan.« Die Stimme des großen, strengen Kommandanten stockte bei den letzten Worten. »Nur zusammen konnten wir überleben.«

Hokulanis Herz wollte zerspringen, so viele Gefühle schlugen auf sie ein. Ihre Kehle tat weh, wenn sie an ihre Schreie in den unendlichen Stunden auf der Untersuchungsliege dachte. Dieses wahllose Durcheinander aus Tag und Nacht, Schmerz und Erniedrigung … Ihr Kopf platzte fast. Kapono war ihr Anker gewesen und sie seiner. Das hatte sie am Ende beide am Leben gehalten.

Hokulani ließ Malias Hand los und versteckte sich hinter Hailas breitem Rücken.

»Deswegen«, Kapono hatte sich gefasst und fuhr fort, »müssen wir auch jetzt zusammenstehen. Zusammenstehen im Kampf. Gegen Bob. Gegen die Menschen. Gegen alle Menschen.«

Kaleo schwamm vor, bezog genau vor dem älteren Meermann Position. »Kapono, die Menschen sind nicht alle schlecht.«

»Für dich immer noch Kommandant!«, donnerte der Angesprochene.

Hokulani duckte sich vor Schreck noch weiter hinter Haila. Die knurrte nur.

Auch Kaleo schien wenig beeindruckt. »*Kommandant,* es gibt viele Menschen auf dieser Insel, die sich bemühen, das marine Leben zu schützen.«

»So wie dieser Mahohe? Ein Kind dieser Inseln und trotzdem macht er sich für Geld zu einem Folterknecht. Er hat Hokulani immer wieder zusammengeflickt, damit Bob Conners weiterhin seinen Spaß mit ihr haben konnte. Die Löcher gestopft, die Bob Conners hineingeschnitten hat. Die Schuppen gekühlt, die Bob Conners gegrillt hat.«

Wieder hatte Kapono recht. Hokulani hatte Mahohe bis jetzt als Menschen gesehen, der ihr geholfen hatte. Doch wie viel mehr hätte in seiner Kraft gestanden? Damit, dass er sie an der Pflege der Tiere beteiligt hatte, hatte er sie vermutlich manipulieren wollen. Wie hätte sie auf diese Weise aufgeben und die Tiere in ihrer Qual allein lassen können? Sie versuchte, mit dem kühlen Meerwasser, das durch ihre Kiemen strömte, das entfachte Feuer in ihr zu löschen.

Kapono ging inzwischen wieder auf Kaleo los. »Du bist ein Krieger des Ozeans und willst nicht kämpfen? Wie jämmerlich. Ich bin sicher, das Volk von *Wai Aniani*, das sein Zuhause verloren hat, besitzt mehr Mut als du. Ich bin sicher, das Volk von *Wai Aniani* wird seinen Feind zerschmettern, um seine Familien zu bewahren.«

Kaleo ließ sich nicht beirren. »Der Ozean ist Leben, nicht Tod. Wir kämpfen, um das Leben zu bewahren, nicht um Tod zu bringen. Und wir haben Verbündete unter den Menschen, Freunde …«

»Wie kannst du Hoffnungen auf Menschen setzen? Die unsere Feinde sind. Schon immer.«

»Wie kannst du so viele Leben riskieren? Schon wieder.«

Kaleo und Kapono standen sich mittlerweile im Zentrum des Kreises Nase an Nase gegenüber.

Der Kommandant schwamm ein Stück zurück und rieb sich die Hände. Er lächelte mit dünnen Lippen. »Nun, Kaleo, Neffe, zum Glück hast du hier nichts mehr zu sagen. Ich bin der rechtmäßige Kommandant der Meereskrieger und ich sage, wir ziehen in den Krieg.« Nach einer kurzen Pause fügte er mit einem Wedeln seiner Hand hinzu: »Du wirst hier nicht mehr gebraucht. Geh und kontrolliere die äußeren Grenzposten.«

Selbst auf die Entfernung sah Hokulani, dass Kaleos Schwanzflosse zitterte, aber er gehorchte. Das Meervolk von *Wai Aniani* teilte sich, um ihm Platz zu machen.

Hokulani hatte ihre Deckung aufgegeben, hatte diesen Streit zu sehr gefühlt um im Verborgenen zu bleiben. Kaleo schwamm auf sie zu. Dadurch richteten sich die Augen des Volks von *Wai Aniani* schließlich auch auf sie.

»Hokulani ist da.«

»Sie ist so mutig.«

»Seht nur ihre Flosse.«

»Sie ist die Stärkste von uns allen.«

Am liebsten hätte sie sich die Ohren zugehalten, aber da stand Kaleo schon vor ihr.

Von dem Zorn war in seiner Mimik nichts übriggeblieben. Stattdessen zupfte ein Lächeln an seinem Mundwinkel. »Solltest du dich nicht ausru…?« Dann schien er sich zu besinnen, lächelte breiter und sein Gesicht wurde weich.

Das Meervolk hatte, ohne dass Hokulani genau sagen konnte, wann, angefangen zu klatschen.

Kaleo verbeugte sich vor ihr. »Das ist dein Applaus, mein Herz.« Er streifte ihre Hand, als er an ihr vorbei aus der Höhle schwamm, sah aber nicht zurück.

Hokulani blickte in jubelnde Gesichter und wusste nicht, was sie tun sollte. Keli´i paddelte auf sie zu und Malia stahl sich an ihre Seite.

»Hokulani, der Göttin sei Dank bist du wieder bei uns. Komm, lass dich ansehen.«

Er zog sie an die Spitze der Höhle und von allen Seiten tätschelten Meermenschen ihre Schultern und riefen »unsere Heldin«.

Malia blieb an ihrer Seite, Haila aber war zurückgeblieben.

Dann waren sie an der Spitze der Höhle angekommen und Keli´i drehte Hokulani mit dem Gesicht zu ihrem Volk. Jubel brandete gleich einer der Riesenwellen von Maui auf und drohte, sie unter sich zu begraben.

Malia war nun auch verschwunden und an ihrer anderen Seite stand Kapono, legte seinen Arm um sie und winkte in die

Menge. Sie lehnte sich gegen ihn. Die Gesichter der Meermenschen, die mit ihr das ganze Leben verbracht hatten, verschwammen vor ihren Augen. Da war Nael, ihre Mutter, Opa Tua. Dachten sie wirklich, sie sei eine Heldin? Jetzt, da sie nur noch aus Fetzen bestand? Sie spürte die unruhigen Wellen, die der Applaus verursachte, auf einmal überdeutlich auf ihrer Haut und um den Schwindel zu beherrschen, schloss sie die Augen.

Sie kippte nach vorn. Weiche Arme fingen sie auf.

»Seegurken«, raunte Haila, »erkennen einen Schatz erst, wenn sie ihn fast kaputt gemacht haben.« Laut sagte sie: »Unsere Heldin braucht jetzt ein bisschen Ruhe. Wenn ich bitten dürfte.«

Die Menge teilte sich. Wieder waren Hailas Lippen an ihrem Ohr. »Komm auf meinen Arm. Ich bring dich hier weg. Haila kümmert sich um dich.«

Hokulani beschränkte sich darauf, sich von ihrer Freundin stützen zu lassen. Mit erhobenem Haupt verließ sie die Versammlung. Erst als sie außer Sichtweite waren, brach sie zusammen.

Auf dem Rückweg schwiegen beide. Ein Krieg? Wie sollte der aussehen? Was konnten sie im Wasser gegen die Menschen ausrichten? Nur Kaleos Familie konnte sich zu Zweibeinern wandeln und das, soweit sie es richtig verstanden hatte, nur an Vollmond. Den Rest der Zeit waren die Menschen an Land in Sicherheit. Sollte das Volk von *Wai Aniani* auch kämpfen? Bauern und Lehrer?

»Was du jetzt brauchst, ist ein kleines Wohlfühlprogramm«, riss Haila sie aus ihren Gedanken. »Wenn ich deine etwas experimentelle Frisur in Form gebracht habe, mach ich dir noch ’ne Kopfmassage. Danach wirst du schlafen wie diese kleinen orangenen Fische in ihrer Anemone. Alles andere wird sich schon weisen.«

Hokulani tauchte aus ihrem Schattenmeer auf und strich sanft über die weichen Schultern ihrer Freundin. Sie musste heilen, so schnell wie möglich. Sie saugte Hailas Liebe auf wie der trockene Sand die Wellen in der Mittagssonne. Trotzdem konnte sie den Moment nicht erwarten, an dem sie kein Opfer mehr sein würde.

15

Die Tage vergingen und die Wunden an Hokulanis Körper heilten. Kapono besuchte sie täglich, fragte, ob sie schlafen konnte, erkundigte sich, ob sie oder ihre Familie etwas brauchten oder saß einfach einige Minuten schweigend an ihrem Lager. Während diesen Momenten schienen sie beide das Gleich zu denken, jeden Atemzug bewusst zu atmen. Sie hatten überlebt. Manchmal begleitete er sie auch in die Höhlen, in denen ihr Volk untergebracht war, auf der anderen Seite der Versammlungsgrotte. Die Meermenschen drängten sich dort in Gruppen oder Familien um ihre Energiesteine, tuschelten und beobachteten Hokulani und Kapono mit großen Augen. Hokulani verglich ihr Volk immer wieder mit den rüstungstragenden Meereskriegern, die die Gewässer rund um ihren Unterschlupf patrouillierten und einen Blick auf Kumimi Beach und *Wai Aniani* behielten.

Ihr Volk hingegen saß um ihre Energiesteine und wärmte sich die Flossen. Waren es nicht diese Energiesteine, die Geschenke des Meeres, die ihr Volk sesshaft und träge gemacht hatten? Vielleicht waren sie der Anfang des Endes gewesen.

Hatte der Ozean das bezweckt? Wollte er sie den Menschen ähnlicher machen und sie damit ihrem Untergang weihen?

Bei jedem Besuch wurden Kapono und sie schüchtern in eine andere Höhle eingeladen, wo sie Algen kauten und Fragen beantworteten. Kapono antwortete, doch Hokulani spürte, dass die Augen der Meermenschen stets auf ihr lagen und ihre Gedanken lesen wollten. Es ging meistens um die Zukunft des Riffs und die Frage, wie sie Bob bekämpfen wollten und was normale Meermenschen wohl dazu beitragen konnten. Meistens dauerte es nur einige Minuten, bis es Hokulani zu viel wurde. Eine Hand auf Kaponos Arm genügte, dass er den Besuch mit einigen Floskeln beendete.

Die vielen Schnittwunden an Hokulanis Körper wurden zu Narben und die blauen Flecken verfärbten sich erst grün und waren dann bald nicht mehr zu sehen.

Als Hokulani das erste Mal beide Augen wieder öffnen konnte, reichte Haila ihr einen Spiegel. Davor hatte sie stets mit dem Kopf geschüttelt, wenn Hokulani wissen wollte, wie sie aussah. »Nee du, du brauchst nicht noch was, das dich runterzieht«, war ihre Antwort gewesen. Also hatte Hokulani sich darauf beschränkt über ihr ungewohntes, kurzes Nackenhaar zu streichen und sich zu gedulden.

Jetzt hielt sie sich die langen Ponyfransen, die ihr geblieben waren, aus dem Gesicht und besah ihr linkes Auge, das weiterhin flammend rot unterlaufen und von einem geschwollenen Oberlid bedeckt war. Dort hatte Bob ihr einen Fausthieb verpasst, als er einmal keine Vene zum Blutabnehmen bei ihr gefunden hatte.

Darunter verlief eine breite Narbe, zackig und grausig wie das Maul eines Ungeheuers. Bob, wie er sie besinnungslos geschlagen hatte, nachdem sie ihn gewürgt hatte.

Sie öffnete die Lippen und sah zum ersten Mal die Zahnlücke, über die sie schon so oft mit der Zunge gefahren war. Dort hatte Bob ihr ohne Narkose einen Zahn gezogen.

Sie ließ den Spiegel fallen und auf den Grund des Meeres trudeln, dann vergrub sie ihr Gesicht in den Händen.

Die schlimmsten Verletzungen hatte ihr ein Blick in ihre Augen gezeigt. Die Hokulani von früher gab es nicht mehr. Da war ein Meer von Furcht und Schmerz und nur auf dessen Grund schimmerte eine dunkle Wut. War sie gebrochen? Jedes Mal, wenn sie die Augen schloss, spielte ihre Vorstellung ein grausames Spiel mit ihr, zeigte ihr, wie Bob sie festhielt, wieder einsperrte und seine Messer wetzte. Das Einzige, was dagegen half, war, ihren Zorn zu umschmeicheln und mit Rachegedanken eine dicke Mauer um ihr zersplittertes Herz zu bauen. Der Tag würde kommen, an dem sie Bob alles heimzahlen würde.

»Komme ich ungelegen?«, fragte Malias warme Stimme. Hokulani sah auf. Ihre beste Freundin flog in ihre Arme und drückte ihr das Wasser aus den Kiemen, bis Hokulani zappelte und sie energisch wegschob.

»Ich muss dir etwas erzählen.« Malia setzte sich an Hokulanis Lager und nahm die Hände ihrer Freundin. Ihre schönen, ebenmäßigen Wangen glänzten rosig. War ihre Freundin etwa …

»Ich bin verliebt«, platzte Malia heraus. »In Palila.« Mit strahlenden Augen hielt sie die Luft an.

»In Pal?«, fragte Hokulani ungläubig. »Ich … aber du hast immer gesagt, du würdest Nael nehmen, wenn er nicht dein Bruder wäre?«

»Ist er aber. Und da wir sowieso keine Kinder mehr kriegen, brauche ich keinen Mann als Gefährten.« Malia machte zu ihren Worten eine wegwerfende Handbewegung. Dann packte sie wieder Hokulanis Hand. »Ist sie nicht fantastisch? Hast du auf der Versammlung gesehen, wie diese kleine Frau dem Kommandanten Kontra gegeben hat? Ich wünschte, bei meinem Vater hätte das auch mal jemand gemacht.«

Hokulani legte den Kopf zurück auf ihr Lager. Hatte sie von Malia wirklich erwartet, es ginge mal nicht um sie? Sie wollte sich entführen lassen in die seichte Welt ihrer Freundin, aber es gelang ihr nicht. Zu unbedacht waren ihre Bemerkungen, zu süß ihr Glück. Malia erzählte, dass sie Pal nach der Versammlung angesprochen hatte und dass sie diesen Abend zusammen kochen würden, doch Hokulanis Gedanken waren wie dunkles Öl auf der Wasseroberfläche und ließen keine Gefühle zu.

»So, Oberschichtmädchen, jetzt hast du genug geblubbert, lass unsere Hokulani mal wieder ausruhen.«

Bei dem rauen Klang von Hailas Stimme machte Malia einen kleinen Sprung. Dann rappelte sie sich auf, streichelte einmal über Hokulanis Hand und wollte verschwinden.

Hokulani ergriff Malias Handgelenk. »Komm mich bald wieder besuchen. Es ist schön, wenn man nicht vergessen wird. Und richte Pal meine Grüße aus.« Dann drehte sie sich zur Wand.

Haila war in diesen Tagen zu ihrem steten Beschützer geworden. Ihr Lager hatte sie in einer Nische aufgeschlagen, um Hokulani in die Arme nehmen zu können, wenn sie schreiend aufwachte. Um sie zu streicheln, bis sie sich beruhigte. Um ihr in ihrer rauchigen, schweren Stimme ein simples Schlaflied zu singen, bis sie wieder einschlief.

Haila spürte, wann ihr die Besuche von Malia oder ihrer Mutter zu viel wurden, und schickte sie unbarmherzig weg. Danach brachte sie Hokulani durch einen flapsigen Spruch wieder zum Lachen.

Diesmal strich sie ihr sacht über den Rücken.

»Lass dir ein bisschen Zeit, Lani. Es wird besser, ich versprech's dir.«

Selbst ohne sie anzusehen, wusste Hokulani, wie weit die Gedanken ihrer Freundin reisten.

Dann lehnte Haila ihren Kopf gegen Hokulanis und drückte einen Kuss auf ihre Wange.

»Stör ich?«, fragte eine geliebte Stimme vom Höhleneingang.

»Tua«, rief Haila, setzte sich wieder auf und zeigte lächelnd ihre Zahnlücke. »Du kommst zur rechten Zeit.«

Auch Hokulani hatte sich umgedreht, wischte sich über die Augen und rappelte sich hoch.

Vorsichtig, wie es seine Art war, näherte sich der alte Meermann und sah seine Enkelin an. Er hatte die Gabe, Mitgefühl nicht mit Mitleid zu verwechseln, und brachte Hokulani dazu, tapfer zu lächeln.

»Warst du fleißig, Opa?«, fragte sie und verschränkte dabei wie ein strenger Lehrer ihre Arme vor der Brust. Natürlich hatte sie das Paket, das er hinter seinem schmalen Rücken versteckte, schon längst entdeckt. Als er ihr das eingeschlagene Bündel präsentierte, klatschte sie trotzdem für ihn wie ein Kind in die Hände.

»Selbstverständlich, Sternchen«, antwortete er. Seine Augen glitzerten. »Sollen wir sie anprobieren?«, fragte er verschwörerisch.

»Das fragst du noch?« Ungeduldig streckte sie ihm ihren Schwanz entgegen und verbat sich, anzuerkennen, dass jede Bewegung schmerzte.

Etwas umständlich löste Tua die Knoten des Seegrases, die das Paket aus großen Blättern zusammenhielten. Hokulani riss sich zusammen, es ihm nicht aus der Hand zu nehmen. Schließlich hielt er sein Werk in die Höhe.

»Schau, ich habe das große Segel verwendet, dass wir letztes Jahr gefunden haben, und deine Flossenstrahlen durch Teile von Angelruten simuliert.«

Hokulani riss die Augen auf. »Du hast Menschenboote beklaut? Warum hast du dich so in Gefahr gebracht?«

»Kleine, ich hab den Menschen das Angeln schon unbequem gemacht, da warst du noch nicht mal auf der Welt«, ließ sich der alte Mann seinen Triumph nicht nehmen. »Wir fixieren auf jeder Seite deiner Schwanzwurzel ein Flossenblatt.« Sein Blick verlor etwas von seiner Aufregung, als er sich Hokulanis zerstörte Flosse ansah. »Ich hoffe, deine Verletzungen machen das mit.«

»Ich bin sicher, das wird gut sein, Opa. Lass uns anfangen.« Hokulanis Augen brannten vor Entschlossenheit. Er sollte ja nicht wagen, sie noch einmal warten zu lassen.

Der alte Mann legte eines seiner ausgedienten T-Shirts in Streifen gerissen um die schmalste Stelle ihres Schwanzes. Danach befestigte er die Flosse mit einer komplizierten Flechttechnik aus Seegras. Hokulani hätte losschreien können. Der Druck des Seegrases reizte die geschädigten Nerven und ließ ihre gesamte Flosse brennen. Ihre Züge blieben jedoch entspannt, und als Tua fertig war, schaffte sie es sogar, zu lächeln.

Ihr Großvater stemmte seine Hände in die Seiten und sah misstrauisch auf seine Konstruktion. Er sah Hokulani an und kratzte sich am Kopf. »Fertig. Willst du sie ausprobieren?«

»Nein, Tua, ich lieg hier lieber noch zwei Wochen rum …« Der Sarkasmus traf den Falschen, aber der Frust brodelte wie Lava aus ihr heraus. Warum stellte er auch diese Fragen?

Ihr Opa blieb gelassen und forderte sie mit einer Handbewegung auf, loszuschwimmen.

»Ich bin hier, Lani«, raunte Haila ihr von der anderen Seite zu.

Hokulani stemmte sich hoch und ließ die Flosse im Sitzen ein paar Mal durch das Wasser gleiten.

Aua.

Das doppelte Segeltuch gab genau den richtigen Wasserwiderstand, aber ihre zerstörten Flossenstrahlen taten bei jeder

Bewegung verdammt weh.

Zähne zusammenbeißen, lächeln, los geht's. Sie stieß sich ab und … schwamm.

Als Tua und Haila hinter ihr jubelten, erlaubte sie sich ein leises Stöhnen. Ihre ganze Flosse stand in Flammen und jeder Flossenschlag fühlte sich an, als würde Bob wieder daran reißen.

Trotzdem hielt sie den Kopf oben und schwamm Runde um Runde, versuchte sogar einen Salto.

Als sie schließlich wieder auf ihrem Lager saß, konnte sie ein Zittern nicht unterdrücken. Haila merkte es natürlich sofort.

»Lani, was hast du denn?« Sie legte ihr eine Hand auf die Stirn.

»Du glühst ja! Tua, ich glaube, da stimmt etwas nicht …«

Schon löste sie das Seegras an Hokulanis Schwanz. Hokulani ließ sich zurück auf ihr Lager fallen und hielt einen Arm über ihre Augen. Sie war nicht bereit, ihre Verzweiflung mit jemandem zu teilen.

Sie nahm wahr, wie das Segeltuch entfernt wurde und ihr Großvater stöhnte.

Jemand schmierte einen Moment später eine kühlende Creme auf die pochenden Stellen. Sie hatte das so satt.

Eine knochige Hand streichelte vorsichtig ihren Arm. »Sternchen, ich muss mich schon auf dich verlassen können. Wenn meine Konstruktion mehr zerstört als hilft, macht das keinen Sinn.« Nach einer kurzen Pause fügte er noch hinzu: »Du hast doch noch so vieles vor dir.«

»Könnt ihr mich bitte mal allein lassen?«, war alles, was Hokulani in diesem Moment antworten konnte. Dann drehte sie sich zur Wand und verkroch sich in Gedanken, die so schwarz waren wie Oktopustinte.

16

Hey, bist du wach?« Eine dunkle Stimme, sanft wie ein Wellenschlag, stahl sich in ihre finsteren Träume. Losgelöst vom Tag-Nacht-Rhythmus wurden Schlafen und Wachen nach wie vor von Bob und ihrer gemeinsamen Vergangenheit diktiert. Deswegen war sie sich nicht sicher, auf welcher Seite ihres Bewusstseins sie sich gerade befand, wandte sich zunächst der Stimme zu und öffnete dann vorsichtig die Augen. Das Sonnenlicht brach sich in den Bewegungen des Wassers und trotzdem sah sie nur Nachthimmelblau, von einem dunklen Haarschopf fast verdeckt. Sie schüttelte den Kopf, um dem Schlaf endgültig zu entkommen, und versuchte, sich aufzurichten.

Sie hatte Kaleo seit der Versammlung nicht gesehen. Er nahm ihre Hand, um ihr hochzuhelfen. Sofort schlug ihr Herz schneller. Als sie saß, ließ er nicht los. Stattdessen wanderten seine Augen über ihr Gesicht. In aller Ruhe. Er lächelte.

»Du siehst gut aus. Naja, besser«, sagte er schließlich.

Sie sah auf ihre verschränkten Hände und war dankbar für seine Ehrlichkeit.

Lange, kühle Finger streiften ihre Wange und klemmten ihr eine Haarsträhne hinters Ohr. Sie sah auf und fürchtete, dieses Mitleid zu sehen, das sie wie eine Giftwolke umgab, sie niederdrückte und nicht heilen ließ. Stattdessen sah sie strahlende Sterne.

»Ich mag deine Frisur. Wolltest du so aussehen wie ich?« Um seine Worte zu verdeutlichen, warf er sich in die Brust und strich sich ebenfalls eine Haarsträhne hinters Ohr.

Hokulani kicherte. »Bild dir bloß nichts ein … Haila hatte nicht viele Möglichkeiten.«

»Auf jeden Fall stehen dir kurze Haare.« Sie musste genau hinhören, um den nächsten Satz zu verstehen. »So wie dir vermutlich jede Frisur stehen würde.«

Wurde der Krieger etwa rot? Er wich ihrem Blick aus und ihr Herz beschleunigte seinen Takt weiter.

»Wie läuft es?«, wollte er nach einem Moment der Stille wissen.

»Ach, weißt du, es läuft super. Wenn ich keine Albträume habe, sitzt irgendwer an meinem Lager und bemitleidet mich. Oder fragt mich, wie es läuft.«

Sie hätte gern mehr von diesem Herzklopfen gehabt, das sie von ihrer Wirklichkeit erlöste. Seine Frage warf sie zurück in ihr bitteres Meer aus Dunkelheit, das über sie schwappte wie eine hohe Welle und ihr keine Chance gab, zu entkommen. Sie umfasste ihren Unterarm und presste ihre Nägel in die weiche Haut. Der Schmerz half ein bisschen. Doch Kaleos Hand legte sich auf ihre Finger und bat sie, aufzuhören. Sie sah ihn an, und er lächelte reumütig.

»Ich entschuldige mich für diese blöde Frage. Und ich entschuldige mich, dass ich so lange nicht nach dir geschaut habe. Kapono, er … hat immer eine Idee, wo es möglichst weit weg von hier etwas für mich zu erledigen gibt.«

Hokulani nickte. Für einen Moment herrschte Stille. Kaleos Hand lag immer noch auf Hokulanis Finger und sein Daumen zeichnete zarte Kreise auf ihrer Haut.

Er deutete auf die Flossenprothese. »Hat die dein Großvater gebaut? Die sieht toll aus – funktioniert sie denn?«

Auf einmal war sich Hokulani sicher. Sicher, dass sie eher neue Schmerzen ertragen würde, als schon wieder von einer Niederlage zu berichten.

Sie hob das Kinn. »Die Prothese funktioniert ziemlich gut. Lust auf einen Ausflug?«

»Ja, klar. Wenn du das schaffst?«

Als sie ihn drohend ansah, beeilte er sich, ihr die Konstruktion zu bringen, und half ihr, die Knoten zu schließen. Beim Zuziehen zitterten Hokulanis Hände, doch auf Kaleos Frage »Alles gut?« stieß sie sich von ihrem Lager ab und schwamm auf den Ausgang ihrer Höhle zu. Sie konnte sich nicht länger in einen Kokon aus Selbstmitleid verkriechen. Sie musste die Schmerzen aushalten, damit sie dabei sein konnte, wenn die Meermenschen Bob die Stirn boten. Nur das zählte.

Kaleo schwamm neben ihr. Er warf ihr immer wieder Seitenblicke zu. Um von sich abzulenken, fragte Hokulani ihn aus.

»Wie ist das eigentlich mit Kapono und dir? Ich habe das Gefühl ... du und deine Familie mögen diesen Meermann nicht besonders.«

»Ich werde dir in diesen Gängen keine Antwort darauf geben. Als ältestes männliches Mitglied der Haifamilie ist mein Onkel der Kommandant der Meereskrieger. So schreibt es unser Kodex vor. Alle, die unter ihm stehen, haben zu gehorchen.«

Hokulani zog die Augenbrauen hoch. »So fortschrittlich?«

Kaleo lächelte. »Es sind die uralten Gesetze der Meereskrieger, an die wir uns durch unseren Eid binden, wenn wir unsere Rüstung bekommen. Niemand wird dazu gezwungen.« Er zog die Schultern hoch und warf ihr einen Seitenblick zu. »Aber du hast schon recht. Sehr fortschrittlich ist das nicht.«

Sie waren im offenen Meer angekommen und Kaleo schien das erste Mal tief Luft zu holen. Er sprach jetzt lauter. »Wenn ich Kommandant geblieben wäre, hätte ich versucht, einiges zu ändern.«

»Was denn zum Beispiel?«

»Ich hätte Frauen und Männern die gleichen Chancen bei der Besetzung von Führungspositionen gegeben. Ich hätte mich dafür eingesetzt, dass der Kommandant gewählt, nicht durch eine Erbfolge ernannt wird. Damit Meermenschen wie Kapono …«

»Aber wenigstens will er etwas tun und hat keine Angst«, unterbrach Hokulani ihn, und die Bitterkeit stieg wieder in ihr empor. Bevor Kaleo etwas entgegnen konnte, fuhr sie fort. »Unser Oberhaupt Keli´i hat nichts gegen die Menschen getan. Im Gegenteil: er hat mit ihnen Handel getrieben, wollte ihren Fortschritt«, sie verzog ihren Mund, »in unseren Ozean bringen und wusste nichts über die einzigartige Energie dieser Meere.«

»Aber du weißt davon?«, fragte Kaleo ruhig.

Wieso war sein Blick so verdammt intensiv, und wieso musste sie immer, wenn er sie so ansah, die Hitze aus ihrem Gesicht zwingen?

»Mein Vater …« Die Sehnsucht überfiel sie ohne Vorwarnung. »Er hat mir viel über diese Dinge beigebracht.«

»Wo ist dein Vater jetzt?« Seine Stimme war warm wie eine Umarmung, die angeboten, aber nicht verlangt wird.

»Er … hat sein Leben für die Forschung gegeben. Unser Volk bekommt keine Kinder mehr, da wir die Kraft der Verwandlung eingebüßt haben. Ich war die Letzte, die geboren wurde.« Sie seufzte, verlor sich in Erinnerungen an frühere Zeiten. »Zum Schluss war er sicher, dass uns nur ein Umzug in saubereres Gewässer helfen könnte. Er hatte Messungen durchgeführt, die einen hohen Grad an Übersäuerung festgestellt haben. Dazu die höheren Wassertemperaturen, die wir seit Jahren feststellen, und das viele Plastik im Wasser – das waren für meinen Vater ausreichende Gründe.«

Kaleo wiegte den Kopf. »Er lag nicht so falsch.«

Hokulani blieb schlagartig stehen und ignorierte den schneidenden Schmerz, der durch das unerwartete Manöver von ihrer Flosse bis in ihre Fingerspitzen ausstrahlte. »Er lag vielleicht richtig damit, dass der kranke Ozean schuld an dem

Verlust unserer Wandlungsfähigkeit ist.« Ihre Finger ballten sich zu Fäusten. »Aber er lag völlig falsch damit, einfach nur wegzugehen. Man kann nicht immer nur weglaufen, sich ducken und aushalten.«

Wütend zeigte sie auf ihre Flossenprothese. »Sieh, was es mir gebracht hat. Was es meinem Volk gebracht hat. Was es deinem Bruder gebracht hat.«

Kaleo öffnete den Mund, doch sie war noch nicht fertig.

»Und deshalb hat Kapono recht. Wir müssen endlich anfangen, zu kämpfen und zurückzuschlagen.«

Kaleo schüttelte vorsichtig den Kopf, aber das heizte Hokulanis Wut nur noch mehr an.

»Mehr als zwei Drittel der Erde sind mit Wasser bedeckt. Wenn wir aufstehen und in die Schlacht ziehen, werden es die Menschen endlich verstehen. Oder untergehen.« Ihre Augen brannten, nachdem sie ihre Gedanken preisgegeben hatte. Sie war selbst überrascht, zu welcher klaren Haltung sie ihre dunklen Grübeleien gebracht hatten.

Kaleo schien über ihre Worte nachzudenken, und paddelte schweigend neben ihr her. Hatte sie ihn etwa überzeugt?

Dann schwamm er auf sie zu und zog sie ganz nah zu sich. Er war so behutsam, dass sie ihm nicht hätte folgen müssen. Doch ihre verkrampften Finger öffneten sich und landeten auf seiner Brust.

»Das bist nicht du, mein Herz.«

Hokulanis innerer Sturm spiegelte sich in Kaleos geröteten Wangen. Mit einer hochgezogenen Augenbraue legte er den Kopf schief.

»Lust auf einen Ausflug?« Er wandte ihr den Rücken zu und legte ihre Hände an seine Hüften. Lächelnd drehte er sich zu ihr um. »Halt dich fest, dann kannst du deine Flosse schonen. Ich will dir etwas zeigen.«

Hokulani konnte nur nicken. Seine Nähe und die Intensität, mit der er sie ansah, hatten sie kalt erwischt.

Unter ihren Händen bewegten sich Muskeln, die Kaleos Schwanzflosse zu einem kraftvollen aber entspannten Schlagen brachten. In Hokulanis Unterleib tobte ein Schwarm Clownfische.

Hatte er bemerkt, dass ihr das Schwimmen schwerfiel? Trotzdem hatte er sie nicht zurückgeschickt, sondern hatte die Entscheidung ihr überlassen. Warme Wellen durchströmten ihren Körper. Dieser Mann zeigte mehr Empathie in einer Stunde als Nael in seinem ganzen Leben.

Sie schwammen weit. Ab und zu drehte sich Kaleo um und fragte »Alles okay da hinten?«, und Hokulani nickte lächelnd. Die Clownfische hatten sich etwas beruhigt, nur ihr Herz klopfte weiterhin aufgeregt gegen ihre Brust. Ihr Weg führte sie parallel an den Küsten der hawaiianischen Inseln entlang, und sie genoss die Aussicht der vulkanischen Landschaft in diesem Ozean. Täler und Schluchten, Berge und Höhlen zogen an ihnen vorbei. Sie sah ein Schiffswrack, das sich die Unterwasserwelt langsam zu eigen machte und es mit Korallen überwucherte. Zahlreiche bunte Fische schwammen zwischen den zerborstenen Planken herum. Sie sah die schwarzen Raucher, Zeugen der vulkanischen Aktivität, die ihren düsteren Qualm in das blaue Wasser pusteten. Sie sah riesige Korallenblöcke, die Heimat von unzähligen Tierarten waren. Und sie sah eine Haigruppe mit ihren Jungen, die jedoch Reißaus nahmen.

Schließlich tauchten sie in eine reißende Strömung ein. Hokulani klammerte sich an Kaleo fest, ihre Flosse hatte der Kraft des Wassers nichts entgegenzusetzen. Plötzlich lagen ihre Finger auf seiner nackten Haut. Durch die starken Flossenbewegungen war Kaleos Schuppenpanzer etwas nach oben gerutscht. Beinahe hätte sie losgelassen, nicht vorbereitet auf den Sturm ihres Herzens und den Kurzschluss in ihrem Kopf, ausgelöst durch seine warmen Muskeln unter ihren Fingern. Die Tücke des wilden Wassers rückte in den Hintergrund, das Stechen in ihrer Flosse durch den zerrenden Strom spürte sie kaum. Stattdessen war sie völlig beschäftigt, mit der Hitze klarzukommen, die bei der Berührung seiner weichen, menschlichen Haut durch ihren Körper raste.

Hinter dem Strom hielt Kaleo an. Sie tauchte mit ihren Gedanken von sehr weit her wieder auf und krachte in seinen Rücken.

Er drehte sich um und zog seinen Schuppenpanzer über den freien Streifen Haut. »Du hast es mir ganz schön schwer gemacht. An der Stelle bin ich kitzelig.« Er sah ihr nicht in die Augen.

Hokulani verstand eine Abfuhr, wenn sie eine bekam, und verschränkte mit rotem Kopf ihre Arme vor der Brust. Am meisten ärgerte sie sich über sich selbst. Seit wann löste menschliche Haut etwas in ihr aus?

»Was wolltest du mir zeigen?« fragte sie. Es klang harscher, als sie beabsichtigt hatte.

Auch Kaleo schien zu bedauern, dass er die Stimmung zerstört hatte, nahm sie bei der Hand und führte sie zu einem Berg, von dem sie eine Aussicht auf ein breites Unterwassertal hatten. Fächerförmige Gorgonen wiegten sich in den Wellen und bunte Hartkorallen gaben der schillernden Tierwelt von Hawaii ein Zuhause. Eine Meeresschildkröte schwamm an ihnen vorbei und Kaleo streichelte den Rücken eines Leopardenhais, während er sich an die Kante der Anhöhe setzte. Aufmunternd klopfte er auf den Platz neben sich.

Als sie sich näherte, nahm er erneut ihre Hand, spielte mit ihren Fingern und schien nach den richtigen Worten zu suchen. »Wir sind jetzt eine ganze Zeit durch diesen Ozean geschwommen.«

»Ja?«, unterbrach ihn Hokulani. Sie war immer noch ein wenig beleidigt. Außerdem zerrte das schmerzhafte Pochen in ihrer Flosse an ihren Nerven.

Kaleo ließ die Schultern hängen und sah sie frustriert an. »Gib mir 'ne Chance, okay?«

Hokulani atmete einen großen Schwall Meerwasser durch ihre Kiemen, um sich zu beruhigen. Sie entzog ihm ihre Hand und starrte in das tiefe Blau.

Er sammelte sich kurz und begann noch einmal. »Also, du hast auf unserem kleinen Ausflug viel gesehen, gesunkene Schiffe, giftige Tiere, scharfe Zähne, gefährliche Strömungen. Aber an keiner Stelle gab es vorsätzliche Gewalt, Rache oder das systematische Auslöschen von Unschuldigen. Der Mensch denkt, er muss in Untiefen tauchen? Er kann mit seinem Leben bezahlen. Ein Schiff wagt sich zu nah an die Klippen? Es wird vielleicht sinken. Aber der Ozean zieht nicht in den Krieg.« Kaleo suchte ihren Blick und tastete wieder nach ihren Fingern. »Und du bist wie der Ozean. Das ist es, was Ika mir über dich erzählt hat, und er hatte recht.«

Hokulani runzelte ihre Stirn. Was wollte er ihr sagen?

Dennoch war es süß, wie verzweifelt er nach den richtigen Worten zu suchen schien.

»Mein Vater war deinem sehr ähnlich, glaube ich. Er hat mir und meinen Geschwistern unendlich viel über die alten Legenden erzählt. Darin ist der Ozean unsterblich, solange seine Lunge, sein Gehirn und sein Herz am Leben sind. Als wir dachten, Kapono sei … nicht mehr da, war ich das älteste männliche Mitglied der Familie und habe den Kriegerstab erhalten. Aber meine Familie und ich haben beschlossen, den Kampf zu beenden und wieder auf die alten Weisheiten zu hören. Zu beschützen, anstatt zu bekämpfen.«

Hokulani zog die Augenbrauen zusammen, doch Kaleo schien entschlossen, sich nicht mehr unterbrechen zu lassen.

»Die Lunge des Ozeans befindet sich hier, in diesen Gewässern. Wir bewachen sie und bekämpfen alles, was sich ihr nähert.« Er sah sich im Wasser um. »Das Gehirn des Ozeans bestand von jeher aus seinen Bewohnern, und wir unterstützen sie, wo es geht.« Dann sah er Hokulani direkt an und holte tief Luft. »Das Herz des Ozeans sind in den alten Legenden die

Meermenschen. Das Bindeglied zwischen Land und Wasser. Im Ozean zuhause, mit dem Mitgefühl eines Menschen. Mit der Fähigkeit zu lieben, wie es nur Menschen können. Dadurch kann es Hoffnung geben und Seelen heilen. So wie du Kapono geheilt hast.«

Hokulani schnellte in die Höhe. »Willst du damit sagen, ich wäre das Herz des Ozeans?«

»Ika war davon überzeugt. Wir alle sollten das Herz des Ozeans sein. Aber nur wenige Meermenschen spüren heute noch das Meer, sein Leben und sein Sterben. Ich habe erst gedacht, deine Zuneigung wäre ihm zu Kopf gestiegen, aber spätestens seit du es geschafft hast, weit mehr als zwanzig dem Tode geweihten Tieren die Hoffnung auf ein besseres Leben zu erhalten, bin ich davon überzeugt.«

Hokulani wurde wütend. Sehr wütend. »Nennst du mich deshalb immer ›mein Herz‹?«

Kaleo nickte scheu.

»Dann kannst du das sofort lassen, denn *mein* Herz ist in diesem Keller gebrochen. Und nur die Aussicht auf Kampf und Vergeltung bringt es noch zum Schlagen.«

Jemand musste es Bob heimzahlen. Jemand musste ihn vernichten, damit sie wieder schlafen konnte.

Sie zitterte vor Wut und Schmerz, wobei Flosse und Herz sich wie Ebbe und Flut abwechselten.

Mein Herz… Wie oft waren seine Worte in ihren Träumen aufgetaucht, ein Sonnenstrahl auf ihrer dunklen Gischt, ein kleines Feuer in ihrer dunklen Seele. Doch *mein Herz* war nur die Bezeichnung für ein vom Aussterben bedrohtes Tier.

Um ihrer Gefühle Herr zu werden, schloss sie die Augen. Kräftige Arme legten sich um ihren Körper und zogen sie in eine warme Umarmung. Eine Hand strich ihr Haar glatt und Lippen streiften ihre Stirn.

»Nimm einfach mein Herz und halte durch«, flüsterte er.

War es doch anders? Sie sah zu ihm auf, suchte in seinen Augen nach der Antwort. Die Wellen schubsten ihre Gesichter zusammen, dann berührten sich ihre Nasenspitzen und schließlich auch ihre Lippen. Wie zufällig erst, aber als Hokulani sich gegen Kaleo lehnte, war das scheinbar die einzige Bestätigung, die er gebraucht hatte. Seine Hände wanderten zu ihrem Hals, die Daumen strichen sacht über die Kiemen hinter ihren Ohren. Dann küsste er sie zärtlich, schien aber nicht auf ihren Strudel der Gefühle vorbereitet zu sein. Hokulani drängte sich an ihn und öffnete ihre Lippen. Sie küsste ihn wie ausgehungert, selbst nicht wissend, was ihr fehlte. Kaleo nahm sie auf und hielt sie fest, brachte sie mit seiner Vorsicht und Zärtlichkeit um den Verstand.

Sie löste sich von ihm. Seine Iriden loderten blau.

»Sieh mich nicht so an. Ich bin nur ein Mädchen, das immer die falschen Entscheidungen trifft.«

Sie hasste das Brennen in ihren Augen. Kaleo wollte sie wieder an sich ziehen, aber sie stemmte sich dagegen. Gefühle brachen gegen ihr Inneres und wurden zu einer undurchsichtigen Gischt. Verstand er auch das? Wiederum drängte er sie nicht, zog sich zurück.

»Darf ich dir noch eine Sache zeigen?«, fragte er schließlich schüchtern und nahm vorsichtig ihre Hand.

Hokulani drohte, an ihren Gefühlen zu ersticken, und so zuckte sie nur gleichgültig mit den Schultern und ließ sich von Kaleo mitziehen. Er zwängte sich mit ihr durch eine unscheinbare Spalte. Danach tauchten sie unter einem endlosen Felsdach in eine ihr völlig unbekannte Unterwasserwelt. Wieso hatte sie diesen Ort mit ihrem Vater nie gefunden? Am Boden dieser Passage erkannte sie Fossilien von riesigen Schnecken und Krebsen. Sie waren zweimal so groß wie ein Meermensch. Die Verzweiflung wich ihrer Neugier und sie sah sich um. Basaltformationen, bizarre Stalagmiten, Granitgeröllfelder. Grüne Lianen wuchsen aus Spalten der Felsendecke und vollführten in der leichten Strömung einen trägen

Tanz. Blasse, oberarmdicke Wurzeln kreuzten ihren Weg wie in einem Mangrovenwald viele Meter unter dem Meer.

Kaleo verlangsamte seinen Flossenschlag. Er drehte sich zu ihr herum, zog sie an seine Seite. Strich ihr einmal mit zitternden Fingern über die Hand. Er war nervös. Als sie in seinen Augen einen Grund dafür suchte, lächelte er.

Sie wusste nicht genau, wieso ihr Herz so fest klopfte, als er sie sanft auf den Eingang einer Höhle zuschob. Vorsichtig paddelte sie weiter. Die Sicht auf das Innere wurde von einem Algenvorhang verborgen, der sich sanft hin- und herwiegte. Kaleo war so dicht hinter ihr, dass sie den Strom aus seinen Kiemen spürte. Er griff an ihr vorbei und schob die Grünpflanzen beiseite. Ein, zwei, drei Flossenschläge – und Hokulani erstarrte. Während ihr Kiefer nach unten sackte, konnte ihr Kopf nicht begreifen, was sie sah. Das, was vor ihr lag, war unmöglich. Eine Höhle wie diese konnte es nicht geben, erst recht nicht hier, weit unten im Meer. Alles erstrahlte in sattem Grün wie an den Steilhängen der Küsten von Moloka'i. Es gab einige Korallen, aber dazwischen wuchsen unzählige Pflanzen mit strahlend bunten Blüten. Palmen wiegten sich im Wasser neben kleinblättrigen Ranken und langem Schilfgras. Hin und her. Hin und her. Im selben Rhythmus wie es der Algenvorhang getan hatte. Hokulani drehte mehrmals ungläubig den Kopf, bis sie verstand, was sie sah. Keine Strömung bewegte das Wasser. Die Höhle weitete sich und zog sich wieder zusammen. Sie atmete.

Dann war die raue, flüsternde Wärme von Kaleos Stimme an ihrem Ohr. »Das ist sie, die Lunge des Ozeans und unser Allerheiligstes.«

Ein weiteres Mal atmete die Höhle ein und wieder aus – Hokulani war willkommen. Sie war zu Hause. Sie fand ein Gegengewicht zu ihrer Dunkelheit. Hoffnung? Die Wut, und damit ihr Halt, war wie fortgespült. Um nicht auseinanderzufallen, tastete sie nach hinten, suchte Kaleos Hand. Er drückte sie sacht, dann legte er einen Arm um ihre Schulter und leitete sie in die Mitte der Höhle. Eine Lücke im Felsendach beleuchtete das Zentrum. Die vielen Blätter machten aus den Sonnenstrahlen einen grünen, warmen Schimmer. Hokulani hatte sich dem Ozean noch nie so nahe gefühlt. Der Atem der Höhle tröstete und umarmte sie.

»*Hanu o ka Moana* heilt uns und gibt uns die Energie für die Verwandlung, wenn das Meer nicht mehr stark genug ist.« Leicht schubste er sie in Richtung des leuchtenden Zentrums. »Los, ich bin sicher, sie kann auch etwas für dich tun.«

Hokulani schwamm vorsichtig auf die Mitte zu. Bildete sie sich das ein oder atmete die Höhle schneller, so als wäre auch sie aufgeregt, ihre Bekanntschaft zu machen? Im Zentrum angekommen beruhigte sich die Strömung wieder. Das gleichmäßige, ruhige Auf und Ab schwemmte sie zurück in ihre Kindheit, wenn sie zwischen ihren Eltern geschlafen hatte und die regelmäßigen Geräusche sie überzeugt hatten, dass alles in Ordnung war. Für immer in Ordnung sein würde. Hokulanis Herz schlug langsamer, pumpte mit kräftigen Stößen den Schmerz und den Hass aus ihrer Mitte.

Ansonsten passierte zunächst nichts. Fragend sah sie zu Kaleo, aber er nickte ihr nur grinsend zu.

Und da begann es.

Das Licht von oben färbte sich in ein dunkleres Grün und das Wasser strich um sie herum, tastend, streichelnd, fordernd. Luftbläschen stiegen auf und bildeten einen dichten Strudel. Die Moleküle in ihrem Inneren schienen den Aufruhr des Wassers zu imitieren, sie tanzten und suchten sich immer neue Partner.

Zuerst verschwanden ihre Schmerzen. Die Schwellungen gingen zurück. Ungläubig fasste sie an ihr Gesicht und tastete ihre Augen ab, die sich wieder anfühlten wie früher, ohne Beulen, ohne Narben.

Danach hielt die Lunge inne. Wie eine ausgestreckte Hand, die darauf wartete, dass sie ihre hineinlegte.

Hokulani weinte, und ihre Tränen schwammen im Wasser davon. Sie erinnerte sich, wie sehr sie das Meer geliebt hatte, bevor dieser ganze Irrsinn angefangen hatte. Damals hatte sie immer ein Teil des Ozeans sein wollen. Jetzt war es so weit. Sie warf alles, was sie noch hatte, in diese wartende Hand, ihr gebrochenes Herz, ihre Träume, ihre Gefühle.

Hanu o ka Moana jubelte und die Luftbläschen, die sich in den letzten Sekunden an sie geschmiegt hatten, tanzten und wirbelten. Und ihre Moleküle antworteten.

Ungläubig beobachtete Hokulani, wie sich zunächst silbrige Schuppen auf ihren Armen und Beinen bildeten, die sich anschließend in ein dunkles Blau verfärbten und sichelförmig vom Körper abstanden. Gleichzeitig wuchs sie, verdoppelte ihre Körpergröße. Sie wurde lang und auch ziemlich breit. Die Blätter ihrer Schwanzflosse wurden länger und dünner. Dabei schienen sich die zerstörten Knochenstreben aufzurichten und die zerfetzten Schwimmmembranen heilten. Noch konnte sie ihren Kopf drehen und sah über ihrer Schulter zwei stattliche, blaue Rückenflossen. Ihr gesamter Rücken schimmerte in demselben Tiefblau. Als sie an ihrem mittlerweile weißen, schuppenbedeckten Bauch herabsah, hatten zehn kobaltblaue Streifen die wunderschöne Zeichnung ihres Körpers vervollständigt.

Hokulani realisierte atemlos, was hier geschah. Sie war dabei, sich in einen Fisch zu verwandeln. Nur eine Art leuchtete in den Meeren von Hawaii in diesem schillernden Blau und hatte Rückenfächer, die ihn zum schnellsten Tier auf der Welt machten. Sie wurde zu einem blauen Marlin.

Zuletzt zog sich ihre Nasenregion in die Länge und bildete das kräftige Schwert, das ihr bei der Verteidigung und der Jagd helfen würde.

Dann erlosch ihr menschlicher Geist.

Eine kräftige Bewegung mit der Schwanzflosse brachte den Marlin an das andere Ende der Höhle. Mit einem kleinen Einsatz seiner Seitenflossen schlug er einen Haken und zischte am Felsen entlang. Er brauchte mehr Platz, musste schneller schwimmen. Als direkt vor ihm ein großer, schlanker Tigerhai auftauchte, stellten sich seine Flossen fast automatisch quer und er schwamm haarscharf an ihm vorbei. Schuppen berührten Hautzähne und der Marlin empfing ein Echo der Gefühle, die er bei der Weichheit seiner menschlichen Haut gespürt hatte.

Kleines Wettschwimmen?, schien der Hai zu fragen, nicht unfreundlich, aber die Wärme in seiner Stimme war verschwunden.

Lächerlich, war alles, was der Marlin antwortete. Dennoch blieb er noch eine ganze Strecke hinter dem Hai, da er keine Ahnung hatte, wo es aus diesem Höhlensystem hinausging. Sobald er das große, tiefe Blau vor sich sah, war der Schwertfisch nicht mehr zu halten. Er legte seine Rückenflosse an und schoss wie ein Pfeil davon.

Endlich, dachte er und beschleunigte sein Tempo ein wenig. Da er sich mit dem Tigerhai verbunden fühlte, drehte er um und schlug so schnell mit seiner Schwanzflosse, dass er in wenigen Sekunden wieder auf seiner Höhe war.

Eindeutig schneller, hörte er die Haistimme anerkennend in seinem Kopf sagen, und das Aufreißen seines Mauls imitierte ein menschliches Lächeln. Ein kurzer Gedanke an himmelblaue Augen und ein zärtliches Grinsen, aber der Marlin vergaß beides nur zu gerne wieder. Das hier war besser, einfacher, klarer.

Hunger, teilte er dem Hai mit und schoss wieder davon. Nach oben zur Wasseroberfläche, zu seiner Beute, wie sein Instinkt ihm verriet. Ein Schwarm Makrelen war einige hundert Meter entfernt. Er legte seine Flossen an, um blitzschnell zu den Fischen zu kommen. Und dann begann es. Er stellte seine Rückenflosse auf wie einen Fächer, um seine Beute zusammenzutreiben. Als die kleinen Fische ein aufgeregtes Knäuel bildeten, schlug er mit seinem Schwert zu. Mehrere Tiere waren betäubt oder direkt tot, das spielte für ihn keine Rolle. Er ließ sich sein Festmahl schmecken.

Der Tigerhai war hinterhergekommen und als er dem Marlin die Fische streitig machen wollte, stellte dieser erneut seine Flosse auf. Eine klare Drohung. Mit aufgerissenem Maul kam der Hai ihm bedrohlich nahe und der Schwertfisch entschied, dass ein Streit mit dem anderen zu gefährlich wäre. Er gab ihm etwas ab.

Sobald der Magen des Marlins gefüllt war, wurde er wieder rastlos. Er musste schwimmen, immer weiter und weiter. Tage voller Schmerzen und Fesseln hallten wie eine Warnung in ihm nach und schlugen ihn in die Flucht. Diese Freiheit würde er nie wieder aufgeben.

Aus purem Genuss an seinem Fischkörper und seiner Kraft durchstach er die Wasseroberfläche und sprang hoch in die Luft. Als er wieder eintauchte, tat es ihm der Hai gleich. Wollte er beweisen, dass er zwar nicht so schnell, aber ansonsten ebenbürtig war?

Es war dem Marlin gleichgültig. Er stufte den räuberischen Tigerhai mit seinem Gebiss als potentielles Risiko ein. Trotzdem war er sich sicher, dass von diesem Exemplar keine Gefahr für ihn ausging. Und deswegen interessierte er sich auch nicht sonderlich für ihn. Immer weiter und weiter schwamm der blaue Marlin, inzwischen zog er große Kreise um den Hai. Schließlich wurden die oberen Wasserschichten in goldenes Abendlicht getaucht. Auf einer seiner Runden stellte sich der Tigerhai in seinen Weg.

Müssen zurück, teilte er dem Marlin mit. *Schon lange.*

Die Art, wie er seine Flossen aufgestellt hatte und seine Zähne zeigte, sagten dem Schwertfisch, dass der Hai keine Widerrede duldete.

Wieder Höhle?, fragte er den Hai, doch dieser führte ihn einen anderen Weg entlang. Dann hielt der Hai an. Der Marlin erkannte die Lavahöhlen von *Huahuakai*. Er schüttelte den Kopf, um die dunklen Schlieren zu vertreiben, die sich selbst in dieser Form in seine Gedanken schoben.

Denk an deine Meermenschenform. Luftbläschen umhüllten den Hai, und wenig später stand Kaleo vor ihm.

Er grinste ihn an. Im Kopf des Marlins entstand ein Bild. Eine Meerfrau und ein Walhai. Sie waren sich so nahe gewesen wie der Marlin und der Meermann jetzt.

Er schwamm an Kaleo heran und bemühte sich, ihn nicht mit seinem Schwert zu verletzen. Trotzdem wich der Meermann kichernd aus. Dann war der Marlin neben Kaleo, der dem Fisch eine Hand auf die Stirn legte. Der Marlin verstand die Wärme und die Emotionen. Es war ihm nicht unangenehm, aber er konnte nichts davon zurückgeben. Es war zu tief, zu weich und zu komplex.

Das hatte Nelio also gespürt?

Mehr nicht?

Zerrissen zwischen tierischen und menschlichen Gefühlen schloss der Marlin die Augen, dachte an seine menschliche Form und die Luftbläschen sammelten sich um sie. Wie eine warme Strömung umschmeichelte sie der Geist von *Hanu o ka Moana* noch ein letztes Mal.

Als der Schmerz, die Unsicherheit und das Chaos in ihren Kopf zurückkehrten, wusste Hokulani, dass sie wieder ein Meermensch war.

Sie sackte nach unten weg, nicht mehr an die mühevollen Bewegungen gewöhnt, die sie mit der Prothese machen musste. Sofort war Kaleo da und stützte sie. Sie öffnete die Augen. Hinter seinem dunklen Haarschopf leuchteten die Sterne und er beugte sich zu ihr herunter, um sie erneut zu küssen. Schnell wand sie sich aus seiner Umarmung und brachte Distanz zwischen sich und ihn.

Kaleo zog die Augenbrauen zusammen, seine Arme immer noch einladend geöffnet.

»Stimmt was nicht?«, fragte er.

Hokulani legte eine Hand auf ihre Stirn, alles drehte sich. Die Verwandlung hatte sie ihrer letzten Kräfte beraubt. Allein im Wasser zu stehen, ließ ihre Muskeln ächzen. Und da war noch etwas anderes.

»Ich … Nelio … Ika … ich habe ihn geliebt und alles, was er als Fisch gespürt hat, war das?«

Kaleo ließ die Arme sinken. Seufzte. »Er wollte es so. Er hat deine Liebe gespürt und dass du etwas Besonderes bist. Aber er wollte seine Aufgabe nicht gefährden. Er dachte, wenn er sich als Meermann ebenfalls in dich verliebt, könnte ihm dein Leben wichtiger sein als unser Heiligtum.« Kaleo sah sie unter seinen langen Wimpern hervor an. »Ich verstehe, wovor er Angst hatte …« Langsam, als nähere er sich einem wilden Tier, kam er wieder auf sie zu.

Hokulani wich zurück. »Kaleo – nicht. Das ist alles zu viel. Ika … ich habe ihm ewige Liebe geschworen. Und er ist dein Bruder. Und ich bin ein Wrack. Jetzt wieder.«

Sie wackelte mit ihrer Prothese. »Ich brauch ein bisschen Zeit, okay?« Ihr Blick wurde weich. »Aber ich danke dir für diesen zauberhaften Tag. Ich bin ein blauer Marlin, wer hätte das gedacht?« Sie zog ihre Lippen zu einem breiten Lächeln auseinander. Für einen Augenblick. Dann wurde sie wieder ernst. »Aber schon jetzt ziehen wieder dunkle Gedanken durch meinen Kopf, schmierig und tödlich wie dieses schreckliche Erdöl von den Menschen.«

Kaleo schwamm wieder auf sie zu, besann sich dann aber, entsprach ihrem Wunsch und hielt Abstand. »Ich würde dich so gerne von deinem Schmerz befreien und hatte gehofft, dass wir zusammen dagegen ankämpfen können.«

Hokulani schüttelte traurig den Kopf. »Du bist zu gut, Kaleo. Ich brauche im Moment Dunkelheit. Und du bist Licht.«

Der Meermann drückte das Wasser stoßweise durch seine Kiemen. Er hob an zu widersprechen, doch er kam nicht mehr dazu.

»Da vorne sind sie!«, rief eine bekannte, leicht zittrige Stimme.

Tua! Sie kontrollierte den Stand der Sonne. Der Abend war schon lange hereingebrochen. Sie war den ganzen Tag mit Kaleo unterwegs gewesen.

Der alte Meermann baute sich vor ihr auf. Auch Haila war da, doch sie blieb mit verschränkten Armen im Hintergrund und funkelte Hokulani finster an.

Tuas Kopf war knallrot und obwohl sie Erleichterung in seinen Augen sah, war er wild wie eine bedrohte Muräne. »Was denkst du dir bloß? Diese Prothese hat bei der ersten Anprobe deine Schuppen aufgerissen und dein Blut abgedrückt und sobald ich aus der Höhle bin, schnallst du sie dir wieder um und machst einen Tagesausflug?« Er wirbelte zu Kaleo herum. »Ich hätte dich für verantwortungsvoller gehalten.«

Kaleo klappte den Mund erst auf, dann wieder zu. Er sah Hokulani von der Seite an, seine Augen zu Schlitzen verengt, sagte jedoch nichts. Aber sie brauchte keinen, der sie deckte.

»Opa Tua, er wusste nichts davon. Ich habe die Zähne ein bisschen zusammengebissen und er hat es nicht gemerkt.«

»Zähne zusammengebissen?« Jetzt war Tua richtig sauer. »Willst du deine Flosse verlieren? Ist es das, was du willst? Dann mach genauso weiter!«

Er gab Haila ein Zeichen und sie schwamm auf ihre Freundin zu und drehte sich dann um, damit Hokulani sich an ihren Schultern festhalten konnte.

»Ist gut Haila, ich kann selbst schwimmen, es tut wirklich nicht mehr so weh.«

»Süße, noch ein Wort und ich trage dich mit dem Kopf nach unten«, war alles, was ihre Freundin dazu sagte.

Kaleo paddelte in der Zwischenzeit hin und her, wollte sich erst vor Hokulani stellen und zog sich dann nach einem Blick von Haila wieder zurück. Trotzdem reichte sein Versuch, Hokulani beistehen zu wollen, damit Tua wieder auf ihn losging.

»Junger Mann, wie konntest du das unterstützen?« Tuas Schwanzflosse zuckte hin und her, die Arme hatte er in die Hüften gestützt.

Kaleo strich sich durch die Haare. »Mister Tua, ich wollte ihrer Enkelin auf keinen Fall schaden, ich …«

»Neffe! Hier versteckst du dich also«, donnerte Kaponos volle Stimme aus dem nächsten Tunnel.

Kaleos Augen wurden dunkel, die Sterne erloschen und sein Mund schloss sich zu einem zusammengepressten Strich. Er nahm Haltung an und sah stur geradeaus. Aus dem Jungen mit dem großen Herz wurde ein Soldat. »Ich habe mich nicht versteckt. Mir war nicht klar, dass ich gesucht werde«, antwortete er steif.

»Details«, erwiderte Kapono. »Ich habe einen Auftrag für dich. Eine Kontrolle der äußeren Energiepunkte muss dringend durchgeführt werden.«

Kaleo blieb regungslos. Doch Hokulani sah es: die Fäuste, die so fest geballt waren, dass die Knöchel weiß hervortraten, die Spitzen seiner großen Flosse, die vibrierte.

»Bist du dir sicher, was die Dringlichkeit angeht?« Die Stimme des jungen Meermannes war belegt und in seinen Augen tobte ein kaltes Feuer.

Kapono lachte wie über einen guten Witz, verstummte plötzlich, senkte den Kopf und funkelte Kaleo an. Seine Stimme war wie das Knurren eines Raubtieres. »Wieso stehst du immer noch hier? Stellst du wirklich meine Befehle in Frage?«

Noch einen Moment schien Kaleo sich auf Kapono stürzen zu wollen, dann erlosch das Feuer in ihm.

»Wo muss ich hin?«, fragte er, die Schultern gebeugter als vorher.

Kapono rasselte Koordinaten herunter. Kaleo wandte sich wortlos ab und verschwand mit energischen Flossenschlägen im endlosen Blau.

Auch in Hokulani verklang etwas, als sie ihn kampflos verschwinden sah. Dann sah sie auf und Kaponos Augen ruhten auf ihr. Er lächelte. Sie wandte sich ab und schlang ihre Arme um Haila.

»Können wir heimschwimmen? Ich bin doch ganz schön geschafft.«

Der weiche Rücken ihrer Freundin empfing sie wie ein heimatliches Lager. Haila streichelte sacht ihren Arm, drehte den Kopf nach hinten und küsste Hokulani auf die Wange.

»Alles, was du willst«, murmelte sie und schwamm los.

Hokulani ließ die Liebe ihrer Freundin über sich zusammenschlagen, legte ihren Kopf an Hailas Rücken und versuchte, an gar nichts zu denken.

17

Es … sieht viel besser aus als ich dachte«, stammelte Tua, während er sich ratlos am Kopf kratzte und Hokulanis Schwanzflosse betrachtete.

»Ich hab vorhin schon bemerkt, dass auch die Narben in ihrem Gesicht verblasst sind«, murmelte Haila, hob eine Augenbraue und fügte zu Hokulani gewandt hinzu: »Aber dann war ich zu wütend, um genau darauf zu achten, und hab es auf die Lichtverhältnisse geschoben.«

Tua konnte seine Augen jedoch nicht von der Schwanzflosse seiner Enkelin lösen. »Wie kann das sein? Heute Morgen war alles blau und fast nekrotisch.« Er sah seine Enkelin völlig verwirrt an. »Und jetzt ist hier nur eine leichte Rötung. Und die Flossenstrahlen stehen gerade. Vorhin waren sie noch schief und krumm, sodass ich nicht wusste, wie da nochmal eine Flosse draus werden sollte.«

Haila schwamm neben Tua und sah sich Hokulanis Schwanz ebenfalls genauer an.

»Heilige Riesenkrake! Wie hast du das gemacht?« Haila machte ein Gesicht, als hätte sie einen Laternenfisch im flachen Wasser gesehen, und stieß einen langen Pfiff durch ihre Zahnlücke aus.

Hokulani wand sich, als die zwei Augenpaare auf ihr ruhten. Niemand im Ozean meinte es so gut mit ihr wie diese zwei. Trotzdem war sie sich nicht sicher, ob sie teilen wollte, was sie heute erlebt hatte. Ob sie es teilen durfte.

Warum war Kaleo so plötzlich verschwunden? Musste er wirklich so hörig sein und umgehend gehorchen? Sie hätte so viele Fragen an ihn gehabt, über die Lunge und … das Herz? Konnte sie sich jetzt immer wieder in diesen fantastischen Fisch verwandeln?

»Lani? Willst du uns nichts erzählen?«, hakte Halia nach. Ihre warme Hand, die sacht auf Hokulanis Schulter lag, drängte sie nicht.

»Morgen vielleicht – ist das okay für euch?«

»Sternchen, aber so kann ich dir nicht helfen! Wieso kannst du nicht sagen, was du gemacht hast? Hat dieser Junge etwas damit zu tun?«, brauste Tua auf.

Haila nahm den alten Meermann am Arm und zog ihn behutsam zum Ausgang der Höhle. Als er sich verwirrt zu ihr umwandte, nickte sie ihm versichernd zu. »Wir werden morgen wieder nach ihr sehen, Tua. Mach dir keine Sorgen. Was auch immer sie heute getan hat, es war gut für sie. Ich sehe es an ihren Augen wie an ihrer Flosse. Und das ist genug für heute Abend.«

Am Höhleneingang wandte sich Haila noch einmal um und Hokulani warf ihrer Freundin eine dankbare Kusshand zu.

»Ich bin gleich nebenan, wenn du etwas brauchst«, sagte Haila und ließ Hokulani allein.

Das letzte Tageslicht verschwand und Hokulani starrte in die Dunkelheit. Sie sah Kaleo vor sich … seine Haut, sein Muskelspiel, sein dunkler Haarschopf, der stets über seinen einmaligen Augen hing. Seine Lippen … Ohne es zu wollen, verglich sie ihn mit seinem Bruder. Dessen majestätisches Äußeres, dessen raue Haut und dessen stete Absage an ihre Gefühle. Kaleo und er hätten nicht unterschiedlicher sein können. War Ika als Meermann seinem Bruder ähnlicher gewesen? Sie hatte seine menschliche Haut berührt und in sein Gesicht gesehen, aber sie hätte ihn so gerne kennengelernt. Wieso hatte er sich nie für sie verwandelt? Doch wenn sie ehrlich war, verstand sie ihn. Die Gedankenwelt eines Fisches war klarer, mit weniger Strudeln und Strömungen.

Seine Aufgabe war es gewesen, die Lunge zu bewachen, und nichts sollte ihn davon ablenken. Für einen Fisch waren die Dinge so einfach.

So herrlich einfach.

Würde sie das wieder erleben? Würde sie sich wieder verwandeln können? Wieso versuchte sie es nicht hier in ihrer Höhle auf der Stelle? Die Wahrheit war, sie war sich nicht sicher, ob sie zurückkommen würde, ob es genug in ihrem Meermenschenleben gab, für das es sich lohnte, diese Leichtigkeit des Seins wieder aufzugeben.

Der blaue Marlin war Bobs Gefangener und sein Blut färbte das Wasser der Metallbecken rot.

Hokulani schreckte hoch. Hektisch sah sie sich um. Sie war in ihrer Höhle und es wurde langsam hell. Nur ein Traum. Sie stöhnte und ihre Schultermuskulatur kreischte, als sie den Hals kreisen ließ. Nur mühsam löste sie die Kiefer voneinander, die sie scheinbar die ganze Nacht zusammengepresst hatte. Sie fühlte sich erschöpfter als am Abend davor.

Dann waren die Erinnerungen an den Vortag wieder da. Sie war ein Marlin. Schlagartig war sie wach und schwang die Schwanzflosse von ihrem Lager. Diese Bewegung wäre am Vortag noch undenkbar gewesen, ohne vor Schmerzen aufzustöhnen.

Das hatte sie *Hanu o ka Moana* zu verdanken, der Lunge des Ozeans. Dieser Ort hatte heilende Kräfte. Sie sah auf ihre Flosse, die noch lange nicht unversehrt war, doch die flammende Entzündung war zurückgegangen und die Flossenstreben standen deutlich gerader und stabiler als vor ihrer Verwandlung. Sie tastete ihr Gesicht ab und fand die wulstige Narbe auf ihrer Wange nicht mehr. Ihre Zunge strich über eine geschlossene Zahnreihe.

Aber durfte sie darüber sprechen? Sie wollte Kaleos Vertrauen nicht verraten und irgendetwas sagte ihr, dass dieser heilige Ort nicht für jeden zugänglich war. Warum auch immer – wie viel Gutes sie dort bewirken könnten.

Pal!

Die junge Meerfrau musste alle Antworten auf diese Fragen wissen.

Mühsam stemmte sie sich von ihrem Lager. Tua hatte die Prothese mitgenommen, um die Polsterung zu perfektionieren, also hangelte sie sich wieder am Felsen entlang. Solange sie ihre Flosse ruhig hielt, hatte sie kaum noch Schmerzen. Als sie aus ihrer Höhle auf einen langen Lavagang hinausschwamm, wusste sie trotzdem nicht weiter. Wo sollte sie Pal suchen? Sie hatte keine Ahnung, wo sich die junge Meerfrau in diesen Tagen aufhielt. Vielleicht hätte sie Malias Geplapper besser zuhören sollen?

Sie drehte um und kehrte in ihre große, zerfurchte Meerhöhle zurück. Noch nie hatte sie sich ernsthafte Gedanken gemacht, wo Haila ihre Nächte verbrachte. Sie biss sich auf die Lippen. Wo war diese Nische, von der die große Meerfrau immer sprach? Nur sie konnte Hokulani in dieser Situation um Hilfe bitten, sie würde keine Fragen stellen. Sie war eine Gefährtin geworden, auf die sie sich immer verlassen konnte.

»Haila?«, rief sie deswegen unschlüssig in die Höhle hinein. Ihre Freundin tauchte aus einer kleinen dunklen Ecke nahe dem Eingang auf. Hokulani kicherte, so zerknautscht und zerfurcht sah die ältere Meerfrau aus, die augenscheinlich eben noch geschlafen hatte.

»Du bist früh wach«, nuschelte sie.

Hokulani zog entschuldigend die Schultern ein. »Ich … willst du einfach, wenn du ausgeschlafen hast, mal rüberkommen?«, fragte sie zögernd.

»Sei nicht albern. Was gibt's?« Haila konnte schon wieder lächeln.

»Ich … muss Pal sprechen. Ich kann dir leider nicht viel mehr sagen. Aber wenn ich ihre Antworten kenne, muss ich hoffentlich nicht mehr so eine Geheimniskrämerei veranstalten.«

»Na, wenn das kein Ansporn für mich ist«, murmelte Haila trocken, nahm Hokulani liebevoll auf den Rücken und schwamm mit ihr zurück zu ihrem Lager. »Ich bring Frühstück mit. Und hol deine Flosse von Tua. Du scheinst unternehmungslustig zu sein heute.«

Mit diesen Worten wollte sie losschwimmen, aber Hokulani hielt sie fest. »Haila?«

»Mhm?«, murmelte sie mit hochgezogenen Augenbrauen.

»Danke. Für Alles.«

Ein breites Grinsen und ein Augenzwinkern waren ihre Antwort, bevor Haila im Höhlensystem verschwand.

Pal hatte sich verändert. Ihre langen, dunkelbraunen Haare waren zu einem kunstvollen Dutt hochgesteckt, der mit vielen zarten, schillernden Muscheln verziert war. Ihre Mundwinkel hingen nach unten und unter ihren Augen waren dunkle Ringe. Sie trug einen Teller, auf dem geschnittene Algen und bunte, gewürfelte Schwämme aufgetürmt waren, und stellte ihn vorsichtig neben das Lager ab. Dann umarmte sie Hokulani kräftig. Sie schien sie gar nicht mehr loslassen zu wollen.

»Ich hätte viel früher kommen sollen«, murmelte Pal an ihren Hals. »Er … ich hab leider nur noch so wenig Zeit.« Ihre Augen waren rot, als sie sich von Hokulani löste.

»Kein Problem. Ich war selbst nicht so auf Gesellschaft aus«, versuchte sie, ihre Freundin zu trösten.

Pal sah auf ihre Hände und Hokulani hatte das Gefühl, das Falsche gesagt zu haben. Sie wechselte das Thema.

»Was tust du so«, sie sah sich um, »in diesem riesigen Höhlensystem, das ich bis heute noch nicht verstanden habe?«

Aus irgendeinem Grund machte sie die Situation nervös. Wieso war Pal am frühen Morgen so herausgeputzt und was bedrückte sie?

Hokulani wackelte mit ihrem Schwanz und plapperte weiter. »Ich bin ein bisschen schlecht auf den Flossen im Moment. Aber ich hab gehört«, sie machte eine verschwörerische Pause, »du hast Malia kennengelernt?«

Pals Augen leuchteten auf und sie lächelte wie damals bei ihrem Kennenlernen. Wie ein verirrter Sonnenstrahl, der es wie durch ein Wunder in die Tiefe des Meeres geschafft hat. Zauberhaft.

»Ja. Wir sehen uns fast täglich.«

Hokulani versuchte, den Stich der Eifersucht zu ignorieren. Sie lächelte. »Dann war es bei euch beiden Lie…«

Pal packte ihren Unterarm und schüttelte mit flehenden Augen stumm den Kopf.

Hokulani machte den Mund zu. Was war hier los?

Pal setzte wieder ihre neutrale Miene auf. Kein Strahlen mehr, aber auch ihre Angst hatte sie versteckt. Jetzt zog sie eine Schulter hoch. »Erzähl mir lieber von dir. Haila klang echt mysteriös.«

Ihr Lächeln reichte nicht bis zu ihren Augen. Trotzdem fügte sich Hokulani und erzählte. Wie Kaleo sie besucht hatte, wie sie auf Kapono zu sprechen gekommen waren, wie sie fast gestritten hatten. Bemerkte ihre Freundin, wie ihr Gesicht immer heißer wurde, je näher die Erzählung dem Kuss kam?

»Ja, und dann hat er mir die Lunge gezeigt«, schloss sie etwas lahm.

»Er hat was?«

Hokulani zuckte zusammen. Sie war mit ihren Gedanken wieder dort gewesen. An diesem wunderschönen Ort.

Jegliche Müdigkeit war aus Pals Blick verschwunden. Sie riss die Augen auf, sah sich vorsichtig um. Sie waren nach wie vor allein. Trotzdem beugte sich das Mädchen zu ihr hin. »Sag mir, dass das nicht wahr ist!«, flüsterte sie.

»Wieso?«

Hokulani war völlig verwirrt von Pals Reaktion. Also hatte ihr Bauchgefühl, das ihr geraten hatte, nicht über die Lunge des Ozeans zu sprechen, recht gehabt?

»Kaleo, du Seegurke, wie kannst du nur so unvorsichtig sein«, verwünschte die andere derweil leise zischend ihren Bruder. »Als wäre nicht so schon alles kompliziert genug.« Ihre Angst schien, zunehmend heißer Wut zu weichen.

»Pal, erklär es mir. Ich brauche Antworten.«

Die Freundin sah wohl etwas im Blick der anderen, was sie dazu brachte, ihre Aufmerksamkeit wieder Hokulani zuzuwenden.

Sie überlegte kurz. »Lass uns ein bisschen schwimmen – diese Höhlen haben Ohren.« Als sie Hokulanis wenig begeisterten Gesichtsausdruck sah, schien sie zum ersten Mal die ramponierte Schwanzflosse zu registrieren. »Oh Mist, daran hab ich gar nicht gedacht. Geht das denn?«

»Könntest du mich vielleicht ziehen?« Hokulanis Stolz lag wimmernd am Boden des Meeres.

»Ja … klar. Wie machen wir das am besten?«

»Also Kaleo habe ich an den Seiten gehalten und er hat mich gezogen.«

Die Hitze explodierte jetzt auf ihrem Gesicht und breitete sich aus. Mit jeder Sekunde, die Pal sie anstarrte, brannte es mehr.

»Kaleo? Er hat dich gezogen? Du hast dich an seinen Seiten festgehalten? Redest du wirklich von meinem Bruder?« Sie schüttelte ungläubig den Kopf. »Aber okay, dann machen wir das genauso.«

Sie drehte sich zu Hokulani um, damit sie sich festhalten konnte. Dann schwammen sie schweigend los.

Hokulani merkte schon nach wenigen Metern, dass etwas nicht stimmte. Pals ganzer Körper schien unter Hochspannung zu stehen und sie schwamm so, dass sie nicht gegeneinanderstießen.

Sie hielten an einem Hügel. Eine mäßige Strömung strich an ihnen vorbei, hinaus ins offene Meer. Unwahrscheinlich, dass sie den Schall irgendwo hinbringen würde, wo sich jemand für ihre Worte interessierte.

Hokulani plumpste auf den Meeresboden. Sie war völlig erschöpft. Kaleo hatte nicht gelogen, als er behauptet hatte, die Verwandlung benötige viel Energie. Pal hingegen sank grazil neben sie und brachte dabei wieder Distanz zwischen beide Freundinnen. Als sie sich dann Hokulani zuwandte, war ihr Gesicht angespannt und ernst.

»Es ist strengstens verboten, Meermenschen, die keine Krieger sind, nach *Hanu* zu bringen. Und wenn ich ›strengstens‹ sage, dann meine ich, darauf steht die Todesstrafe.«

Hokulani schlug sich die Hand vor den Mund und vergaß, Wasser durch ihre Kiemen zu schicken. »Warum hat er das dann getan?«

Pal lächelte wehmütig. »Ich habe da so einen Verdacht. Was ist in *Hanu* passiert?«

Hokulani erzählte es ihr stockend. Ihre Gedanken kreisten jedoch um Kaleo. Todesstrafe?

Sie sprach davon, wie die Lunge erst ihre Schmerzen gelindert und sie dann in den fantastischen Marlin verwandelt hatte.

Wieder unterbrach Pal sie. »Du hast dich verwandelt? Aber … das ist unmöglich. Nur Meereskrieger verwandeln sich. Manche werden zu völlig unbrauchbaren Fischarten, aber die Verwandlung ist erst nach dem Eid in den heiligen Hallen von Island möglich.« Sie blinzelte mehrmals und ihre Brauen waren zusammengezogen.

Hokulani achtete nicht darauf und strahlte. »Anscheinend geht das. Ist doch großartig. Wenn *ich* mich in einen Fisch verwandeln kann, dann vielleicht auch mein Volk. Vielleicht können wir uns dann auch in Menschen verwandeln und wieder Kinder zeugen.«

Hokulani schlug die Augen nieder. Anemonenfische tanzten in ihrem Inneren um die Vorstellung von ihr und Kaleo am Strand von Moloka'i.

Pal brachte sie jäh in die Wirklichkeit zurück. »Noch mehr normale Meermenschen in *Hanu o ka moana*? Daran darfst du nicht mal denken. Kapono hasst Kaleo. Wieso meinst du, schickt er ihn ständig weg? Er weiß, wenn jemand ihm seinen Stab streitig machen kann, dann mein Bruder. Wenn dein Ausflug jemals rauskommt, wird er Kaleo liquidieren. Und keiner kann ihm daraus einen Vorwurf machen.«

»Aber das ist ungerecht.«

Hokulani wusste nicht, ob sie die Sache mit Kaleo oder das Verbot für ihr Volk meinte. Vermutlich beides.

»War deine Welt jemals gerecht?«

Pals Stimme triefte vor Verbitterung. Ihre Freundin hatte sich so verändert, seit Hokulani sie bei Ikas Beerdigung kennengelernt hatte. Selbst in dieser traurigen Stunde war das Meermädchen freundlich gewesen, und mutig. Sie hatte sie vor Bob gerettet und auf der Versammlung durch ihre Rebellion Malias Herz erobert.

»Pal, was ist los mit dir? Wir sind noch nicht lange Freundinnen, aber ich erkenne dich nicht wieder. Kann ich dir irgendwie helfen?«

»Helfen? Wenn du Ika einfach in Ruhe gelassen hättest, wäre nichts davon passiert. Aber jetzt ist Kapono wieder da und das Kriegergesetz macht uns nun mal zu seinen Marionetten.

Ich werde keine weiteren Mitglieder meiner Familie sterben lassen, weil du Fisch spielen willst.«

Hokulani erstarrte. Das Gift in Pals Worten traf sein Ziel und lähmte ihr Herz. Pal hatte recht. Ohne Hokulani wäre nichts davon passiert. Nur war ihr großer Fehler nicht die Liebe zu einem Walhai, sondern ihr Mitleid mit einem Menschen gewesen.

»Lass uns zurückschwimmen«, sagte Pal. Es war die Stimme einer Fremden. Mit hängenden Schultern drehte sie ihr den Rücken zu, damit sie sich festhalten konnte. Hokulani verarbeitete jetzt erst den letzten Satz, den Pal ihr um die Ohren gedonnert hatte, und sie war nicht bereit, ihn hinzunehmen.

»Willst du damit sagen, ich darf mich nie wieder verwandeln?«

Erstaunt drehte Pal sich um. »Ja, natürlich geht das nicht. Du würdest Kaleo damit sofort verraten.«

»Ich … akzeptiere das nicht.« Hokulani hielt Abstand zwischen sich und Pal und ballte die Fäuste. »Und ich glaube auch nicht, dass Kaleo mir die Lunge gezeigt hat, um sie danach wieder zu vergessen.«

»Kaleo! Er träumt von einem Meer, und ich glaube sogar, einer ganzen Welt, in der alle in Frieden wohnen. Er und mein Vater, sie meinten, die alten Gesetze, wieder in Kraft setzen zu können. Gleiches Recht für alle Meermenschen, freie Partnerwahl, egal welchen Geschlechts, und Zusammenarbeit mit den Menschen. Die weiche Kraft des Wassers und so ein Zeug. Mein Vater ist tot. Ich habe keine Lust, meinen letzten Bruder ebenfalls zu verlieren. Schon gar nicht wegen einer wie dir.«

Dieser Satz hatte gesessen. Obwohl Pals Augen um Verzeihung baten, war ihre Körperhaltung unversöhnlich.

Vielleicht sollte Hokulani bleiben, das Gespräch suchen und sie fragen, weshalb ihre Freundin so hart geworden war. Vielleicht sollte sie zustimmen, den Marlin in sich zu begraben, bis die Wogen sich geglättet hatten. Aber dazu war sie nicht bereit. Mit geschlossenen Augen drängte sie die Erschöpfung zurück. Sie breitete die Hände aus, spreizte die Finger und suchte etwas von *Hanu o ka Moanas* Magie in dem Meerwasser. Der Ozean antwortete und bildete kleine Bläschen, die sie umschmeichelten. Hokulani hieß sie willkommen und befreite den Marlin in ihrem Inneren. Pal rief etwas, doch das war ihr egal. Sie streckte sich ihrer Fischform entgegen und konnte es nicht erwarten, er zu sein.

Als die Luftbläschen verschwanden, verstellte ihr ein aggressiver Fuchshai den Weg.

Weg da!, signalisierte der Marlin. Aber der Hai schlug angriffslustig mit seinem langen Schwanz.

Dann nicht, war alles, was der Schwertfisch dazu sagte und drehte ab. Er war sich sicher, das schnellste Wesen im Ozean zu sein. Der Fuchshai würde nicht hinterherkommen. Ein schneidender Schmerz durchfuhr ihn. Er hatte die lange Schwanzflosse des Hais unterschätzt und mit einem tiefen Striemen auf seinem Körper dafür bezahlt. Eine ferne Erinnerung, wie derselbe Hai ihn spielerisch mit derselben Flosse geneckt hatte, verbunden mit der Frage, was eigentlich seitdem zwischen ihnen passiert war, erschien in seinem Kopf und verschwand wieder. Und dann war er frei.

Immer schneller ließ er seine Schwanzflosse schlagen und legte Seiten- und Rückenflosse an, bis er seine Höchstgeschwindigkeit erreicht hatte. Dann ging er jagen, schoss in Fischschwärme hinein, um mit seinem Schwert reiche Beute zu machen.

Es gab keinen Grund, jemals wieder umzudrehen. Bekannte Gesichter trieben durch seine Gedanken und verschwanden. Sie würden auch ohne ihn klarkommen. Als er dunkelblaue Augen sah und eine dunkle Stimme rau »Mein Herz« flüsterte, schlug er unwirsch mit seiner großen Flosse. Er wollte nicht zurück in dieses Chaos aus Gefühlen und Geheimnissen.

Trotzdem war er wohl einen Bogen geschwommen, denn der Fuchshai erschien wieder vor ihm, doch dessen Körpersprache war nicht mehr aggressiv. Eher ängstlich.

Komm zurück, signalisierte der Hai. *Rieche Meermenschenblut. Viel.*

Und da sah der blaue Marlin stählerne, sadistische Augen und wusste mit dem Instinkt des Meeres, dass er dahintersteckte. Sein größter Feind.

Der Fuchshai hatte den besseren Geruchssinn und so schwamm der Marlin quälend langsam hinter der langen Flosse des anderen Fischs her, um der Fährte zu folgen. Schließlich sahen sie das Motorboot, das durch das Wasser pflügte und eine Blutspur hinter sich herzog. Der Geruch kam dem Marlin bekannt vor … es roch – wie er. Ein kurzes Echo von Familie huschte durch sein Schwertfischhirn und ließ ihn zum Angriff übergehen.

Warte, erreichte ihn die Warnung des Fuchshais hinter sich noch, doch er war nicht mehr zu stoppen. Er erhöhte die Frequenz seines Flossenschlags, legte seine Rückenflosse an und durchbrach die Wasseroberfläche. Eine Sekunde blendete ihn das Sonnenlicht, dann erkannte er, was auf dem Boot passierte. Da lag ein alter Meermann in seinem Blut, und vier Menschen beugten sich mit Messern über ihn. Einer hatte die blonden Haare, die durch die dunkle Sonnenbrille zurückgehalten wurden und die der Marlin überall auf der Welt erkannt hätte. Er schlug wütend mit dem Schwanz in die Luft und tauchte wieder unter. In der Deckung des Ozeans analysierte er die Situation. Das Opfer: Ein Gesicht, die Stirn in Falten gelegt, ein Kranz von lichten, weißen Haaren und freundliche dunkle Augen. Ein Name: Tua. Und die Gewissheit, dass er nicht auf diesem Boot sterben durfte.

Ein anderes Gesicht: sadistische, blaue Augen, ein brutaler, schmaler Mund. Der Schwertfisch schlug angriffslustig mit dem Schwanz.

Er drehte und schwamm in Höchstgeschwindigkeit auf das Boot zu. Sein Gehirn spielte ihm Bilder von einem anderen Leben zu: Bob mit einer Harpune ins Wasser zielend. Der Marlin schlug Haken. Kurze Bilder von einem großen, blutenden, sterbenden Fisch wollten ebenfalls an die Oberfläche, aber in seinen Raubfischgedanken war kein Platz dafür.

Er tauchte unter dem Boot durch, vollführte eine scharfe Kurve und sprang. Diesmal hatte er einen Plan. Eine Sekunde, um Bob zu orten, eine Sekunde, um sich in der Luft herumzuwerfen. Der Marlin spürte, wie sein Schwert in das Fleisch der Menschenwange eindrang, nicht sehr tief aber das Schreien zeigte ihm, dass er getroffen hatte. Der Marlin wusste genau, wann er sich voll anspannen und wann er seinen Körper durchbiegen musste, um wieder sicher im Meer zu landen. Rechtzeitig schlug er den nächsten Haken und spürte die Harpune durch das Wasser zischen, genau an dem Ort, an dem er vor einer Sekunde gewesen war.

Das Blut, *sein* Menschenblut im Wasser schmeckte herrlich und eine für den Marlin unverständliche Befriedigung erfüllte den Fisch. Er wendete und nahm erneut Kurs auf das Boot. Als er diesmal sprang, erkannte er schon in der Luft, dass er sich verrechnet hatte, da die Menschen die Fahrtrichtung verändert hatten. Bob war in Deckung gegangen und weit außerhalb der Reichweite des Schwertes.

Der Marlin versuchte verzweifelt, mit einem Salto das Wasser zu erreichen, knallte aber schmerzhaft auf der Reling auf. Taubheit raste von der Schwanzspitze bis zu seinen Seitenflossen und machte ihn einen Moment bewegungsunfähig. Mehr Zeit brauchten die Menschen nicht. Sie stürzten sich auf den großen Fisch, um ihn vollständig ins Boot zu ziehen.

Ein gigantischer Schlag erschütterte die Planken. Ein riesiges Maul mit Reihen voller messerscharfer Zähne erschien am Bootsrand und biss ein Stück aus der Reling.

Die Menschen schrien wild durcheinander und der Marlin kullerte ins Meer.

Im Wasser waren jetzt vier Haie. Da war der Fuchshai, zwei Riffhaie und zwischen ihnen, majestätisch und tödlich, der weiße Hai. Kapono. Immer wieder attackierte er das kleine Boot.

Hokulani erfasste ein Gefühl, das ihr Schwertfischdasein überforderte, sodass sie die Luftblasen herbeirief und sich zurückverwandelte. Sie drängte eine Welle der Schwäche zurück und ließ nicht zu, dass sich ein grauer Vorhang vor ihr Gesichtsfeld schob. Stattdessen konzentrierte sie sich auf die Genugtuung, die sie durchströmte, und den Stolz auf ihren Freund, den weißen Hai. Er war gekommen, um ihr Leben zu retten. Er kämpfte. Er tötete, um seine Familie zu beschützen. Das war die richtige Art, mit den Menschen umzugehen, die sich an wehrlosen Meermenschen … Tua.

Selbst wenn die Haie das Boot in Stücke rissen, da war so viel Blut gewesen – sie musste ihren Großvater schnell medizinisch versorgen. Unerträglich langsam, nicht auf die Schmerzen ihrer Flosse achtend, schwamm sie an die Wasseroberfläche. Sie kam möglichst nah am Boot nach oben, um durch den Schiffbauch etwas Deckung zu haben.

»Hey Bob, hier sind überall Haie!«, rief einer der Männer panisch.

»Na, dann knall sie doch alle ab.«

Hokulani bekam eine Gänsehaut, als sie die Stimme mit dem schrillen Oberton hörte, die sie so oft verhöhnt hatte.

»Aber diesen Schwertfisch lasst ihr mir. Der hat mir einfach das Gesicht aufgeschlitzt.«

»Boss, das sollte sich besser ein Arzt anschauen, wenn du nicht eine fette Narbe behalten willst. Die Sonne und das Salz hier draußen sind die Hölle für Wunden.« Mahohe. Er war also immer noch bei Bob. Wie konnte er sich selbst hier beteiligen, beim Abschlachten eines wehrlosen, alten Mannes?

Kapono krachte wieder in das Boot, sodass Hokulani die Planken an den Kopf gedonnert bekam. Nur mit Mühe blieb sie bei Bewusstsein und kämpfte gegen die schwarzen Ränder, die in ihr Blickfeld drangen. Das Geschrei der Männer hörte sie nur aus der Ferne.

Dann horchte sie auf.

»Lass uns den Alten ins Meer werfen. Bei den Haien, denen wir die Rückenflossen abschneiden, machen wir es doch genauso.«

»Ja, komm schon, Bob. Ich hab keine Lust, hier draufzugehen und als Fischfutter zu enden. Lass den Haien einen Snack da, dann sind sie abgelenkt.«

Anscheinend hatte Bob ein Zeichen gemacht, denn Hokulani hörte, wie die Männer ein schweres Bündel aufhoben. Als sie Tua leise stöhnen hörte, fasste sie ein kleines bisschen Hoffnung. Er lebte noch.

Sie tauchte unter, und sobald er die Wasseroberfläche durchbrach, fing sie ihn auf. Der Motor des Boots heulte und Bobs Crew floh.

Blut floss aus Tuas Schwanzflosse, genug, um das Wasser tiefrot zu färben. Die Menschen hatten die Flosse fast komplett abgeschnitten. Hokulani wandte den Blick ab. Sie war zu spät gekommen. Diese Verletzung konnte er nicht überleben. Vorsichtig legte sie ihn auf dem Meeresboden ab. Als sie den Beutel, mit dem er immer Heilpflanzen suchte, an seiner Seite sah, riss sie ihn auf und durchwühlte ihn. Nur Dinge gegen Schmerzen und Depressionen. Sie schluckte, als sie erkannte, für wen er sie gesucht und sich damit in Gefahr gebracht hatte. Am Boden des Beutels ertastete sie noch Verbandsmaterial und riss es hektisch heraus.

»Opa, halte durch, ich werde jetzt erstmal diese Blutung stoppen und dann …«

Es durfte nicht noch jemand ihretwegen sterben. Das durfte nicht passieren.

Eine zittrige Hand legte sich auf ihren Arm.

»Sternchen … lass es gut sein. Da ist zu viel Blut. Lass dich lieber nochmal ansehen.«

Dazu war Hokulani nicht bereit. Unwillig wischte sie die roten Schlieren, die zwischen ihr und ihrem Großvater trieben, beiseite und begann fast ein bisschen grob die Flosse zu verbinden.

»Kommt nicht in Frage. Es gibt noch so viel, was wir zusammen entdecken können. Und wir müssen doch ein neues Riff suchen, auch für Mama. Oder siehst du sie weiter in diesen Höhlen wohnen?«

Sie plapperte dummes Zeug, aber die Flucht in Nebensächlichkeiten war das Einzige, was sie davor bewahrte, sich ihrer Panik zu ergeben. Ihre Hände arbeiteten fliegend, aber schon während sie den Verband anlegte, sickerte das Blut wieder durch.

Unstillbar, wie bei Ika. Sie starrte einen Moment auf den blutigen Nebel, in dem ihr Großvater zu verschwinden drohte. Sie nahm Tuas Gesicht in ihre Hände. Er hatte die Augen geschlossen. Als sie ihn sanft schüttelte, rührte er sich nicht. Kein bisschen.

»Opa Tua, nein!«, flüsterte sie und bettete ihren Kopf auf seine Brust. Sein Herz schlug, schnell und flattrig wie die Flossen der kleinen bunten Fische, und sie meinte, zu spüren, dass die Körperwärme ihn bereits verließ.

Als sie neben sich mehrere Luftblasenstrudel wahrnahm, sah sie auf.

Kapono schwamm vor sie. Der Kommandantenstab war auf seinem Rücken festgeschnallt und seine Hände öffneten und schlossen sich auf der Suche nach weiteren Gegnern. Seine Kiemen waren weit gebläht und in seinen Augen loderte Wut. Wut, die auch sie beherrschte, von ihrer Trauer aber übertroffen wurde. Die Spannung seines Nackens und die Schwere des Atems seiner unterdrückten Gefühle waren ein Spiegel ihres eigenen Hasses. Keiner außer ihm wusste, was in ihr vorging.

Sie schwamm zu ihm und nahm seine Hände. »Kapono, rette ihn!«, flehte sie.

»Ich wüsste nicht, wie!«, seine Stimme klang gefährlich, aber Hokulani würde nicht kleinbeigeben.

»Doch, du weißt, wie. Bring ihn nach *Hanu o ka Moana*.«

Seine Miene wurde hart. »Dieser Ort ist nicht für…«

»Lass nicht zu, dass Bob gewinnt«, unterbrach ihn Hokulani. »Denn wenn Tua meinetwegen stirbt, werde ich mich davon nicht erholen.«

Kapono ließ wertvolle Sekunden verstreichen, dann nickte er knapp. »Streng genommen habe ich dir eben schon das Leben gerettet. Aber wenn dein Großvater diesen Tag überlebt, ist meine Schuld endgültig beglichen.« Mit diesen Worten nahm er den alten Meermann vorsichtig auf seine Arme. »Palila, du wirst mir nachher noch Rede und Antwort stehen, was du hier draußen verloren hattest. Als meine Verlobte hast du dich in den Höhlen aufzuhalten und nur mit Leibgarde ins offene Meer zu schwimmen.«

Die junge Meerfrau senkte den Blick.

»Krieger, bringt Palila wieder in unsere Gemächer. Ich schaffe das hier allein.«

»Lass mich noch kurz meine Freundin trösten«, sagte Pal und ließ ihre Leibgarde stehen, um Hokulani in die Arme zu schließen.

»Danke, dass du Kaleo zum Tode verurteilt hast. Ich hoffe, du kannst damit leben, bald auch meinen zweiten Bruder auf dem Gewissen zu haben«, zischte sie. Dann senkte sie sittsam den Blick und entfernte sich mit ihrer Leibwache in Richtung der Lavahöhlen.

Es benötigte einen in Lebensgefahr schwebenden Tua, damit Hokulani die Worte ›Verlobung‹ und ›zum Tode verurteilt‹ erst einmal verdrängen konnte.

Kapono schien auf sie zu warten doch Hokulani würde ihre Krüppelflosse nicht über das Leben ihres Großvaters entscheiden lassen.

Die Luftblasen wollten zunächst nicht kommen. Hokulani flehte den Ozean an und schließlich wurde sie vom Wasser umarmt und verwandelte sich zurück in den Marlin.

So war es auch leichter, Pal auszublenden. Der Marlin sah den, der roch wie er, in den Armen eines der gefährlichsten Raubtiere des Meeres, und schlug nervös mit seiner Flosse. Das Raubtier schien bei seinem Anblick ziemlich wütend zu sein. Und der Herzschlag des alten Mannes wurde immer schwächer.

Schnell, drängte der Marlin den großen Meermann. Als der sich nicht bewegte, schwamm der Schwertfisch auf ihn zu und drückte seinen Kopf seitlich an den Meermenschenkörper.

Der Fisch schickte ihm Bilder: Hokulani als Kind auf Tuas Schoß, Hokulani und Tua im Labor, Hokulani weinend an Tuas Brust, als ihr Vater verschwunden war.

Der große Meermann entspannte sich etwas, balancierte den verletzten kurz auf einem Arm um dem Marlin über die Kiemen zu streichen. Dann setzte er sich in Bewegung, und obwohl es für den Fisch entsetzlich langsam war, verstand er, dass sich der Meermensch beeilte.

Trotzdem nahm der Marlin wahr, dass sich das Herz des Alten nur noch stotternd bewegte, und wusste sich nicht anders zu helfen, als immer engere Kreise um den großen Meermann zu schwimmen.

Schneller, signalisierte er ihm.

Der Meermann antwortete ihr grummelnd und außer Atem, sodass der Marlin annahm, dass er sein Möglichstes tat. Endlich waren sie an der Stelle, an der sie zwischen den Wurzeln durchschwimmen mussten, und der Fisch spürte schon die regelmäßigen Atemzüge von *Hanu.*

Der Marlin schwamm vor und wartete in Meerfrauenform auf die Männer. Adrenalin war das Einzige, das Hokulani noch auf den Beinen hielt.

Kapono bettete Tua in das Zentrum der Höhle und in derselben Sekunde war Hokulani an seiner Seite und legte ihre Hand auf seine Brust. Sie spürte sein Herz schlagen, einmal, zweimal, dann nicht mehr.

Hektisch sah sie zu Kapono auf. »Sein Herz! Es schlägt nicht mehr!«

»Dann gibt es nichts, was wir noch tun können.«

Seine blassblauen Augen waren voller Mitleid und das machte ihr mehr Angst als alles andere. Wie eine Strömung aus dem Polarmeer, die doch eigentlich den Weg nach *Hanu* nie finden dürfte, packte sie eiskaltes Grauen. Sie flüchtete sich in Kaponos Arme. Fest drückte er sie an sich und nahm ihr so ein wenig das Gefühl, sich aufzulösen.

Dann begann es. *Hanu* dehnte sich aus, weiter als zuvor, und das grüne Licht erstrahlte so hell, dass sie beide ihre Augen abwandten. Luftblasen hoben ihren Großvater empor, sodass seine Flosse, aus der immer noch das Blut tropfte, hinunterhing. Dann hüllten sie den alten Meermann vollständig ein, sodass Hokulani nichts mehr von ihm sah. Ihre Finger gruben sich in Kaponos Haut, doch sein Arm lag unbeweglich und fest um ihre Schultern.

Die Bläschen wurden weniger. Und weniger. Schließlich sahen sie ihn auf dem Boden der Höhle liegen. Silbrig glänzend und sicher vier Meter lang. Hokulani keuchte. Er war so schön. Durch seinen dunklen Rücken und sein kurzes, gedrungenes Schwert erkannte sie ihn als einen schwarzen Marlin.

Ohne zu überlegen, rief sie ihre Verwandlung herbei. Hier in *Hanu* kostete es sie keine Kraft. Mit zaghaften Flossenschlägen näherte sie sich dem anderen Schwertfisch – der sich immer noch nicht bewegte. Als der blaue Marlin seinem

Artgenossen nahe war, spürte er eine leichte Strömung durch die Kiemen des am Boden liegenden Fischs. Er stupste den Schwarzen vorsichtig mit seinem Schwert an. Es war wichtig für ihn, dass dieser Fisch lebte. Sie gehörten zusammen.

Lebe!, ermunterte er ihn. *Los, wir schwimmen.*

Da! Ein Zucken seiner dunklen Schwanzflosse, und dann kam das Bewusstsein zurück in seine Augen.

Gut, stellte der blaue Marlin fest. Der andere Fisch rappelte sich auf, drängte sich jedoch sofort in eine Felsnische. Der Blaue näherte sich dem Schwarzen und berührte ihn mit seiner Flosse. Er zeigte ihm Bilder von seiner Verwandlung, dann ein Bild von seiner Meermenschengestalt. Der andere Marlin stellte seine Rückenflosse auf.

Familie!, fasste der Blaue die Bilder zusammen. Dann folgte er dem schwarzen Marlin, der vorsichtig einige Runden in der Höhle schwamm.

Ein Schlag hallte durch die Höhle. Kapono stand im Zentrum von *Hanu*. Der Stein, der in seinem Kommandantenstab eingelassen war, leuchtete grün. Sie hörten seine Stimme in ihren Köpfen.

Zurückverwandeln, sofort.

Es gab keine andere Möglichkeit, als zu gehorchen. Mit dem schwarzen Marlin ruhig im Kreis zu schwimmen, hatte den Blauen sehr zufrieden gemacht, aber gegen den Befehl in seinem Kopf war nichts zu machen.

Mit einer Berührung seiner Seitenflosse zeigte er dem Schwarzen, was zu tun war, und rief die Verwandlung herbei. Wieder schenkte die Lunge ihr Energie und nach dieser Verwandlung fühlte sie sich sogar erfrischt und ausgeruht.

Nicht so Tua.

In dem Moment, in dem ihre Arme wieder mit Haut bedeckt waren, sackte er stöhnend hinein. Sie wusste, wie es ihm ging, und der akute Schmerz, an den er sich nicht über Wochen gewöhnt hatte, musste so viel schwerer zu ertragen sein.

Trotzdem sah er zu ihr auf, die Augen klar und strahlend. »Was … war das? Wir können uns wieder verwandeln? Was ist dieser Ort?«

Kapono packte ihn am Arm, jetzt nicht mehr so vorsichtig, und bedeutete auch Hokulani, ihm zu folgen. »Dieser Ort ist nicht für euch bestimmt, und es war das letzte Mal, dass ihr ihn gesehen habt. Ab heute wird er streng bewacht und jeder, der sich nähert und kein Krieger ist, wird sich zu verantworten haben.«

Tua war blass wie der Bauch einer jungen Robbe, trotzdem begehrte er auf. »Aber wieso denn bloß? Mein Volk sucht seit Jahrzehnten nach einem Weg, sich wieder zu verwandeln und weiter zu bestehen. Wenn diese Höhle der Schlüssel dazu ist, wieso teilt ihr ihn nicht?«

Kapono zog Tua ganz nah zu sich heran. Er versuchte gar nicht erst, seine Aggression zu unterdrücken. »Diese *Höhle* ist das Letzte, was den Ozean noch in Bewegung hält. Was gegen die Hitze, die Säure und die Tonnen von Müll noch ankommt. Ich werde *Hanu o ka Moana* sicher nicht durch ein nichtsnutziges Volk von Meermenschen erschöpfen, die sich einen Dreck um das Meer kümmern und selbstsüchtig ihr kleines Leben leben. Wen kümmert es, ob ihr aussterbt oder nicht?«

Kapono schubste ihn von sich und ohne Hokulani wäre er an den nächsten Felsen geprallt.

Jeder Moment der Verbundenheit zu dem Weißen Hai, sei es in Verständnis oder Zorn, war verschwunden.

»Ihr findet allein zurück. Ich werde sofort zwei Krieger abstellen, um hier zu wachen. Wenn sie euch bei ihrer Ankunft noch hier vorfinden, haben sie den Befehl, euch zu töten.«

18

Haila wartete am Höhleneingang und nahm Hokulani wortlos den geschafften Tua ab. Sie brachte ihn zügig zu seinem Lager, während sie sich immer wieder nach Hokulani umdrehte, die ebenfalls Mühe hatte, ihre Flosse zum Weiterpaddeln und ihre Augen zum Offenbleiben zu überreden.

In der Höhle ihres Großvaters wartete Anela. Hokulani stutzte. Was machte Kaleos Großmutter hier? Eine weitere Frau aus Kaleos Familie, die ihr Vorwürfe machen würde. Sie näherte sich langsam und bezweifelte, dass sie heute die Kraft für einen weiteren Streit hatte.

Doch Anela kam auf sie zu und legte die Arme um sie. »Ich verstehe, wieso du ihn retten musstest. Und ich danke dir.«

Hokulani versteifte sich und obwohl sie die Worte der alten Frau hörte, verstand sie nicht, was sie meinte. Wieso reagierte sie nicht wie ihre Enkelin auf die Tatsache, dass Kaleo *Hanu* verraten hatte?

Anela schwamm zu Tua und strich dem blassen Mann liebevoll die weißen Haare aus dem Gesicht.

»Also wirklich«, neckte sie ihn mit glitzernden Augen, »sich in deinem Alter noch von Menschen fangen lassen. Bist du denn nicht klüger auf deine alten Tage?« Leicht boxte sie ihn in die Seite. Als er trotzdem vor Schmerzen das Gesicht verzog, legte sie ihm entschuldigend die Hand auf die Wange.

»Süß, oder?«, raunte Haila Hokulani ins Ohr, und als diese sich ihr kopfschüttelnd zuwandte, zeigte Haila ihre Zahnlücke inmitten eines breiten Grinsens.

»Aber … was? Wieso hast du mir davon nichts erzählt?«

Haila zuckte die Schultern. »Hat sich nicht ergeben.«

»Hat sich nicht ergeben?«, flüsterte Hokulani aufgebracht.

Haila druckste herum. »Ich wusste nicht, ob das Glück anderer dich aufbaut oder weiter zu Boden drückt. Ich wollte kein Risiko eingehen.«

Hokulani schmiegte ihren Kopf an Hailas Schulter und Haila strich ihr über ihr kurzes Nackenhaar.

Solange sie denken konnte, hatte ihr Großvater allein gelebt. Es gab dunkle Kindheitserinnerungen, wie Tua einen ganzen Jahreszeitenkreis benötigt hatte, um den Tod seiner Frau auch nur ansatzweise zu verkraften. Sie war viele Jahre krank gewesen. Tua hatte Hokulani erzählt, dass seine Kenntnisse in Heilkunst durch die Suche nach einem Medikament für Malu entstanden waren. Nachdem sie gestorben war, blieben jegliche Versuche seiner Familie, den gutaussehenden Meermann wieder zu verkuppeln, erfolglos.

Bis jetzt. Hier unten in der Fremde, wo das kalte Wasser seinen Gelenken wehtun musste und ein Unglück das andere jagte, hatte er wieder jemanden gefunden. Ein glückliches Lächeln stahl sich in Hokulanis Gesicht.

»Anela war tödlich beleidigt, als du nach deiner Rettung wolltest, dass Tua dich behandelt. Dann verlangte sie, zu sehen, was dieser *gewöhnliche Meermann* so draufhat. Und bald hat man sie nur noch über Tinkturen, Prothesen und Bandagen reden hören. Manchmal können sie ganz schön laut sein …«, flüsterte ihr Haila die Kurzform der Lovestory ins Ohr. Hokulani prustete los und Anela sah auf. Und lächelte ebenfalls.

»So ihr zwei, jetzt will ich aber endlich wissen was passiert ist«, gab Haila ihre Flüsterpost auf und schwamm auf Tua zu.

Dieser lächelte müde, zog sich etwas hoch, sodass er von seiner halbsitzenden Position jeden sehen konnte. »Ich war auf den Seegraswiesen, weißt du, Lani, wo es die türkisfarbenen Schwämme gibt. Ich hab gedacht, die könnten dir gut tun.«

Hokulani senkte den Kopf. Doch Tua tastete schwach nach ihrer Hand. Als sie ihn ansah, glommen dunkle Funken in seinen Augen.

»Ich war vielleicht eine Stunde in der Gewalt dieses Menschen, du einen ganzen Mond. Du hast jeden Grund, dir mit dem Leben im Moment schwer zu tun.«

Sie drückte die Hand ihres Großvaters. Sie war so froh, dass er noch da war, auch wenn sie die gezackte Narbe an seiner Flosse nicht ansehen konnte.

Tua fuhr fort. »Ich hatte mein Vergrößerungsglas auf der Nase und meine Nase auf dem Meeresboden, um die kleinen Schwämme nicht zu verpassen. Das Netz hab ich zu spät gesehen …«

Die knochige Hand zwischen Hokulanis Fingern zitterte. Sie hielt sie fest und strich über seine dünne Haut.

»Als sie mich an Bord gezogen haben, verhöhnten sie mich. Dann nahmen sie ihre Messer …« Tua zog die Lippen auseinander. Der Versuch eines Lächelns. »Und auf einmal ist ein strahlend schöner Marlin über mich gesprungen. Und bei seinem nächsten Sprung hat er Bob die Wange aufgerissen. Er hat mir die Zeit verschafft, die ich gebraucht habe, bis die Krieger gekommen sind. Er hat mir das Leben gerettet.« Liebevoll sah Tua Hokulani an.

»Marlin? Was für ein Marlin? Ich verstehe kein Wort«, beschwerte sich Haila.

Tua und seine Enkelin sahen Anela unbehaglich an.

Diese machte eine wegwerfende Handbewegung. »Ach erzählt's ihr schon. Wir sitzen sowieso gehörig in der Klemme, was diesen Teil der Geschichte angeht«, knurrte sie.

»Darf ich?«, fragte Hokulani aufgeregt. Dann erzählte sie ihrer Freundin endlich alles.

Haila riss die Augen auf und sah von Tua zu Hokulani und wieder zurück. »Schwertfische? Ihr seid Schwertfische? Ihr könnte euch wandeln?« Sie lachte und klatschte in die Hände. »Wo ist dieses *Hanu?* Ich werde ein verdammter Riesenkugelfisch sein.« Und sie lachte mit all ihren Kurven, wie sie es immer tat.

Tua kicherte schwach und auch Hokulani ließ sich von Hailas Fröhlichkeit anstecken und lächelte. Nicht so Anela.

»Daran darfst du noch nicht mal denken«, schalt sie Haila mit tödlich ernster Stimme. »Kapono hat das heute geschluckt, weil er Hokulani sein Leben verdankt, aber Kaleo hätte den Standort von *Hanu* gar nicht verraten dürfen.« Tua wollte widersprechen. Anela tätschelte seine Schulter und kam ihm zuvor. »Natürlich bin ich froh, dass er es gemacht hat. Aber sobald er von seinem Einsatz zurückkommt, schwebt er in großer Gefahr.«

Hokulani schlang die Arme um ihre Taille. Kaleo hatte nur helfen wollen. Er hatte es nicht verdient dafür zu bezahlen. Sie musste in Ruhe darüber nachdenken. Jetzt, da Tua in Sicherheit war.

Erst als Haila sie anstupste, merkte sie, dass ihr die Augen zugefallen waren.

Anela winkte alle heran und sie steckten die Köpfe eng zusammen. »Die Einzige, die meinen Sohn retten kann, ist Hokulani. Kapono mag stark erscheinen, aber es gab lange keinen Kommandanten, auf den der Ozean so wenig gehört hat wie auf ihn. Und auch das Volk von *Wai Aniani* scheint ihm nicht in seinen Krieg folgen zu wollen.« Sie sah Hokulani an »Für ihre Heldin wiederum würden sie wahrscheinlich alles tun. Du kannst ihm die Macht verleihen, die er gerne hätte. Das gibt dir viel Verantwortung. Für meinen Sohn, dein Volk und den Ozean.«

»Aber ich kann mein Volk doch nicht in einen Krieg schicken«, murmelte Hokulani. Oder konnte sie es?

Wie lange hatte sie vergeblich versucht, gehört zu werden? Was, wenn sie jetzt wirklich die Möglichkeit hatte, etwas zu verändern? Ihre Lider fielen wieder zu.

Kaleo … sie wollte ihn auf jeden Fall beschützen. Dann gab es nur Gewinner bei diesem Krieg, oder?

Krieg hieß außerdem, ihr Schwert wieder in Bob zu stoßen. Heute hatte er geschrien vor Schmerzen und Angst. Hokulani lächelte, während sie dort an Tuas Bett endgültig einschlief. Sie wusste jetzt, wie sie heilen konnte.

»Kai, lass das Mädchen doch erstmal aufwachen und frühstücken.«

Hokulani wurde in ihrem Bett von Hailas Schimpfen wach. Sie hatte tief und traumlos geschlafen. Zum ersten Mal, seit sie Bob entkommen war.

»Der Kommandant ist es nicht gewohnt, zu warten«, antwortete der Krieger steif.

»Höchste Zeit, dass er es lernt.« Hailas Arme waren vor ihrer großen Brust verschränkt.

»Ich habe Weisung, die Meerfrau unverzüglich zu Kapono zu bringen«, beharrte Kai auf seinem Standpunkt.

»Und ich werde dich hier nicht durchlassen, bevor die Süße gemütlich die Augen aufgemacht und etwas Algenbrei in ihrem Magen hat.« Haila schien die Ruhe selbst. »Im Übrigen, je eher du uns in Ruhe lässt, desto schneller sind wir damit fertig.«

Als Hokulani hinter ihr kicherte, versteifte sich der Krieger.

»Ich bin in fünf Minuten wieder da. Dann nehme ich sie mit, ob es dir passt oder nicht.«

Kai hob drohend seinen Speer, aber Haila winkte ab.

»Ich lass mir schon lange nichts mehr von Männern sagen, die mir drohen wollen«, murmelte sie und schwamm zu Hokulani. Dann schaltete sie ihr breites Lächeln ein. »Guten Morgen, Sonnenschein. Du siehst richtig gut aus heute Morgen.«

»Kein Wunder, so wie ich verwöhnt werde. So werde ich nie mehr von meinem Lager aufstehen.« Hokulani nahm Hailas Hand und strahlte sie an. »Ich habe diese Nacht das erste Mal wieder durchgeschlafen. Weißt du, warum? Ich habe Bob einen Denkzettel verpasst. Habe mich endlich gewehrt, konnte sein Blut schmecken. Ich war stark und nicht das Opfer. Ich wünschte, ich hätte nochmal mein Schwert in ihn bohren können.«

Haila zog ihre Hand weg. »Ich versteh dich, tu ich wirklich. Und Tua ist noch hier, weil du so mutig angegriffen hast. Aber trotzdem ist nicht immer der, der den anderen zum Bluten bringt, der Stärkere.« Ihr Blick kehrte sich nach innen. »Glaub das einer Frau, die viel erlebt hat.«

Hokulanis Mundwinkel sanken nach unten. »Dann findest du, ich hätte ihn verschonen sollen? Damit er Tua seine Flosse abschneidet und weiterhin alles kaputt macht, was den Ozean einmalig und schön macht? Er macht das nur, weil er vom Leben gekränkt wurde und denkt, er könne Wehrlose dafür verantwortlich machen. Er hat einen verdammten Machtkomplex.« Haila holte Luft, um etwas zu erwidern, aber Hokulani fuhr trotz ihrer brennenden Augen fort. »Und weißt du, was? Er wird es wieder tun und jetzt sogar noch mehr. Ich sage dir, wir sind hier unten nicht sicher, bis er tot ist. Es geht lange nicht mehr nur um ein Hotel. Bob hat es verdient, zu sterben. Genauso wie alle, die ihm dabei helfen, Unschuldige zu quälen.« Beim letzten Satz zitterte sie am ganzen Körper vor Zorn.

»Lani …«, begann Haila.

Hokulani hatte ihre Prothese, die wieder auf ihrem Platz lag, herangezerrt und schnürte sie grob um den Ansatz ihrer Schwanzflosse. Sie musste zu Kapono, Pläne schmieden, durfte sich nicht von ihren Freunden beeinflussen lassen. Sie dachte an das Bild, das sie als Marlin gesehen hatte, als sie über das Boot gesprungen war. Fünf Menschen über einen wehrlosen alten Meermann gebeugt, dabei, ihn tödlich zu verletzten. Grundlos. Einzig und allein als der Marlin Bob verletzt hatte und die Haie das Boot attackierten, hatte sie bei den Menschen Zweifel an ihrem Handeln gesehen. Also mussten sie lernen, dass das Meer und seine Bewohner zu fürchten waren. Es war der einzige Weg, wie der Ozean Frieden finden konnte.

»Ich muss los. Da gibt es jemanden, der mich versteht. Und er hat nach mir verlangt.«

»Warte, ich helfe dir ...« Haila rappelte sich auf, doch Hokulani machte eine abwehrende Handbewegung.

»Ich brauche keine Hilfe. Ich brauche Vergeltung.«

Der pochende Schmerz in ihren Flossenstrahlen kam nicht gegen das kreischende Bedürfnis nach mehr Gewalt an, und so ließ Hokulani ihre Freundin mit erhobenem Haupt hinter sich.

Kapono wartete in einer Höhle auf sie, deren Wände mit bunten Muscheln bestückt war. In einer Ecke befand sich ein reich gepolstertes Lager. Der Kommandant stand an einem Loch in der seitlichen Höhlenwand und sah hinaus in das tiefe Blau. In der Wand gegenüber befanden sich verschiedene kleine Öffnungen, aus denen leise Stimmen sprachen.

»Tua, wie geht es dir?«, hörte Hokulani Anela leise aus einem der Löcher sprechen.

»Die Algen werden auch immer bitterer«, erklang eine unbekannte Stimme aus einer anderen Öffnung.

Hokulani bekam große Augen.

Diese Höhlen hatten wirklich Ohren, oder eher kleine Risse und Röhren, die den Schall zum Kommandanten leiteten.

»Kommt dir das ungerecht vor?«, fragte Kapono hinter ihr, und sie zuckte zusammen.

»Ich …«, begann sie verdattert, »glaube schon, dass jeder das Recht auf ein bisschen Privatsphäre hat.«

»Mhm …«, antwortete Kapono und Hokulani hatte das Gefühl, er hörte ihr gar nicht zu. »Schwimmen wir ein Stück?«, fragte er sie dann.

»Ja … klar, wieso nicht? Wenn du Zeit hast …« Sie wackelte mit ihrer Prothese.

Als Antwort zeigte er ihr mit seinem Arm Richtung offenes Meer.

Sie schwammen schweigend. Kaleos Leben stand auf dem Spiel, aber sie hatte nicht das Gefühl, mit einem Feind zu schwimmen. Kaponos verschiedene Gesichter hatte sie schon kennengelernt. Vielleicht hatte sie genau deshalb in seiner Gegenwart nicht das Gefühl, etwas vorgeben zu müssen, zum Beispiel tapfer oder freundlich zu sein. Schließlich kamen sie am alten Riff von *Wai Aniani* an. Hokulani schluckte, als sie die leblosen Wohnhöhlen ihres Volkes sah.

»Ich hatte einen kleinen Bruder …«, begann Kapono schließlich, »der mit seinem Vater aus längst vergangenen Zeiten ein Hirngespinst ans Licht gezerrt hat. Dass die Bewohner des Ozeans mit den Menschen in Frieden leben könnten.« Er sah sie von der Seite an. »Aber das weißt du sicher schon. Denn dieser Bruder war Keanu, Kaleos Vater.« Als Hokulani schwieg, fuhr Kapono fort. »Sie sind Anhänger einer alten Religion, die sich der ›weichen Kraft des Ozeans‹ verschrieben haben.« Kapono spuckte die Worte fast aus. »Zum Glück sind diese Traumtänzer seit Jahrzehnten keine Kommandanten mehr geworden … Der Ozean wird schon wissen, warum.«

»Wieso erzählst du mir das?«

»Ich hab euch zusammen gesehen, Kaleo und dich. Hab gesehen, wie er dich gerettet hat. Was er für dich riskiert hat. Weiß, wie er dich nennt …«

Mein Herz. Das Echo des Wortes brachte eine Saite in ihr zum Schwingen, deren Ton für ihre derzeitige Verfassung zu lieblich war. Sie befahl ihr, zu schweigen.

»Kaleo hat viel für mich getan.« Hokulani drückte sich vorsichtig aus. »Aber das heißt nicht, dass ich dieselben Ideen habe wie er.«

Hokulani schwamm ungern in diesem tückischen Wasser ihres Gesprächs. Obwohl ihre Worte der Wahrheit entsprachen, wollte sie Kaleo beschützen.

Kapono ging nicht darauf ein. »Ich möchte dir noch ein paar andere Dinge zeigen.«

Er nahm ihre Hand und tauchte auf. Kumimi Beach, den Strand, an dem ihr Volk seit jeher Handel mit dem Dorf getrieben hatte, gab es nicht mehr.

Bagger hatten ihn umgegraben, die Palmen lagen wie Treibholz im Sand verteilt und mindestens fünf große Lastwagen brachten Kies und Schotter. Die Brandung war schlammfarben. Die Meeresschildkröten, die ab nächstem Mond hier ihre Eier ablegen wollten, taten dies völlig umsonst, denn keiner ihrer Nachkommen würde in diesem Brackwasser überleben. Viele würden schon bei dem Versuch sterben, einen geeigneten Nistplatz zu finden. Hokulani ballte die Fäuste.

»Ja, Bob Conners. Diesem Strand geht es wie dir und mir damals. Er hat die Palmen gefällt, wie er deine Haare abgeschnitten hat, und die Wunden dieser Erde sind so tief, wie es deine und meine sind.« Kaponos Stimme war tonlos.

Die Hand auf ihrer Schulter wollte sie nicht beruhigen. Sie spürte in ihr dieselbe Anspannung. Kapono und sie verband so viel.

»Aber er ist nicht der Einzige. Komm.«

Sie schwammen ein gutes Stück ins tiefe Blau, bis Kapono stehen blieb. Er seufzte genervt.

»Ich möchte dir unbedingt etwas zeigen, aber es ist in diesem Tempo zu weit. Ich erlaube dir, dich zu verwandeln.«

Hokulani versuchte, sich ein triumphierendes Grinsen zu verkneifen, aber es misslang. Ihre Mundwinkel zogen sich auseinander und ihre Augen funkelten, als sie eine Verbeugung andeutete.

»Jetzt mach schon, bevor ich es mir anders überlege!«, knurrte Kapono, aber auch seine Lippen kräuselten sich.

Es funktionierte nicht. Sie benutzte dieselbe Technik wie am Vortag, doch außer ein paar Luftblasen, die sich an sie schmiegten, passierte nichts. Hatte der Ozean ihr seine Gunst entzogen?

Kapono schnaubte. »Das kommt davon, wenn man ständig zwischen Fisch und Meermensch hin- und herspringt, ohne dafür ausgebildet zu sein. Los, nimm meine Hände.«

Hokulani gab ihre Anstrengungen auf, nahm Kaponos Hände in ihre und sah ihn an. In seinen Augen sah sie hinter der Iris, die so grau war wie seine Haihaut, den grünen Schimmer von *Hanu o ka Moana*. Seine Energie ging wie eine warme Strömung auf sie über und die Luftbläschen stürmten auf sie zu. Im nächsten Moment sah sich der Marlin im Angesicht eines weißen Hais. Die Intimität des vergangenen Moments wurde zu einem Echo ihrer Beziehung zu diesem komplizierten Meermann. Dann war da nur noch dieser riesige Fisch, dessen Kommandos der blaue Marlin niemals in Frage gestellt hätte.

Es war herrlich, diese weite Strecke ins tiefe Blau zu schwimmen. Nach Stunden nahm der Marlin in der Ferne eine riesige, sich bewegende Masse von der Größe einer Insel wahr, doch ohne Verbindung zum Meeresboden.

Zurückverwandeln, war das Erste, was der weiße Hai sagte, seit sie losgeschwommen waren, und der Marlin gehorchte sofort. Als Meerfrau schwamm sie langsam, misstrauisch und mit wachsendem Grauen auf das Gebilde zu.

Einzelne Plastiktüten waren das Erste, das Hokulani entgegenschwamm. Die Meerfrau blinzelte mehrmals und zog ihre Augenbrauen nach unten. Mit einer unwirschen Handbewegung scheuchte sie die Tüte beiseite. Wie viele von den Dingern hatte sie schon gesammelt und im Schutz der Dunkelheit an den Strand gebracht?

Sie kamen am Rand dieser endlosen, schwimmenden Insel an. Obwohl sie in etwa zehn Metern Tiefe schwammen, war über und unter ihr nur Plastik. Da war kein Land, kein Fels und keine Lava. Nur eine riesige Insel aus Plastik, die sich um sich selbst drehte. Von Fischerbooten hinterlassene Netze hingen wie Nebel im Wasser und schlangen ihre langen Tentakel um Kisten, Folien, Flaschen und Schnüre, alles aus diesem schrecklichen Material. Wie untote Fische schwebten manche Teile durch das Wasser, für Raubtiere einer vermeidlich leichten Beute zum Verwechseln ähnlich.

Hokulanis Augen brannten, als sie eine Schildkröte, der die Luft durch ein Plastikseil abgedrückt worden war, befreite, auch wenn sie schon lange tot war.

Schließlich drehte sie sich um und kehrte zu Kapono zurück, von dem sie ein Stück abgetrieben war. »Es gibt den Müllstrudel also wirklich«, sagte Hokulani leise zu dem Meermann. »In unserem Volk hieß es, das sei ein Mythos.«

Hokulani hatte Überheblichkeit erwartet, aber Kaponos Stimme war nur voller Trauer. »Es gibt ihn. Und er wächst, von Jahreszeit zu Jahreszeit.«

Unzählige Plastikteile trudelten an ihnen vorbei. Nach einer langen Pause fragte sie ihn: »Wieso zeigst du mir das?«

»Ich will dir beweisen, dass die weiche Kraft des Ozeans keine Chance gegen die Ignoranz der Menschen hat.«

»Aber was willst du dagegen …«, sie breitete ihre Arme aus, um die Monstrosität dieses Dings zu verdeutlichen, »… denn tun? Auch wenn du bereit bist, Blut zu vergießen, was können deine Krieger hier vollbringen?«

Hokulani wunderte sich, dass Kapono grinste.

»Ich habe gehofft, dass du das fragst. Nein, meine Krieger

sind hier machtlos. Es gibt wenige Möglichkeiten, wie wir den Menschen schaden können, wenn sie sich an Land verschanzen.« Er nahm ihre Hand. »Aber vielleicht schaffen wir beide es zusammen. Komm.«

Das Grün glomm wieder in seinen Augen, Luftblasen hüllten sie beide ein und in der nächsten Sekunde war er ein Hai und schwamm ihr davon, bis der blaue Marlin ihm folgte.

Sie legten ein ganzes Stück zurück, bis die ersten Inseln der Hawaiigruppe wieder sichtbar wurden. Dann schwamm der weiße Hai in die Tiefe. Der Marlin folgte ihm, weiter und immer weiter. Schwarze Raucher rechts und links von ihm zeigten, wie aktiv die Erde unter ihnen war. Ein Rest seines menschlichen Geistes oder sein Instinkt warnte den Marlin, mit dem kochend heißen Dampf nicht in Berührung zu kommen, der seine Farbe durch gelöste Mineralien und Metalle erlangte. Seine Schwanzspitze zuckte. Auch der Druck, der von allen Seiten auf ihm lastete, ließ ihn die Nähe des weißen Hais suchen.

Dieser tauchte schließlich in eine dunkle Höhle. Mit direktem Kontakt zu seiner hinteren Flosse folgte der Marlin ihm, obwohl alle seine Fischinstinkte zurück in die Nähe der Oberfläche wollten.

Auch diesmal war ihr Ziel eine kreisrunde Höhle. Bei dieser hier gab es kein Oberlicht. Das Licht kam aus der Tiefe der Erde. Unter einer dünnen Kruste glomm rötliche Lava. Kapono verwandelte sich und der Marlin tat es ihm gleich.

Der Kommandant schwamm in die Mitte der Höhle. Die Glut strahlte ihn von unten an und er sah aus wie ein Rächer aus ihren alten Märchen.

»Was machen wir hier?«, fragte Hokulani.

»Wir sind im Inneren eines Vulkans«, rief ihr Kapono mit feierlich ausgebreiteten Armen zu, »und hier liegt unsere Chance.«

»Welche Chance?«, fragte Hokulani leise mit hochgezogenen Schultern.

Diese Höhle lag tief in einem Vulkan, vermutlich durch eine Gasblase geschaffen, um die sich Lava verfestigt hatte. Die dünne Kruste unter ihren Schwanzflossen zeigte ihr, wie labil die Lage war.

Kapono schien nicht ihrer Meinung zu sein. Ohne Vorwarnung nahm er den Kommandantenstab von seinem Rücken und stieß ihn in den Boden. Und der Vulkan antwortete. Wie eine Welle bäumte sich die Lava unter ihnen auf. Der dünne Felsboden brach an einem halben Dutzend Stellen. Als Magma auf das kalte Wasser der Tiefsee traf, zischte Dampf empor. Hokulani schrie und versuchte zu fliehen. Doch die Wände der Höhle waren hinter heißem Wasserdampf verborgen. Ohne Sicht krachte sie dagegen, suchte fieberhaft mit ihren Händen den kleinen Gang, durch den sie ins offene Meer entkommen konnte. Endlich, nach gefühlten Stunden, griff sie ins Leere und spürte den kühlen Strom von frischem Meerwasser. Aber auch das Beben verebbte, und das Wasser in der Höhle wurde wieder klar. Sie wirbelte herum. Die Risse im Boden waren durch frische, schwarze, erkaltete Lava geflickt.

Kapono hatte sich nicht bewegt. Den Stab weiterhin vor sich, hielt er den Kopf gesenkt. »Das ist unsere Chance, den Menschen an Land Schaden zuzufügen. Das Feuer der Inseln liegt tief unter unserem Ozean und wir können es entfesseln.« Seine Stimme war leise.

Hokulani, die den Mund geöffnet hatte, um Kapono anzuschreien, starrte ihn ungläubig an. »Kannst du … Heißt das, du willst einen Vulkanausbruch provozieren?« Sie musste nur eine Sekunde überlegen, welche Folgen das haben würde. »Und einen Tsunami auslösen?« Hokulanis Gedanken sträubten sich, einen Schritt weiterzugehen. »Du willst Moloka'i unter einer Welle begraben.« Ein paar Atemzüge lang schickte sie Wasser durch ihre Kiemen. »Wie kannst du diese Möglichkeit überhaupt in Betracht ziehen?«

Kapono stand über seinen Stab gebeugt, und seine Augen waren Spiegel der Lava unter ihm. »Fällt dir eine bessere Lösung ein? Willst du Bob etwa dieses Hotel bauen lassen? Willst du ihn davonkommen lassen mit dem, was er uns angetan hat?«

Kapono schnallte den Stab wieder auf seinem Rücken fest, schwamm auf sie zu und packte sie an den Schultern. Sie war zurückgewichen, merkte jedoch schnell, dass er ihr nicht wehtun wollte.

Seine grauen Augen suchten ihre und ließen sie nicht mehr los. »Du findest diesen Plan monströs? Aber wie war es, als er deine Flosse zerrissen hat, allein aus Wut? War es ein fairer Kampf, als er dir, während du festgeschnallt und bewegungsunfähig warst, einfach einen Zahn herausgerissen hat?«

Leicht schüttelte er sie. Sie legte ihre Hände auf seine Unterarme, um ihn zu beschwichtigen. Unbeirrt sprach er weiter.

»Wie sollen wir seine Maschinen stoppen, seine Bagger und seine Lastwagen? Denkst du, selbst wenn wir ihn eines Tages auf dem Meer erwischen und umbringen, dass nicht zehn Menschen hinter ihm stehen und liebend gerne seinen Platz einnehmen?«

Sie löste sich von ihm und schwamm hin und her. »Aber die Inselbewohner …«, wandte Hokulani ein.

»… haben nicht gut auf ihren Ozean geachtet. Haben Menschen wie Bob zugelassen«, beendete Kapono ihren Satz.

Hokulani dachte an Mahohe. Wie er sich über Tua gebeugt und Bobs Befehle ausgeführt hatte. Damit seine Tochter ein Kleid tragen konnte. Sie biss die Zähne zusammen. Der Kommandant hatte recht. So waren die Menschen. Käuflich und unbedacht.

Es war Zeit, dass das Meer sie wieder Respekt lehrte. Es gab keinen Krieg ohne unschuldige Opfer.

Sie sah es vor ihr. Eine große Welle, die alles mit sich mitnahm, und ihrer Bucht danach die Möglichkeit gab, zu heilen. Und ihrem Volk wieder aufzublühen. *Hanu o ka Moana* wäre in Sicherheit.

»Ich nehme an, du hast mich nicht hierhergebracht, um mich um Erlaubnis zu fragen?«, stellte Hokulani fest.

»Nein.« Kapono kratzte sich am Kopf. War er verlegen? »Es mag Kommandanten gegeben haben, für die dieser Stab alles getan hätte. Auch einen Vulkan entfesselt.« Fast beleidigt betrachtete er den Kommandantenstab mit der glimmenden, blauen Perle. »Für mich bringt er nur dieses müde Rumpeln zustande. Ich … brauche deine Hilfe.«

Hokulani hielt an und verschränkte die Arme vor der Brust. »Ich höre«, sagte sie.

»Die Idee kam mir, als wir mit deinem Volk um die Energiesteine gesessen haben. In diesen Steinen stecken viele Möglichkeiten. Ich glaube nicht, dass der Ozean sie euch gegeben hat, um darum herumzusitzen und auf euer Ende zu warten. Sie sind eine mächtige Waffe.«

Hokulani legte den Kopf schief.

Schnell sprach Kapono weiter. »Alle Energiesteine zusammen könnten diese dünne Schicht Fels zwischen Wasser und Feuer schmelzen, damit diesen Vulkan destabilisieren und zum Ausbruch bringen.«

Auch Hokulani hatte schon darüber nachgedacht, welchen Nutzen die Energiesteine haben könnten, außer heizen und kochen. Trotzdem protestierte sie. »Obwohl mein Volk in diesen dunklen, kalten Höhlen sitzt, soll ich sie um ihre Energiesteine bitten, die seit Generationen in Familienbesitz sind?«

Hokulani stockte. Sie hörte sich an wie sie. Sesshaft, bequem, feige. Vermutlich gab es keinen Kampf ohne Opfer. War es nicht besser, Steine zu opfern als Meermenschenleben?

»Dafür bringen wir ihre Leben nicht in Gefahr«, spiegelte Kapono ihre Gedanken.

Aber war sein Plan durchdacht? Sie glaubte zwar, dass die Energiesteine zur Destabilisierung des Vulkans ausreichen würden, aber im Falle eines Vulkanausbruchs wären sie unwiederbringlich zerstört und die Höhe und Richtung der Tsunamiwelle wäre in dieser Tiefsee nicht vorhersehbar.

Sie schwamm wieder hin und her. Der Vulkan war so weit draußen im Meer, dass auch dessen Lava und Asche die Menschen nicht beeinträchtigen würde.

Seine Idee schlug in ihren Gedanken Wurzeln und die anfängliche Monstrosität dieses Plans verblasste wie die Farben der Insel in der prallen Mittagssonne.

Sie hörte Bobs Stimme in ihren Erinnerungen: *Bis die große Welle sie mitgenommen hat.* Es war das einzige Mal, dass er Hokulani in sein Herz hatte sehen lassen.

Dunkelstes Wasser strömte in ihre Gedanken. Ein Tsunami, eine tödliche Welle, war genau die richtige Waffe gegen ihn.

Damit wären alle ihre Probleme gelöst und keiner von ihnen brachte sich in Gefahr. Sie würde nie wieder das Leben ihrer Lieben riskieren.

Doch es musste eine bessere Möglichkeit als den Vulkan geben.

In Gedanken sah sie den Umriss von Moloka'i vor sich und die geologisch instabilen Regionen, die ihr Vater kartographiert hatte und die sie alle in der Schule hatten auswendig lernen müssen. Um ihnen fernzubleiben, um kein Risiko einzugehen, um die Erde schlafen zu lassen. Nicht, um einen Krieg zu beginnen.

Mit der Karte in ihrem Kopf war die Antwort einfach. »*Nahesa kai kua*«, rief sie und Kapono sah sie verwirrt an. »*Nahesa kai kua* ist eine Spalte, vor der mein Vater mich immer ausdrücklich gewarnt hat. Die Kontinentalplatten stoßen hier zusammen.«Der Kommandant schien ihr immer noch nicht zu folgen.

Mit ihren Händen simulierte Hokulani die Kontinentalplatten und legte sie eng zusammen.

»Erwärmung würde dazu führen, dass der Stein sich ausdehnt und die Platten gezwungen werden, noch größerem Druck standzuhalten oder sich übereinanderzuschieben. Durch die Verschiebung entsteht die Welle.« Ihre Finger beschrieben einen großen Bogen, um die Höhe der Wassersäule anzudeuten. »Mein Vater bekam schon von der klimabedingten Erwärmung des Meerwassers Sorgenfalten. Wenn dann noch die Energiesteine die Spalte direkt erhitzten, müsste die Spalte brechen.«

Kapono hatte sie während ihrer Erklärung keinen Moment aus den Augen gelassen. Jetzt lächelte er.

Da die Spalte parallel zur Südküste von Moloka'i verlief, gab es nur eine Richtung, in die sich die Tsunamiwelle auftürmen konnte. Mit ein bisschen Glück würden sogar die Energiesteine erhalten bleiben, wenn sie rechtzeitig entfernt wurden.

Sie drückte einen großen Schwall Wasser durch ihre Kiemen, richtete sich auf. Wenn ihr Volk bei diesem Plan mitmachen würde, dann ihretwegen. Kühl sah sie Kapono an.

»Ich kann dir helfen«, begann sie sachlich, »aber ich fordere etwas dafür.«

Kaponos Lächeln verblasste und sein Kopf lief rot an. »Du forderst? Du forderst? Ich dachte, wir sind auf einer Seite.« Er sah ehrlich verletzt aus.

»Wir sind auf derselben Seite, was die Menschen angeht. Trotzdem gibt es Meermenschen, die mir viel bedeuten.«

»Kaleo!« Kapono stieß den Namen aus wie einen Fluch.

»Begnadige ihn! Von mir aus schick ihn in alle Ecken der Weltmeere, aber lass ihn leben, obwohl er die Gesetze missachtet hat.«

»Wenn das nur das erste Mal gewesen wäre. Dieser Junge tanzt mir auf der Nase herum, seit er schwimmen kann.«

»Gib dir einen Ruck, Kommandant! Die zweite Bitte ist klein: Lass Haila nach *Hanu*. Ich verdanke ihr so viel und sie würde ihre Fischgestalt lieben.«

Kapono schnaufte einmal, zweimal. »Wenn du so auf Geschäfte aus bist: Bring mir einen Tsunami, dann begnadige ich Kaleo und deine Freundin darf nach Hanu. Bis es so weit ist, steht mein Neffe unter Beobachtung.«

Hokulani wollte protestieren, doch seine verschränkten Arme belehrten sie eines Besseren. Sie streckte ihm die Hand entgegen.

»Einverstanden. Wir müssen eine Vollversammlung einberufen. Ich muss mit dem Volk von *Wai Aniani* reden.«

Sie kehrten zurück zu den Höhlen von *Huahuakai*. Kapono und sie waren an diesem Nachmittag Verbündete geworden, unwiederbringlich. Sie waren durch dieselbe Hölle gegangen und er liebte den Ozean wie sie. Gemeinsam würden sie die Meere um Hawaii von den Menschen befreien.

Beim Abschied lächelte Hokulani ihm zu. »Danke. Dass ich kein Opfer mehr sein muss.«

»Halte dein Versprechen und du wirst auf unserer Welle der Rache reiten.«

19

Hokulani gab endlich dem Schmerz in ihrer Schwanzflosse und der Erschöpfung nach, die nach jeder Verwandlung größer geworden waren. Sie paddelte langsam nur mit den Armen in Richtung ihrer Höhle. Würde das Volk wirklich mit ihr in den Krieg ziehen? Würden sie ihre Heimat riskieren und ihre Energiesteine opfern, die von Generation zu Generation weitergegeben wurden? Für ihre neue, glänzende Heldin?

»Pal, das kannst du mir nicht antun.« Hokulani erkannte Malias Stimme. Sie flehte. Malia, die stolze Tochter des Oberhauptes flehte?

»Psst. Willst du uns beide in Schwierigkeiten bringen? Kapono ist gerade zurückgekommen.«

Hokulani entdeckte das Paar im Schatten eines felsigen Überhangs, kurz vor dem Eingang in ihre Höhle.

Palila fing eine von Malias schwarzen Strähnen aus der Strömung und steckte sie ihr hinter das Ohr. Die beiden schienen nur Augen füreinander zu haben. Hokulani zögerte. Sie wollte ihre Freundinnen nicht stören. Aber beim Gedanken daran, wieder umzudrehen, wenige Minuten vor ihrem Lager, streikte ihr Körper. Langsam paddelte sie weiter.

»Wieso kann er einfach so über dich verfügen?« Malia fiel es sichtlich schwer, ihre Stimme zu senken.

»Er ist der Kommandant. Er wählt die Gefährtin, von der er die stärksten Nachkommen erwartet.«

Malia schlug mit der Faust gegen die Felswand und Hokulani zuckte zusammen.

»Das akzeptiere ich nicht. Niemand darf dich mir wegnehmen.«

Ihre Stimme brach. Pal ergriff die aufgeschürften Finger und küsste sie, dann nahm sie das verheulte Gesicht der dunkelhaarigen Frau sacht in ihre Hände, streichelte die Kiemen hinter den Ohren und küsste Augen, Nase, Wangen.

»Du hast doch schon mein Herz«, flüsterte Pal rau. »Aber wenn wir nicht vorsichtig sind, kann es sein, dass wir alles verlieren. Ich bin an meinen Eid gebunden, auf Lebenszeit.«

Immer noch hatten sie Hokulani nicht entdeckt. Da sie jetzt selbst die geflüsterten Worte der anderen Meerfrauen verstand, beschloss sie, besser plump als gar nicht auf sich aufmerksam zu machen und räusperte sich umständlich.

Pal erstarrte, dann drehte sie sich langsam um. »Hokulani«, stellte sie fest. Eine ihrer Brauen schoss angriffslustig in die Höhe. »Wessen Leben hast du heute auf dem Gewissen?«

Hokulani schwamm näher, wich dem Blick der Meereskriegerin aus. Sie wollte keinen Streit.

Pal jedoch fing gerade erst an. »Außerdem wüsste ich gerne, ob er es geschafft hat? Wirst du meinen Verlobten bei seinem grausamen Krieg unterstützen?«

Malia legte verdutzt den Kopf schief. Sie legte eine Hand auf Pals verschränkte Unterarme. »Hey, was hast du denn auf einmal?«, fragte sie.

Pals Kiefer waren für einen Moment fest aufeinandergepresst. Dann antwortete sie: »Weißt du, was das letzte Mal passiert ist, als Kapono uns in eine Schlacht geführt hat? Fast meine ganze Familie ist gestorben. Fünf meiner Cousins, drei Cousinen, zwei Tanten, mein Onkel und … mein Vater. Mein wunderbarer, friedliebender Vater.«

Die Flammen in Pals Augen trafen Hokulani, die vor ihrem Hass zurückprallte und den Kopf einzog. Dann besann sie sich. Sie hatte den Zorn dieses Meermädchens nicht verdient und hatte es satt, dass jeder dachte, es besser zu wissen.

Sie hob das Kinn und sah Pal fest in die Augen. »Komm zur nächsten Versammlung. Kapono und ich haben einen Plan, wie wir endlich keine Opfer der Menschen mehr sein müssen und dabei unsere Lieben nicht riskieren. Und Kaleo ist dann auch nicht mehr in Gefahr.« Dann schwamm sie an ihren beiden Freundinnen vorbei.

Sie wollte keine Antwort. Sie wollte keine Anerkennung, erwartete kein Verständnis. Sie allein wusste, dass dies der richtige Weg war.

Obwohl ihr Körper sich nach nichts mehr als Ruhe sehnte, blieb ihr Geist rastlos. Statt sich hinzulegen, beschloss sie, die Bewohner von *Wai Aniani* zu besuchen.

Das Höhlensystem war löchrig wie ein Schwamm, trotzdem gab es in diesem Teil so etwas wie einen Hauptgang, der sich in Schlangenlinien durch den Felsen zog und in unregelmäßigen Abständen auf beiden Seiten kleinere Höhlen gebildet hatte. Hier wohnte ihr Volk.

Zaghaft schwamm sie durch den breiten Gang und lugte in die Wohnhöhlen. Es war das erste Mal, dass sie allein hier war, ohne Kapono. So tief im Höhlensystem war es in diesen späten Nachmittagsstunden schon dunkel und in jeder Höhle glomm ein Energiestein in einer anderen Farbe, der das Wasser in der Behausung erwärmte. Aus manchen Türen strömte der Duft von gebratenen Schwämmen oder Muscheln. Ob sie Haila fragen sollte, mit ihr eine freistehende Höhle zu beziehen? Ihr Krankenzimmer brauchte sie eigentlich nicht mehr.

Heimweh schwappte wie eine große Welle über sie, Heimweh nach einer Zeit, in der sie mit ihrem Vater und ihrer Mutter um einen Energiestein gesessen hatte und sie ihrer Tochter die Welt erklärt hatten. Die große schöne Welt, die ihr jetzt schon alles genommen hatte – unwiederbringlich. Auch ihre Heimat, das Riff, war nicht mehr bewohnbar. Aber es war nicht die Welt, die daran schuld war. Es waren ausschließlich die Menschen. Hokulanis Puls beschleunigte sich. Ein Gegenschlag war das Einzige, was sie in ihre Schranken weisen würde.

Ausgerechnet Yolli schwamm ihr auf dem breiten Hauptgang entgegen. Damit war es zu spät, zu überlegen, ob sie gesehen werden wollte oder nicht. Denn Yolli war immer noch Yolli und kreischte los.

»Hokulani! Sie ist hier.«

Auf ihren Ruf hin kamen Meermenschen aus den Höhlen, riefen »unser Mädchen ist hier«, klatschten für sie, berührten ihren Körper und boten ihr kleine Leckereien an.

Etwas in Hokulanis Innerem verdrängte die romantischen Gefühle an Familie und Heimat und wurde eiskalt. Was das Volk da tat, war zu viel und doch zu wenig.

Sie war also die Heldin. Gut für ihren Plan. Trotzdem konnte sie nicht vergessen, wie diese Meermenschen sie fallen gelassen hatten, als sie das letzte Mal keine Retterin sein wollte.

Wieso brauchten sie immer jemanden, dem sie folgen und den sie anbeten konnten? Früher war es Keli'i gewesen und jetzt sie.

Auf einmal kam es ihr absurd vor, hier mit ihren Leuten zu wohnen. Sie musste hier raus. Auf der Suche nach einem Ausweg drehte sie sich und sah Malia, die hinter ihr im Gang erschienen war.

»Brauchst du Hilfe?«, formulierte ihre Freundin stumm mit ihren Lippen.

Hokulani nickte heftig und Malia klatschte mehrmals in die Hände.

»Liebes Volk von *Wai Aniani*!« Für Malia war es kein Problem, ihre Stimme zu erheben und gehört zu werden. »Gebt unserer Heldin ein bisschen Freiraum. Morgen Mittag seid ihr alle zu einer Vollversammlung eingeladen. Es wird um nicht weniger als die Zukunft des Meervolkes gehen, also erwarten wir euch vollständig. Hokulani wird auch dort sein, stimmt doch, oder?«

Hokulani nickte. Sie drückte ihren Rücken durch und hielt den Kopf hoch erhoben um wenigsten halb so souverän wie Malia zu wirken.

Das Volk klopfte ihrer *Heldin* noch einmal auf die Schulter, dann verzog es sich murmelnd. Hokulani sah ihre Freundin von der Seite an.

»Machst du jetzt den Job deines Vaters?«

Malia lächelte. »Weiß auch nicht. Der Rest der Familie ist noch damit beschäftigt, beleidigt zu sein, dass die Dinge jetzt schwieriger geworden sind. Keine sieben Sonnenstunden mehr im Wohnzimmer und so. Unsere beiden Mütter können Stunden darüber lamentieren.«

War das ihre verwöhnte Freundin Malia?

»Begleitest du mich noch ein Stück?«, fragte Hokulani sie und erhielt ein Nicken als Antwort.

Fast überall in den Höhlen war es jetzt dunkel. Alle paar Meter erhellten Lavaadern im Boden die Gänge mit einem dunkelroten Schein. Vulkane, Interkontinentalspalten und unterirdisches Feuer gehörten zu Hawaiis Unterwasserwelt wie die Fische und Wellen. Es war nur richtig, sie als Waffe zu benutzen.

Schweigend paddelten die Meerfrauen nebeneinander. So vieles war passiert, seit sie beide das letzte Mal gesprochen hatten. Hokulani schob ihren großen Plan in den Hintergrund und ging auf ihre Freundin ein.

»Du und Pal also, hm?«, begann Hokulani schließlich und knuffte die andere in die Seite.

Malia kicherte. »Wer hätte das gedacht, oder? Mein Leben lang ging es bei der Partnerwahl nur um das Zeugen der Nachkommen. Ich habe nie gewusst, was mir gut tut. Bis jetzt.« Sie wandte sich Hokulani zu. Ihre Augen reflektierten das Glimmen der Lava und doch schimmerte noch etwas anderes in ihnen. »Ich darf ihre offizielle Assistentin sein. Dadurch verbringen wir jede Menge Zeit zusammen, auch wenn ich sie teilen muss.« Ein Schatten zog über ihr Gesicht. »Ich lerne so viel von ihr und lag so falsch, was das Meer und unsere Verbindung zu ihm angeht.«

Ein kurzer Stich machte Hokulani taub für Malias weitere Worte. Es war ja nicht so, dass sie ihrer Freundin nicht unzählige Male davon erzählt hatte.

»Ist Krieg wirklich der richtige Weg? Dieses Meer ist ein Traum, der bewahrt werden muss.«

Die Frage traf Hokulani im falschen Moment.

»Dein neu entdeckter Traum wird sich in einen Alptraum verwandeln, solange Bob diese Bucht beherrscht. Er wird vom Quälen und Zerstören nie genug haben. Wir müssen zurückschlagen. Abgesehen davon steht so viel mehr auf dem Spiel, als du denkst.«

Sie dachte an *Hanu*.

Hatte Pal ihr davon erzählt?

Malia schwieg. Schien abzuwägen. Ihre Malia wägte etwas ab, anstatt ihre Meinung in die Welt zu schreien. Vielleicht, weil es nicht mehr ihre Malia war. Ein stumpfes Muschelmesser sägte an ihren Nerven.

»Wieso hasst mich Pal jetzt eigentlich so?«, fragte sie deshalb in einem Tonfall, der sie eher an ein trotziges Meerkind erinnerte als an eine Heldin.

»Ich glaube, deine Existenz ist für sie eine Ungerechtigkeit. Sie muss als ausgebildete Kriegerin mit aufgetürmten Hochsteckfrisuren versteckt auf ihren Ehemann warten und du stehst neben ihm, wenn ihr in den Kampf zieht. Dass sie diesen Kampf eigentlich gar nicht will, spielt für sie dafür keine Rolle. Abgesehen davon würde sie es nicht überstehen, wenn ihrem großen Bruder etwas passieren würde. Und dessen Leben wird durch dich immer wieder gefährdet.«

Kaleo. Nachthimmelblaue Augen, die sie nicht mehr losließen, seit sie ihn das erste Mal angesehen hatte.

»Naja, du kannst ihr ausrichten, dass Kaleo begnadigt wird, wenn mein Plan funktioniert. Dafür muss allerdings das Volk von *Wai Aniani* auf meiner Seite stehen und mir helfen. Mehr konnte ich nicht tun.«

»Alles hängt also davon ab, dass du morgen unser Volk von deinem Plan überzeugst?«, fragte Malia.

»Mach mir nur keinen Druck«, antwortete Hokulani.

Malia versuchte ein zuversichtliches Lächeln und verabschiedete sich am Eingang zu ihrer Höhle mit einem Heben ihrer Hand.

»Bis morgen«, murmelte Hokulani ihr noch hinterher und bereitete sich auf eine unruhige Nacht vor.

20

Mit dem Energiestein in der Hand machte sich Hokulani auf den Weg zur großen Versammlung. Sie hatte zuvor ihre Mutter besucht und sie überredet, ihr den Stein der Familie für die Versammlung zu überlassen. Sie war jedoch nicht bereit, ihre Idee jemandem im Detail mitzuteilen, bevor sie vor allen darüber sprechen würde. Kritik würde sie nur unsicher machen. Dann lieber einmal von allen ausgebuht werden. Sie war im Geist durchgegangen, was sie sagen wollte. So oft, dass sie fast zu spät war. Vor dem Versammlungsraum ließ sie so viel Wasser wie sie konnte durch ihre Kiemen strömen. Das letzte Mal war sie mit Haila hier gewesen.

Damals hatte ihre Freundin sie auf ihrem Rücken getragen und ihr mit Worten und Gesten Halt gegeben. Heute Morgen war Haila anders zu ihr gewesen, nicht unfreundlich, aber ihre Augen leuchteten nicht mehr, wenn sie sie ansah.

Hokulani versuchte, den Stich in ihrem Herzen zu ignorieren. Auch Haila würde wieder stolz auf sie sein, wenn sie den Krieg gewonnen hatten.

Hokulanis Flosse hatte in wenigen Tagen eine rasante Heilung durchlaufen. Kapono hatte ihr erklärt, wieso: in Fischform waren die regenerativen Kräfte besonders groß, manchen Kriegern seien sogar schon abgetrennte Körperteile neu gewachsen.

Seine Sätze hatten sie an Bob erinnert. Ihr Feind hatte tatsächlich ein Gespür für das Meer. Umso wichtiger war es, dass sie ihn vernichteten und ihren Plan in die Wirklichkeit umsetzten.

Sie drückte den Rücken durch, reckte das Kinn und schwamm auf die Spitze der Höhle zu, an der Kapono und Keli'i schon warteten.

Das Volk entdeckte sie und wieder teilten sich die Reihen, wieder wurde ihre Schulter getätschelt und ihre Hände gestreichelt. Aber würden sie auch für sie kämpfen?

Wie selbstverständlich platzierte sie sich zwischen Keli'i und Kapono und die Meermenschen klatschten begeistert. Nur kurz streifte ihr Blick Tua, der sie ansah, als sei sie dabei, einen großen Fehler zu machen.

Anela hatte zu ihrer alten Art zurückgefunden. Ihre Flossenspitze vibrierte und ihr Mund war zu einem Strich zusammengepresst. Tua suchte ihre Hand und drückte sie.

Keli'i sah sie immer wieder von der Seite an. Entsetzte es ihn, sie neben sich zu haben? Als sie seinen Sohn abgewiesen hatte und er sie daraufhin verstoßen hatte, war sie auch ein Opfer gewesen und niemand hatte ihr die Möglichkeit gegeben, zu ihrem Recht zu kommen. Hokulani hob das Kinn noch ein bisschen mehr. Sie war genau am richtigen Ort. Kein Opfer mehr, endlich.

»Die Versammlung ist hiermit eröffnet«, donnerte Kapono und der Schlag seines Stabes auf den Meeresboden ließ alle Stimmen verstummen. »Ich begrüße Hokulani in unserer Mitte, das Herz dieses Ozeans.«

Ihr Verbündeter benutzte dieses Wort so ganz anders wie Kaleo, als Köder für die Meermenschen. Doch es wirkte, Jubel brandete auf und Kapono musste seinen Stab mehrmals aufstampfen, bis wieder Ruhe eintrat.

»Zusammen werden wir die Menschen auf dieser Insel ein für alle Mal in ihre Schranken weisen.« Er nahm Hokulanis

Hand und riss sie mit seiner nach oben.

Gegenüber von Hokulani schwamm Pal. Wenn Blicke töten könnten. Hatte Malia ihr nicht erzählt, dass sie dies auch für Kaleo tat?

Kapono ließ seinen Arm wieder sinken. »Wir befinden uns im Moment in einem Supermondzyklus. In zwei Wochen ist Neumond. Dann werden wir zuschlagen.«

Hätten nicht alle wieder jubeln sollen? In der Versammlung herrschte Totenstille.

»Zusammen werden wir einen Tsunami entfesseln, der dieses Hotel, diesen Amerikaner und alle anderen Menschen dieser Insel wegfegen wird.« Seine Worte waren lauter und lauter geworden und schließlich schrie er seine Kampfansage mit geballten Fäusten hinaus.

Die Teilnehmer der Versammlung sahen sich an, unsicher.

Anela schwamm in die Mitte, genau vor Kapono und Hokulani. »Du schaffst das nicht und das weißt du. Auch ein Herz des Ozeans kann dir nicht dabei helfen.« Die alte Meerfrau konnte ihre Antipathie kaum verbergen.

Kaponos Augen glitzerten. Diese Spitze hatte gesessen und würde der Kommandant nicht vergessen. Jetzt aber antwortete er ruhig und gelassen, als sei Anelas Anschuldigung ein beliebiger Einwand gewesen. »Du irrst dich. Mit Hokulani an meiner Seite wird das kein Problem sein.«

Anela schüttelte stumm den Kopf und fixierte jetzt Hokulani. »Habt ihr überlegt, wie viele unschuldige Tiere und Menschen dabei sterben werden? Man darf seine persönliche Rache nicht über das Wohl von so vielen Lebewesen stellen. Hokulani, das kannst du nicht wollen.«

Anela nahm ihre Hände, doch Hokulani zog sie weg. Sie fühlte sich gemaßregelt und übersah über die alte Frau, als sie das erste Mal ihre Stimme erhob.

»Ihr kennt mich. Ich bin nur eine normale Meerfrau. Damals, als der Mensch unseren Lebensraum zerstören wollte, habe ich versucht, euch wie ein Schild zu schützen. Aber das Schild ist dabei fast zersplittert ...« Ihre Stimme brach. Sie schluckte, schloss für einen Moment die Augen, dann riss sie eine Hand zur Faust geballt nach oben. »Wollt ihr jetzt meine Waffe sein?«

Die Meermenschen, die zuvor so zögerlich gewesen waren, hoben jetzt nach und nach ihre Hände, applaudierten, riefen zustimmende Worte. Hokulani zwang sich, nicht die Schultern hochzuziehen. Sie köderte die Meermenschen mit einer Pflicht zur Vergeltung. Dabei war all dies ihre Schuld. Wäre es nicht fair, es jetzt und hier zuzugeben? Sie sah in ein Meer von Gesichtern. So oft war sie in *Wai Aniani* in ihrem Versammlungsrund gestanden und hatte um Ruhe gebeten, damit sie die neuesten Forschungsergebnisse teilen konnte. Damals hatten sie sie ausgebuht. Heute klatschten die Meermenschen, die sie so lange gemobbt hatten, und ließen sich nicht stoppen.

Sie hob die Arme.

Auf einmal war sie die Heldin. Sei's drum.

Die Augen aller lagen auf ihr, warteten.

Hokulani erklärte: »Der Tsunami wird uns helfen, zu kämpfen, ohne dass euch ein Haar gekrümmt wird.«

Sie sah Erleichterung in den Augen ihres Volkes.

Natürlich.

»Wir werden unser Wissen und unseren Ozean in die Schlacht schicken. Wir werden nur die Fäden in der Hand halten, die Zerstörung über Bob und sein Hotel bringen.«

Der Großteil ihres Volks jubelte jetzt, reckte Fäuste in die Luft und pfiff.

Hokulani fuhr fort. »Wir werden mit unseren Energiesteinen ein Seebeben auslösen, und der Ozean wird sich aufbäumen und alles unter sich begraben.«

Wieder ertönte Jubel, diesmal jedoch verhalten. Hokulani unterdrückte ein Schnauben.

»Aber Hokulani«, wandte Lua, ihre ehemalige Lehrerin ein. »*Wai Aniani* wird dadurch zerstört werden.«

»Das stimmt, aber auch so wie es jetzt ist, wird kein Meermensch darin wieder Frieden finden. Wir werden erst wieder eine Chance auf sonnige Dörfer nahe der Oberfläche haben, wenn wir die Menschen von dieser Küste vertrieben haben.«

Nicken bei ihrem Volk.

»Aber was passiert mit unseren Energiesteinen? Werden sie dadurch nicht unbrauchbar?« Nael.

Sie sah ihren Exfreund an. Gerade er. Die Familie von ihm und Malia besaß mindestens fünf der Steine. Übernommen von ausgestorbenen Familien. Sie verengte ihre Augen.

»Gut, dass du es ansprichst. Ich kann euch nicht sagen, wie viel die Macht des Meeresbodens von den Steinen übriglässt. Wir werden versuchen, sie zu bewahren. Zumindest so weit, dass am Ende des Krieges jede Familie noch einen Stein hat.«

Die Mitglieder der oberen Kasten sahen sich um, doch niemand wagte, Hokulani zu widersprechen.

Noch etwas lauter fuhr sie fort: »Die Flut wird an Neumond besonders stark sein. Dann schlagen wir zu. Bis dahin werden wir diesen Küstenstreifen so weit wie möglich evakuieren.«

Seit Jahren gab es schon Pläne dafür in *Wai Aniani*. Hokulani hatte sie mit ihrem Vater entwickelt. Trotzdem überließ sie Keli'i das Wort. Sie hatte kein Interesse daran, ihn auszustechen.

»Meermenschen können in den Höhlen Schutz suchen. Die Säugetiere werden am Tag zuvor möglichst weit weggetrieben, die großen Fische ebenfalls.«

Ihr Volk schien sich vor ihren Augen zu verändern. Viele trugen ihre Köpfe jetzt erhoben, lächelten oder legten die Arme umeinander.

Es war unbeschreiblich. Sie tat etwas. Es gab einen Plan. Sie würden zuschlagen, die Initiative ergreifen.

Trotzdem wollte sie das Volk überzeugen und sie nicht in einem wilden Affekt zustimmen lassen. Deswegen ergriff sie noch einmal das Wort. »Wir treffen uns morgen wieder.

Überlegt bis dahin gut. Wollt ihr weiter passiv sein? Opfer, die hinnehmen, was die Menschen ihnen antun? Die ihren Lebensraum und ihre Zukunft kampflos aufgeben? Oder wollt ihr mit mir in diesen Krieg ziehen und das beschützen, was euch wichtig ist?«

Sie sah nur wenige verschränkte Arme, die ihren Plan nicht unterstützen würden. Dass es genau die Meermenschen waren, die ihr etwas bedeuteten, tat weh. Aber in den meisten Gesichtern sah sie Zustimmung, das Meervolk pfiff, schrie und applaudierte. Sie waren mehr als genug, um das Feuer im Boden zu entfachen.

Ihre Stimme war jetzt fester. »Es wird ein Krieg sein ohne Gefahr für euer Leben, aber wir werden neu anfangen müssen. Unser Riff, so wie wir es gekannt haben, wird es nicht mehr geben. Allerdings ist es jetzt schon unbewohnbar. Dank Bob und seinen Lakaien.«

Bob, den das Meer schon längst geholt hätte, wenn sie ihn nicht gerettet hätte.

Sie schob den Gedanken weg und sprach weiter. »Wer weiß, welche Geschenke der Ozean für uns bereithält, wenn wir uns an seine Seite stellen?«

Sie wusste, das waren tückische Gewässer. Jeder aus *Wai Aniani* dachte bei ihren Worten an Kinder.

Noch einmal reckte sie ihre Faust in die Luft. »Wir ziehen in den Krieg! Gegen die Menschen!«

Sie hatte es herausgeschrien, doch statt eines erneuten Jubels stoben die Meermenschen hektisch auseinander.

»Hokulani, hör sofort auf! Gewalt ist nicht die richtige Lösung!«

Kaleo, so wie sie ihn an Ikas Leiche kennengelernt hatte. Ein furchterregender Nachthimmel, dessen Sterne sich hinter den Wolken versteckten.

Er baute sich vor ihr auf, schwer atmend und mit angespannten Armen. Sie zwang sich, nicht zurückzuweichen.

Er sah sie an.

Nur sie.

»Wie kannst du das nur glauben?«

Sein Tonfall war abschätzig. Ihr Herz stolperte und ihre Lider flatterten einen Moment. Sie hielt ihre Finger gerade noch davon ab, ihre Lippen nach seinem Kuss abzutasten. Ihr liebevoller Retter. Ihr … die Tür zu diesen Gefühlen schlug zu. Sie brauchte keinen Retter.

Kühl musterte sie ihn. »Und wie kannst du denken, dass Bob oder ein anderer dieser Menschen jemals aufhören wird, uns zu quälen und abzuschlachten? Es wird immer so weiter gehen, bis das Meer so tot ist, wie es Tua vor wenigen Tagen beinahe gewesen wäre.«

Erschreckt sah sich Kaleo nach dem alten Meermann um. Er schien gerade erst von welcher Mission auch immer zurückgekehrt zu sein. Anela schloss zu ihm auf und zog ihn energisch aus der Mitte der Versammlung.

Kapono ergriff wieder das Wort. »Was wäre eine Versammlung ohne die unqualifizierten Zwischenrufe meines Neffen?« Er seufzte übertrieben. »Der Junge vergisst immer wieder, dass seine kurze Epoche als Kommandant vorbei ist.« Er breitete die Arme aus. »Freunde, ich glaube, es ist alles gesagt. Wir treffen uns morgen um dieselbe Zeit wieder. Damit schließe ich diese Versammlung.« Er wandte sich um und sein Blick ruhte auf seiner Verlobten. »Palila, lass uns zu unseren Gemächern schwimmen.« Schon auf dem Weg aus der Höhle fügte er hinzu: »Sagt Kaleo, ich verlange umgehend Report von seiner Mission.«

Ihn extra in die Kommandantengemächer zu zitieren, war Schikane, denn Kaleo stand in Hörweite im Wasser. Pal schwamm zu ihrem Bruder und umarmte ihn kurz, dann folgte sie ihrem Verlobten.

Hokulani wollte sich so schnell wie möglich zurückziehen, aber sie merkte, dass Kaleo auf sie wartete. Um dieses Gespräch würde sie nicht herumkommen. Langsam paddelte sie auf ihn zu. Anela schwamm noch neben dem Meereskrieger und schien entschlossen, ihn nicht alleine zu lassen. Aufgebracht flüsterte sie in sein Ohr, bis Kaleo seine Stirn an ihre legte, sie umarmte und mit Nachdruck wegschickte. Dann wandte er sich zu Hokulani.

»Was willst du?«, fragte sie steif. Sie traute sich nicht, in seine Nähe zu kommen.

Er schwamm langsam auf sie zu, vorsichtig. Zu vorsichtig.

»Hör auf, mich wie ein verstörtes Tier zu behandeln«, schimpfte sie, überfordert von ihren Gefühlen.

Er hob die Hände. »Okay, alles klar, sorry. Ich …«, er kratzte sich am Kopf, »… bin unsicher. Du hast dich so verändert, und dabei war ich nur drei Tage weg.«

Es war eine Feststellung und zugleich eine Frage. Hokulani tat ihm den Gefallen nicht.

»Ja, und?«

Er zog die Schultern hoch. »Was ist passiert?«, fragte er deutlicher.

Sie war immer noch geladen. Kaleos Freundlichkeit brachte sie endgültig auf die Palme.

»Was passiert ist? Eigentlich war es ruhig. Bis auf die Tatsache, dass mein Großvater fast zu Fischfilet verarbeitet worden ist, nachdem Bob ihm aufgelauert hat. Bob war damit so erfolgreich, dass nur noch *Hanu* Tua retten konnte.« Kaleo sah sie einfach nur an. Sie hatte ihm gerade gestanden, dass sie sein Geheimnis verraten und ihn zum Tode verurteilt hatte. Trotzdem war alles, was er tat, sie anzusehen und seine gerunzelte Stirn hinter seinem krähenschwarzen Schopf zu verstecken. Sorge sprach aus seinem Blick, jedoch eher um sie als um sich selbst. Hokulani kämpfte gegen die Wärme in ihrer Mitte an und flutete ihr Herz mit Tiefseewasser. Sie hatte sich gegen seine Weichheit entschieden. Endgültig. Sie wusste, was sie sagen musste, um ihm das klar zu machen.

»Außerdem habe ich etwas Zeit mit Kapono verbracht und er hat mir die Augen geöffnet. Ich habe die Müllstrudel gesehen und weißt du? Von Bobs Hotel stehen fast schon die Grundmauern.«

»Er weiß schon, wieso er mich wegschickt«, murmelte Kaleo.

Hokulani ignorierte ihn und redete weiter. »Ach ja, und Bob? Der hat jetzt eine dicke Narbe im Gesicht. Von einem gewissen blauen Marlin. Und *das* hat so verdammt gut getan. Es hat meiner Seele mehr Frieden gegeben als das ganze weichgespülte Geschwätz von Haila, Tua und dir. Ich habe mich gewehrt und ich habe meine Lieben beschützt. Und das werde ich auch weiterhin tun. Versuch nicht, mich davon abzuhalten.«

Wieso war Kaleo ihr jetzt doch so nahe, dass sie seinen unnachahmlichen Geruch nach Meer und Gefahr wahrnahm, und wieso zitterte ihre Stimme?

Zum Glück war er nicht so impulsiv, sie in seine Arme zu ziehen. Es reichte schon, dass seine Hände sacht auf ihren Unterarmen landeten. Seine Wärme breitete sich jetzt über ihren Körper aus wie Ringe im Wasser, wenn man einen Stein hineinwirft. Die Kälte ihres Herzens hatte keine Chance mehr.

»Ich verstehe«, sagte er nur. Dann legte er seine Stirn an ihre und aus irgendeinem Grund ließ sie es geschehen. Er wirkte angespannt.

»Vertraust du mir?«, flüsterte er.

Sie zog sich etwas zurück, um ihn anzusehen, nickte dann zögernd.

Kaleo legte grinsend seinen Kopf schief. »Würdest du diese Nacht mit mir verbringen?«

Bei der Frage machte er eine so lustige Grimasse, dass Hokulani gar nicht auf die Idee kam, seine Worte falsch zu verstehen. Sie lächelte kopfschüttelnd, dann nickte sie wieder. Wieso war mit ihm alles so leicht, als ruhten keine tonnenschweren Fehler und Entscheidungen auf ihren Schultern?

»Auch wenn dein Charme nicht zu verachten ist«, antwortete sie lächelnd, »es wird mich nicht umstimmen.«

Kaleo fasste sich ans Herz. »Umstimmen? Wer wird dich umstimmen wollen, Tausende von unschuldigen Lebewesen zu töten?«

Fing er schon wieder an? Hokulani biss die Kiefer zusammen und sah ihn unter zusammengezogenen Augenbrauen an.

Kaleo machte beschwichtigende Bewegungen mit seinen Händen. »Tschuldigung, ist mir so rausgerutscht. Ich hol dich ab, gleich nach meinem Gespräch mit dem Kommandanten, in Ordnung?«

Hokulani nickte. Kaleo schwamm noch einen Moment rückwärts und lächelte sie an, dann hob er die Hand zum Gruß und verschwand im dunklen Blau des Tunnels.

21

Langsam schwamm sie zurück zu ihrer Höhle. Sie versuchte, die Wärme und das Lächeln in ihrem Herzen so lange wie möglich zu beschützen. Damit kam sie nicht weit – Haila wartete an ihrem Lager auf sie. Sicher blühte ihr die nächste Diskussion.

Hokulani seufzte und die Wärme verschwand im endlosen Ozean. »Haila, ich will jetzt nicht darüber reden.«

Die ältere Frau verschränkte ihre Arme vor ihrer breiten Brust. »Aber ich.« Nach einer unerträglich langen Pause, in der Haila sie mit Blicken festnagelte, fuhr sie fort: »Was denkst du dir? Weißt du, welchen Schaden ein Tsunami anrichtet? Kein Stein bleibt auf dem anderen. Riffe, kleine Fische, Pflanzen, alles geht kaputt. Und auch bei den Menschen gibt es Unschuldige … Kinder, Männer und Frauen, die sich bemühen.«

Hokulani hob die Hand und winkte ab. »Und was ist die Alternative? Ihr alle denkt, ihr wisst, was Kapono und ich wissen. Aber ihr kennt Bob nicht. Er wird uns hier nicht mehr in Frieden lassen. Er wird uns auflauern und einen nach dem anderen qualvoll verbluten lassen. Und dann wird er die nächste Insel aufsuchen, unschuldig so wie diese, und dort dasselbe machen: den natürlichen Lebensraum zerstören und seine Machtbesessenheit ausleben. Du meinst, wir können fliehen? Wieso sollten wir? Das ist unser Lebensraum. Und wir werden ihn verteidigen.«

Haila schwieg. Ihr breiter Mund war geschlossen und sie zog die Schultern hoch, als wäre ihr kalt. »Ich mochte nie Keli'is untätige Art, aber das kann einfach nicht der richtige Weg sein.«

Die Worte verklangen, wurden von den Wellen davongetragen und zwischen den Meerfrauen gab es nichts mehr zu sagen.

»Stör ich?«, platzte Kaleo rein. Er sah von einer zur anderen, schwamm an Haila vorbei und legte ihr kurz die Hand auf die Schulter. Lange genug, um Hokulani an die Decke gehen zu lassen.

»Ihr müsst euch nicht mit mir abgeben, wisst ihr? Ihr könnt euch auch zusammen in eine Höhle setzen und euch gegenseitig vorheulen, dass die Welt so brutal ist.«

Nur einen Wimpernschlag später schwamm Kaleo direkt vor ihr, zwischen ihre Nasen hätte nur ein kleiner Fisch gepasst. Hokulanis Herz stotterte.

Er legte den Kopf schief, in seinen Augen tanzten die Sterne.

»Ich will mich aber mit dir abgeben. Und du hast es versprochen. Also lass uns gehen.« Ohne eine Antwort abzuwarten, nahm er ihre Hand und zog sie mit.

»Wohin schwimmen wir?«, fragte sie ihn nach einer Weile. Sie hatte Zeit gebraucht, ihr Herz zu überreden, weiterzuschlagen, und zu überlegen, warum seine Hand so warm und stark in ihrer lag und wieso all ihr Zorn sich schon wieder in Luft aufgelöst hatte.

»Verrate ich noch nicht. Wir müssen bis dahin auch noch etwas Zeit totschlagen. Ich wollte nur nicht riskieren, dass Kapono ein neuer Auftrag für mich einfällt. Leider bin ich für ihn bis morgen früh unauffindbar.«

Wie er so über seinen kleinen Streich in sich hineinlachte, wirkte er wie ein Meerjunge, verspielt und zu Unsinn aufgelegt. Hokulani ließ sich von seiner Leichtigkeit anstecken.

Er sah sie an, von seinem Groll gegen sie von vorhin bei der Versammlung war nichts übrig. »Zeigst du mir dein Riff? Ich weiß, es ist gerade kein so schöner Anblick, aber ich würde zu gerne wissen, wo du aufgewachsen bist und wo du meinen Bruder kennengelernt hast.«

Die kleinen Anemonenfische, die schon seit geraumer Zeit in ihrem Bauch tobten, ließen sich nicht mehr beschwichtigen und sausten durch ihren ganzen Körper, fegten jede Dunkelheit aus ihren Gedanken. Es war lange her, dass jemand sich einfach so für sie interessiert hatte.

»Ja, das mach ich gern«, war alles, was sie sagen konnte.

Ihr Gesicht verriet sie, denn die Sterne in seinen Augen erstrahlten und er drückte ihre Hand.

Dann paddelte sie voran, ab und zu streifte ihre Flosse Kaleos Arme, manchmal stieß seine Schulter leicht gegen ihren Fischschwanz. Die Erinnerung, wie sie mit Nelio so geschwommen war, überfiel sie ohne Vorwarnung. Entehrte sie seine Liebe, weil sie hier mit seinem Bruder war? Doch sie hatte das Gefühl, Kaleo würde sich nicht wie Nelio von ihr abwenden, würde niemals Haken schlagen, um sie loszuwerden. Selbst ihre Entscheidung zu einem Krieg mit vielen unschuldigen Opfern brachte ihn nicht dazu, auf Abstand zu gehen.

Sie entschied sich, ihre Tour chronologisch zu beginnen, und schwamm mit ihm zu der Höhle ihrer Kindheit. Bobs Schergen hatten die große Fächerkoralle, unter der sie als Kind gespielt hatte, so stark beschädigt, dass sich ihre unnachahmlichen Rottöne schon zu einem matten Rostrot verfärbten. Mit der warmen Hand in ihrer und der starken Schulter an der Seite schaffte sie es aber, sich nicht von diesem Bild beherrschen zu lassen.

»Ich war das letzte Kind, das in *Wai Aniani* geboren wurde. Vielleicht hat deswegen jeder gedacht, er wisse, was mir gut tut«, erzählte sie. »Als Kleinkind habe ich hier mit Muscheln gespielt, später habe ich mich hier mit Malia getroffen. Sie hat mich immer angestiftet, irgendwelchen Blödsinn zu machen. Ich habe zu ihr aufgeschaut, weil sie so schön, schlank und groß ist. Alle tanzten nach ihrer Pfeife.« Hokulani sah auf ihre Hände. All das schien viel länger als eine Kindheit entfernt.

»Manchmal hat sich Nael zu uns gesellt, ihr großer Bruder. Für die Bewohner von *Wai Aniani* war klar, dass er und ich füreinander bestimmt waren, waren wir doch das zuletzt geborene Paar unseres Volkes. Lange Zeit habe ich das auch geglaubt. Aber wir wurden älter. Das Dorf veränderte sich. Menschendinge wurden wichtiger als die Ressourcen des Ozeans, mein Vater und ich wurden ausgebuht für unsere Ansichten, weggeschickt, nicht mehr eingeladen. Nael wurde ein selbstverliebter Kerl, der dachte, er kann sich alles nehmen, ohne zu fragen.«

Die Muskeln an Kaleos nackten Armen spannten sich an und ein Seitenblick zeigte ihr mahlende, zusammengepresste Kiefer.

»Es waren zunächst nur Kleinigkeiten, Berührungen, die ich ihm so nie erlaubt hätte, aber die zu schnell vorbei waren, um ein großes Ding daraus zu machen.« Kaleo setzte an, zu protestieren, doch Hokulani redete einfach weiter. »Als mein Vater dann weg war, dachte Nael wohl, er wäre der neue Mann in unserer Höhle. Wartete eines Tages auf mich und wollte mich auf unser Lager drängen. Er wusste anscheinend nicht, dass ich mein Muschelmesser nur nachts ablege.«

Ein Lächeln entspannte Kaleos Gesichtszüge. Obwohl sie ihn musterte, sah er sie nicht an, sondern nahm ihre Hand und strich mit seinem Daumen zart über ihren Handrücken. Er räusperte sich.

»Erzähl mir von deinem Vater.« In seiner Stimme so viele

Gefühle. Den Themenwechsel brauchte er anscheinend mehr als sie.

»Seit ich ein Schulmädchen war, hab ich den ganzen Tag im Labor meines Vaters verbracht. Wenn wir nicht im Ozean unterwegs waren. Willst du es sehen, das Labor meines Vaters, meine ich? Wir können da weiterreden.«

»Klar«, sagte er, und sie verließen die zerstörte Fächerkoralle und schwammen zu der außerhalb des Dorfes gelegenen Höhle.

Auch hier waren die Menschen gewesen. Zwar standen die meisten Tiegel und Fläschchen noch an ihrem Platz, alles Glitzernde wie der Kristallmörser war jedoch entfernt. Hokulani ließ die Schultern hängen. Auch der Energiestein des Labors war verschwunden. Eine Hand legte sich auf ihren Arm und gab ihr die Kraft, weiterzusprechen.

»Hier war ich am glücklichsten. Mit Papa und Tua zu forschen, zu mischen und zu sammeln. Das war meine Welt.« Das kurze Lächeln auf ihrem Gesicht verblasste.

»Eines Tages war mein Vater verschwunden. Er hatte eine Nachricht hinterlassen. Es täte ihm leid, aber er könne es nicht mehr aushalten, sein Volk langsam sterben zu sehen. Er habe vor langer Zeit einen Fehler gemacht und müsse ihn berichtigen.« Ihr Tonfall wurde bitter. »Er hoffe, seine Frau und seine Tochter mögen ihm verzeihen.« Hokulani starrte für einen Moment ins Nichts. Dann wandte sie sich vom Labor ab und steuerte ihr Heiligtum an, den Korallenblock, an dem sie Nelio getroffen hatte.

»Seitdem ging alles schief. Ich war am Boden zerstört, und Keli'i fand, da unsere Familie ja jetzt ohne Einkommen sei, wäre der richtige Moment für die Vereinigung mit Nael gekommen. Ich lehnte ab. Im Nachhinein tut es mir leid, dass ich ihn so lange im Ungewissen tappen lassen habe. Ich habe wohl immer gedacht, es würde sich noch eine andere Lösung finden.«

Mit Kaleos Selbstbeherrschung schien es vorbei zu sein.

»Bei der ganzen Geschichte rund um diesen Meermann fällt mir rein gar nichts ein, was dir leidtun muss«, brauste er auf. »Ich hätte gut Lust, ihm mal meine Meinung dazu zu sagen.«

Hokulani suchte seine Hand, und er zuckte unter ihrer Berührung zusammen. Seine Augen spiegelten ihr verwirrtes Lächeln.

Sie räusperte sich. »Danke. Aber das brauchst du nicht. Die Sache mit Nael ist so lange her.« Das stimmte eigentlich nicht, aber diese Zeit schien ihr ein ganzes Leben entfernt zu sein. Zerstreut fuhr sie fort. »Auf jeden Fall ist meine Familie daraufhin auf den Boden des Meeres verbannt worden, zu der niedersten Bevölkerungsschicht in unserem Volk.«

»Niederste Schicht! Wie ich das alles hasse!«

Überrascht tauchte Hokulani aus ihrer Erinnerung auf. Kaleo raufte sich das Haar.

»Arm, reich, Mann, Frau, wer hat etwas davon, Meermenschen abzuwerten oder Positionen in der Gesellschaft zu privilegisieren?« Kaleo schwamm einen Kreis um sie herum. Hokulani blieb ihm zugewandt und drehte sich mit ihm. »Hierarchien sind pure Ressourcenverschwendung. Jeder, wirklich jeder sollte sein Potential entfalten können und die Gesellschaft sollte ihm dabei helfen. Unsere Meereskriegergesetze sind genauso veraltet wie euer Gesellschaftssystem.« Wieder schwamm er um sie herum, gestikulierte entschieden und fuhr sich immer wieder durch die Haare.

Ein Lächeln wärmte Hokulanis Gesicht. Wenn ein Meermensch es jemals schaffen würde, die starren Strukturen zu lösen, dann er. So viel Begeisterung, Überzeugung und Leidenschaft in seinem ganzen Sein. Sie senkte den Kopf. Wieder suchte seine Hand ihre.

»Entschuldige, ich hab dich unterbrochen. Erzähl weiter.«

Wie damals, am Tag ihres Kennenlernens, schwamm er

unter sie und auf dem Rücken weiter, um sie ansehen zu können, während sie redete. Hokulani nestelte an ihren Händen herum und kam zu ihrer eigenen Geschichte zurück.

»Mir war es egal, wo wir wohnten, ich war so weit, dass ich nur noch meine Ruhe haben wollte. Allerdings hat meine Mutter darunter gelitten und mich für ihr Unglück verantwortlich gemacht. Ich bin viel allein im Ozean geschwommen, habe angefangen, nachts auf den Seegrasfeldern zu arbeiten. Habe neue Freunde gefunden. Haila, zum Beispiel.« Hokulani lächelte.

Sie waren am Korallenblock angekommen. Schillernd, voller Leben, unbeschadet. Der Kontrast zu ihrem Dorf hätte krasser nicht sein können. Sie lächelte. Die Menschen würden dieses Wunder der Natur nicht zerstören. Das würde sie verhindern. Der Block stand jenseits der Spalte, sodass er den Tsunami unbeschadet überstehen würde. So wie viele Hurrikans und Sturmfluten davor.

»Tja und hier hab ich gesessen, nachdem mein Vater verschwunden war, und habe mein Leben verflucht. Sie strich mit den Fingern über den Felsen. »Dann habe ich ihn entdeckt. Er ist um den Felsen geschwommen und die sanften Wellen seiner Flossenbewegungen haben mich etwas beruhigt, mich entspannt.«

»Dieser kleine Gauner. Dann hat er dich angebaggert. Das hat er immer abgestritten!«

Kaleo stützte die Hände in die Seiten und sah richtig entrüstet aus. Hokulani prustete los. Mit einem Lächeln auf den Lippen sprach sie weiter.

»Ich hatte von Anfang an das Gefühl, dass er sich um mich sorgte.«

Kaleo zuckte mit den Schultern, aber nickte auch.

»Er hielt dann vor mir an, öffnete sein wunderschönes Maul und saugte Wasser an. Es dauerte kurz, bis ich verstand, dass er mich unter dem Vorsprung hervorlocken wollte.«

»Dieser Schwerenöter«, murmelte Kaleo.

Seine Züge waren trotz des lockeren Spruchs traurig geworden.

»Sobald ich im offenen Wasser war, hörte er auf damit. Dann kam er auf mich zu und stupste mich für so ein großes Tier unfassbar sanft an, strich an mir vorbei und umkreiste mich. Mit einer seiner Brustflossen berührte er dabei jedes Mal sacht meinen Arm oder meinen Schwanz.«

Kaleo und sie setzten sich auf einen Felsen. Er sah auf seine Hände, die in seinem Schoss lagen. Sie griff nach seinen Fingern und strahlte ihn an. Es tat so gut, über Nelio zu reden.

»Unser erstes Treffen ging noch weiter. Nelio – Ika hat glaube ich gespürt, dass er mich aufgeheitert hat, denn er hat sich senkrecht ins Wasser gestellt und knapp unter der Wasseroberfläche sein Maul geöffnet, dabei den Kopf von einer Seite zu der anderen gedreht. Von Tua wusste ich, dass Walhaie so manchmal ihre Mahlzeit fingen, aber ich hatte es noch nie selbst gesehen. Es war so lustig. Ich habe dann seine Bewegungen imitiert und ihn umkreist und wir haben richtig zusammen getanzt. Da habe ich auch das erste Mal seine Haut berührt. Mit den kleinen Zähnen bedeckt und trotzdem weich, dick wie ein Arm und doch geschmeidig.« In ihrer Begeisterung waren zu viele Worte aus ihr herausgesprudelt. Hitze kroch über ihren Hals und breitete sich auf ihrem Gesicht aus. »Dein Bruder hat mir in diesen Minuten mehr gegeben als mein Volk in einem Monat«, schloss sie leise ihre Erzählung.

Dann sah sie Kaleo an. Seine Miene war unlesbar. Sie suchte seine Augen, aber er versteckte sie hinter seinem dunklen Haarschopf.

Er sah in Richtung Oberfläche. »Es ist Abend geworden. Wir sollten …«

Hokulani hielt seine Hand fest, als er aufstehen wollte, und zog ihn wieder zu sich auf den Felsen. »Moment, denkst du, ich erzähl dir von meinem ganzen Leben, und du hüllst dich in Schweigen? Ich will jetzt wissen, wieso Kapono und du euch so hasst.«

Kaleo blieb distanziert.

»Kapono ist der Kommandant bei der pazifischen Division, seit ich alt genug bin, ein Meereskrieger zu sein. In dieser Zeit ist unsere Zahl um die Hälfte dezimiert worden. Durch unnötige Scharmützel und Himmelfahrtskommandos. Gleich mein erster Einsatz war schlecht durchdacht und hochriskant. Mein Vater ist an meiner Stelle gegangen. Er war der klügste und friedfertigste Mann, den ich je gekannt habe. Sein Tod war sinnlos. Sein Leben davor hingegen war voller Botschaften und Visionen.« Jeglicher Schalk war aus den Augen des jungen Meermanns verschwunden, seine Züge waren hart geworden.

»Wieso folgst du Kapono dann so bedingungslos?«, fragte Hokulani.

Kaleo starrte in die Ferne und sein Blick wurde etwas weicher. »Wenn wir sechzehn Jahre alt sind, schwimmen wir mit unseren Eltern nach Island zum nördlichen Atlantischen Ozean. Dort gibt es eine gigantische Eishöhle, in der jeder Meereskrieger seinen Eid ablegt. Der Atem dieser Höhle ist heilig. Er sieht bis in dein Innerstes, kein Zweifeln und Zaudern bleibt ihm verborgen. Wenn du dort stehst und sagst »ich schwöre« und der Ozean atmet genau in diesem Moment ein – diesen Schwur brichst du niemals. In diesem einen Moment hast du das Gefühl, der Ozean sieht nur dich. Hört nur dich. Vertraut auf dich. Du enttäuschst den Ozean nicht.« Kaleo seufzte. »Du schwörst unter anderem, die heiligen Gesetze der Meereskrieger zu achten. Diese besagen, den Anweisungen des Kommandanten Folge zu leisten. Die einzige Alternative ist, ihn zum Zweikampf herauszufordern.«

»Und warum tust du das nicht?«

»Du hast ihn noch nicht kämpfen sehen. Er ist brutal, schnell und tödlich. Ich hätte keine Chance gegen ihn.« Hokulani sah, wie viel es Kaleo kostete, diese Tatsache zuzugeben. Er zog ihr seine Hand weg. Neuer Zorn hatte seine Augen entzündet.

»Ach ja, das hatte ich vergessen. Mein Vater und Kapono waren Zwillingsbrüder. Kapono ist fünf Minuten älter. Fünf Minuten haben damals über das Schicksal der Meereskrieger und unseren Erfolg bei dem Schutz unseres Ozeans entschieden.« Kaleo sah mit nachtschwarzen Augen ins Leere. »Jedes Mal, wenn ich dem Kommandanten gegenüberstehe, sehe ich meinen Vater, eine verzerrte, unbeherrschte und rachsüchtige Version von ihm. Und das bringt mich fast um den Verstand.« Er schüttelte sich und kehrte aus seinen Schatten zurück. »Warum er mich nicht leiden kann, musst du ihn fragen. Mich würde interessieren, ob du eine Antwort bekommst.«

Sie suchte wieder nach seinen Fingern, doch er entzog sich ihr.

»Lass uns losschwimmen.«

Hokulani packte ihn jetzt an der Schulter und hielt ihn nochmals zurück. »Danke, dass du es mir erzählt hast.«

Der Hauch eines Lächelns huschte über sein Gesicht. Doch sie hatte etwas klarzustellen.

»Wenn dir nicht gefallen hat, was ich dir über deinen Bruder erzählt habe, bist du selbst schuld. Du hast mich gefragt.«

Wie ertappt wich er ihrem Blick aus.

Hokulani versuchte den Moment zu retten, aus dem Strudel dieser Gespräche zu entkommen. »Mein Kopf fühlt sich in diesen Tagen an, als würde er jeden Moment platzen. Und ich hatte gehofft, du entführst mich heute Nacht und ich kann all das für ein paar Stunden zurücklassen. Steht dein Angebot noch oder schmollst du jetzt die ganze Nacht?«, fragte sie ihn und schwamm genau vor ihn, damit er sie ansehen musste.

Als hätte sie einen Stock aus seinem Rücken gezogen, gab Kaleos Körper nach. Er wandte sich Hokulani zu, nahm ihre beiden Hände und legte seine Stirn an ihre.

»Natürlich. Entschuldige.« Sein Brustkorb hob und senkte sich, als wäre da noch viel mehr, was er sagen wollte. Aber dann ließ er eine ihrer Hände los und zog sie an der anderen in das flache, in der Abendsonne glitzernde Meer. Immer wieder sah er sie an und lächelte. Sie schwammen gemächlich und in diesem Tempo konnte Hokulani die Schmerzen in ihrer Flosse ignorieren. Die Prothese fühlte sich jetzt fast an wie ein Teil von ihr.

Etwa fünf Kilometer westlich von *Wai Aniani* hielt er an. »Ich will dir ein paar Freunde vorstellen«, sagte er zögernd. Er grinste zuerst breit, biss sich dann auf die Unterlippe. »Die sind toll. Du wirst sehen.«

Zum Glück drehte er sich wieder nach vorne, um sie weiter durchs Wasser zu ziehen. Sie brauchte einen Moment, um ihre Gesichtszüge unter Kontrolle zu bringen. Er war so … bezaubernd.

Schließlich erkannte sie, dass sie auf die Küste zusteuerten und in immer flacherem Wasser schwammen. Kaleo schien sie an die Oberfläche zu führen. Er wollte doch wohl nicht …

Hokulani vergaß ihre liebevollen Gedanken und zerrte an ihrer Hand. Kaleo ließ sie los.

»Sag mir, dass du mich nicht zu irgendwelchen Menschen schleppen willst?«, fragte sie gefährlich leise.

Seine Augen waren wieder blau und weich. »Komm mit mir, bitte. Lass mich dir etwas zeigen.« Er streckte seine Hand aus. »Du hast es versprochen?«, versuchte er es. Er machte ein Gesicht, mit dem er von Anela vermutlich alles bekam.

Hokulani kniff die Augen zusammen und legte misstrauisch ihre Finger in seine Hand. Sie schwammen die letzten Meter bis zur Oberfläche. Die Sonne war mittlerweile untergegangen und ein Nachthimmel, dessen Farben von dunklem Violett bis zu tiefem Nachtblau reichten, breitete hoch oben seine Decke über sie. Hokulani atmete ein. Es hatte eine Zeit gegeben, da war sie gern an der Oberfläche gewesen.

Die Sterne, die ihr normalerweise funkelnd zuzwinkerten, waren heute nicht so strahlend wie sonst, da ein riesiger

Vollmond am Horizont die Szenerie fast wie ein Scheinwerfer anleuchtete.

Was jetzt? Hokulani sah Kaleo an. Das Licht des Mondes brachte einen hellen Glanz in seine Augen, wie sie ihn nie gesehen hatte. Seine dunklen Haare klebten nass an seinem Kopf, sodass sie seine geschwungenen Brauen, die ihm auf den ersten Blick einen arroganten Gesichtsausdruck verliehen, mit den Augen nachmalen konnte. Er lächelte scheu, nahm jetzt ihre andere Hand und zog sie etwas näher an sich heran. Sein Herz stolperte so wie bei ihrem ersten Aufeinandertreffen. Hokulani fühlte es durch das Wasser, allerdings nur, weil sie die Luft anhielt.

»Ich möchte … mich mit dir zu Menschen verwandeln.« Seine Stimme war tief und weich, kaum mehr als ein Flüstern. Er warf einen kurzen Blick auf den Vollmond. »Heute ist das möglich.«

Hokulani entzog ihm ihre Hände. Das meinte er nicht ernst. »Aber ich kann das gar nicht.«

»Doch – wenn du den Schwertfisch kannst, dann ist auch der Mensch drin«, widersprach er ihr.

»Ich will aber nicht.« Hokulani war kurz davor zu flüchten.

Kaleo nahm ihre Hand ein wenig fester. »Warte … bitte? Ich verspreche dir, wir gehen zurück, sobald du willst. Aber denkst du nicht, diese eine Chance hätten die Menschen verdient, bevor die Monsterwelle kommt?«

Unfair. Er appellierte an ihr Gewissen.

Kühl sah sie ihn an. »Na gut, aber erwarte nicht zu viel. Ich kenne schon ein paar Menschen. Niemand war ohne Schuld.«

Er schien gar nicht zugehört zu haben und klatschte in die Hände. »Super. Ich bin sicher, du wirst es lieben. So wie ich …«

»Was, du liebst es?« Hokulani betrachtete ihn angewidert.

»Sieh mich nicht an, als wäre ich ein toter Fisch. Warte ab.« Er lächelte wieder zuversichtlich, ließ sie nicht aus den Augen und zog sie noch etwas näher ans Ufer, bis ihre Flosse Sand am Meeresboden aufwirbelte.

»Bereit?«, fragte er dann.

Hokulani schüttelte den Kopf, doch Kaleo lachte nur.

»Sieh den Mond an und stell es dir einfach vor. Wie dir Beine wachsen und deinen ganzen Körper Haut bedeckt.«

Er drehte sich zum Mond, breitete die Arme aus und schloss die Augen. Das Wasser um seine Hüften begann zu blubbern und zu zischen und eine Wassersäule schmiegte sich um den Meermann. Dann glättete sich die Oberfläche und schickte ihre sanften Wellen an den Strand, als sei nichts geschehen.

Zögernd wandte er sich ihr zu. Seine Schuppenrüstung war verschwunden und zum ersten Mal sah sie, wie kräftig er war. Sie musste sich beherrschen, um nicht mit den Fingern über seine glatte Haut und die ebenmäßigen Muskeln zu streichen.

Ihm schien nicht zu entgehen, dass sie ihn musterte. Er sah an sich herunter.

»Ja … die Rüstung bleibt bei der Meermenschengestalt. Aber ich habe am Strand andere Kleidung. Für dich auch.« Kaleo zeigte in Richtung Ufer. »Ich geh sie holen und lass dich allein. Bitte nicht wegschwimmen.«

Einmal mehr bewunderte sie sein Einfühlungsvermögen. In der Tat hätte es sie nervös gemacht, die Verwandlung unter Beobachtung durchzuführen. Zumal sie sowieso nicht wusste, ob sie sie wollte. Sie sah Kaleo nach, wie er aus dem Wasser lief. Er lief. Sie schlug die Hand vor den Mund, als sie erst einen muskulösen Hintern aus den Wellen auftauchen sah und dann auch noch zwei lange Beine, die durch die Brandung und danach zu einer kleinen Hütte liefen. Dort zerrte er eine Truhe ins Mondlicht, kramte darin herum und legte Kleidungsstücke zurecht.

In Hokulani regte sich etwas. Ihr Herz schlug schneller und ihr Mund wurde trocken. Sie war neugierig. Und sie wusste, wenn sie diesem Mann jetzt folgte, würde es die Sache komplizierter machen.

Als er ihr aber einen Blick über die Schulter zuwarf und ein Daumen-hoch-Zeichen machte, lächelte sie und entschied, dass sie diesen Ausflug in eine andere Welt verdient hatte. Es würde sie nicht von ihrem Vorhaben abbringen, aber es wäre die Auszeit, nach der sie sich gesehnt hatte.

Und so wandte sie sich diesem wunderschönen, riesigen Vollmond zu, begrüßte seine Kraft, die das Meer anheben konnte und die ihr in wenigen Tagen helfen würde, sich endlich zu rächen.

Sie stellte sich Beine vor und ließ ihre Schuppen der zarten, menschlichen Haut weichen. Mit großen Augen beobachtete sie, wie das blubbernde Wasser erst ihren Unterleib umhüllte und dann an ihrem Körper entlang aufstieg. Dann teilten sich ihre Flosse und ihr Schwanz in zwei Gliedmaßen. Davor hatte sie sich besonders gefürchtet, aber außer einem leichten Ziehen wie bei der Dehnung von Muskeln spürte sie keinen Schmerz. Schließlich stand sie mit den Füßen im Sand, anstatt zu paddeln. Sandkörner kitzelten unter ihren Sohlen und ihre Knie gaben nach, weil sie die Belastung eines Körpergewichtes nicht kannten. Ihre Knöchel schmerzten, vermutlich war das ihre Flossenverletzung. Trotzdem schaffte sie, das Stechen zu ignorieren, und sah sich um.

Mit offenem Mund betrachtete sie noch einmal den Nachthimmel. Er hatte sich verändert. Hatte er sich verändert? Tränen traten in ihre Augen, doch auch nachdem sie diese von ihrem Lidrand gewischt hatte, änderte sich nichts an ihrer Aussicht. Der Himmel war unfassbar, unendlich, tröstend und behütend. Jeder Stern strahlte hell und erzählte ihr eine Geschichte. Wenn sie genau horchte, hörte sie ihren Vater nach ihr rufen und das Blubbern durch Nelios Schwanzflosse, wenn er ganz nah an ihr vorbeigeschwommen war.

Sie schluckte. So fühlte ein Mensch?

»Kommst du?«, rief ihr Kaleo zu.

Sie drehte sich zu ihm um und sein Anblick raubte ihr den Atem. Sein Lächeln war gelöst und strahlend und als er seinen dunklen Haarschopf hinter das Ohr klemmte, meinte sie selbst auf die Entfernung das Leuchten seiner Augen zu sehen. Mittlerweile trug er ein verwaschenes graues T-Shirt und eine Jeans, deren Knie breite Risse aufwiesen.

Mit klopfendem Herzen machte sie einen ersten Schritt. Dann einen weiteren. Die Brandung schien sie sanft an Land zu schieben. Bald ging das Wasser nur noch bis zu ihren Hüften und sie sah ungläubig auf ihre neuen Kurven hinunter. Sie strich über die weiche Haut an ihrem Po und befühlte den Haarbusch, der sich zwischen ihren Beinen befand. Als sie versuchte, eines ihrer Beine über die Wasseroberfläche anzuheben, schwankte sie. Obwohl sie im letzten Moment begriff, dass sie ihr Gleichgewicht verlagern musste, und noch versuchte, sich auszubalancieren, kippte sie um und saß eine Sekunde später auf ihrem Hintern im Sand. Auch das fühlte sich komisch an. Nicht unbedingt angenehm, vor allem in der Ritze zwischen ihren Pobacken. Hokulani rappelte sich auf und sah zu Kaleo. Der hatte sich am Strand hingehockt und grinste. Hokulani merkte, wie sie einen roten Kopf bekam.

Solange sie konnte, ließ sie ihre Hände durch das Wasser gleiten, während sie ihren Weg fortsetze. Sie kam Kaleo immer näher. Dieser war mittlerweile wieder aufgestanden und sah sie mit offenem Mund an. Er schluckte. Bildete sie sich das ein oder versuchte er krampfhaft, nur in ihr Gesicht zu sehen?

22

Je näher sie dem Strand kam, desto schwerer fiel es ihr, zu laufen. Als sie das Wasser nicht mehr stützte, strauchelte sie und ein stechender Schmerz fuhr durch ihre Knöchel. Kaleo war sofort an ihrer Seite und half ihr. Seine Haare kitzelten ihre nackten Schultern. Ihre Haut überzog bis zu den Fußspitzen eine Gänsehaut. Sanft legte er ihren Arm um seinen Körper, damit sie sich an ihm festhalten konnte. Zusammen gingen sie weiter durch die Brandung und an den Strand.

Er sah sie an und ihr Herz machte einen Salto. »Alles okay?«, fragte er sie. »Ziemlich überwältigend im ersten Moment, oder?«

Wusste er, wie sie fühlte? Dass jede Berührung von ihm ein Feuer durch ihre Adern schickte? Dass jeder seiner Blicke ihren Atem zum Stocken brachte? Wie hielten die Menschen das nur aus?

»Wir müssen dir unbedingt etwas anziehen, sonst werden wir heute Abend nicht sehr weit kommen«, murmelte er. Seine Hand auf ihrer Haut war kalt. Er führte sie zu einem Kleiderhaufen und hielt eine weite Jogginghose hoch. »Ich habe gedacht, die könnte passen. Und sie ist ganz weich. Das ist vielleicht angenehm für deine Haut?«

Sie lächelte ihn belustigt an, musste unbedingt an etwas anderes als das Gefühl seines Armes um ihren nackten Körper denken. »Wie aufmerksam! Das wird herrlich sein.«

Mit seiner Hilfe beförderte sie ihre noch störrischen Beine in den schwarzen Stoff. Sein Gesicht war mittlerweile so rot wie ein Hummer und das beruhigte Hokulani. Sie war nicht die Einzige, die mit ihren Gefühlen kämpfte. Nachdem sie zusammen die Beine der Jogginghose hochgekrempelt hatten, damit sie nicht darüberstolperte, reichte ihr Kaleo, ohne sie anzusehen, ein weißes T-Shirt. Als sie es über ihren Kopf zog, umhüllte sie Kaleos Duft so intensiv, dass sie die Augen schloss. Als sie sie wieder öffnete, stand er mit in die Seiten gestützten Armen vor ihr und seine Augen klebten an ihrer Brust.

»Du brauchst einen Hoodie«, sagte er knapp, drehte sich um und kramte in seiner Kiste, bis er einen blauen Kapuzenpulli herauszog und ihn Hokulani hinhielt. Er hielt sie weiterhin an den Hüften, damit sie beim Anziehen nicht noch einmal das Gleichgewicht verlor. Diesmal war sie auf seinen Geruch vorbereitet, trotzdem zauberte er ihr einen glücklichen Ausdruck aufs Gesicht.

»Geht's dir gut?«, fragte er sie leise. Er zog sie noch ein Stück an sich heran und schloss seine Arme um sie. Wieder legte er seine Stirn an ihre. »Das ist das Schlimme als Mensch. Man kann seine Gefühle kaum im Zaum halten.« Seine Stimme war heiser geworden.

Mit klopfendem Herzen legte Hokulani ihre Hände, die in den langen Ärmeln des Hoodies steckten, auf seine Brust, die sich unter einem tiefen Atemzug weitete. Sie schluckte und wandte ihm ihr Gesicht zu. Vielleicht war das keine Nacht, um etwas zurückzuhalten. Vielleicht sollten sie diese Magie einfach genießen und sich erst morgen darüber Gedanken machen. Sie streckte sich, um ihre Lippen auf seine zu drücken.

»Hey, Kaleo!«

Hokulani hob verwirrt den Kopf und sah nach oben. Eine Holztreppe führte zu einem Haus, das auf einer kleinen Klippe stand. Auf der obersten Stufe wartete ein junger Mann mit sandfarbener Haut voller Sommersprossen und einem Beanie, unter dem blonde Locken hervorquollen. Er grinste sie freundlich an und auch seine Augen lächelten. »Wollt ihr nicht langsam hochkommen? Yo hat Abendessen gemacht. Du weißt doch, wie sie ist, wenn man sie damit warten lässt.«

Kaleo schien diese Menschen gut zu kennen. Das war das Einzige, was Hokulani davon abhielt, zu flüchten.

Er drückte Hokulani noch einmal an sich, dann nahm er ihre Hand und half ihr die Treppe hinauf. Bis jetzt hatte sie den Schmerz in ihrem Knöchel ignorieren können, aber bei jeder Stufe wurde es schlimmer.

Als sie den jungen Typ erreichten, zitterten ihre Beine. Kaleos Freund umfasste Hokulanis Oberarme und küsste sie einmal auf jede Wange. Sie zwang sich, diese höfliche Geste zuzulassen.

»Aloha, Hokulani. Ich bin Peter. Schön, dich kennenzulernen. Wir haben hier schon viel von dir gehört«, begrüßte er sie lächelnd.

Kaleo hielt immer noch ihre Hand und strich mit seinem Daumen über ihren Handrücken.

Peter begann, mit Kaleo zu flüstern, aber sein Eifer ließ Hokulani jedes Wort verstehen. »Hab ich es so gemacht, wie du wolltest? Du hast gesagt, ich soll euch vom Strand abholen, wenn das zu lange dauert. Sie soll uns doch kennenlernen«, wisperte der Mann Kaleo zu.

»Ja, alles gut, Peter. Versuch einfach, mich nicht weiter zu blamieren.«

Obwohl Hokulani bei Kaleos Antwort grinsen musste, brachte sie ihr Herzklopfen zum Stillstand.

Kaleo wollte sie von ihrem Plan abbringen. Deshalb war sie hier. Sie sollte nichts auf ihre Gefühle ihm gegenüber geben, die hier so stark ausgeprägt waren.

Die Tür des Hauses wurde geöffnet und warmes Licht ergoss sich in die Inselnacht. Eine kleine, Schwarze Frau mit roten Rastazöpfen stand in der Tür. Sie breitete beide Arme aus. »Aloha«, sagte auch sie. »Und herzlich willkommen in meinem *pu'uhonua.*«

Auch sie küsste Hokulani und drückte sie noch einen Moment an sich. Dann quietschte sie, sprang mit Anlauf in Kaleos Arme und schlang ihre Beine um ihn.

»Wo hast du so lange gesteckt mein Lieblingsmeermann?«, schimpfte sie scherzend. Kaleo schloss sie in die Arme und drückte sie fest an sich.

Hokulanis Hand, die eben noch in Kaleos gelegen hatte, fühlte sich kalt an, und ein giftiger Kugelfisch pumpte sich in ihrem Herzen auf.

»Yo, es dauert immer achtundzwanzig Tage«, sagte Kaleo liebevoll.

»Ja, ja, ich weiß ja.« Sie ließ von ihm ab und scheuchte die ganze Truppe ins Haus. »Los, kommt rein, das Essen ist schon längst fertig.«

Hokulani folgte den anderen schweigend. Sie unterdrückte ein Humpeln, denn sie war nicht bereit, vor diesen Menschen Schwäche zu zeigen.

Der Tisch war unter dem Schein einer schummrigen Lampe mit vier tiefen Tellern und großen Löffeln gedeckt. Kaleo schob Hokulani den Stuhl zurecht, und sie setzte sich schnell, bevor ihre Füße wegknickten. Eine Sekunde später war der Meermann neben ihr.

Yo stellte einen riesigen, dampfenden Topf in die Mitte. Sie sah Hokulani freundlich an. »Das ist Eintopf, Kaleos Lieblingsspeise. Ich hoffe es schmeckt dir.«

Hokulani lächelte höflich. Wieso wusste diese Frau so viel über Kaleo?

Mit Schrecken sah sie, wie Peter braune Glasflaschen aus einem Kühlschrank nahm und sie allen anbot. Als er Hokulani ebenfalls eine hinhielt, schüttelte sie energisch den Kopf.

Schnell sah sie sich um, erwartete, dass Bob mit einem Bier in der Ecke stand. Sie wackelte mit ihren Füßen. Keine Flosse, kein Fass mit Wasser, in dem sie gefangen war.

Aber sie saß hier bei Menschen, so wie Bob Conners einer war. Hokulani versteifte und verkroch sich in den Tiefen ihres Hoodies.

Eine warme Hand legte sich auf ihren Oberschenkel. Sie sah auf die Finger, den Arm entlang bis zu dem Gesicht, das dazu gehörte.

Kaleo. Selten hatte sie ihn so entspannt gesehen.

»Alles in Ordnung?«, fragte er sie leise.

»Ich … ja.« Ein dampfender Teller Eintopf stand mittlerweile vor ihr. Hokulani lächelte verhalten. Sie würde diesen Abend mit erhobenem Kopf hinter sich bringen. »Das riecht köstlich. Lass uns essen!«

Hokulani wusste, wie man Löffel verwendete, und führte ihren vorsichtig zum Mund. Nach einem kleinen Bissen schloss sie die Augen. Schmeckte das so köstlich wegen ihren Menschensinnen oder konnten die Meeresbewohner hier noch etwas lernen?

Kurz herrschte gefräßige Stille am Tisch, dann sah Kaleo ungeduldig von einem zum anderen. »Jetzt sagt schon. Gibt es Neuigkeiten?«

Peter lehnte sich in seinem Korbstuhl zurück und nahm erstmal einen großen Schluck Bier. Er schien es zu genießen, Kaleo zu reizen.

»Möglicherweise …«, antwortete er gedehnt.

Obwohl Kaleo so aussah, als würde er gleich auf Peter losgehen, erkannte Hokulani trotzdem, dass die beiden nur Spaß machten.

»Meine Güte, ihr seid echt Kindsköpfe«, beschwerte sich Yo und rollte übertrieben mit den Augen. »Kaleo, wir wissen es noch nicht genau. Aber wir erwarten Noa jeden Moment aus Honolulu zurück. Der Prozess war heute Nachmittag.« Sie legte den Kopf schief und lächelte. »Er war allerdings recht zuversichtlich.«

»Und wenn Noa nicht Noa wäre, könnte er uns schon lange per Handy Bescheid gesagt haben.« Kaleo verzog das Gesicht, als hätte er in eine Zitrone gebissen.

Yo wandte sich Hokulani zu. »Noa ist Peters Freund und ein begnadeter Anwalt, obwohl er noch recht jung ist. Weißt du, was ein Anwalt ist?«

Hokulani nickte.

»Was die Gesetze angeht, macht ihm keiner was vor. Andererseits«, Yo wiegte ihren Kopf hin und her, »hat er in bestimmten Bereichen etwas spezielle Ansichten, zum Beispiel, was Handys angeht.«

Peter zuckte mit den Schultern. »Leute, was soll ich sagen? Ich hab versucht, ihn zu überzeugen. Aber der Mann weiß, was er will.« Dabei grinste er und seine Wangen wurden noch rosiger, als sie es ohnehin schon waren.

Hokulani wusste nicht, was sie dazu sagen sollte, und nickte einfach. Mobiltelefone waren nur eine weitere Gefahr für sie und ihr Volk, entdeckt zu werden. Aber ihre Ansicht tat hier nichts zur Sache.

Sie tauchte ihren Löffel wieder in ihren Suppenteller. Diese Menschen waren ... nett. Sie wirkten sanft und liebevoll, Attribute, die sie gerne häufiger bei den Meermenschen sehen würde.

Die entstandene Stille durchbrach Yo, indem sie ihren Stuhl lautstark zurückschob und aufstand. »Peter, du hilfst mir mit dem Geschirr, und Kaleo, du zeigst unserem Gast schon mal alles?«

»Zu Befehl, Madam.« Kaleo deutete ein Salutieren an und strich sich seine dunklen Haare aus dem Gesicht. Dann griff er nach Hokulanis Teller. Ihre Finger berührten sich und Hokulani zuckte zusammen. Ihr Unterleib schien wieder von kleinen Clownfischen bevölkert zu sein, die Verstecken spielten.

Als die Teller abgeräumt waren, hielt Kaleo Hokulani seine Hand hin. »Komm mit«, flüsterte er ihr zu.

Sie betrachtete ihn und wunderte sich wieder darüber, wie anders er hier aussah. Seine nachthimmelblauen Augen wirkten hier heller, heiterer, und seine Haare, die jetzt fast trocken waren, hatte er hinter ein Ohr geklemmt. Ohne die Strömung blieben sie dort. Sein ganzer Körper bewegte sich geschmeidig und voller Kraft und er schien sich in seiner Jeans und seinem Shirt genauso wohl wie im Wasser zu fühlen. Wie konnte er ein Krieger des Meeres sein? Kein Wunder, dass er nicht gegen diejenigen kämpfen konnte, die die Ozeane kaputt machten, wenn er wie einer von ihnen wirkte.

War so viel Mensch in ihrem Volk?

Sie ergriff seine Hand und er lächelte. Seine Finger umfassten sanft die ihren und die Clownfische tobten. Er zog sie auf die Füße. Beim Aufstehen berührten sich ihre Oberkörper und ihre Gesichter waren ganz nah.

Für einen Atemzug, für zwei Atemzüge atmeten sie dieselbe Luft. Dann senkte Hokulani den Kopf und schloss einen Moment die Augen, um sich zu sammeln. Sie würde später über diesen Abend nachdenken. Mit Kapono darüber reden, was sie gesehen hatte. Jetzt wollte sie alles beobachten und lernen. Bestimmt löste sie ihre Finger aus seiner Hand.

»Was willst du mir zeigen?«, fragte sie ihn, versteckte ihre Hände in den langen Ärmeln des Kapuzenpullis und verschränkte die Arme vor der Brust.

Kaleo atmete lange aus, dann lächelte er.

Als sie jedoch einen Schritt zurücktrat, gaben ihre Knöchel nach wie Muschelschalen, und sie knickte ein. Ein heftiger Schmerz schoss durch ihr Sprunggelenk. Verdammte Beine, sie war so unsicher auf diesen Dingern. Bei allen anderen sah es so einfach aus!

»Was hast du?«, rief Kaleo, während er seinen Arm um ihre Taille schlang.

Sein Geruch ließ sie kurz den Schmerz vergessen, aber eine kleine Bewegung reichte und fingerlange Nadeln stachen erneut in ihre Fußgelenke.

»Ich … dachte zuerst, es wäre einfach ungewohnt, zu laufen.«

Die Untertreibung des Jahrhunderts. Sie hielt sich an seinen Oberarmen fest, um sich zusätzlich zu entlasten.

»Ich glaube, es ist meine Flossenverletzung. Ich habe das Gefühl …«, ihr Hals wurde trocken, als sie Kaleo in die Augen sah, »als Mensch sind alle Gefühle stärker ausgeprägt.«

Die Welt wurde unscharf, als Kaleo die Hand hob und sie an ihre Wange legte. Für einen Wimpernschlag lang überwältigte sie die Wärme seiner Berührung, dann beendete sie den Satz so, wie sie ihn gemeint hatte: »Auch der Schmerz.«

Die Hand huschte von ihrer Wange und gab ihr zusätzlich Halt. Nach Hilfe suchend sah Kaleo Yo an. »Hast du eine Idee?«, fragte er sie.

Yo kratzte sich an der Nase. »Ich muss irgendwo noch die Krücken haben von meinem Bänderriss letztes Jahr.«

Sie stand auf und zog an einer Schnur, die an der Decke hing. Eine Luke klappte mit einer Leiter hinunter. Flink kletterte sie nach oben und alle hörten Yo unter dem Dach Sachen herumräumen, leise fluchen und Truhen oder Schränke auf- und zuklappen.

Peter kicherte. »Kann sich nur noch um Stunden handeln.«

Hokulani versuchte, die kleinen Kreise zu ignorieren, die Kaleo mit seinem Daumen auf ihrem Rücken zog.

Schließlich erschienen Yos Füße in der Luke. Triumphierend hielt die kleine Frau zwei Krücken in die Luft.

»Ich hab sie! Das Haus verliert nichts.« Sie musterte Hokulani von oben bis unten und verstellte die Krücken in die richtige Größe. Dabei kicherte sie. »Beinahe hätte ich dich gefragt, ob du so etwas schon mal verwendet hast. Ich bin manchmal ganz schön zerstreut.« Sie sah Kaleo belustigt an.

»Sicher, dass ich ihr zeigen soll, wie sie damit laufen kann?

Könnte nämlich sein, dass du sie dann loslassen musst.«

Die Hände des Meermannes erstarrten, und Hokulani musste ihn nicht ansehen, um zu wissen, dass er einen roten Kopf bekommen hatte. Sie lächelte. Irgendwie süß.

Dann konzentrierte sie sich auf Yos Instruktionen, schob ihre Arme in die Haltevorrichtungen der Gehhilfen und versuchte ihr Glück. Es ging viel besser als ohne. Selbst wenn nicht, hätte sie es nicht zugegeben – sie würde sich bestimmt nicht die ganze Nacht von Kaleo umarmen lassen.

»Los gehts«, sagte sie entschlossener, als sie sich fühlte.

Kaleo hielt ihr die Tür auf und wies ihr den Weg.

»Viel Spaß, ihr zwei«, rief ihnen Yo noch hinterher, bevor sie sich zu Peter ans Spülbecken gesellte und mit einem Handtuch die sauberen Teller abtrocknete.

Hokulani stakste mit ihren Krücken vorwärts. Ob Tua das Prinzip der Krücke auf die Meermenschen übertragen könnte? Ihr Opa, der verletzt unter dem Meer lag, weil ihm ein Mensch einfach so seine Schwanzflosse abgerissen hatte.

»Warte, Hokulani, lass mich vorgehen, falls die Stufen …«, rief Kaleo ihr zu, doch sie hörte nicht auf ihn.

Sie setzte die Enden ihrer Gehhilfe auf die erste Stufe unter ihr. Es ging leicht. Aber sie hatte nicht erwartet, dass die Trittflächen von der Gischt rutschig waren. Die Gummistopfen der Krücke rutschten ab und polterten die Treppe hinunter. Hokulani hielt sich gerade noch an dem wackligen Geländer fest. Ein vernichtender Schmerz kreischte durch ihre Knöchel, als diese ihr Körpergewicht wieder übernehmen mussten. Sie biss die Zähne zusammen und unterdrückte den Schmerzlaut.

»Hokulani«, rief Kaleo, war sofort bei ihr und nahm sie in die Arme. »Das war eine blöde Idee mit den Krücken. Ich halte dich jetzt, und wenn es sein muss, trage ich dich.«

»Es geht schon wieder«, murmelte sie und versuchte, seiner körperlichen Nähe zu entkommen. In seinen Armen war es so warm und das Klopfen seines Herzens war ein Rhythmus, dem sie stundenlang hätte lauschen können. »Was wolltest du mir zeigen?«, fragte sie ihn, um sich auf andere Gedanken zu bringen.

Seine aufgebrachte Miene glättete sich und er lächelte.

»Komm, wir müssen in das Nebengebäude da. Steig auf meinen Rücken.« Er ging in die Hocke. »Schling deine Arme um meinen Hals und deine Beine um meine Hüften.«

»Ich … das mach ich auf keinen Fall.«

»Ach komm schon – wir haben das schon mal gemacht.« Kaleo grinste sie über die Schulter hinweg an.

Widerwillig legte sie ihre Hände auf Kaleos Nacken. Als er nach hinten griff, um sie am Po festzuhalten und aufzustehen, quietschte sie. Reflexartig schlang sie die Arme um seinen Hals und die Beine um seine Hüften.

Kaleo kicherte. »So passt es doch super, mein kleines Äffchen.«

Hokulani verpasste ihm einen leichten Schlag gegen den Hinterkopf. »Äffchen? Ich pikse demnächst mal einem frechen Riffhai in den Bauch, wenn du mich noch einmal Äffchen nennst!« Aber auch sie musste grinsen. Und sich ablenken von den kräftigen Armen, die sie umschlangen, und dem breiten Rücken, an den sie geschmiegt war.

»Jetzt spann mich nicht noch mehr auf die Folter, wohin gehts?«, fragte sie. Ihre Stimme war wieder so komisch belegt.

»Es ist gleich da drüben«, sagte er und trabte los. Sie näherten sich einem weiteren Gebäude, dessen Wände aus Scheiben bestanden, die allerdings beschlagen waren. Kaleo ließ sie einen Moment los, sodass sie sich selbst an ihm festhalten musste, und öffnete die Tür. Durch die Wände fiel das Licht des Vollmondes, und Hokulani traute ihren Augen nicht. Wie konnte er es wagen, sie hierher zu bringen?

»Lass mich sofort runter.« Ihre Stimme war ein gefährliches Knurren.

Kaleo bewegte sich nicht. »Hokulani, nein, das ist nicht, was du denkst …«

»Lass. Mich. Runter!«

Sie zappelte, und Kaleo setzte sie umgehend ab. Vorsichtig, in kleinen Schritten, humpelte sie zu den metallenen Becken, die in den Boden eingelassen waren. Dann kniete sie sich an den Rand des Pools und streckte eine Hand ins Wasser. Sie zitterte, war wieder eine Gefangene von Bob. Ein kleiner, schuppiger Kopf drückte sich in ihre offene Handfläche. Tröstend, wie es ihr schien. Elektrisches Licht flammte auf. Die Schildkröte erschreckte sich und tauchte ab. Trotzdem erkannte Hokulani noch, dass ihre rechte Vorderflosse nur aus einem Stumpf bestand.

Sie spürte Kaleo an ihrer Seite. Er ging neben ihr in die Hocke.

»Peter hat Greta gefunden. Sie hatte ein Fischernetz um ihre Flosse geschlungen und zog fast ein Kilo Plastik hinter sich her. Sie war fast tot. Er hat sie mitgenommen, sie nach seiner deutschen Großmutter benannt und Yo und er päppeln sie wieder auf. So wie alle Tiere hier. Greta wird nächste Woche ausgewildert. Ihre Flosse ist verheilt, sie ist wieder ein stattliches Exemplar und kommt gut mit ihrem Stumpf klar. Und ich werde auch ab und zu nach ihr sehen.«

Sanft drehte er Hokulani, die immer noch auf das Wasser starrte zu sich um.

»Diese Menschen würden alles für die Natur und dieses Meer geben. Sie haben ihr Leben dem Schutz dieser Region gewidmet und ihr Herz schlägt für dieses Fleckchen Erde. Sie sind gut informiert, scheuen keinen Kampf und haben große und liebevolle Herzen.« Kaleo machte eine Pause und schien, seine nächsten Worte mit Vorsicht zu wählen. »Nicht alle sind wie Bob. Und nicht alle sind wie die Dorfbewohner. Manche kämpfen. Du warst zu krank, um es zu bemerken. Aber diese Menschen haben alles stehen und liegen gelassen, haben das

Gesetz gebrochen, um mit mir und Pal bei Bob einzubrechen und dich zu retten.«

»Welche Tiere wohnen hier noch?«, fragte Hokulani. Sie lehnte sich einen Moment gegen Kaleos Schulter, atmete heftig. Sie fügte noch hinzu: »Ich … es tut mir leid, dass ich gedacht habe, deine Freunde seien wie Bob.« Sie starrte auf die Wasseroberfläche. Greta hätte im Ozean keine Chance gehabt. Wegen dieser Menschen war sie noch am Leben.

Kaleo legte seinen Kopf auf Hokulanis Scheitel und schwieg. Dann stand er auf und lief an den Becken entlang. »Wir haben hier noch eine Schildkröte, einen Delfin, eine Seekuh, eine Mönchsrobbe …«

Peter stürmte durch die Tür. »Noa ist da – und er hat fantastische Neuigkeiten. Der Baustopp ist beschlossen. Bob hat gegen so viele Auflagen verstoßen, dass die Richter gar keine Wahl hatten. Da helfen ihm auch all seine Beziehungen nichts.«

Kaleo lief zu ihm und umarmte ihn. »Das ist eine gute Nachricht, mein Freund. Wir haben heute Abend einen großen Sieg errungen.«

Hokulani kniete immer noch an Gretas Becken. Sie hatte ihre Hand wieder in das Wasser eingetaucht und kraulte das Tier am Kinn. Dachten diese dummen Jungen wirklich, sie könnten Bob mit Regeln und Gesetzen aufhalten? Hatten sie nicht den Hass in seinen Augen gesehen, diese absolute Entschlossenheit, über Leichen zu gehen? Der Baustopp würde ihn nur anstacheln.

Sie erschrak, als Peter in voller Montur in Gretas Becken sprang. Die Schildkröte tauchte unter. Natürlich hatte sie sich erschreckt. Hokulani kräuselte die Lippen. Da tauchte das Tier neben Peter wieder auf und schwamm begeistert um ihn herum.

»Ja, wo ist denn meine Schöne?«, quietschte der erwachsene Mann und spielte mit Greta Fangen.

Kaleos Hand legte sich auf ihrer Schulter. »Kommst du?«, fragte er. In seinen Augen spiegelte sich das Wasser fröhlich. »Ich will mit Noa reden. Und er wird mich hassen, wenn ich euch nicht einander vorstelle.«

Er hielt ihr beide Hände hin und zog sie auf ihre Füße. Dann schlang er den Arm um ihre Taille und übernahm einen Großteil ihres Körpergewichtes. Er passte sich ihrem langsamen, humpelnden Schritt an.

»Du bist still heute Abend«, stellte Kaleo wertfrei fest.

»Ich bin ziemlich überwältigt. Hättest du mir vor einer Woche gesagt, dass ich auf Beinen einen Abend mit Menschen verbringe, hätte ich dich ausgelacht.« Da fiel ihr etwas ein. »Wo sind eigentlich die anderen Meereskrieger? Was macht Pal heute Abend?«

Der Arm um ihre Taille versteifte sich, und als Hokulani überrascht zu Kaleo aufsah, hatte sich ein harter Zug in sein Gesicht geschlichen. So sah er nur aus, wenn es um Kapono ging.

»Bisher hat mich meine kleine Schwester immer hierher begleitet. Aber jetzt ist Pal die Verlobte von Kapono. Sie tut, was er sagt. Und er verwandelt sich nur um … Nachkommen zu zeugen.«

Sie wussten beide, wie Meerkinder entstanden. Eine gespannte Stille breitete sich zwischen ihnen aus. Kaleos Hand um Hokulanis Hüfte nestelte nervös an ihrem Hoodie, und Hokulanis Gesicht wurde heiß. Noch nie hatte sie einen Gedanken an diesen Akt verschwendet. Wieso wollte sich in dieser Gestalt ein Teil von ihr an ihren Freund drängen und sehen, wohin das führte?

»Warte, ich helfe euch«, riss sie eine fröhliche Stimme abermals aus ihren Gedanken. Peter hatte sich umgezogen und trug wieder trockene Kleider. Nur sein Beanie saß noch tropfend auf seinen nassen Haaren. »Ihr seid ja noch nicht weit gekommen.« Er grinste und wie selbstverständlich umfasste er

Hokulanis Taille von der anderen Seite, um sie zusätzlich zu stützen.

Sie lächelte Peter dankbar an. Sie mochte den fröhlichen Schildkrötenretter und war froh, dass die peinliche Situation mit Kaleo vorbei war.

23

Als sie wieder im Wohnraum der Hütte ankamen, lauschte Yo fasziniert einem Mann, der Noa sein musste. Neben ihm saßen zwei weitere Männer und eine Frau, die alle sehr zufrieden mit sich aussahen. Peter ließ Hokulani kurz los, ging zu dem Mann, dessen braune Haut im Kerzenschein in einem warmen Goldton leuchtete, und strubbelte ihm durch die schwarzen ordentlich gekämmten Haare. Anschließend drückte er ihm einen fetten Kuss auf die Lippen. Kaleo führte Hokulani zu einer Couch, in der sie fast versank, und nahm an ihrer Seite Platz.

Kaleo beugte sich vor, um Noa besser zuhören zu können. Hokulani brauchte eine Pause. Dieser Mann würde nichts sagen, was die Dinge ändern würde. Vorsichtig zog sie ihre Beine an ihren Körper und ließ sich von den weichen Kissen verschlucken.

Als alle applaudierten, schreckte sie auf. Peter stieß einen schrillen Pfiff aus und Yo kreischte begeistert. Aus Höflichkeit klatschte Hokulani ebenfalls. Musik wurde aufgedreht und Flaschen geöffnet.

Yo baute sich vor Kaleo auf. Sie hielt einen Lederball im Arm. »Du hast mir letztes Mal eine Revanche versprochen.«

»Aber Yo, ich hab Besuch«, antwortete Kaleo. Charmant, aber Hokulani sah, wie seine Beine wippten.

»Geh ruhig«, sagte sie deswegen, während sie ihm eine Hand auf den Rücken legte. Irgendwie intim, doch diese Nacht machte es ihr schwer, ihre Grenzen zu wahren. »Was immer ihr mit dieser Kugel vorhabt«, fügte sie mit einem Lächeln hinzu.

Er beugte sich zu ihr, bis seine Lippen fast ihren Hals berührten. Sein Atem strich über ihre zarte Haut und führte dazu, dass die Temperatur in ihrem Hoodie um mehrere Grad stieg.

»Lauf nicht weg«, flüsterte er, und bevor sie ihn für seine freche Bemerkung hauen konnte, war er aufgesprungen. Beim Hinauslaufen diskutierten er und die andern schon über irgendwelche Mannschaftszusammenstellungen.

Ruhe kehrte in der Hütte ein. Hokulani legte den Kopf zurück in die weichen Sofakissen und schloss die Augen. Sie hob ihre Hand und berührte die Stelle, an der Kaleos Atem sie gestreift hatte. Wie würde es nach dieser Nacht mit ihnen weitergehen? Sie war weiterhin überzeugt, ihre Zusammenarbeit mit Kapono fortzuführen. Konnten sie und Kaleo trotzdem Freunde bleiben? War es das, was sie waren, Freunde?

Jemand plumpste neben ihr in die Kissen. »Hey, Meermädchen.« Peter, der Schildkrötenretter, war wie sie im Haus geblieben. »Kein Freund von Fußball?«, fragte er sie freundlich.

»Fußball? Ich weiß kaum etwas davon. Menschenspiele interessieren mich nicht so.«

»Komm, schau es dir an.«

Er stand auf und streckte ihr beide Hände hin. Sie ergriff sie und war erstaunt, wie vorsichtig er sie auf ihre Füße zog. Dann schlang er einen Arm um ihre Taille und stützte sie.

»Du machst das gut. Hilfst du häufiger verletzten Meermädchen in Menschengestalt?«

Peter lächelte sie an. »Ich bin Physiotherapeut. Kennst du das?« Als sie mit dem Kopf schüttelte, fuhr er fort. »Ich helfe Menschen, ihre Beweglichkeit wiederzugewinnen. Nach Unfällen, zum Beispiel.«

Sie blieben an einem Fenster stehen.

»So, schau mal, von hier kannst du die Chaoten gut beobachten. Das ist Fußball.«

Hokulani wollte unbedingt noch mehr über dieses Physiotherapeutending hören, doch dann war sie abgelenkt. Vier Menschen rannten über eine Wiese, während zwei vor komischen Holztoren standen. Sie verstand schnell, dass die Aufgabe war, den Ball mit den Füßen in das Holztor der anderen Mannschaft hineinzuschießen. Was sie nicht verstand, war, mit wie viel Feuer die Menschen dieser Kugel hinterherjagten. Alle hatten schon rote Köpfe und schnauften wie verrückt.

»Wieso machen sie das?«, fragte Hokulani.

Peter lachte. »Frag ich mich auch. Ich kann damit auch nichts anfangen. Aber ich glaube, ihnen macht das Spaß.«

Hokulani sah wieder nach draußen. Sie beobachtete Kaleo. Er rannte pausenlos dem Ball hinterher und als er ein Tor schoss, riss er die Arme nach oben und fiel seinen Mannschaftskameraden um den Hals. Dann zog er sein T-Shirt aus und Hokulani schluckte. Sie beobachtete seine Muskeln, die sich unter seiner Haut bewegten, und ihre Knie gaben nach. Peter hielt sie fest und sah sie besorgt an.

»So lange stehen ist wahrscheinlich nichts für deine Verletzung. Soll ich mir das mal anschauen?«, fragte er sie vorsichtig.

»Das wäre echt nett«, antwortete Hokulani, mehr aus Neugierde, wie so ein Physiotherapeut arbeitete, als dass sie daran glaubte, dass er ihr wirklich helfen konnte.

Mit einem letzten Blick auf den halbnackten Kaleo humpelte sie, von Peter geführt, in ein Nebenzimmer mit einem schmalen Bett. An den Wänden standen mehrere Regale mit Büchern und in der Ecke lehnte eine Gitarre.

»Das ist Kaleos Zimmer. Er ist zwar nur alle achtundzwanzig Tage bei uns, aber über die Jahre hat er sich hier breitgemacht.« Peter machte eine einladende Geste zum Bett. »Komm, leg dich hierhin.«

Sie setzte sich an die Bettkante und sah sich dabei weiter um. »Gehören die Bücher ihm?«, fragte sie.

»Ja, er gibt jeden Monat bei uns eine Bestellung auf. Oft machen wir die Nacht durch, in der er hier ist, aber wenn Yo und ich schlapp machen, dann sitzt er hier und liest bis zum Sonnenaufgang.«

»Und die Gitarre?«, fragte sie weiter.

»Frag ihn einfach selbst, wenn er sich ausgetobt hat. Er liebt Musik und dir spielt er vielleicht sogar etwas vor. Bei uns ziert er sich immer total. Aber jetzt lass mich mal sehen.«

Hokulani legte sich auf das Bett und atmete Kaleo ein. Eine Ahnung von seinem Duft strömte aus den Kissen, als sie ihren Kopf darauf bettete. Sie seufzte. Diese Nacht würde die Dinge auf keinen Fall einfacher machen.

»Darf ich deine Jogginghose über die Knie hochschieben?«, fragte Peter und riss sie aus ihren Gedanken. Sie nickte und es fiel ihr nicht schwer, sich bei diesem netten Typen und den Bewegungen seiner geschickten Hände zu entspannen. Die riesige Welle, die sie schaffen wollte, würde auch diese Hütte überschwemmen und zerstören. Aber Kaleo würde seine Freunde warnen, und sie würden ihr Heim wiederaufbauen. So war das eben im Krieg.

Es fiel ihr leicht, die dunkle Zukunft von sich zu schieben. Ein Mensch begann *ihr* Menschenbein abzutasten. Wie unglaublich war das? Er drehte den Knöchel und beugte ihr Knie. Dabei musterte er ihr Gesicht. Vermutlich wollte er wissen, ob ihr die Bewegungen wehtaten. Doch bei seiner vorsichtigen Untersuchung konnte sie sich entspannen und beobachtete fasziniert, in wie viele Richtungen er ihren Knöchel und ihr Knie beugen konnte. Natürlich hatte sie schon viele Menschen gesehen – selber Beine zu haben war trotzdem nochmal etwas ganz anderes.

Peter begann, die Muskelansätze ihres Knöchels zu massieren, und erklärte unaufgefordert, dass er sich von dort zum

Knie hocharbeiten würde. Sie nickte und konzentrierte sich auf das Gefühl, wie der Schmerz in einigen ihrer Muskelstränge einer warmen Entspannung wich.

»Das war eine ordentliche Verletzung, die du dir da zugezogen hast. Was ist nochmal genau passiert?«

Als sie den Kopf schüttelte, akzeptierte er das und fuhr fort, das Bein durchzukneten.

»Eigentlich ist es ganz gut verheilt, nur die Muskeln sind total verkrampft. Ich versuch, das ein wenig zu lockern …«

Sie überließ sich seinen warmen Händen und ließ ihren Blick durch den Raum wandern. Das war das Zimmer eines Menschen. Nichts erinnerte an das Meer.

Die Tür öffnete sich, und sie schreckte hoch. Kaleo stand mit rotem Kopf und schweißnasser Stirn im Türrahmen und hatte sein T-Shirt um seinen Hals gelegt.

»Hier seid ihr. Peter, was sagst du zu ihrer Verletzung?«

»Ich kann gar nicht mehr viel feststellen, außer völlig verkrampften Muskeln. Vielleicht ist es eine Art Phantomschmerz?«

Kaleo antwortete Peter, doch seine Augen ruhten auf Hokulani. »Ich denke, ein Körper braucht Zeit, um so etwas zu vergessen.«

Bobs sadistische Fratze grinste sie an, seine Werkzeuge lagen neben ihm, mit denen er ihr zur puren Unterhaltung Schmerzen zufügte. Dann riss er ihre Schwanzflosse und ihre Welt auseinander. Erst als sie ihre Fingernägel so sehr in die Handballen presste, wie sie konnte, schaffte sie es, aus diesem Ozean der Tränen aufzutauchen. Als ob Kaleo wüsste, was ihr passiert war. Es gab nur einen Meermenschen, der sie verstand, und mit ihm zusammen würde sie Vergeltung üben. Und unzählige Meeresbewohner retten. Denn Bob würde nicht aufhören, mit seiner finsteren Egozentrik diese Bucht zu tyrannisieren.

Hatte sie an die Decke gesehen oder ihre Augen geschlossen?

So richtig kam sie erst wieder in der Gegenwart an, als eine große, vorsichtige Hand ihre zur Faust geballten Finger löste, als wären sie Arme einer Anemone.

Sie setzte sich auf, schob die Hosenbeine ihrer Jogginghose wieder nach unten und schwang die Beine über die Bettkante. Erst jetzt fiel ihr auf, dass Peter den Raum verlassen hatte. Kaleo setzte sich neben sie, nahm sie in den Arm wie etwas sehr Wertvolles und legte seinen Kopf auf ihren. Sie wurde eingehüllt von seiner Wärme und seinem Geruch. Zu Meer und Algen war eine dunkle Note dazugekommen, die ihr Herz zum Klopfen brachte.

»Warum hab ich Bob nicht niedergeschlagen, als ich dich das erste Mal besucht habe, und dich direkt gerettet? War nicht damals schon klar, dass er sich an keine seiner Abmachungen halten würde? Ich würde dir so gerne deinen Schmerz nehmen und alles rückgängig machen.«

Hokulani ließ sich gegen Kaleos Schulter sinken.

Wenn man irgendetwas rückgängig machen könnte, wäre Bob tot, zerschellt an den Klippen von Moloka'i. Bob Conners hätte das bekommen, was er verdiente.

Sie schluckte die harten Worte herunter. Hier neben diesem liebevollen Meermann, dessen Nähe und Freundlichkeit an ihrem Panzer kratzten, merkte sie deutlicher als im Meer, dass nur noch Hass sie zusammenhielt. Der Wunsch nach Rache war ihr inneres Gerüst und die heiße, beißende Wut ihre Mauer.

Kaleos bloße Anwesenheit löschte einen Teil davon, und schon bekam sie das Gefühl, sich aufzulösen. Also schwieg sie und rutschte ein Stückchen von ihm weg. Eigentlich nur wenige Zentimeter, doch auch Entfernung ist relativ und ihre Botschaft kam an. Der Arm fiel von ihrer Schulter.

Die Stille dehnte sich aus. Hokulani räusperte sich und zeigte auf die Gitarre. »Spielst du mir was vor? Ich habe noch nie von einem Meermann gehört, der dieses Menscheninstrument spielen kann.«

Sie hörte selbst die bissige Note in ihren Worten, mit denen sie schon wieder zwischen Menschen und Meervolk eine Grenze zog, aber wenn Kaleo es merkte, ging er darüber hinweg.

»Mit deinen Knöcheln kannst du ja nicht schreiend weglaufen, deswegen erfülle ich dir deinen Wunsch. Aber sei gewarnt, ich übe erst seit ein paar Monaten und, naja, du weißt, nur alle achtundzwanzig Tage.«

Er erhob sich und Hokulanis Seite wurde sofort kalt. Dann schob er einen Stuhl vor das Bett und setzte sich. Wenn Hokulani die Arme strecken würde, könnte sie mit den Fingern seine Knie berühren. Sie tat es nicht.

Er zupfte an einigen der Saiten und drehte an den Schrauben am Ende des Gitarrenhalses. Dann spielte er Akkorde und schien mit dem Ergebnis zufrieden zu sein. Bis jetzt hatte Hokulani nur ein paar Mal Menschenmusik gehört. Aus der Ferne vom Dorf oder aus Ahes Handy, wenn sie sich am großen Felsen trafen.

Kaleo strich sich eine Haarsträhne aus dem Gesicht und steckte sie hinter sein Ohr. Er sah sie an und sein Lächeln wirkte etwas nervös. »Ich hab noch nicht oft vor Publikum gespielt. Eigentlich noch nie …«

Wärme für diesen Mann überschwemmte Hokulani ohne Vorwarnung. Wie hatte sie dieses ganze Vertrauen und diese ganze Zuneigung nur verdient?

»Leg los, ich sag's nicht weiter, wenn es furchtbar ist«, antwortete sie. Der raue Ton ihrer Stimme verriet sie.

Ein Lächeln zupfte als Antwort an einem von Kaleos Mundwinkeln, dann sah er auf seine Finger, die eine Melodie zu spielen begannen. Sein Haar fiel wieder in sein Gesicht. Sogar sie kannte das Lied, wie jeder in Hawaii, und Kaleo spielte es viel zu langsam, aber das spielte keine Rolle. Es war das Lied über den Regenbogen und Wünsche, die wahr werden. Dann begann er, zu singen.

Anders als Iz, der sanfte Riese Hawaiis, sang er das Lied mit einer tiefen Bassstimme, die Hokulanis Seele streichelte und in eine warme Decke einwickelte. Als er sah, dass sie lächelte, wurde sein Gesang lauter und sicherer.

Noch während Kaleo die zweite Strophe sang, drang aus dem Nebenzimmer dröhnende Tanzmusik zu ihnen.

Kaleo unterbrach sein Lied, ließ den Kopf hängen und kicherte. »Peter … er liebt die Foo Fighters. Sollen wir zu den anderen gehen?«

Hokulani nickte zögernd. Sie mochte seine Freunde, hätte die letzten Momente aber lieber in die Länge gezogen. Ihr Herz hatte in dieser kleinen Zeitspanne getanzt und war zur Ruhe gekommen. Kaleos Lied hatte für eine kurze Zeit ihre Wut gelöscht und ihr eine Pause von den Rachegedanken geschenkt.

Doch als er seine Gitarre zur Seite legte und ihr seine Hand hinhielt, stand sie auf und verließ mit ihm sein Zimmer.

Der Beat schlug über ihnen zusammen und Yo zog an Kaleo. Hokulani gab ihn frei und humpelte zurück zu ihrer Couch. Die Menschen hüpften im Halbdunkeln zur Musik herum, und sie zog ihre Mauern wieder hoch. Ihre Knöchel schmerzten, und sie ließ sich in die Kissen fallen. Die Musik rauschte über sie hinweg, und die schlaflose Nacht verlangte ihren Tribut.

Sie spürte das Nachtblau seiner Augen auf sich, es schien Hokulani aufzufordern, ihn anzusehen, in seine Seele zu springen und alles zu erkunden. Aber sie war erschöpft, zu viele Gefühle zerrten an ihr. Sie kuschelte sich in den Hoodie, versuchte, Kaleos dezenten Geruch darin zu ignorieren, zog die Beine an und schloss die Augen.

Eine Hand auf ihrem Knie weckte sie. *»Tanz mit mir!«* Konnte sie die Worte von seinen Lippen ablesen oder hörte sie seine warme Stimme? Noch halb im Traum ließ sie sich von ihm hoch- und in eine Umarmung ziehen. Dieselbe Band spielte jetzt eine ruhige Melodie.

Als ihre Knöchel unter ihr wegknickten, schlossen sich seine Arme fester um sie. Sie hielt ihn ebenfalls und das Gefühl seiner Muskeln unter ihrer Haut stürzte auf sie ein.

»Ich hab dich«, flüsterte er. Seine Stimme war wie Samt neben ihrem Ohr. Sie schluckte trocken. Er hob sie hoch, ein kleines Stück nur, und stellte sie auf seinen Füßen wieder ab. Dabei hielt er sie so fest, dass ihre Beine kaum Gewicht übernehmen mussten. Dann drehte er sich langsam, außerhalb von Takt und Zeit.

Sie sah Kaleo an und versuchte, zu verstehen, was diesen Mann ausmachte. Ein eintopfessender, singender Mensch. Ein tödlicher Tigerhai. Und ein Krieger, der für sie in die Schlacht ziehen würde, wenn sie es von ihm verlangte, aber ihr vertraute, dass sie einen anderen Weg finden würde.

Nur hier, in seinen Armen, glaubte sie an eine friedliche Lösung ihres Krieges. Hinter dem nächsten Korallenriff wartete die Angst und mit ihr kam die Wut und der Wunsch, sich mit derselben Gewalt zu wehren, die ihr angetan worden war.

Entschuldigend legte sie eine Hand an Kaleos Wange. Als er sie fragend ansah, schloss sie die Augen und bettete ihren Kopf an seine Brust. Sie wollte sich in seinem gleichmäßig klopfenden Herzschlag verlieren und das Ende dieser Nacht noch ein bisschen herauszögern. Für diesen einen Tanz würde sie vergessen, dass sie ihr Volk in eine Schlacht führen würde, und stattdessen mit diesen Menschen auf einen Sieg der Gerechtigkeit hoffen. Für diesen Tanz würde sie sich auch erlauben, den Mann zu lieben, dessen Zehen unter ihren nackten Füßen kitzelten, und an eine gemeinsame Welt von Menschen und Meeresbewohnern zu glauben.

Die Musik verklang, und jemand knipste eine kleine Lampe an. Die Party war vorbei. Yo sammelte die Flaschen und Gläser von den Regal- und Fensterbrettern und Noa und Peter verzogen sich in eines der Zimmer. Die anderen Gäste, denen sich Hokulani nie vorgestellt hatte, verabschiedeten sich hinaus in die Nacht und grölten auf ihrem Weg den letzten Refrain.

Kaleo hielt Hokulani immer noch im Arm. Doch der Zauber war gebrochen, der Traum vorbei.

»Wollen wir uns den Sonnenaufgang ansehen?«, fragte er sie leise. Sein Atem streifte wieder die empfindliche Haut hinter ihrem Ohr, aber es war nicht mehr das Gleiche. Mit einem Kuss auf die Wange verabschiedete sich Kaleo von Yo. »Danke für alles«, murmelte er.

Hokulani winkte lächelnd, konnte dieser freundlichen Frau aber nicht mehr in die Augen sehen.

Dann saßen sie am Strand und sahen zu, wie der Himmel heller wurde und in warmen Rottönen explodierte. Kaleo hielt ihre Hand. Am Horizont leuchtete das Meer schon weißgolden und das Grün des Waldes erwachte. Nie hatte Hokulani etwas so Schönes gesehen oder es so tief in sich gespürt. Sie seufzte. Für den Mann neben ihr Grund genug, den Arm um sie zu schlingen und sie an sich zu ziehen. Das musste warten. Sie hatte einen Krieg zu führen.

Sie ließ seine Hand los und sah in seine Augen. Er hatte verstanden, bevor sie etwas sagte.

»Ich danke dir für diese zauberhafte Nacht«, begann sie trotzdem. »Aber ich muss jetzt zurück. Wir müssen den Küstenabschnitt weiter evakuieren. Am besten warnst du deine Freunde vor, damit sie sich in Sicherheit bringen können.«

Die Flut leckte an ihren Füßen und die Liebkosungen des Meeres riefen sie zu sich.

Sie stand auf. Die Brandung schien sie zu einem neuen Tanz einzuladen, für den ihre schmerzenden Beine nicht zu gebrauchen waren. Sie streifte die Kleider ab und lief in die Wellen hinein. Bei jedem Schritt übernahm das Wasser mehr von ihrem Gewicht, sie brauchte keinen stützenden Arm mehr, nicht von Kaleo und erst recht von keinem Menschen. Erleichtert machte sie einen Kopfsprung in die Fluten. Es war ein Menschenkopfsprung, linkisch und platschend, doch als das Wasser über ihr zusammenschlug, war alles gut. Noch musste sie Luft holen und so tauchte sie wieder auf. Der Himmel brannte und jeden Moment würde der Feuerball aufgehen. Sie hatten nicht darüber gesprochen, Hokulani ging aber davon aus, dass der Beginn des Tages ihren Zustand als Mensch beenden würde. Sie sah zurück zum Strand. Kaleo saß immer noch da, er hatte sich nicht bewegt, seit sie ihn zurückgelassen hatte. Seine Unterarme ruhten locker auf seinen angewinkelten Beinen. Er beobachtete sie, doch sie konnte seinen Blick nicht lesen. Glücklich sah er nicht aus. Sie hob die Hand, um ihm zuzuwinken, um ihn ebenfalls nach Hause zu holen. In diesem Moment eroberte die Sonne den Ozean, warf ihre Strahlen über die Wellen und erfasste Hokulani. Das Wasser um sie herum schäumte und wirbelte, umhüllte und umarmte sie, hieß sie willkommen und verwandelte sie. Dann ließ es von ihr ab. Sie glitt in die Wellen.

So selbstverständlich wie sich ihr Äußeres verändert hatte, so stark und unerwartet kämpfte ihr Herz. Es klammerte sich an die Gefühle dieser Nacht. Freudentränen beim Anblick des Sternenhimmels. Unsicherheit mit Fremden am Tisch. Das Schwingen dieser unbekannten Saite in ihrem Herzen. Kaleo beim Ballspielen mit verschwitztem Oberkörper, Kaleos Haare an ihrem Ohr, Kaleo, der ihre Hand hielt, Kaleo der für sie sang, Kaleos Körper an ihrem zu den Foo Fighters.

Immer wieder Kaleo.

In Menschenform hatte sie sich gegen ihre Gefühle gewehrt, um sich nicht zu verlieren, sich nicht aufzulösen. Jetzt erschien ihr jede Sekunde kostbar. Konnte sie diese Nacht in einer kleinen, unbeschadeten Ecke ihres Herzens aufbewahren? Oder verblassten die Erinnerungen schon nach wenigen

Augenblicken? War sie als Meerfrau dazu fähig, wie ein Mensch zu fühlen?

Es würden weitere Vollmonde kommen, und Kaleo und sie könnten das Märchen von Neuem erleben.

Denkst du das wirklich?, schalt sie ihre innere Stimme. *Wenn du seine Freunde und ihr Nest mit einer riesigen Welle überrollt hast, denkst du, er will dann noch deine Hand halten?*

Hokulani drehte sich um und floh. Sie schwamm immer schneller, um möglichst viel Wasser zwischen sich und Kaleo zu bringen.

Sie musste ihn sehen, ihn, diesen anderen Mann, der ihr Dasein beherrschte und der erst damit aufhören würde, wenn sie ihn, und alles, was er angerichtet hatte, zerstört hatte.

Vorsichtig tauchte sie vor der Bucht von Kumimi Beach auf, der Ort zahlreicher früherer Treffen mit den Bewohnern des Dorfes von *Waialula*. Auch diese Menschen waren auf ihrer Seite gewesen. Jetzt hatten sie sich zurückgezogen und ließen Bob sein zerstörerisches Werk vorantreiben. Die Baustelle erschien Hokulani wie eine eiternde Wunde der Insel. Alle Palmen und Bäume waren gefällt und ein bodenloses Loch gähnte in der Erde. Das Wasser war trüb und der Strand von tiefen Furchen durchzogen. Selbst die Brandung schien verletzt, erschöpft, sterbend. Aus dem Meeresboden ragten schon Pfeiler, vermutlich für Stege oder Bungalows, all diese Dinge, die Menschen gedankenlos bauten, ohne Rücksicht auf den fremden Lebensraum, in den sie eindrangen. Vorsichtig schwamm die Meerfrau unter Wasser näher und hasste es, dass sie selbst hier um ihre Sicherheit fürchten musste.

So spät wie möglich tauchte sie auf. Da war er, ein Dutzend Männer um ihn herum. Wohltuender Hass überschwemmte sie, der alle anderen Gefühle ausstach. Natürlich gab er Befehle, die Arbeit fortzusetzen. Gesetzesurteile würden ihn nicht aufhalten. Ein Schwarm Vögel stob auf, vertrieben durch das Dröhnen der zum Leben erweckten Bagger. Hokulani hatte genug gesehen und wollte verschwinden.

In diesem Moment wandte sich Bob dem Meer zu. Obwohl er die dunkle Sonnenbrille trug, schien es, als würde er in ihre Richtung sehen. Konnte das sein? Die Sonne war in ihrem Rücken. Seine Lippen zogen sich langsam zu einem breiten Lächeln auseinander und er hob zum Gruß eine Hand. Er hatte sie entdeckt. Die dunklen Gläser schob er auf seine Haare und auch wenn sie zu weit entfernt war, um Einzelheiten zu erkennen – das war nicht das Gesicht eines besiegten Mannes. Eines Mannes, den Gesetze dazu gebracht hatten, klein beizugeben. Vielmehr sah er aus wie jemand, für den es gerade erst interessant wurde. Ein Jäger, der sich freut, dass die Beute sich wehrt. Hokulani wusste auf einmal nicht mehr, wie sie atmen sollte, und trotz des lauen Morgenwindes, der einen tropisch warmen Tag versprach, zitterte sie unkontrolliert. Ihr Gehirn spielte ihr vor, dass ihre Schwanzflosse erneut riss, und ein Schluchzen wollte sich den Weg aus ihrem Inneren suchen. Sie ließ es nicht zu, tauchte unter und verschwand.

Mit brennenden Augen schwamm sie immer tiefer, hieß Kälte und Dunkelheit willkommen. Sie schalt sich eine Seekuh, dass sie sich in der vergangenen Nacht mit all ihren Farben und ihrem Funkeln eine heile Welt hatte vorgaukeln lassen.

Hass war ihre einzige Möglichkeit, zu überleben. Sie musste Kapono finden.

24

Alle warteten schon auf sie. Das ganze Volk von *Wai Aniani* war gekommen. Jede Familie hielt seinen Energiestein fest in den Händen und erleuchtete die Höhle mit einem schillernden Licht in Regenbogenfarben. Erwartungsvolle Gesichter wurden in freundliche Strahlen getaucht.

Ihr ganzes Leben hatte Hokulani geglaubt, der Ozean hätte ihnen diese Steine geschenkt, um zu helfen und zu wärmen. Nun wurden sie zu Waffen.

Sie schwamm zu Kapono und platzierte sich neben ihm.

Er sah sie von der Seite an. »Ich war nicht sicher, ob du kommen würdest«, raunte er ihr zu.

»Denkst du, ein bisschen Mondschein bringt mich von unserem Plan ab?«, antwortete sie barscher als beabsichtigt.

Der Kommandant atmete aus, und erst jetzt sah Hokulani, dass seine Fäuste geballt waren. Er öffnete sie, straffte seine Schultern und nahm ihre Hand.

Ein harter Glanz trat in seine Augen. »Bist du bereit?«, fragte er sie. Kaum hatte sie genickt, riss er ihre Hand in die Höhe. »Verpassen wir der Menschheit einen Denkzettel«, rief er mit seiner mächtigen Stimme. Er hielt sich nicht mit Begrüßungsfloskeln auf.

»Lasst das Meer sich erheben«, schrie nun auch Hokulani ihrem Volk zu und erntete begeisterten Jubel. Sie fühlte sich großartig, mächtig und selbstbestimmt.

Bis sie einen dunklen Schopf durch den Eingang der Höhle huschen sah. Ob er Yo und Peter noch Bescheid gesagt hatte?

Sie sah praktisch vor sich, wie ihre Augen sich weiteten, wie Yo sich umsah und nicht glauben konnte, dass es ihr gemütliches, gastfreundliches Heim bald nicht mehr gab.

Sie schloss die Augen, presste die Kiefer zusammen und sperrte das Mitleid aus. Als sie die Lider wieder öffnete, stand Kaleo in der ersten Reihe und sah sie an, in seinen Augen tobte die letzte Nacht. Blitzlichter huschten durch Hokulanis Kopf. Kaleos Nähe beim Anziehen, beim Essen, wie er sie trug und beim Tanzen. Kleine Regenbogenfische begannen in ihrem Bauch eine Verfolgungsjagd.

Sie zwang das bunte Treiben in ihrem Inneren zur Ruhe. Sie war hier, um zu kämpfen, nicht um zu träumen.

»Hokulani, alles in Ordnung?«, Kapono schien, sie nicht zum ersten Mal anzusprechen.

»Ja, könnte nicht besser sein.« Sie straffte ihre Schultern. »Volk von *Wai Aniani*, ihr seid alle gekommen, um mit mir zu kämpfen. Jahrelang mieden wir *Nahesa kai kua*. Jetzt wissen wir, wieso. Seine Kraft sollte bewahrt bleiben für diesen Krieg. Wir bringen den Meeresboden mit unseren Energiesteinen zum Bersten. Wenn das Meer sich erhebt, um für uns zu kämpfen, werden wir endlich über die Menschen triumphieren.«

Stille, leises Gemurmel. Viele von ihnen hatten anscheinend keine Ahnung mehr von der Tektonik rund um Moloka´i. Dann verstanden die ersten Meermenschen, was sie vorhatte, und erklärten es ihren Nebenmännern. Nael klatschte, und wenig später applaudierte ihr Volk. Wieder. Diesmal genoss sie es, breitete die Arme aus, machte all die Gesten, die sie bei Keli´i verabscheut hatte. Sie hatte es geschafft, die Meermenschen zu vereinen, die normalerweise nur vor ihrer eigenen Höhle kehrten. Sie zu überzeugen.

Es war, als hätten sich Wolken vor die Sonne geschoben, als Kaleo den Blick von ihr abwandte. Hokulani schielte zu ihm. Er starrte zu Boden, die Arme vor der Brust verschränkt. Auch das hatte sie geschafft. Er würde sie nie wieder *sein Herz* nennen.

Hokulani reckte ihr Kinn ein bisschen höher. Es war besser so. Er brachte sie nur von ihrem Weg ab.

Der Applaus wollte nicht enden. Schließlich rammte Kapono seinen Kommandantenstab in den Boden. Widerwillig kam die Menge zur Ruhe.

Kapono wartete, bis er sprechen konnte. »Jede Familie wird nach dieser Versammlung von einem meiner Meereskrieger mit dem genauen Evakuierungsplan vertraut gemacht.« Er hatte anscheinend nicht vor, Keli'i weiter in diese Mission einzubeziehen. »Bis einen Tag vor Neumond werden wir die großen Meerestiere in das tiefe Wasser locken. Wer nochmal nach *Wai Aniani* will, sollte das auch in dieser Zeit tun. Aber bitte nur in Gruppen. Wir mussten erleben, dass unser Feind keine Gnade kennt.« Er machte eine kurze Pause, dann reckte er noch einmal die Faust in die Luft. »An Neumond schlagen wir zu!«

Wieder brach Jubel aus, die Meermenschen schlugen sich gegenseitig auf die Schulter und zeigten ihre Muskeln.

Hokulani überlegte kurz, ob sie ihre Begegnung mit Bob am Morgen falsch einschätzte. Dann hob sie die Hand. Die Menge beruhigte sich fast augenblicklich.

»Kommandant, ich habe wichtige Informationen für unsere Krieger.« Sie sah in die Gesichter ihres Volkes. Rücken wurden durchgedrückt und Köpfe erhoben. Gut so. Die Menschen von *Wai Aniani* spürten es auch. Es tat so gut, sich zu wehren. »Einige Naturschützer haben Bob verklagt und wollten einen Baustopp erreichen.«

Ihr Blick fiel automatisch auf den Meermann mit den krähenschwarzen Haaren, und da waren sie – blaue Augen, tief und undurchsichtig wie Gischt. Er hatte sie umstimmen wollen und hatte sie nur bestärkt. Als sie fortfuhr, war ihre

Stimme rau, nur mit Mühe hinderte Hokulani sie daran, zu brechen.

»Er wird das nicht akzeptieren. Er wird seine Anstrengungen vervielfachen und erst aufhören, die Erde aufzureißen, wenn sie ihm seine Bagger wegnehmen. Und er wird dieser Bucht so lange noch so viel Schaden zufügen wie möglich. Wir sind in größerer Gefahr denn je. Seid deswegen wachsam und geht kein Risiko ein.« Obwohl sie nicht wusste, ob ihre Stimme sie im Stich lassen würde, schrie sie ihre Kriegserklärung hinaus. »Bald werden wir es ihm heimzahlen!«

Das Volk von *Wai Aniani* antwortete ihr erneut jubelnd, doch ein kurzer Blick bestätigte ihr, dass die Gischt in den blauen Augen erloschen war.

Es spielte keine Rolle. Sie hatte die Welle geschaffen, die Moloka'i zerstören würde. Im Grunde musste sie nur noch zusehen. Nachdem der Applaus abgeklungen war, teilten die Meereskrieger direkt das Volk von *Wai Aniani* in Gruppen auf, die die verschiedenen Sektoren evakuieren würden. Eine Gruppe sollte zum Riff zurückkehren und wertvolle Dinge, die die Menschen noch nicht gestohlen hatten, in die Höhlen bringen. Für einen Neuanfang nach dem Tsunami. Hokulani versuchte, den krampfartigen Schmerz in ihrer Magengegend zu ignorieren. Natürlich war sie nervös. Aber wenn der Plan funktionierte, hätten sie alle Frieden und Sicherheit. Das rechtfertigte alles.

Langsam schwamm sie durch die Reihen der Meermenschen, ließ sich berühren, bedankte sich für das Vertrauen und strich ihrerseits bewundernd über die Energiesteine der Familien. Keiner war wie der andere. Jeder Einzelne war ein Wunder. Und hier, zwischen ihrem Volk, spürte sie es. Die Meermenschen hatten Angst. So laut sie eben geschrien hatten, so unsicher waren sie jetzt. Sie schwammen alle im gleichen Ozean. Was sie anstrebten, hatte noch niemand im Meer von

Hawaii gewagt. Doch die Sorge ihres Volkes linderte ihre eigenen Bauchschmerzen.

Hokulani drückte die Schultern durch. Für ihre Leute konnte sie stark sein. Außerdem bestand für niemanden eine Gefahr. Sie schluckte. Zumindest war das der Plan.

Sie machte sich auf den Weg in ihre Höhle. Nur kurz ausruhen, bevor sie im tiefen Blau die Wale suchen und zum Beidrehen überreden würde.

Kapono schloss zu ihr auf und schwamm neben ihr. »Du warst großartig. Mal wieder. Ich bin froh, dass wir zusammenarbeiten.«

Hokulani stieß mit ihrer Schulter spielerisch gegen seine. »Wir sind ein gutes Team«, antwortete sie. »Und bald geht es endlich los. Dann können wir heilen …«

Kapono beließ es statt einer Antwort bei einem Brummen, das bei einem Blick in Hokulanis Höhle jedoch zu einem Knurren überging.

Tua, ihre Mutter, Anela und Haila waren um einen weiteren Meermenschen versammelt. Mit dem Rücken zu ihnen paddelte er im Wasser und war mit den anderen in ein leises Gespräch vertieft. Er trug eine Rüstung, die in hellen Blautönen schillerte.

»Ostpazifische Division? Wieso ist einer von ihnen hier?«, zischte Kapono zwischen zusammengepressten Zähnen.

Hokulanis Familie sah auf.

Leimoni hatte rote Augen, und Tua hatte den Arm um Anela gelegt. Seine Haare standen zu allen Seiten ab und seine Augen strahlten. Auch Haila zeigte ihre Zahnlücke. Der fremde Meermensch drehte sich um.

Es war ein Meermann, der zu Hokulanis Volk hätte gehören können. Dieselbe braune Haut, dieselben runden Hüften, die auch unter der Rüstung zu erkennen waren. Sie kannte ihn nicht.

Nicht mehr.

Etwas in ihr zog sich kribbelnd zusammen, als die Zeit von ihr abfiel. Fast neun Monate war es her. Neun Monate, in denen ein ganzes Leben stattgefunden hatte. Neun Monate, seit sie ihren Vater zuletzt gesehen hatte.

»Papa?« Sie traute ihrer Stimme nicht, die bedrohlich wackelte.

Langsam schwamm er auf sie zu. Sie hatte ihn weicher in Erinnerung, weniger muskulös, ein Forscher und Arzt. Und Vater. Jetzt sah er aus wie ein Krieger.

Als er »Sternchen« flüsterte und seine Arme ausbreitete, überwand sie die wenigen Meter mit einem Flossenschlag und sank in seine Arme. Sie sog seinen Geruch ein, und obwohl er nicht mehr nach den Algen und Tinkturen ihres Labors roch, sondern nach Ozean und den Schuppen seiner Rüstung, war es ihr Vater und der Ort, an dem sie immer in Sicherheit gewesen war. Seine große Hand strich über ihren Kopf, stockte an ihrem kurzen Nackenhaar und zog sie noch näher an sich heran. Wie in trübem Wasser registrierte sie, wie er den Kommandanten mit einem steifen Kopfnicken und einem verhaltenen »Kapono« grüßte.

»Was willst du hier, Haku?«, knurrte der Kommandant. Hokulani tauchte aus der Umarmung ihres Vaters auf. Er und Kapono kannten sich?

»Das erfährst du früh genug«, antwortete Haku kühl. Zu ihrer Überraschung ließ Kapono es zu, dass Anela ihn aus der Höhle zog. Tua, Haila und Leimoni verabschiedeten sich mit einer Gruppenumarmung, bevor auch sie Vater und Tochter alleine ließen.

Hokulani ging auf Abstand und sah ihren Vater für eine lange Zeit an. Die Stirn über seinen dunklen Augen lag in Falten und in seinen schwarzen Haaren waren vereinzelte silberne Wellen. Aber er sah gut aus. Seine Schultern, die früher über Experimente gebeugt waren, waren muskulöser und seine

Körperhaltung strahlte ruhiges Selbstbewusstsein aus. Der Kloß in ihrem Hals, der durch Gefühle entstand, die nicht nebeneinander existieren sollten, wurde immer größer. Ihre Augen brannten.

Sie fühlte sich auf einmal nicht mehr wie die Feldherrin eines Krieges, sondern wie ein kleines Meermädchen, das von ihrem geliebten Vater verlassen worden war. Sie hasste das Gefühl.

Um sich davon abzuhalten, seine Hand zu nehmen oder wieder in seine Arme zu sinken, ballte sie die Fäuste. »Wie …« Sie versuchte die richtige Frage zu finden, versuchte, sich von ihren Gefühlen nicht ersticken zu lassen. Hilflos zuckte sie mit den Schultern. »Wieso jetzt?«

Ihr Vater seufzte. »Du hättest mich eher fragen sollen: wieso erst jetzt. Sternchen, ich wollte dich nie so lange allein lassen.« Es klang, als hätte er die Wörter lange geübt. Seine Stimme war dunkel und vertraut.

»Wieso hast du es trotzdem getan?« Sie presste die Lippen zusammen. Auf einmal war das alles, was sie zusammenhielt.

»Ich … hätte deine Tränen nicht ertragen, wenn ich mich von dir verabschiedet hätte. Ich hätte dir nichts erklären können. Deswegen habe ich mich davongeschlichen wie ein Dieb.«

Es war so weit. Die alte Wunde brach auf und entleerte sich mit eitrigem Zorn. »Weißt du, wie viele Tränen ich geweint habe, seit du weg warst?«, schrie sie. Wie um ihre Worte zu unterstreichen, schossen sie jetzt aus ihren Augen und die Wellen nahmen sie mit sich fort. »Weißt du, wie oft ich mich gefragt habe, warum du gegangen bist? Ob ich etwas dafürkann? Weißt du, wie schlecht es Mama ging? Und wie wir behandelt worden sind?«

Hokulani wusste nicht, was sie von ihm als Erklärung hätte hören wollen. Aber nicht das. Ohne sich um die Schmerzen in ihrer Flosse zu kümmern, schoss sie davon.

Ihr Vater schwamm vor sie und machte beschwichtigende Bewegungen mit seinen Händen.

»Ich weiß, ich weiß. Deine Mutter war recht deutlich in ihrem Urteil über mich. Trotzdem hoffe ich, du kannst mir verzeihen. Ich habe es gut gemeint.«

»Du hast es gut gemeint?« Hokulanis Stimme überschlug sich. Sie war kurz davor, mit ihren Fäusten auf seine Brust einzuschlagen.

Ihr Vater hob abermals die Hände. »Gib mir fünf Minuten, okay? Ich fange am besten am Anfang an.« Er seufzte einmal tief, bevor seine Augen in vergangene Zeiten reisten.

Hokulani konzentrierte sich, Wasser durch ihre Kiemen zu schicken und das Summen in ihrem Kopf zum Schweigen zu bringen. Sie wollte wissen, was er zu sagen hatte.

»Ich kenne die *Koa moana* schon lange. Mit vierzehn Jahren habe ich auf einem meiner Streifzüge den Orden am Fuße des *Lo'ihi* gefunden, weißt du, dem unterirdischen Vulkan südöstlich von Maui. Ich war begeistert. Diese Meermenschen waren stark und mutig. Die meisten von ihnen waren Haiwandler, doch es gab auch Rochen, Feuerfische, und meine Attribute als Marlin waren geschätzt. Zu dieser Zeit wurde der Orden noch von Kilohana angeführt. Er war streng, und ich schwöre dir, ich sah ihn niemals lachen, aber er war auch gerecht und überlegt und verstand den Ozean. Ich sagte meinen Eltern Lebewohl und blieb bei den Kriegern, bis ich sechzehn war. In diesem Alter reisen alle *Koa Moana* nach Island, um einen heiligen Eid abzulegen …«

»Ich weiß«, murmelte Hokulani, was ihr einen verwirrten Blick ihres Vaters einbrachte. Dann fuhr er fort.

»Zwei Wochen vor meiner Abreise verstarb Kilohana. Sein Nachfolger war Kapono. Seinem Zwillingsbruder Keanu wäre ich bis ans Ende der Welt gefolgt, aber Kapono war nun mal der Ältere.«

Hokulani nickte.

Auch diesen Teil der Geschichte hatte sie schon einmal gehört.

»Ich hatte Kapono in den zwei Jahren bei den Kriegern als grausam und engstirnig kennengelernt. Es schien mir immer, als wollte er seinen Zwillingsbruder, der von allen geliebt wurde, mit Dunkelheit und Brutalität ausstechen. Er ist nur ein paar Jahre älter als ich und ich konnte mir nicht vorstellen, seine Befehle zu befolgen, vielleicht mein ganzes Leben lang. Deshalb verließ ich den Orden und beschloss, durch meine Forschung dem Ozean zu dienen. Ich schwor, über alles Stillschweigen zu bewahren, was den Bund der *Koa Moana* betraf. Nur so ließen sie mich gehen. Ich kehrte zurück an das Riff meiner Kindheit, heiratete deine Mutter. Mein Leben geriet aus den Fugen, als der Ozean mir eine wundervolle Tochter schenkte, deren Klugheit heller leuchtet als der strahlendste Stern am Himmel. Ich wollte nur noch in Frieden leben. Doch dann konnten wir uns nicht mehr wandeln und es zeigte sich, dass du das letzte Kind des Riffs warst. Ich«, ihr Vater stockte, »war hin- und hergerissen zwischen meinem familiären Glück und der Erkenntnis, dass ich in meinem Leben nichts erreichte. Niemand hörte auf uns, trotz aller Forschung ging es dem Ozean und uns immer schlechter.«

Er nahm Hokulanis Hände. Widerwillig ließ sie es zu.

»Nach vielen Jahren beschloss ich, zu den Meereskriegern zurückzukehren, allerdings suchte ich den östlichen Pazifikrat auf, um Kapono zu umgehen. Nichts davon konnte ich dir sagen, denn ich hatte geschworen, darüber Stillschweigen zu bewahren. Außerdem wollte ich für dich immer ein Leben ohne Konflikt und Krieg.«

Hokulani hörte die Wärme in der Stimme ihres Vaters und hasste sie.

»Nun scheint es, dass der Krieg uns trotzdem gefunden hat«, schloss ihr Vater seinen Bericht und zog ihre Hände an seine Brust.

Müdigkeit stürzte auf sie ein. Nicht nur die Müdigkeit der vergangenen Nacht, sondern des gesamten letzten Jahres. Dieser ganze Kampf, seit er sie verlassen hatte.

»Schwimmen wir ein Stück?«, fragte sie. Sie musste hier raus, konnte ihn nicht länger ansehen und erst recht nicht berühren.

Schweigend paddelten sie nach draußen in das tiefe Blau. Ihr Vater fing ihr einen Buntbarsch, so wie früher. Doch Hokulani lächelte nur schwach.

Sie betrachtete seine Rüstung, die ihn als Meereskrieger auswies, und wehrte sich gegen den Stolz, der sich in ihr regte.

Es wäre schön gewesen, mit ihm in Fischform zu schwimmen, Marlin neben Marlin. Aber sie war zu verletzt. Während er durch die Weltmeere geschwommen war, Wissen gesammelt hatte und kämpfen konnte, hatte sie gelitten. Ihr Herz war gebrochen und sie war missbraucht worden. Sein Platz hätte an ihrer Seite sein sollen. Und jetzt war er zurück. Wieso eigentlich? Dachte er, alles würde wieder so wie vorher werden? Hokulanis Schwanzflosse peitschte hin und her.

»Das war eine spannende Geschichte, die du mir da erzählt hast. Aber du hast weiterhin nichts herausgefunden, was unserem Volk helfen kann.«

Ihr Vater ließ den Fisch frei, runzelte die Stirn und schwieg. Er schien entschlossen, alle ihre Anschuldigungen auszuhalten. Das würde nichts nützen.

»Wenigstens bist du rechtzeitig hier, um mit uns um die Bucht zu kämpfen«, forderte sie ihn kühl heraus. Er sollte nicht denken, dass sie ihm so schnell vergab. Wenn er wieder an ihrer Seite stand, musste er es beweisen. Auf süße Worte konnte sie verzichten.

»Ich … kämpfe nicht«, sagte er leise. Dabei sah er sie traurig an, als wüsste er, dass er sie wieder verlieren würde.

Hokulani traute ihren Ohren nicht. »Du – lässt mich im Stich? Wieder?«

»Lani, ich, wir alle, lassen dich nicht im Stich. Aber ich habe viel gelernt von den Alten drüben an der Küste. Das Meer ist Leben, ein Kreislauf, es schützt, nährt, schenkt Leben. Es nimmt es nicht. Es ist nicht unsere Aufgabe, diese äußerste Maßnahme hervorzurufen. Und gerade du bist das sanfteste und liebevollste Wesen, das ich kenne. Das immer nur das Gute in allem sieht. Lass den Hass nicht dein großes Herz zerstören.«

Hokulani blinzelte, um das Brennen in ihren Augen zu lindern. In einem hatte er recht. Der Ozean hätte richtig entschieden. Er hätte Bob sterben lassen. Aber genau ihr weiches Herz hatte dazu geführt, dass er nun diesen ganzen Schaden anrichtete.

Dieses Herz war keine Stärke – es war ein Fluch. Es war verletzlich. Sie verbannte es hinter eine Mauer, an der die Worte ihres Vaters abprallten, hob das Kinn und hörte nicht auf das Schluchzen in ihrem Inneren. Ihre Schuld war eindeutig. Sie hatte dieses Monster gerettet. Sie hatte ihn in diese Bucht geschleppt. Sie würde dafür sorgen, dass es zumindest wieder so wurde wie zuvor, sobald der Lauf der Zeit alles repariert hatte.

Ihr Vater wusste nichts von diesen Gedanken und sprach weiter. »Kapono hat einen miserablen Ruf bei den Generälen. Seine Missionen sind schlecht geplant und es gibt immer zu viele Opfer auf beiden Seiten. Unnötige Opfer bei Konflikten, die man auch anders lösen könnte.«

Er wusste nichts von ihrer Verbundenheit zu dem Kommandanten. Von der Hölle, durch die sie beide gegangen waren. Er kannte Bob nicht. Stattdessen schwamm er hin und her und gestikulierte wild, so wie er es immer tat, wenn er jemanden überzeugen wollte.

»Auch deswegen bin ich hier. Ich habe den Auftrag, ihn zu beobachten. Und schon nach einer Versammlung habe ich genug gehört.« Erneut ergriff er Hokulanis Hände, zwang sie, ihn anzusehen. Seine Augen schwammen in Besorgnis.

»Ein Tsunami mit völlig unvorhersehbaren Folgen? Sternchen, das kann nicht euer Ernst sein.«

Sie hatte nicht vor, ihm zu antworten. Er fällte dieses Urteil, ohne ihre Geschichte zu kennen. Ohne ihre Meinung wenigstens anzuhören. In ihrem Blick schien er genug gesehen zu haben. Er ließ sie los, schwamm abermals hin und her und fuhr sich aufgebracht mit den Händen durch die Haare.

»Ich muss leider sofort wieder aufbrechen, um das zu melden.«

Hokulanis Herz füllte sich mit dunklem Gift, und der Ozean schien seine Farben zu verlieren.

»Dann gibst du wenigstens zu, dass du nicht zu mir zurückgekommen bist. Genauso hätten deine Vorgesetzten dich in das Philippinische Inselmeer schicken können. *Sternchen*, dass ich nicht lache.«

Sie spuckte die letzten Worte aus, zusammen mit den ganzen Gefühlen, die sie die letzten Minuten durchlebt hatte. Sie war ihrem Vater also gleichgültig und noch dazu verriet er sie.

Es spielte keine Rolle. Kapono würde sich nicht aufhalten lassen. Zu Recht. Diese ganze Insel und alle Zweifler dieses Plans brauchten einen Denkzettel.

Die Menschen würden nach diesem Krieg in Zukunft mehr Respekt vor dem Ozean haben. Was sie einmal heraufbeschworen hatten, konnten sie wieder tun, wenn die Inselbewohner nicht auf sie hören würden. Männer wie Mahohe würden lernen, ihr eigenes Glück nicht über das von anderen zu stellen. Das würde sie alle lehren, Menschen wie Bob gar nicht auf die Insel zu lassen. Sie würden den Zorn des Ozeans kennenlernen, wenn sie den Bau von Hotels zuließen.

Ihr Vater stand jetzt als Bittsteller vor ihr. Mit offenen Händen bat er, seine Tochter noch einmal halten zu dürfen. Sie ließ es nicht zu.

»Hilf mir, das Riff zu evakuieren, oder lass es. Dieser Tsunami wird kommen und danach können wir endlich unser Dorf wiederaufbauen«, sagte sie nur noch. Der Hass hatte ihre Tränen zum Versiegen gebracht, wie er es immer vermochte.

Sie wirbelte herum und verschwand im tiefen Blau.

25

Leise, mit gesenktem Kopf, trat sie vor die Lunge des Ozeans. Hier konnte sie ihre Abwehr fallen lassen und zusammenbrechen. Ihr Leben lag in Scherben. Ihr Vater hatte sie verlassen, ihre große Liebe war ermordet worden. Tua war fast gestorben. Ihr Volk war heimatlos. Alles ihretwegen. Warum sollte sie an diesem Punkt noch umdrehen? Sie trug schon so viel Schuld auf ihren Schultern, auf diesen Tsunami kam es nicht an.

Kaleo, Yo, Peter, … mit diesen ganzen idealistischen, herzensguten Wesen hatte sie nichts gemein. Ihr Herz war so dunkel und kalt wie das Wasser in den tiefsten Gräben der Meere.

Und mit genauso viel Finsternis würde der Ozean zurückschlagen. Ohne Mitleid. Ohne Gnade. Sie konnte das tun. Sie konnte diese Schuld auch noch auf sich nehmen, für ihre Lieben. Sie würden es verstehen, ihr danken. Später, irgendwann.

Sie ließ den Kopf hängen. Kurz hatte sie gehofft, *Hanu* würde ihr einen Ausweg zeigen, eine andere Option als Tod und Zerstörung. Doch es gab keine andere Möglichkeit. Erst recht nicht für sie.

Sie stellte sich in das Licht der Lunge. Mit ausgebreiteten Armen hieß sie die Magie willkommen, sprang geradezu in die Fischgestalt des blauen Marlin. Dann floh sie, war weg und ließ Schuld, Rache und ein gebrochenes Herz zurück.

Zeit spielte keine Rolle für einen Fisch. Er lebte nach Licht und Dunkelheit, richtete sich nach Hunger und Müdigkeit. Er war so frei, wie Hokulani es nie sein würde. Der Marlin lernte, dass er am liebsten junge Thunfische fraß und dass die Tinte des Oktopus in seinen Augen brannte.

Er schwamm tiefer, als Meermenschen je getaucht waren, und dümpelte dann wieder im warmen, oberflächennahen Wasser. Er raste weit aufs offene Meer und sprang so hoch er es vermochte, bis zur Sonne. Mit jedem Sprung streifte er eine graue Schicht auf seiner Seele ab. Der Mondschein, Tag für Tag ein wenig abnehmend, machte ihn jedoch ruhelos. Etwas trieb ihn zurück, befahl ihm, *Hanu* zu beschützen, befahl ihm, wieder in die Geschehnisse einzugreifen. Der Marlin sträubte sich, versteckte sich vor dem Mondschein unter einem Felsen und konnte den Sonnenaufgang kaum erwarten. Dann verstummte der Ruf, und er war wieder nur ein Fisch.

Eines Morgens kreuzte ein mächtiger Tigerhai seine Bahn. *Komm mit*, gab er dem Marlin zu verstehen. *Rette uns.*

Der Schwertfisch drohte mit seiner Waffe. Da, wo dieser Hai herkam, war alles kompliziert und verwirrend. Der Marlin wollte nicht dorthin zurück. Er wendete, um zu fliehen. Wieder.

»Mein Herz«, sagte da der Hai.

Der Marlin erstarrte. Wandte sich zu dem Hai um und sah Kaleo. Seine Haut war fast durchscheinend und er hatte tiefe Ringe unter seinen dunklen Augen. Er streckte die Hände aus, bittend.

Der Marlin warf sich herum, unwillig, und doch schien er an einer unsichtbaren Angel zu hängen. Er wollte nicht. Die Würfel waren gefallen. Er konnte nichts mehr tun, um die Geschehnisse aufzuhalten. Kapono brauchte niemanden, um seine Welle wachsen zu lassen. Die Meermenschen würden jetzt auch auf ihn hören.

Vielleicht sollte Hokulani diesem blassen Jungen das ein für alle Mal sagen.

Der Marlin warf sich nach hinten, rief das Meer an, und Hokulani fand sich in ihren runden Formen wieder. Dabei hatte sie sich verschätzt und so stand sie nur wenige Zentimeter vor Kaleo. Kaleo, der keine Sekunde zögerte und sie an sich zog.

Empfindungen, Gefühle, Gerüche, Erinnerungen, all das stürzte auf Hokulani ein. Ein verzweifeltes Schluchzen stieg unaufhaltsam aus ihrer Kehle auf und brach einen Damm für weitere. Sie klammerte sich an seine Schultern, und er streichelte langsam ihren Rücken.

»Ich hatte solche Angst, dich nie wiederzusehen«, flüsterte er in ihr kinnlanges Haar, das von der Strömung über sein Gesicht getrieben wurde.

»Versuch nicht wieder, mich umzustimmen.« Sie schniefte an seiner Schulter, fand langsam zu sich, zog die Mauern wieder hoch.

Er sah sie nicht an, seine dunkle Locke verdeckte seine Mimik. »Wie kannst du glauben, dass du das Richtige tust?«, sagte er. Leise, ohne sie anzusehen, fuhr er fort. »Du bist ein Herz des Ozeans, und auch Ika hat immer erzählt, dass du den Ozean liebst, für ihn sorgst. Er dich umschmeichelt. Wieso tust du ihm jetzt so weh?«

Mehr brauchte sie nicht, um von ihm abzurücken und ihre Haare bestimmt hinter ihre Ohren zu klemmen. »Wie kannst du denken, dass du mit Gitarre spielen und Menschengesetzen Menschen wie Bob besiegen kannst? Es ist das Richtige, was wir tun.«

Sie hatte es so satt, sich ständig vor ihm zu rechtfertigen. War es so schwer, sie ernst zu nehmen, nach allem, was sie gesehen und durchlitten hatte?

Wut peitschte sie aus ihrem traurigen Loch. Hätte sie sich beinahe diesen Moment des Triumphes entgehen lassen? Den süßen Geschmack der Rache abgelehnt? Hatte Bob etwa weggesehen, wenn er sie gequält hatte? Oder hatte er genau das genossen, ihren Schmerz und ihr Entsetzen?

Sie sollte mit Kapono Seite an Seite stehen, sie, die Überlebenden, sie, die Retter der Südküste von Molokai´i.

»Ich muss jetzt zurück, ein Krieg wartet auf mich«, blaffte sie den Meermann an. Ohne ihn anzusehen, schwamm Hokulani an ihm vorbei.

Nach einiger Zeit merkte sie, dass er ihr folgte. Stinksauer wirbelte sie zu ihm herum. »Was willst du noch? Mir den ganzen Rückweg die Ohren vollheulen? Wegen deiner Menschen? Wegen der Fische, die heute sterben werden? Dann zähl doch mal nach, wie viele Fische durch Öltanker, Schleppnetze und Chemikalien im Ozean sterben.«

Er hob die Arme. »Ich will … nur in deiner Nähe bleiben. Dich beschützen. Vor was auch immer. Ich stehe auf deiner Seite.« Er öffnete den Mund und schloss ihn wieder, ließ dann die Schultern hängen. »Auch wenn du dich für den Weg der Zerstörung entscheidest.«

Wieso gab er nicht auf? Ihre Wangen wurden heiß, während ihre Emotionen miteinander stritten. »Tu, was du nicht lassen kannst«, war deshalb alles, was sie sagte, und setzte ihren Weg fort.

Am Himmel ging der Neumond auf. Sie war zu lange weggewesen.

»Dann findet es heute statt?«, fragte sie Kaleo, ohne sich umzudrehen.

»Nehme ich an«, murmelte er.

Schweigend kaute sie auf ihrer Unterlippe. Sie musste es wissen. »Habt ihr die Evakuierung abgeschlossen?«

»Ich bin seit drei Tagen im Ozean unterwegs, um dich zu suchen. Ich hatte Angst, dass du deine Menschlichkeit verlierst.

Der Fluchtgedanke ist in Fischform ausgeprägt. Bei uns werden schon Kinder durch Meditation ausgebildet, damit sie immer zu ihrer Meermenschenform zurückfinden. Und bei allem, was du mitgemacht hast, ist es verständlich, dass du fliehen wolltest.«

Die alte Müdigkeit holte Hokulani ein und ihr versteinertes Herz zog sie auf den Grund des Ozeans. »Ich bin an allem selbst schuld.«

Das Bedürfnis, sich auf einem Felsen zusammenzurollen war riesig.

Kaleo fasste sie am Oberarm und drehte sie behutsam zu sich herum. »Wie kannst du so etwas sagen? Du bist missbraucht und benutzt worden. Von deinem Stamm und von Bob. Und wenn du mich fragst, auch von Kapono.«

Hokulani ballte ihre Fäuste. »Als hättest du die leiseste Ahnung, wie es war.« Sie holte tief Luft. »Ich habe Bob gerettet.« Es war das erste Mal, dass sie es laut aussprach. Ansehen konnte sie Kaleo dabei nicht. »Bevor das alles anfing, habe ich ihn aus dem Meer gezogen, als er dabei war, zu ertrinken. Der Ozean hätte die richtige Wahl getroffen und dieses Monster verschlungen, aber ich habe ihn gerettet. Ich trage die Schuld für alles, was seither passiert ist.«

Sie wagte einen Blick in Kaleos Gesicht. Jegliche Mimik war aus seinen Zügen verschwunden. Langsam schüttelte er den Kopf.

Tränen sprangen aus ihren Augen und sie sah zu Boden. »Ich werde erst ruhen, wenn ich es wiedergutgemacht habe und das Volk von *Wai Aniani* wieder in seinen sonnigen Meerhöhlen sitzt, anstatt in den dunklen Gängen der Lavahöhlen ihr Dasein zu fristen. Wenn Meermenschen ohne Gefahr im Riff schwimmen können. Wenn diese schrecklichen Jetskis aus unserer Bucht verschwunden sind.« Sie sah ihn an. Jetzt würde er sie verstehen – und hassen.

Doch Kaleo schüttelte nur weiter den Kopf.

»Wieso hast du mir nicht früher davon erzählt? Ich … wie kannst du glauben, du trägst die Schuld? Du hast ein Leben gerettet. Du hast etwas Gutes getan, auch wenn wir ohne diesen Menschen besser dran wären. Aber daran trifft dich keine Schuld.«

Vorsichtig schwamm er ganz nahe an sie heran und streichelte sanft ihre Oberarme. Hokulani ließ es nicht zu und schüttelte ihn ab.

»Nicht. Ich werde nur noch durch Scham und Zorn zusammengehalten. Nimm mir das nicht, denn sonst werde ich zerbrechen. So, dass mich nichts mehr flicken kann.«

Bevor er widersprechen konnte, rumpelte die Erde unter ihnen.

»Es fängt an«, flüsterte sie.

Adrenalin schoss durch ihre Adern und half ihr in ihre Fischform. Der Marlin legte seine Rückenflosse an und schoss durch das Wasser davon. Am großen Graben angekommen, verwandelte er sich zurück. Kaleo hatte er abgehängt.

Entlang des tiefsten Punktes des großen Grabens saßen Meermänner und Meerfrauen und hatten ihre Energiesteine auf den felsigen Meeresboden gelegt. Das Vibrieren der Erde ging jedoch von Kapono aus. Immer wieder stieß er den Kommandantenstab in den Boden. Der Ozean ächzte.

Ein Walhai schwamm an ihr vorbei. Hokulani spürte seine Angst. Sie sah der hellgrauen Zeichnung der Haihaut hinterher. Was hätte Nelio von ihrer Entscheidung gehalten? Sie wusste die Antwort.

Zögernd schwamm sie an Kaponos Seite. Der Kommandant hatte seinen von Narben übersäten Oberkörper entblößt und stieß seinen Stab erneut in den Boden. Es rumpelte wieder, diesmal stärker als zuvor.

Dann hob er den Blick und sah Hokulani an. Sie erstarrte und wich zurück. Es schien, als hätte der Beginn des Angriffs auf die Menschen sie in zwei diametrale Ecken geschleudert.

Während Hokulanis Motivation wie eine Anemone in der Strömung schwankte und sich ihr Mitleid gegenüber den unschuldigen Opfern immer lauter zu Wort meldete, strahlte in Kaponos Augen … Entschlossenheit. Wilde Entschlossenheit wie bei einem Tier, das in die Ecke getrieben worden war und nur noch einen Weg sieht. Ein Blick wie bei Bob.

War er ihrem Feind so ähnlich? Steckte es auch in ihm, sich in Gewalt und Aggression zu verlieren? Seine Augen hatten denselben Glanz, während er seinen Stab in die Erde stieß. Sie waren weit aufgerissen und beherbergten den Größenwahn, der auch Bob zu eigen war.

Hokulani schüttelte den Kopf, um den Schleier zu lichten, der sich über ihren Geist gelegt hatte. Immer wieder sah sie Bobs Fratze im Gesicht des Kommandanten. Sie wurde zurückgeworfen in das metallene Becken, hoffnungslos und verletzt. Wollte sie wirklich Peter, Yo, den Dorfbewohnern und auch den Tieren ihrer Bucht dieses Leid antun?

Ihr Herz schlug nur stolpernd weiter. Sie hatte gedacht, dieser Tsunami würde ihre Schuld ausradieren, ungeschehen machen. War das nicht die egoistischste Tat von allen? Welches Recht hatte sie, Lebewesen zum Tode zu verurteilen, um ihr Gewissen zu beruhigen?

Hektisch sah sie sich um. Die Erdkruste im Tal des großen Grabens glühte bereits in einem hellen Orange. Dampf stieg empor und nahm Hokulani die Sicht auf ihr Volk. Würden sie sich noch aufhalten lassen? Hatten sie Angst oder empfanden sie Triumph dabei, anzugreifen?

Als Kapono den Stab wieder in den Boden rammte, fuhr ein tiefes, unterirdisches Krachen durch den Meeresboden. Die Erdkruste brach. Einzelne Jubelrufe erreichten sie beide und Kapono lachte.

Hokulani hielt seinen Arm fest, als er wieder den Stab hob, um den Ozean zu unterwerfen. »Kapono, es reicht!«, schrie sie. »Wir können das nicht tun.«

Der Kommandant sah auf und ließ seinen Stab sinken. Er sah sie an und für einen Moment wurden seine Züge weich. Sie meinte, zu lesen, wie viel ihm ihre Freundschaft bedeutete. Aber sie sah auch, dass diese Freundschaft gegen sein Bedürfnis nach Gewalt keine Chance hatte.

»Ich hab befürchtet, dass du im letzten Moment Bedenken bekommst, *Sternchen*«, sagte er leise. Ohne Mühe befreite er seinen Arm und legte Hokulani seine Hand sanft auf die Schulter. »Weißt du, ich brauch dich hier nicht mehr. Deinem Volk habe ich erzählt, Bob hätte dich wieder erwischt.« Er wies mit der Hand ins tiefe Blau. »Schwimm wieder davon, kleiner Marlin. Dein Volk wird nicht aufgeben, bevor Moloka'i überschwemmt ist.«

»Nein, Kapono, du bist nicht besser als Bob, wenn du zulässt, dass ...«

In seinen Augen versank ihre Freundschaft in einem Meer aus Hass. »Die Zeit, in der ich dich um deine Meinung gefragt habe, ist allerdings vorbei«, sagte er und schubste sie von sich.

Hokulani taumelte. Die Worte, die Bob einst zu ihr gesprochen hatte, rissen ihre Flosse erneut in zwei Teile, brutal und ohne Rücksicht auf ihren Schmerz.

Kapono hob den Stab noch einmal. Hokulani stürzte auf ihn zu und zerrte an seinem Arm. Unwirsch nahm Kapono den Stab in die andere Hand und auf einmal war er es, der Hokulani festhielt.

»Du kannst auch als Märtyrerin sterben. Was mir wirklich leid täte. Andererseits hätte ich dann ein ganzes Meervolk an meiner Seite, um mich an den Menschen zu rächen.«

Er holte aus, verlor dabei aber sein Gleichgewicht, als jemand seinen Stab nach hinten zog.

»Denk nicht einmal dran, *Kommandant*.« Gewitterwellen rumpelten in Kaleos Stimme.

Kapono ließ Hokulani los und drehte sich blitzschnell zu Kaleo um. »Sieh an, der Deserteur«, knurrte der wesentlich größere und ältere Meermann. »Du bist eine Schande für deine Familie und jetzt erhebst du auch noch die Hand gegen den Kommandanten?«

»Du bist unwürdig, die Meereskrieger anzuführen. Der Kommandant soll bewahren und beschützen. Das steht ebenfalls in unserem Kodex. Die Zerstörung eines ganzen Küstenstreifens wäre nie von den Generälen genehmigt worden, und das weißt du.«

»Du hast mir gar nichts zu sagen«, geiferte Kapono.

»Ich lasse es sicher nicht zu, dass du noch jemanden, der mir wichtig ist, zerstörst.«

Es krachte wieder, lauter als zuvor, und Hokulani sah mit Schrecken, wie der Meeresboden gezackte Risse aufwies, durch die helle Lava schimmerte.

Kapono triumphierte. »Ha, ihr kommt zu spät. Das Meer wird sich erheben und diese Insel überschwemmen. Die Menschen werden ertrinken.«

»Schnell, Hokulani, rede mit deinen Leuten. Viele tun das nur für dich. Sie werden froh sein, den Meeresboden wieder zur Ruhe kommen zu lassen.«

»Ja, schwimm nur, aber es wird nichts mehr nützen. Der Erdmantel wird bersten und nichts kann Wasser in Bewegung aufhalten.« Wieder lachte der Kommandant, dann vollführte er mit dem Stab einen weiten Bogen, bevor er ihn auf Kaleo hinunterkrachen ließ. Die Waffe zischte nur Zentimeter an Kaleos Kopf vorbei.

»Los, Hokulani, ich schaff das hier. Rette die Insel und dein Herz«, rief er ihr zu.

Kaleo und sie sahen sich in die Augen und die Zeit machte eine Pause. Doch nur für sie. Im letzten Moment warf sich Kaleo nach hinten, um Kaponos Stab erneut zu entgehen. Trotzdem sah sie noch sein glückliches Lächeln. Sie standen endlich wieder auf derselben Seite.

Es war die dröhnende Erde, die sie zur Besinnung brachte.

Das Wasser wurde unruhig. Sie schwamm auf den Meeresgrund und legte die Hände auf die Felsen. »Ruhig«, flüsterte sie.

Wieder rumpelte es. Der Ozean litt. Der Meeresboden drängte, zur Ruhe zu kommen, und bat Hokulani um Hilfe. Ein Erdbeben, das mit seiner Kettenreaktion nicht mehr zu stoppen sein würde, entstand. Der Ozean atmete ein und der Ozean atmete aus. Voller Unruhe und Angst.

Hokulani raste zu ihrem Volk, dass nebeneinander an der Spalte aufgereiht saß. Nervös sahen sie auf die glühende und grollende Erde. »Hört auf«, schrie sie schon von weitem. »Bitte, hört sofort auf.«

Die Meermenschen sahen sich gegenseitig an, unsicher und verwirrt.

»Ihr müsst die Steine sofort vom Boden nehmen, damit die Erde nicht bricht.«

»Aber ich dachte, genau das wollen wir?«

»Ich hab einen Fehler gemacht. Bitte lasst uns diese Schuld nicht auf unsere Schultern laden. Wir sind die Hüter des Ozeans, nicht seine Zerstörer.«

Über das Zischen der Lava und das Rumpeln des Meeresbodens hörte Hokulani die ersten Erleichterungsrufe und einzelne Energiesteine erloschen. Es ging zu langsam.

»Bitte«, schrie sie noch etwas lauter, »zieht euch zurück.«

Immer mehr Meermenschen brachten sich hinter dem großen Graben in Sicherheit.

Verging das hitzige Glimmen des Bodens schon? Durch den Rauch und das unruhige Wasser war es nicht zu erkennen. Jetzt hatten auch die Letzten ihre Steine von der Spalte gehoben. Hokulani atmete auf.

Doch nur kurz. Sie musste nach Kaleo sehen. Er hatte ihr gesagt, er hätte gegen Kapono keine Chance, und jetzt kämpfte er gegen ihn.

Das Wasser war in Aufruhr und verschleierte ihre Sicht. Schließlich war sie ihnen nahe genug. Das, was sie zuerst für eine Täuschung gehalten hatte, war Wirklichkeit.

Kaleo konnte sich kaum noch im Wasser halten. Er hielt sich seine Flanke und eines seiner Augen war zugeschwollen. Der Kampf zwischen ihm und Kapono war beendet.

Zwischen ihnen stand ein dritter Meermann. Sie brauchte noch drei Flossenschläge, um ihren Augen wirklich zu trauen. Ihr Vater! Jetzt hörte sie auch seine Stimme.

»Gib mir den Stab, Kapono. Du bist nicht länger Kommandant der Meereskrieger.« Seine Stimme war laut und fest. »Du weißt, der Pazifikrat Ost will diese veralteten Konventionen schon lange aufbrechen. Jetzt ist es so weit und es beginnt damit, dass du hier nichts mehr zu sagen hast.« Haku streckte die Hand aus. »Ich übernehme vorübergehend dein Amt. Gib mir den Stab und lass uns zusammen diese Krise bewältigen. Ich persönlich wäre danach für die freie Wahl eines neuen Kommandanten oder einer Kommandantin.«

Er sah Hokulani an. Hatte er gewusst, dass sie da war?

»Wir vergeben so viel Potential durch das Beharren auf ein Y-Chromosom«, fügte er grinsend hinzu. In seinen Augen glänzte Stolz. Als er ihr zuzwinkerte, lächelte sie.

Auch Kaleo sah jetzt auf, und sie löste sich endlich aus ihrer Starre und schwamm zu ihm, stützte ihn. Kapono hingegen spannte seine Muskeln an und hob den Stab über seinen Kopf, um Haku anzugreifen.

Hokulanis Vater wich nicht zurück. Als die Waffe nach unten krachte, parierte er den Schlag und griff danach. Sobald seine Finger sich um den Schaft schlossen, leuchtete die Perle hell auf. Kapono starrte ungläubig auf die blaue Kugel, die heller leuchtete, als sie es je bei ihm getan hatte. Noch einen Moment rang er mit Haku um die Waffe, dann ließ er den Stab los, auf einmal aller Kraft beraubt. Fassungslos fuhr er mit den Händen durch das Wasser.

»Du verlässt mich?«, fragte er den Ozean. »Jetzt? Nachdem ich dir mein ganzes Leben gedient habe, so gut ich konnte?«

Es war die Tiefe des nächsten Geräusches, die sie wissen ließ, dass die Gefahr noch lange nicht vorbei war. Die Energiesteine hatten den Meeresboden zu stark erhitzt. Das Wasser schaffte es nicht, den Fels schnell genug abzukühlen. Wieder rumpelte es, und Hokulani wusste, diesmal würde die Erde brechen. Die Welt wurde entzweigerissen, als der Boden unter ihrer Flosse aufbrach. Dampf verbarg, was genau geschah, doch Hokulani spürte, dass viel Wasser um sie herum verdrängt wurde. Eine Welle entstand.

Eine Tsunamiwelle konnte auf dem Meer nur einen Meter hoch sein, sich aber bei Ansteigen des Meeresbodens auftürmen, bis sie so hoch war wie ein Haus.

Hokulani musste zuerst da sein. Sie musste mit eigenen Augen sehen, was sie angerichtet hatte. Sie streckte die Arme nach vorn und raste los.

In der Bucht angekommen, sah sie sich um. Zwar konnte sie unter Wasser bleiben, aber vor dem hellen Sand war sie wie auf einem Präsentierteller. Der Boden rumpelte noch einmal. Schwächer als zuvor, oder lag das nur an der Distanz zur Bruchspalte? Wie lange würde die Welle brauchen, um sie einzuholen?

»Arielle, hast du Sehnsucht nach mir?« Sie hatte den Jetski nicht kommen hören, so konzentriert war sie auf die Bewegungen des Wassers gewesen.

Gänsehaut überzog den menschlichen Teil ihres Körpers. Sie ließ ihre Angst keine Luft holen.

»Du solltest lieber Sehnsucht nach deinem Festland haben. Hier wird es gleich ungemütlich.« Im Angesicht ihres Feindes wünschte sie sich die Welle doch – nur für ihn.

Lachen wie der Gesang einer Spottdrossel drang an ihr Ohr. »Und was soll mir an diesem strahlenden Sommertag bitte passieren? Außer, dass ich mein Lieblingsversuchsobjekt wiedergefunden habe?«

»Die Meermenschen haben einen Tsunami entfesselt. Du weißt, was das ist? Eine riesige Welle, die alles mitreißt? Der egal ist, ob dir etwas wichtig ist?«

Bob schob die Sonnenbrille in seine Haare, seine Bewegungen waren fahrig. Sie genoss, zu sehen, wie er hektisch den Horizont absuchte.

»Du verarschst mich doch«, fauchte er. Aber in seinen Augen sah sie die Angst. Bis die Sonnenbrille sie wieder verdeckte.

Der Motor heulte auf und in einer fließenden Bewegung holte Bob eine Harpune hervor. »Darf ich bitten? Du kommst jetzt erstmal mit.«

Was für eine Makrele! Dachte er wirklich, sie sei immer noch das verängstigte Mädchen? Sie schloss die Augen und verwandelte sich in den blauen Marlin. Die glasklare Gewissheit, diesen Menschen, diese fürchterliche Perversion eines Tieres, töten zu müssen, durchströmte ihn. Er war sein Feind. Ohne zu zögern, griff er an. Der Marlin hatte die Harpune in der Hand des Menschen gesehen, wusste, was das bedeutete. Er musste vorsichtig sein. Blitzschnell schwamm er auf den Jetski zu. Dabei hatte er sich zu sehr auf seine Schnelligkeit verlassen, denn die silberne Waffe durchbrach die Wasseroberfläche und streifte ihn, riss seine schwarzen Schuppen auf und erschuf eine rote Fahne, die er hinter sich herzog. Vielleicht war während seines ersten Angriffs noch zu viel Mensch in ihm gewesen. Trotzdem sprang er, warf sich in der Luft herum und versenkte sein Schwert im Arm des Mannes. Bob brüllte, und dieses Lied war Musik für den blauen Marlin, der keine Angst vor dem Zweibeiner zuließ.

Er glitt zurück ins Wasser, drehte sich und nahm Anlauf für den nächsten Angriff. Bob floh. Er bediente den Gashebel mit der falschen, noch funktionstüchtigen Hand, schlingerte und gab Gas. Der Marlin folgte ihm spielend, musste die

Rückenflosse nicht einmal anlegen. Trotzdem war er gezwungen, ihn ziehen zu lassen, da das Wasser wenige Meter später zu flach für einen Schwertfisch seiner Größe wurde. Aufgebracht schwamm er hin und her. Es wäre fast vorbei gewesen. Bob stolperte aus den Wellen und schüttelte die Faust in die Richtung des Marlins. Seine Schergen eilten herbei und mit dem gesunden Arm fuchtelnd, erteilte er ihnen Befehle.

Sie waren im Krieg und auch der Fisch wusste, was passierte. Der Mensch holte zu einem Gegenangriff aus.

Sein Gleichgewichtsorgan nahm eine Hebung des Meeresspiegels wahr. Der Fisch verwandelte sich in Hokulani. Sie taumelte, als der Schmerz ihrer Verletzung über sie hereinbrach. Die Wunde an ihrer Flanke hörte nicht auf, zu bluten, und ließ den Horizont schwanken. Deshalb glaubte sie zunächst nicht, was sie sah. Auch die Menschen am Strand hatten es gesehen, schrien und flüchteten.

Der ganze Ozean hob sich und rollte auf sie zu.Hatte er sie verlassen? War auch er auf Rache aus?

Hokulani schluckte. »Ich werd's gleich herausfinden«, murmelte sie.

Dann schwamm sie der Welle entgegen, um sich davor zu schützen, mit der Gischt an Land gespült zu werden. Sie grüßte die Welle. Bat sie. Flehte sie an, nicht Tod und Zerstörung zu bringen. »Leg dich wieder schlafen. Ich werde nicht zulassen, dass du nochmal gestört wirst«, flüsterte sie.

Hörte sie der Ozean? Die Welle baute sich immer weiter auf und – brach. Jetskis wurden hochgehoben und Boote von ihren Bojen gerissen und in Richtung der Baustelle gespült. Die murmelnde Gischt umspülte die Betonwände von Bobs Hotel, leckte an den Palmen und Urwaldbäumen und benetzte das Land bis außerhalb ihrer Sichtweite. Dann zog sie sich ins Meer zurück und reihte sich wieder in den regelmäßigen Tanz der Wellen ein. Niemand war zu Schaden gekommen. Keine weitere Welle folgte. *Nahesa kai kua* war wieder intakt.

Ein tiefer Seufzer entfuhr Hokulani und schien all das mitzunehmen, was sie belastet hatte. Sie kümmerte sich nicht um die höhnenden Rufe, die ihr aus dem ersten Stock der Baustelle entgegenriefen, ihr drohten, sie verspotteten. Ihr Herz hatte die Mauern ihrer Angst gesprengt und über Rache und Hass gesiegt. Es musste einen besseren Weg geben, ihren Lebensraum zu retten. Das Wichtigste waren für den Moment die Flughunde, die vom Wald aus wieder aufs Meer hinausflogen, weil sie spürten, dass die Gefahr vorüber war.

Ihr Frieden währte kurz. Ein Heer von Menschen in dunklem Neopren erschien, beladen mit Tauchausrüstung und Sauerstoffflaschen. Jeweils zu zweit sprangen sie auf die übrig gebliebenen Jetskis. Sie hatten Netzen und Harpunen dabei.

Hokulanis Glieder waren wie aus Blei. Ihr letzter Kampf stand bevor. Sie würde nicht mehr weglaufen, nicht vor Bob und auch sonst vor niemanden. Sie drehte sich um, musste in tiefere Gewässer, einen Ort finden, an dem sie nicht eingekreist werden konnte.

Als sie untertauchte, waren alle da. Ein Tigerhai, flankiert von einem Fuchshai, der seine lange Flossenspitze hin und her peitschte, und ein mächtiger, gestreifter Marlin. Ein Hammerhai, der aussah, als hätte er die Gezeiten schon oft kommen und gehen sehen, und ganz in seiner Nähe ein schwarzer Marlin. Hokulani nahm an, dass auch die anderen Haie Meereskrieger waren. An der Kante zum Riff wartete das Volk von *Wai Aniani*, bewaffnet mit Steinen und Muschelmessern. Haila hatte sich Oktopustinte ins Gesicht geschmiert und plusterte sich grimmig auf. Malia, mit einem Muschelmesser bewaffnet, ließ den Fuchshai keine Sekunde aus den Augen. Sogar Keli'i und Nael wirkten bereit zum Kampf.

In ihrem Körper wollte sich eine wunderbare Wärme

ausbreiten, doch Hokulani ließ sie nicht hinein und flutete ihr Herz einmal mehr mit eiskaltem Wasser. Noch war keine Zeit für Liebe und Dankbarkeit – jetzt war die Zeit für ihre Rache.

»Bob gehört mir«, sagte sie und griff an.

Es kostete sie nur eine blitzschnelle Umdrehung, dann raste der blaue Marlin auf Bobs Jetski zu.

Der blonde Mann fuhr Kreise im stehtiefen Wasser. Der Marlin musste sich konzentrieren, um trotz des penetranten Kreischens des Antriebs fokussiert zu bleiben. Er wusste, was der Mensch vorhatte. Ihn in flache Gewässer locken, um einen Vorteil zu haben. Aber er kannte diesen Mann, der ein Jäger sein wollte, aber keine Geduld hatte. Gewohnt, sofort zu bekommen, was er verlangte. Unbeherrscht, wenn es nicht so kam.

Also musste der Marlin nur warten, hin– und herschwimmen, ab und zu seinen Fächer in den Wellen zeigen. Es dauerte nicht lange. Bob gab Gas, und damit ging auch seine Armee zum Angriff über. Der Marlin sprang in die Luft und ließ sein Schwert in der Sonne blitzen. Die Herausforderung wirkte. Bob hatte nur Augen für ihn und raste auf ihn zu. Der Fisch drehte sich um und schwamm davon. Er war das schnellste Tier im Ozean, doch der Motor des Jetskis war ihm ebenbürtig. Der Marlin musste Haken schlagen und den Wellengang geschickt nutzen, um außerhalb der Reichweite des Menschen zu bleiben.

Dann hatte er Bob da, wo er ihn haben wollte, schwamm einen großen Bogen und ging zum Angriff über. Moloka´i war nur noch ein Strich am Horizont. Ein Echo der Sorge schallte durch die Gedanken des Fisches. Kamen die anderen zurecht? Dann gab es nur noch ihn und seine Beute. Seine Aufgabe war es, dass dieser Mensch nie wieder an Land zurückkehrte. Also sprang er und riss ein Loch in den vorderen Teil des Jetskis. Stinkendes Benzin lief in den Ozean. Der Motor stotterte und das Kreischen wurde zu einem Wimmern. Dann standen die verhassten Schiffsschrauben still. Jetzt musste der Marlin Bob nur noch von seinem Wrack herunterbekommen.

Er raste wieder auf den Jetski zu und spannte seine Muskeln an. Er sprang – und wurde zurückgeworfen. Ein brennender Schmerz explodierte an seiner linken Seitenflosse. Er roch Blut. Sein eigenes. Er schaffte es nicht, abzubremsen, und krachte gegen den Jetski. Dabei hörte er das siegessichere Lachen seines Gegners. Seine Seitenflosse war fast nicht mehr zu gebrauchen. Der Harpunenpfeil war in seinem Fleisch steckengeblieben und die Strömung des Wassers zerrte an ihm. Schlingernd schwamm der Marlin außer Reichweite, zurück Richtung Ufer, um Zeit zum Nachdenken zu haben.

Er sah die Haie und Meermenschen in heftige Scharmützel verstrickt. Mit aller Kraft pumpte er Wasser durch seine Kiemen, damit ihn die Schwäche durch den Blutverlust nicht überwältigte. Seine Zeit lief ab. Er musste zurück. Das bedrohliche Glitzern einer Harpune in der Sonne hielt ihn auf. Eben traf sie das Maul des Fuchshais und verhakte sich. Die Menschen hatten das zappelnde Tier an der Angel und zogen es hinter sich her. Der Marlin änderte seine Schwimmrichtung und ging zum Angriff über. Bilder einer kleinen, warmen Hand in der dunkelsten Stunde. Alles, was seitdem passiert war, spielte keine Rolle mehr. Der Marlin sprang. Er hörte die Schreie der Menschen. Doch der Fisch wollte nur das Blut eines bestimmten Menschen schmecken. Die anderen waren ihm gleichgültig. Er schlug dem, der die Harpune hielt, lediglich seine Flosse ins Gesicht. Der Mann ließ los und der Fuchshai entkam.

Zitternd landete der Marlin wieder im Wasser, sank auf den Boden des Meeres, pumpte, blutete.

Es war Zeit für den letzten Angriff. Geschützt durch das tiefe Wasser näherte er sich Bobs Jetski und entschied sich für seinen nächsten Zug. Seinen letzten, das war dem Fisch klar.

Springen ging nicht mehr. Er hatte nur eine Chance, wenn er sich nicht abschießen lassen wollte.

Der Marlin raste schneller und schneller auf seinen Feind zu. Seine Schwanzflosse versuchte, die Arbeit der Seitenflossen zu übernehmen. So erreichte er lange nicht seine Höchstgeschwindigkeit, aber genug, um den Jetski schwanken zu lassen, als er mit seiner Breitseite und seinem Gewicht dagegenknallte. Eine Harpunenpistole fiel neben ihm ins Wasser und versank in den Tiefen des Ozeans. Gut so.

Der Marlin wendete und wiederholte das Manöver. Der Harpunenpfeil in seiner Seitenflosse verbrannte sein Fleisch bei jeder Bewegung und die Blutfahne war flammend rot. Seine Muskeln zitterten stärker.

Kein Tier würde an dieser Stelle weiterkämpfen. Doch Hokulanis Wunsch nach Rache erfüllte auch den Fisch und er wusste, den Menschen zu zerstören, war die einzige Option. Also griff er wieder an. Er blieb knapp unter der Wasseroberfläche und sah, wie Bob mit einer weiteren Waffe auf ihn zielte. Der Mensch beugte sich nach unten und verringerte so den Abstand zu seinem Ziel. Ein todsicherer Schuss wie damals bei Nelio. *Nein!*

Blitzschnell tauchte der Marlin und schoss unter dem Jetski durch. Dann rammte er das Wassermotorrad von der anderen Seite. Sein Körper verkrampfte sich, als sich bei dieser plötzlichen Vollbremsung der Pfeil in seinem Fleisch umdrehte. Er hatte einen Großteil seines Schwungs eingebüßt und legte jede Kraft, die er noch hatte, in seine Schwanzflosse und klatschte sie gegen die Bordwand des Jetskis. Bob fiel auf der anderen Seite ins Wasser.

Der Marlin hatte es geschafft. Die restliche Aufgabe musste Hokulani erledigen.

Als sie sich in ihrer Meermenschengestalt wiederfand, wurde ihr schwarz vor Augen. Der Schmerz in ihrer Schulter war zerstörend. Schlaff hing ihr Arm herunter. Der Harpunenpfeil steckte durch die Verwandlung nur noch lose in ihrem Fleisch. Sie packte ihn und zog daran.

Eine Welle der Übelkeit überrollte sie und das Blut verdünnte sich nur langsam in den Wogen. Wie bei Nelio. Sie ballte die Fäuste. Zeit, dieses Kapitel zu beenden. Sie spähte durchs Wasser. Ein Arm warf sich von hinten um ihren Hals und drückte zu, zog sie an die Oberfläche. Die Luftblasen aus seinem Atemgerät nahmen ihr die Sicht. Sie versuchte, sich zu ihm umzudrehen, doch er presste sie nur noch fester an sich und paddelte mit ihr an die Luft.

»Verfickte Schlampe, ich werde dich zu Sushi verarbeiten«, nuschelte er mit dem Atemregler im Mund.

Hokulani wurde wieder schwarz vor Augen und sie driftete weg. Er hatte den Arm um sie gelegt, fast wie bei ihrer Hochzeit. Brachte es noch etwas, stillzuhalten?

Doch sie war schon lange nicht mehr die Meerfrau, die sich schlecht behandeln ließ, obwohl sie im Recht war, die ihre Liebe versteckte, die sich opferte. Mit oder ohne Rüstung, sie war eine Meereskriegerin, und dieser Mensch hatte den Tod verdient.

Vom fernen Land kam Jubel. Wie aus einem Traum aufgeschreckt fuhren Hokulanis und Bobs Köpfe herum. Schwere Polizeifahrzeuge umstellten die Baustelle. Ein blonder Mann winkte begeistert mit seinem Beanie.

»Du hast verloren, Arschloch«, zischte sie. Sie packte den Harpunenpfeil fester, holte aus und stieß zu. Muskelfleisch gab nach und ein kreischender Schmerzensschrei brachte ihre Ohren zum Summen. Sie sammelte ihre letzten Kräfte und wand sich aus seiner tödlichen Umarmung. Bob hatte sich jedoch schnell erholt, biss wieder auf das Mundstück seines Atemregulators, zog ein Messer aus einem Beinholster und warf sich auf sie.

Hokulani tauchte unter. So oft hatte sie an Land gegen ihn gekämpft. Es war nur fair, dass es hier enden sollte. Sie hatte den Pfeil nach ihrem Angriff losgelassen. Also konnte sie ihm nur noch ausweichen. Siegessicher setzte ihr Bob nach. Sie bewegte sich immer langsamer, die Ohnmacht schob sich weiter in ihr Gesichtsfeld. Sie musste durchhalten, ihn in die Tiefe locken. Dann war es so weit. Auf dreißig Metern schoss sie kurz nach einem seiner Angriffe vor und riss die Atemschläuche aus seinem Mund. Ein weiterer kräftiger Zug und sie waren von der Atemflasche getrennt. Achtlos ließ sie die Leitungen los. Sie trudelten davon. Hinter Bob zischte der für ihn lebensnotwendige Sauerstoff in Richtung Oberfläche davon. Er wollte hinterher, aber Hokulani packte ihn am Rückenteil seiner Taucherjacke und zog ihn weiter in die Tiefe. Sein Strampeln wurde hektisch, dann klammerte er sich an ihre Hand, und sie hörte ihn flehen, selbst durch das Wasser. Es wurde dunkel in der Tiefe des Ozeans, und Bob wurde still.

Epilog

Alle waren da. Tua, Anela, Malia, Pal und ihr Vater. Letzterer legte locker den Arm um sie. Dicht an ihrer anderen Schulter stand Kaleo.

Haila näherte sich dem Zentrum von *Hanu*. Hokulani hatte Tränen in den Augen. Stunden vorher war ihre Freundin zu ihr gekommen und hatte sie fest in den Arm genommen.

»Wenn ich wirklich ein Fisch werd, in diesem *Hanu*, bin ich erstmal weg, Lani. All die Jahre, die dunklen und die etwas helleren, hab ich mir gewünscht, frei zu sein – von allem. Die Ozeane dieser Welt zu sehen, die im Norden auch …«

»Komm zurück, wenn du so weit bist«, hatte Hokulani geflüstert und sich zu einem Lächeln gezwungen.

»Vielleicht«, hatte Haila geantwortet. »Und du versprichst mir, mit den deinen zu sprechen, wenn dich etwas belastet. Nichts von dem, was passiert ist, war deine Schuld. Wir wären auf deiner Seite gewesen. Immer.«

Dann hatten sich die Freundinnen für eine lange Zeit in den Armen gehalten, bis Haila ausgerufen hatte: »Und jetzt will ich wissen, welcher Fisch in mir steckt. Stell dir vor, ich werd wirklich ein Kugelfisch.«

Ein letztes Mal hatte sie für Hokulani gelacht und das Meer dazu gebracht, mitzulachen. Hokulani würde sie so vermissen.

Langsam schwamm ihre Freundin auf das grüne Licht zu. Vorsichtig streckte sie ihre Finger in den Strahl. Der Ozean atmete ein und atmete aus.

Haila drehte sich zu ihren Freunden um, ihre Augen strahlten. »Er sagt Aloha.« Sie wandte sich wieder zu dem Lichtstrahl um und kicherte. »Aloha, es ist mir eine Ehre.« Dann drehte sie sich noch einmal um und sah Hokulani in die Augen. »Aloha, Hokulani. Mögen die Wellen nur noch Glück an deine Ufer spülen.«

Sie trat in den Lichtkegel und breitete die Arme aus. Die Magie begann und ein Strudel hüllte Haila ein. Hokulani legte ihren Kopf an die Schulter ihres Vaters.

Zuerst hörten sie es. Pfeifen, dann ein fröhliches Klicken. Ein Delfin schoss aus dem Licht, raste an den Wänden der Höhle entlang, stellte sich einmal im Wasser auf und machte nickende Kopfbewegungen. Die dadurch entstandenen Wellen erreichten die Freunde erst, nachdem der Delfin schon durch den Eingang der Höhle ins tiefe Blau verschwunden war.

Die Wolken wurden langsam lila. Das Feuer war heruntergebrannt, und Pal lag seit Stunden mit Malia in der Brandung. Davor hatte sie zu Kaleos Gitarrenspiel auf ihren Menschenbeinen für sie getanzt. Die Meereskriegerin war jetzt Malias Verlobte. Ein goldener Ring an ihrer Unterlippe, da, wo die Harpune sie getroffen hatte, hatte den Bund besiegelt.

Yo starrte in die Glut und stupste Peter an, der immer wieder wegnickte. »Wir haben heute Nacht viel geschafft. Die Treppe hinauf zu meinem *Pu'uhonua* steht wieder. Schließlich möchte ich Nael und Zaina nächsten Vollmond an meinem Tisch begrüßen können.«

Hokulani lächelte. Sie kannte keine Person mit oder ohne Fischschwanz, die so gastfreundlich war wie Yo. Sie, Peter und Noa hatten das Volk von *Wai Aniani* kennengelernt und schon zweimal hatten sie alle gemeinsam den Sonnenuntergang auf einem der felsigen kleinen Inseln im Meer bewundert und bis lange in die Nacht zusammengesessen. Menschen mit und ohne Fischschwanz, gemeinsam.

Als habe Yo auch an diese Abende gedacht, an denen sie sich die Geschichten der Meermenschen angehört hatte, sagte sie: »Ich war ja sehr erleichtert, als Malia mir erzählt hat, dass es bei euch auch diese hartnäckigen Legenden gibt, die aus dem Nichts entstehen. Wie das mit dir und Nael. Als wären die beiden zuletzt geborenen Kinder besonders geeignet, die ersten Nachkommen zu zeugen. Wer kam auf die Idee?«

»Keine Ahnung.« Hokulani zuckte mit den Schultern. »Einer hat es sich ausgedacht und allen weitererzählt. Es war eine gute Ausrede, um einfach abzuwarten. Ich glaube, Nael und ich sind beide froh, dass dieses Märchen in einem tiefen Ozeangraben versenkt wurde.«

Er und Zaina würden in zwei Wochen heiraten. Zwei Wochen später wäre ihr erster Vollmond. Hokulanis eigenes Herz geriet in die Gischt ihrer Gefühle, als sie an die Möglichkeiten dieser besonderen Nacht dachte, und auf einmal spürte sie Kaleos Gegenwart, die Haut seines Arms an ihrer, überdeutlich.

»Dieser Nael ist ein hübscher Bursche. Das werden süße Meermenschen werden …«

Hokulanis Gesicht wurde heiß. Ein seltsames Kichern löste sich aus ihrer Kehle. Sie räusperte sich.

Eine warme, große und doch zärtliche Hand nahm die ihre. Sie wandte sich Kaleo zu. In seinen Augen tanzten die Gefühle wie der Schein der Sterne auf den Wellen.

»Schaffen wir es noch hinauf, bevor die Sonne aufgeht?«, fragte er leise und deutete mit dem Kinn auf das Plateau des Hügels hinter Yos Hütte. Wieso wusste er immer, wenn sie sich unwohl fühlte und einer Situation entfliehen wollte? Sie lächelte dankbar.

Hokulani streckte ihre Beine. Peter arbeitete jeden zweiten Tag mit ihr. Zusammen mit Tua musste sie Übungen machen, die ihre Schwanzbeweglichkeit wiederherstellten. Zusätzlich gab er ihr Cremes, die ihre Flossenmembran geschmeidig machte und die überschießende Narbenbildung verhinderte. Der Physiotherapeut hatte von Kollegen, die mit Tieren arbeiteten, Informationen eingeholt. Zwar waren Delfine keine Fische und hatten keine Flossen, aber trotzdem gewann er dadurch Erkenntnisse, wie er den Meermenschen helfen konnte.

Mittlerweile waren ihre Beine und die Flosse wieder voll einsatzfähig, nur durch die eingeschränkte Beweglichkeit erreichte sie als Meermensch noch nicht ihre volle Geschwindigkeit. Auch ihr Schultergelenk und die Wunde an ihrer Flanke waren geheilt, der Macht *Hanus* sei Dank.

Hokulani winkte Yo zu und klopfte sich den Sand von ihrer Jogginghose. Zusammen mit Kaleo ging sie über den Trampelpfad durch den tropischen Wald zur Spitze des Hügels.

Der herannahende Morgen begrüßte sie mit einem warmen Wind, der Hokulanis Haare aus der Stirn wehte und den Schweiß auf ihrer Haut trocknete. Sacht legte Kaleo von hinten seine Hände auf ihre Hüften. Sie nahm seine Finger und zog ihn näher zu sich heran, bis sein Kinn auf ihrer Schulter lag.

Hokulani sah nach Osten. Dorthin war ihr Vater mit Kapono geschwommen. Zum pazifischen Rat, von dem der weiße Hai gerichtet werden würde.

»Denkst du, sie werden ihm eine zweite Chance geben?«, murmelte Hokulani.

»Ja«, antwortete Kaleo träge und wusste scheinbar sofort, wen sie meinte. »Er ist ein Haiwandler, ein weißer Hai noch dazu. Und er wurde aufgehalten, bevor wirklich etwas passiert ist. Zumindest dieses Mal …«

Hokulani lehnte ihren Kopf gegen Kaleos. Er hatte recht.

Niemandem war durch ihren Plan etwas passiert, und *Hanu* war unentdeckt geblieben.

Kaleo sprach derweil weiter. »Es gibt Einsatzkommandos, deren Mitglieder skrupel- und furchtlos sein müssen. Da wäre er gut untergebracht.«

Hokulani knuffte ihn in die Seite.

»Was denn?«, beschwerte sich Kaleo. »Stimmt doch.« Dann wurde er ernst. »Ob du es glaubst oder nicht, ich wünsche ihm, dass er glücklich wird. Zufrieden, mindestens. Das hätte sich mein Vater auch für seinen Bruder gewünscht.«

Hokulani schwieg. Sie hätte sich gern von Kapono verabschiedet. So lange waren sie Partner gewesen, Freunde. Er hatte ihr in der dunkelsten Stunde beigestanden und ihren Großvater gerettet. Sie strich über Kaleos Unterarme. Zuletzt hatte Kapono versucht, Kaleo umzubringen. Sie seufzte. Hätte er sich mit ihr versöhnen wollen?

Schweigend sahen sie beide zu, wie eine schimmernde Glut, Vorbote der goldenen Sonne, über dem Horizont erstrahlte. In Hokulani breitete sich Frieden aus.

»Wir sollten langsam zurück«, flüsterte Kaleo in ihr Ohr. Dabei kitzelte sein Schopf ihre Wange.

»Ich würde gerne den Sonnenaufgang hier sehen«, murmelte Hokulani, langsam zu müde, um ihre Augen offenzuhalten.

Kaleo lachte leise in sich hinein. Sein Atem wärmte die empfindliche Stelle hinter ihrem Ohr. »Dann muss dich Peter über die Schulter werfen und zurück ins Meer tragen. Der Rückweg wird schwierig mit Schwanzflosse.«

Hokulani kuschelte sich trotzdem in seine Arme. Sie ließ ihren Blick noch einmal über den ganzen Küstenstreifen wandern. Hinter der Klippe lag die Ruine des Bungalows des alten Bane. Ein Echo des alten Schmerzes brach sich in ihrem Inneren, doch verhallte.

Im Ozean vor ihr lag *Wai Aniani*, das wiederhergerichtet wurde.

Ihre Mutter saß in einem Bungalow mit sieben Sonnenstunden. Ihr Vater riskierte sein Leben, wenn er trotz seines Postens beim Pazifikrat nicht so oft wie möglich bei Leimoni vorbeischaute. Aber Hokulani war stolz auf ihn. Er organisierte die ersten freien Wahlen für ihre Region. Pal konnte es nicht erwarten, sich aufstellen zu lassen. Kaleo blieb vorerst in *Wai Aniani* und wollte sich in der Zukunft weiter um die Beziehungen zwischen Mensch und Meer kümmern.

Auf dem Felsen, auf dem vor Monaten ein Alptraum begonnen hatte, saßen Meermenschen mit Dorfbewohnern zusammen. Sie besprachen wahrscheinlich, wie sie Kumimi Beach möglichst schnell wiederherstellen konnten. Dann sah Hokulani auf Yos *Pu´uhonua* und die Reste ihrer nächtlichen Strandparty. Freunde, sie hatte echte Freunde unter den Menschen gefunden.

Die Zeit wurde knapp und so atmete sie noch einmal ein und nahm die Umgebung in sich auf. Den Urwald, die Palmen, den Sandstrand. Den Ozean, der von hier oben verändert wirkte und doch wunderschön.

»Das Land und das Meer sind eigentlich eins, oder?«, fragte sie.

Kaleo drückte sie noch etwas fester an sich. »Zumindest gehören sie zusammen. Geben und nehmen. Verletzen und verzeihen sich.« Er war ihr so nah, dass seine tiefe Stimme in ihr vibrierte, obwohl er fast flüsterte. »So … wie wir.« Seine Stimme klang plötzlich rau.

Sie drehte sich in seinen Armen und legte die Hände auf seinen Brustkorb, spürte unter dem dünnen Stoff des T-Shirts sein stolperndes Herz.

Mit zitternden Fingern strich sie die Haare aus seinem Gesicht, um sich im Nachthimmelblau seiner Augen zu verlieren. Ihre Hand wanderte zu seinem Nacken und zog ihn zu sich hinunter. Sie wusste noch nicht, wo ihr Platz in diesem endlosen Meer war. Hier gab es nur das Gefühl seiner weichen Lippen auf ihren, zart wie die erste Brandung an einem Sonnenmorgen und kraftvoll wie ein Tropensturm.

Aber auch der Ozean rief nach ihr, und so rannte sie lachend voraus zum Strand und zu den Wellen, die sie in ihre Zukunft tragen würden.

ENDE

Nachwort und Content Notes

Ich möchte neben den Content Notes hier noch über zwei verschiedene Dinge schreiben, die mir sehr wichtig sind.

Erstens:

Meine Liebe zum Ozean ist beim Schreiben dieses Buches stetig gewachsen. Er ist die Heimat von unendlichen Wundern der Fauna und Flora, wichtiger Klimaregulator und Kraftort für so viele von uns.
Ohne ihn geht auf dieser Welt gar nichts mehr und deswegen müssen wir alle, auch in den »meerfernen«Regionen Deutschlands damit anfangen, ihn zu beschützen. Wir müssen Klimagase reduzieren, uns auf lokale Produkte konzentrieren und Alternativen zu Plastik in unserem Alltag finden.

An eine Meerestierart habe ich in diesen letzten zwei Jahren mein Herz besonders verloren: den Hai. Entscheidend für den Fortbestand der Nahrungsketten im Meer, aber immer noch missverstanden von so vielen. Es müsste wesentlich mehr getan werden, um über seine wichtige Rolle aufzuklären und seinen Bestand zu sichern.

Wenn es Dir nach der Lektüre dieses Buches genauso geht wie mir und Du etwas tun willst, schau doch mal bei Sharkproject.org vorbei. Das ist eine internationale, aber deutschsprachige Hai- und Artenschutzorganisation, die professionell informiert, Dir aber auch viele Möglichkeiten gibt, wirklich aktiv zu werden.
Natürlich gibt es noch andere Organisationen, die sich für den Schutz der Meere einsetzen (Seashepards.de oder whalesorg.de, um nur zwei zu nennen). Vielleicht findest Du einen Weg, auf die eine oder andere Art dem Ozean zu helfen.

Zweitens:
Bei den Meermenschen rund um Hawaii handelt es sich um Fabelwesen. Obwohl die äußeren kulturellen Marker überwiegend hawaiianisch inspiriert sind (Hautfarbe, Haare), sind sie ein eigenständiges Volk, das unter der Wasseroberfläche eigene Traditionen und Bräuche pflegt. Da ich mir nicht anmaßen will, trotz Recherche als Außenstehende irgendetwas über Hawaiis Kultur verstanden zu haben, habe ich mich bewusst zurückgehalten, diese zu beschreiben. Sollte ich trotzdem unbewusst jemanden verletzt oder schädliche Klischees reproduziert haben, bitte ich um Entschuldigung und wäre dankbar, wenn man mich auf meinen Fehler aufmerksam macht.

Content Notes
Mobbing, Gewalt an Meerestieren, Gewalt an Menschen, Tod geliebter Bezugspersonen, schwere Verletzungen, psychische Probleme, Diskriminierung von lesbischen Personen, Fettfeindlichkeit, Rassismus

Hawaiianisches Namensglossar

Hokulani – Stern am Himmel

Nelio – Gehörnter

Leimoni – Tochter der Perle

Malia – Widerspenstige

Nael – Sohn des Löwen

Ahe – sanfte Brise

Lua – Mond

Keli´i – Häuptling

Zaina – Liebliche

Yolli – Lebensfreude

Tua – dahinter

Haku – Aufseher

Haila – Erinnerung an ein geliebtes Wesen

Ilima – Blume (hibiskusartig, gelb)

Nakoa – Kämpfer

Menami – Herrscherin

Kaleo – Klang

Ikaika – Starker

Kaimana – Kraft des Ozeans

Kai – vom Meer

Palila – kleiner Vogel

Anela – Engel

Mahohe – Zwilling

Kapono – Gerechter

Keanu – Kühler

Kilohana – Talent

Malu – Frieden

Noa – Trost

Danksagung

Ein Debütroman ist immer etwas Besonderes. Wenn man ihn endlich in den Händen hält, fühlt es sich an wie ein Wunder und ein Geschenk.

Allein wäre ich nie so weit gekommen:

Ich danke Kathrin,
Autorenfreundin der ersten Stunde und Stimme der Vernunft, für ihre Freundschaft und ihre Freundlichkeit mich ernst zu nehmen, auch als ich noch ganz am Anfang stand.

Ich danke Leann
fürs Fangirlen dieser Geschichte, seit sie im Nanowrimo 2020 ihren Anfang nahm.
Sie hat – im Gegensatz zu mir – auch schon einmal einen echten Walhai gesehen.

Anni danke ich
fürs Testlesen und dass sie Kreativität auf allen Ebenen in meinen Alltag bringt.

Schließlich danke ich June und Amber
dafür, dass wir unsere virtuellen Freundschaften durch dieses Buch ins echte Leben tragen konnten.

Xenia ist ein weiterer wunderbarer Mensch, den ich auf meiner Reise nach Hawaii kennenlernen durfte. Ihr Adlerauge entdeckt jedes Füllwort und jeden Perspektivbruch und trotzdem hat sie meinem Manuskript ihr ganzes Herz geschenkt. Ihre begeisterten Kommentare haben mich durch meine dunklen, zweifelnden Stunden gebracht. Danke für ein wunderbares Lektorat und ein sensibles sensitivity reading.

Nadine Merschmann (@coverfunken) hat für mich dieses wunderbare Cover gezaubert. Dabei habe ich ihr erst einmal den letzten Nerv geraubt, aber sie hat durchgehalten.

Für die wundervollen »Innenarbeiten«
ist Melanie Gurenko verantwortlich;
dass die Kommata an Ort und Stelle sind,
ist Verena Jungs (@federstreich) Verdienst.
Danke für die großartige Zusammenarbeit!

Zuletzt danke ich noch meiner Familie. Meinem Vater für die letzten Monate seines Lebens. Meiner Mutter, liebevolle Basis und Rückendeckung seit jeher. Meinen Kindern, den strahlenden Sonnen meines Herzens.
Der besten Schwägerin aller Zeiten, die jeden noch so kleinen Erfolg mit mir feiert.
Und Tom, meinem Mann, der mein Herz zum Stolpern bringt. Er ist die Flut zu meiner Ebbe und manchmal auch die Ebbe zu meiner Flut.

Trotz all dieser lieben Menschen in meinem Leben, hätte dieses Buch keinen Sinn ohne euch, liebe Lesende. Wenn ihr bei diesen Zeilen immer noch dabei seid, habe ich gute Chancen, dass euch Hokulanis Geschichte wirklich gefallen hat und ich bin glücklich.

Danke.

Über die Autorin

Ilka Mella ist in München geboren und aufgewachsen. Nach einer Laufbahn als Medizinerin in Jena, Mannheim, Lyon, Madagaskar und Worms hat sie ihren Arztberuf 2019 an den Nagel gehängt und lebt mit ihrem Mann, drei Kindern und jeder Menge Tieren in der Nähe von Stuttgart.
Ihr ständiges Fernweh therapiert sie durch das Schreiben von Kurzgeschichten. »Der Atem des Ozeans« ist ihr Debütroman.